Hans Gerd Stelling

Störtebeker

HANS GERD STELLING hat neben Hörspielen und Drehbüchern zahlreiche Romane geschrieben. Besonders beschäftigt hat er sich in den letzten Jahren mit der Geschichte Hamburgs und vor allem der Figur Klaus Störtebeker.

Klaus und Elisabeth wissen schon als Kinder, daß sie füreinander geschaffen sind. Dann jedoch werden sie auseinandergerissen. Während Klaus nach dem Tod seiner Eltern in ein Kloster kommt, lebt Elisabeth mit ihrer wohlhabenden Familie in Hamburg. Als sie sich endlich wiedersehen, ist sie einem anderen versprochen – dem Sohn des reichsten und skrupellosesten Mannes der Hansestadt. Klaus Störtebeker schwört, um seine Liebe zu kämpfen, aber zuvor muß er um sein Leben fürchten. Er rettet sich vor den Anschlägen seines Rivalen, indem er sich und seine Getreuen zu Freibeutern macht.

Hans Gerd Stelling

Störtebeker

Roman

Aufbau Taschenbuch Verlag

Mit 31 Abbildungen

ISBN-10: 3-7466-2253-0
ISBN-13: 978-3-7466-2253-8

1. Auflage 2006

Umschlaggestaltung Dagmar & Torsten Lemme
Umschlag- und Innenfotos © Bavaria Film/Stefan Falke
Druck und Binden Oldenbourg Taschenbuch GmbH, Plzeň
Printed in Czech Republic

www.aufbau-taschenbuch.de

1. Buch

Piraten …

Auf der Jagd nach spanischen Galeonen voller Gold und der Suche nach sagenumwobenen Schätzen durchkreuzen sie in unserer Phantasie bis heute die ferne Karibik …

Vor mehr als sechshundert Jahren aber lebte ein berühmter Pirat an Nord- und Ostsee. Buchstäblich vor der Haustür der Hansestadt Hamburg kaperte und plünderte er die Koggen der reichen Kaufleute. Doch er war mehr als ein Pirat. Er nannte sich Likedeeler, weil er die Beute mit jenen an Land und in den kleinen Häfen teilte, die ihm Schutz und Unterkunft gewährten und deren Not er linderte.

Sein Name: Klaus Störtebeker.

»Gottes Freund und aller Welt Feind!« war sein Schlachtruf.

Seine Abenteuer sind bis heute Legende. Straßennamen an der Küste erinnern an ihn und an seine Taten, und manche Stadt in Norddeutschland ehrt ihn mit einem Fest, einem Schauspiel oder einem Denkmal. So würdigt die Stadt Verden an der Aller ihn jedes Jahr, weil er mit Schiffsladungen voller Heringe die Bevölkerung der Stadt vor dem Hungertod bewahrt hat. Immer wieder entdecken die Archäologen bei Ausgrabungen Details, die Licht in das Dunkel seines Daseins bringen. So werden nach und nach Einzelheiten aus seinem Leben bekannt, und aus dem Mythos konkretisiert sich die historische Gestalt.

Klaus Störtebeker.

Das ist seine Geschichte …

1. Schwarze Reiter

Der mit Tüchern vermummte Reiter trieb seinen Rappen den steil aufsteigenden Hang der Dünen hinauf. Er hatte Mühe, sich auf dem ungesattelten Rücken zu halten. Mit beiden Händen klammerte er sich an die Mähne. Dabei richtete sich seine ganze Aufmerksamkeit auf den Verfolger, der ihm dicht auf den Fersen war. Allzu sehr, denn ein Moment der Unaufmerksamkeit genügte. Das Pferd wich einem Büschel Strandhafer aus und schickte sich an, über die Kuppe der Düne hinweg zur Ostsee hinunter zu stürmen. Der Richtungswechsel erfolgte zu abrupt. So verlor der Vermummte die Kontrolle, kippte zur Seite und flog in den Sand.

Vergeblich versuchte er Halt zu finden. Während das Pferd seinen Weg fortsetzte, rollte er den Hang der Düne hinunter und blieb erst in einer Mulde liegen. Mit dem Schwert in der Hand sprang sein Verfolger vom Rücken seines Pferdes, während er in rasender Eile durch den Sand kroch, um seine Waffe zu erreichen, die sich einige Meter von ihm entfernt in den Boden gebohrt hatte. Der Schatten seines Gegners fiel über ihn. Gedankenschnell rollte er sich zur Seite und entging auf diese Weise dem Schwert.

Dann endlich hatte er seine Waffe erreicht. Er packte sie, warf sich herum und parierte den nächsten Angriff. Als sein Gegner zu einem weiteren Hieb ausholte, gelang es ihm, auf die Füße zu kommen. Doch das half ihm nichts. Die Schwerter schlugen krachend zusammen. Zu hart für seine Klinge.

Sie brach. Bestürzt blickte er auf die kümmerlichen Reste in seiner Hand.

»Du hättest auf mich hören sollen, Klaus«, sagte sein Gegenüber, das ebenso mit Tüchern vermummt war wie er. »Birke ist zu weich. Ich habe Buche, und, wie du siehst, ist das besser. Aber du hast ja deinen eigenen Kopf. Dickschädel!«

Als der Gegner die Tücher nach hinten schob, kam das hübsche Gesicht eines etwa vierzehnjährigen Mädchens zum Vorschein.

»Gibst du auf?«

»Ich denke gar nicht daran.« Er attackierte sie mit dem zerbrochenen Schwert, schaffte es jedoch nicht, sie in Bedrängnis zu bringen. Sie war stärker als er. Mit geschickter Bewegung brachte sie einen Fuß hinter sein Bein, und dann genügte ein leichter Stoß, um ihn in den Sand zu befördern. Lachend warf sie sich über ihn, so daß er sich nicht mehr aufrichten konnte. Bevor er sich versah, drückte sie ihm einen leichten Kuß auf die Lippen.

Erschrocken fuhr er sich mit dem Handrücken über den Mund.

»He, Elisabeth, was soll der Quatsch?« entfuhr es ihm.

Er war ein Jahr älter als sie, und noch waren Mädchen geschlechtslose Wesen für ihn. Allzu viel von ihm war noch der Kindheit verbunden. Daher war sie eine Freundin für ihn – oder besser ein Freund, mit dem man spielen und raufen konnte. Daß zwischen ihm und ihr noch mehr sein konnte, entwickelte sich in ihm als leise Ahnung, aber noch war er weit davon entfernt, das zu empfinden, was Mann und Frau verband. Er übte Kampfspiele mit ihr und nahm es mit verhaltenem Ärger und zugleich wachsendem Ehrgeiz hin, daß sie ihm überlegen war. Er tröstete sich mit dem Gedanken, daß er schon bald stärker sein würde als sie und daß sie dann das Nachsehen haben würde. Eine innere Flamme trieb ihn dazu an, diesen Wandel zu einem möglichst frühen Zeitpunkt zu erleben und dann auch zu nutzen.

Sie stand auf.

»Ich dachte, zum Abschied freust du dich darüber.«

Er verspürte einen Stich in seinem Herzen. Schlagartig erinnerte er sich daran, daß er die ihm vermutlich bald zuwachsende Überlegenheit nicht würde nutzen können, um endlich mal zu obsiegen. Elisabeth mußte gehen. Ihr Vater wollte es so. Nach dem unerwartet frühen Tod seiner Frau hatte er den in ihrer Nachbarschaft gelegenen Hof aufgegeben, der ihm ohnehin nur ein karges Auskommen ermöglicht hatte, um in eine Stadt zu ziehen. Dort sollte er das Handelshaus seines Oheims übernehmen, der krank geworden war und die Geschäfte nicht mehr führen konnte. Hermann Preen war sicher, daß er als Fernhandelskaufmann seinen Weg machen würde. Klaus wußte nicht so genau, in welcher Stadt das sein würde. Vielleicht Hamburg, vielleicht Lübeck. Elisabeth hatte versprochen, ihm eine Nachricht zu schicken, sobald sie angekommen waren.

Klaus bezweifelte, daß er sie je erhalten würde.

Er stand auf und klopfte sich den Sand aus den Kleidern. Dann ging er mit ihr gemeinsam zum Strand der Ostsee hinunter, wo die beiden Rappen standen und an den angeschwemmten Algen schnüffelten. Wie nicht anders zu erwarten, verschmähten die Tiere die salzigen Pflanzen. Sie waren lediglich neugierig.

Sie nahmen die Pferde an den Zügeln, und Elisabeth wollte zum Gutshof der Brodersons zurückkehren. Doch Klaus hielt sie am Ärmel fest.

»Ich habe was für dich. Zum Abschied.«

»Für mich?« Sie blickte ihn überrascht an. Mit so viel Feinfühligkeit hatte sie offensichtlich nicht gerechnet. »Was denn?«

Unter seiner Kleidung zog er zwei Bernsteinstücke hervor, die im Licht der Sonne golden aufleuchteten. Sie waren an schlichten Lederbändern befestigt.

»Was ist das?« Mit zarter Hand nahm sie das Geschenk entgegen.

»Bernstein«, antwortete er stolz. »Ich habe es selbst am Strand gefunden, geschliffen und poliert. Es war ein großes Stück, fast so groß wie meine Hand. Aber dann ist es zerbrochen. Siehst du? Es sind zwei Teile, die an den Bruchrändern genau zueinander passen. Zusammen bilden die beiden Stücke ein Herz. Es soll dir zeigen, daß ich ewig dein Freund bin.«

»Du bist süß«, lobte sie ihn.

Ein wenig verärgert verzog er den Mund, und noch mehr als ihre Worte störte ihn, daß sich seine Wangen röteten.

»Auf ewige Freundschaft!« Sie legte den Arm um ihn, um ihn erneut zu küssen, doch er wich ihr scheu aus, so daß sie nur ihre Wange an seine drücken konnte. »Wenn wir uns später im Leben mal wieder treffen und uns so verändert haben, daß wir uns nicht erkennen, legen wie die Bernsteinteile aneinander, und dann wissen wir, wer wir sind. Das finde ich romantisch.«

»Hör auf!« Solche Gedanken hatte er gar nicht mit den Schmuckstücken verbunden. Seine Absicht war einzig und allein gewesen, ihr zum Abschied irgend etwas zu schenken. Und was hätte sich da mehr angeboten als das »Gold der Ostsee«, das sich nach jedem Sturm besonders reich an den

Stränden fand? Und das in Form eines Herzens? »Komm. Wir gehen!«

»Vielleicht vergißt du mich ja ganz schnell, wenn du erst einmal im Kloster bist.«

»Ganz bestimmt nicht.« Geradezu erschrocken blickte er sie an. Dieser Gedanke erschien ihm vollkommen abwegig. »Wartest du auf mich, bis ich aus dem Kloster komme?«

»So lange?« Elisabeth schien das Interesse an ihm verloren zu haben. Doch er wußte ein Argument, das sie überzeugte.

»Das Geschenk ist ja auch sehr wertvoll!«

»Da hast du recht«, erwiderte sie, nachdem sie kurz nachgedacht hatte. Ihre Stirn, auf der eine steile Falte erschienen war, glättete sich wieder. Mit einem rätselhaften Blick sah sie Klaus an. Er suchte nach Worten, um ihr zu vermitteln, wie wichtig es für ihn war, sie nach seiner Klosterzeit wiederzusehen. Bevor er aber dazu kam, etwas zu sagen, hallte ein Pfiff vom Gutshof herüber. Er ermahnte Elisabeth und ihn nicht nur, sich zu beeilen. Er zerstörte auch das wärmende Gefühl der Harmonie, das sie miteinander verband und das eine Nähe schuf, wie sie keiner von ihnen bisher empfunden hatte.

»O je«, seufzte er. »Jetzt müssen wir uns wirklich beeilen. Wenn mein Vater so pfeift, wird er ungeduldig, und dann kann er ganz schön fies werden. Ich hasse es, wenn er pfeift. Ich bin doch kein Hund, daß er mich auf diese Weise ruft.«

»Jedenfalls sind seine Pfiffe weit zu hören.« Das Signal störte Elisabeth nicht. Sie dachte nüchtern und pragmatisch, so daß sie nichts Abwertendes an dem Verhalten Brodersons erkennen konnte.

Ein leichtes Zupfen am Zügel genügte, um dem Rappen zu signalisieren, daß sie den Strand verlassen wollten. Schweigend führten Klaus und das Mädchen die Pferde über die Dünen hinweg bis zu dem Gutshof seiner Eltern. Vor vielen Jahren schon hatten die Brodersons ihn errichtet, zur See hin geschützt durch die weißen Sandberge, zum Landesinneren hin – vor allem nach Westen und Südwesten – eingefaßt von Sumpfland und einer Weide mit Kühen und Pferden. Offen war allein die Flanke nach Osten. Klaus hatte seine Eltern darüber reden hören. Er wußte, daß sie sich Gedanken machten, wie sie den Hof auch in dieser Richtung absichern konnten. Ihm war nicht ganz klar, warum das so bedeutend sein sollte und welcher Vorteil darin lag. Er empfand es als besonders schön, frei und ungezwungen in die Dünen hinaus reiten zu können und am Strand durch das flache Wasser der Ostsee zu galoppieren, in die schier grenzenlose Weite hinein, die bis zum Horizont reichte und in seiner Phantasie noch darüber hinaus.

Er erinnerte sich an keine Gefahr, die dem Hof und seinen Bewohnern je gedroht hatte. Seine Eltern aber waren in Sorge. Das hatte er mehr als einmal ihren Gesprächen entnommen, aber das mußte wohl so sein. Nach seiner Erfahrung plagten sich Erwachsene oft mit Problemen herum, die sich irgendwann als gegenstandslos erwiesen und sich gewissermaßen auflösten. So war es mit Schnee und Eis im letzten Winter gewesen, die überraschend abtauten, als die Situation kritisch für den Hof zu werden drohte, und so war es mit dem Vieh gewesen, als eine der Kühe aus unerfindlichen Gründen krank geworden war und starb. Die Eltern fürchteten, daß nun das gesamte Vieh eingehen würde, doch nichts dergleichen geschah. Es blieb bei dem einen Verlust. Grund genug für Klaus, voller Zuversicht allen kommenden Dingen entgegenzusehen. Er gab nicht viel auf die Sorgen der Eltern. Er hielt sie für übertrieben.

Was sollte schon passieren?

Auf dem Hof wurden sie bereits erwartet. Kaum hatten sie ihre Pferde neben der Stalltür angebunden, als Elisabeths Vater, ein mittelgroßer, streng aussehender Mann, zu ihnen kam. Wind und Wetter hatten Spuren in seinem Gesicht hinterlassen, dennoch sah er nicht so derb aus wie ein Bauer. Er glich eher den Benediktinermönchen, von denen hin und wieder mal einer auf dem Hof erschien, um von den Worten des Herrn zu erzählen und gemeinsam mit ihnen zu beten. Wenn er Elisabeth glauben durfte, konnte ihr Vater ebenfalls lesen und schreiben. Angeblich verbrachte er viel Zeit mit dem Studium von Büchern. Klaus konnte es sich nicht so recht vorstellen.

»Wo seid ihr so lange gewesen?« fragte Preen mit mildem Tadel. »Wenn wir vor Einbruch der Dunkelheit in der Stadt sein wollen, müssen wir aufbrechen.«

Sie ging nicht darauf ein, sondern stieg zu ihm und Jan, Klaus' Bruder, auf den mit vier Rädern versehenen Karren, der ihre Habe enthielt – eine Truhe, die noch nicht einmal den ganzen Laderaum einnahm. Doch Hermann Preen war zufrieden. Das Vieh hatte er an Broderson verkauft. Ansonsten gab es nur noch wenig, was mitzunehmen sich lohnte. Schließlich konnte man sich alle wichtigen Dinge in der Stadt kaufen.

Als er die Zügel freigab und das Pferd sich ins Geschirr legte, blickte Elisabeth Klaus an, der noch immer an der Stalltür stand. Ihre Hand spannte sich um das Stück Bernstein, das er ihr zur Erinnerung geschenkt hatte. Ihr Lächeln verriet ihm, wie glücklich und stolz sie auf dieses Geschenk war. Es bedeutete ihr offenbar mehr, als er erwartet hatte. Für sie war es eine Kostbarkeit, durchaus so viel wert, daß sie auf ihn warten wollte, bis er das Benediktinerkloster St. Thomas wieder verließ.

Er nickte ihr zu und hob seinen Teil des Schmucks, um ihn ihr zu zeigen und damit zu bedeuten, daß er sie nicht vergessen werde.

Als Preen das Pferd zu schnellerer Gangart antrieb, löste sich Klaus von der Stalltür und folgte dem Karren einige Schritte weit. Plötzlich kam das Gefühl in ihm auf, daß er Elisabeth nicht gehen lassen durfte, weil er sie dann für immer verlieren würde. Am liebsten wäre er hinter ihr hergeeilt und hätte sie aufgehalten, doch er blieb stehen und beobachtete den Karren, bis er hinter den Dünen und den Kiefern dahinter verschwand.

Seine Mutter kam aus dem Haus. Um ihn zur Eile zu drängen, klatschte sie in die Hände.

»Nun mal los, Klaus«, rief sie. »Bruder Wigbold wartet schon auf dich. Er will aufbrechen.« Sie blickte kurz zum Himmel hinauf, um von dort Hilfe zu erflehen. »Und Vater ist froh, wenn dieser Mönch endlich geht. Er hat einen schier unermeßlichen Appetit. Wir geben ihm einen Schinken mit, aber den muß er wohl im Kloster abgeben. Also stopft er hier bei uns in sich hinein, was er kriegen kann.«

»Muß das Kloster wirklich sein?« fragte er. »Kann ich nicht woanders lernen? Vielleicht in der Stadt, so wie Jan?«

»Darüber reden wir jetzt nicht mehr.« Seine Mutter lehnte jeden weiteren Disput über dieses Thema ab. »Vater hat entschieden. Und dabei bleibt es. Du sollst ja nicht für alle Zeiten Mönch werden, sondern unter den Fittichen des ehrwürdigen Abts ein paar Jahre lesen und schreiben lernen. Wir werden uns oft sehen. Du wirst keineswegs im Kloster eingesperrt. Wir können dich jederzeit besuchen.«

Der Mönch Wigbold trat vor die Tür des Gutshauses. Mit wohlwollendem Lächeln blickte er auf den Jungen herab. Er war ein kräftig gebauter, jedoch nicht sehr großer Mann, in eine einfache, graue Kutte gekleidet und mit einem Wanderstab versehen, einem knorrigen, von seiner Rinde befreiten Ast, der ihm bis an die Schultern reichte. In der freien Hand hielt er einen geräucherten Schinken und ein kleines Messer. Beides hatte er mit einem Band an seinem Handgelenk befestigt.

»Da bist du ja, Klaus«, grüßte er. »Komm! Wir müssen nun gehen.«

»Ich habe mich noch nicht von meinem Vater verabschiedet.« Der Junge lief zu einem schlanken Mann in Lederkleidung und fiel ihm um den Hals. Broderson klopfte ihm tröstend den Rücken, hielt sich jedoch nicht lange mit ihm auf und schickte ihn zu seiner Mutter. Klaus umarmte auch sie, und dabei merkte er, daß sie mit den Tränen kämpfte. Er schluckte, wandte sich rasch ab, um nicht ebenfalls zu weinen, und schloß sich dem Mönch an, der sich bereits auf den Weg gemacht hatte. Er rannte hinter ihm her und holte ihn rasch ein.

»Ich wäre gern mit Jan nach Hamburg gefahren, um ebenfalls Kaufmann zu werden«, sagte er, während sie einen schmalen Weg die Dünen hinauf stiegen.

»Dein Bruder wird Kaufmann, du gehst ins Kloster. Das ist nun mal so entschieden worden«, antwortete Wigbold. »Der Herr wird deinen Weg bestimmen. Komm jetzt!« Trotz seiner Leibesfülle war der Mönch gut zu Fuß. Auch der Schinken an seiner Hand behinderte ihn nicht sonderlich. Er ging mit weit ausholenden Schritten, so daß Klaus immer mal wieder laufen mußte, um auf gleicher Höhe mit ihm zu bleiben.

»Woher weiß ich, was Gott für mich vorgesehen hat?« Der Junge gab sich mit den Worten des Mönchs noch nicht zufrieden.

»Gott wird dir deinen Platz im Leben zuweisen.«

»Heißt das, Gott hat für jeden bestimmt, ob er Seefahrer, Kaufmann, Bettler oder König wird? Oder was weiß ich sonst? Könnte es sein, daß er mich für den Rest meines Lebens als Mönch ausgewählt hat?«

Bruder Wigbold blieb kurz stehen. Voller Ungeduld blickte er auf den Jungen herab. »Wir müssen das Beste aus uns machen«, betonte er. »Jeder an der Stelle, die Gott für ihn vorgesehen hat. Zuerst mußt du Gehorsam und Demut lernen. Das ist uns Benediktinern heilig.«

»Klar. Davon habe ich gehört. Aber was lerne ich sonst noch im Kloster?« rief er. »Lesen und schreiben?«

»Bescheidenheit und Demut. Disziplin und Gehorsam. Das ist wichtiger als alles andere.« Der Mönch ging weiter. Sie waren nun schon so weit in die Dünen vorgedrungen, daß sie den Gutshof nicht mehr sehen konnten. Ohne das Tempo zu verringern, nahm Wigbold den Schinken und schnitt sich eine Scheibe davon ab. Bevor er damit begann, sie zu verzehren, bekreuzigte er sich.

»Mein leibliches Verlangen ist stärker ist als mein Geist, der mir verbieten will, etwas von dieser Köstlichkeit zu mir zu nehmen. Der Herr möge mir verzeihen. Ich weiß, ich sollte den Schinken dem Abt übergeben. Aber das ist zuviel für ihn. Ich fürchte, er wird sich den Magen daran verderben. Deshalb ist es besser, ich trenne ein wenig davon ab. Ein gutes Werk. Menschliche Fürsorge sozusagen. Willst du auch etwas?«

»Ich kann nichts essen«, erwiderte Klaus. Der Mönch zuckte mit den Achseln, rülpste und kaute an dem Schinken. Er hatte die Scheibe zu dick geschnitten. Eine dünnere Scheibe hätte sich leichter verzehren lassen. Doch kam ihm nicht in den Sinn, das angebrochene Stück wegzuwerfen und sich eine neue Scheibe abzuschneiden. Das wäre eine gar zu große Sünde gewesen.

Als der Pfad in einen Kiefernwald mündete, drehte der Junge sich noch einmal um. Seine Blicke wanderten auf die Ostsee hinaus. Weit draußen zog eine Kogge mit vom achterlichen Wind geblähtem Segel vorbei.

»Das möchte ich auch«, sagte er. »O ja, das möchte ich.«

Bruder Wigbold drehte sich um. »Was möchtest du?«

»Mit so einem Schiff bis ans Ende der Welt fahren. Am liebsten wäre ich bei denen da draußen an Bord. Jetzt gleich. Das wäre besser als durch die Dünen zu laufen, bis sich die Tore des Klosters hinter mir schließen. Warum schickt Gott mich nicht dorthin?«

»Das wünsche dir lieber nicht«, entgegnete der Mönch.

»Warum nicht?«

»Weißt du das wirklich nicht? Das da draußen sind Piraten. Gottlose Gesellen, die andere Schiffe überfallen und deren Besatzungen töten. Der Himmel möge verhüten, daß ich je mit denen zu tun bekomme.« Er verzog das Gesicht, als hätte er in einen sauren Apfel gebissen.

»Woher wollt Ihr das wissen?« Klaus hielt nichts von dieser Antwort. Er hatte oft in den Dünen gesessen und auf die See hinausgeblickt. In seiner Phantasie war er auf den Schiffen gewesen, die vorüber segelten. Sie waren an keinen Ort gebunden. Frei und von niemandem behindert, drangen sie bis in die Häfen des Ostens und des Nordens vor, in fremde Welten voller Abenteuer und Geheimnisse. Die Menschen an Bord waren niemandem untertan und konnten tun und lassen, was immer sie wollten. Er erfreute sich an dem Anblick, der sich ihm bot. Die See schimmerte blau und grün. Ein schwacher Wind wehte von Osten her und trieb die Kogge an, deren Segel rot und weiß im Licht der Sonne funkelte, so rein und makellos, daß sich unmöglich etwas Böses damit verbinden konnte.

»Sie fahren weit draußen«, erläuterte der Mönch. »Kein Handelsfahrer traut sich so weit auf die See hinaus. Die bleiben alle dicht unter Ufer. Da fühlen sie sich sicherer.«

»Piraten!« Klaus schürzte die Lippen. Er konnte sich nicht vorstellen, daß es Gesetzlose gab, die es wagten, sich auf einer so riesigen, offenen Fläche zu bewegen, wo sie bis zum Horizont hin gesehen und beobachtet werden konnten. Er hielt es zumindest für unklug, sich derart ungeschützt zu zeigen. Männer, die außerhalb des Gesetzes standen, versteckten sich. Sie lauerten im Dunkel, wo niemand sie sehen und verfolgen konnte. Er vermutete, daß Wigbold sich wichtig tun, vielleicht auch sich über ihn lustig machen wollte.

Daß es Piraten gab, war allerdings auch Klaus schon zu Ohren gekommen. Sie machten die Handelswege unsicher. Wollte man den Gerüchten glauben, war ihnen in den vergangenen Wochen manches Schiff zum Opfer gefallen.

»Worauf wartest du?« drängte der Mönch. »Wir haben einen weiten Weg vor uns.«

»Es sieht so schön aus.«

»Schön oder nicht. Wir haben keine Zeit, hier Maulaffen feil zu halten. Also komm endlich!« Er schnitt sich ein weiteres Stück von dem Schinken ab.

Klaus blickte kurz zurück in die Richtung, in der er den Gutshof seiner Eltern wußte. Eine schwarze Rauchwolke stieg von dort auf. Sie war mächtig, breit und bedrohlich, und sie weitete sich immer mehr aus. Ein allzu deutliches Zeichen, daß Unheil über den Hof gekommen war, ein Signal für ihn, augenblicklich umzukehren und den Seinen zu Hilfe zu eilen.

»Klaus!«

Er achtete nicht auf den Ruf seines Begleiters. Weil es ihn behinderte, warf er sein Bündel weg und rannte so schnell zurück, wie ihn die Beine trugen. Er dachte nicht nach und wußte auch nicht, was er überhaupt ausrichten konnte. Er hatte nur einen Wunsch – er wollte zum Hof und seinen Eltern und dem Gesinde helfen, wo dies irgend möglich war. Ein Feuer war ausgebrochen, also brauchte man jede Hand zum Löschen. In einer solchen Situation war jeder unentbehrlich, der einen Wassereimer tragen konnte.

»Klaus, bleib hier!« rief Wigbold hinter ihm her. »Was soll denn der Unsinn?«

Der Junge ließ sich nicht aufhalten. Wie von Sinnen lief er weiter, bis er von einer Düne herab den Gutshof sehen konnte. Das Dach des Haupthauses und eine Scheune brannten. Eine Horde von schwarz gekleideten Reitern raste Waffen schwingend zwischen den verschiedenen Gebäuden hin und her. Es waren zehn oder noch mehr finstere Gestalten. Sie schrien laut und gingen ohne jede Rücksicht vor. Er sah seinen Vater, der mit dem Schwert in der Hand gegen die Reiter kämpfte, und das Gesinde, das sich mit Sensen und Forken zu wehren versuchte. Mehrere reglose Gestalten lagen auf dem Boden. Eine von ihnen erkannte Klaus sofort an ihrem grünweißen Gewand. Es war seine Mutter.

Ohne nachzudenken, eilte er weiter, stürzte sich die Düne hinunter und hastete zum Hof hinüber. Seine ganze Aufmerksamkeit richtete sich auf seine Mutter. In seinem Schmerz beachtete er die schwarzen Reiter nicht, die alle Metallhelme mit Nasen- und Augenschutz trugen, so daß ihre Gesichter wie von grau schimmernden Masken bedeckt waren. Er sank neben seiner Mutter auf die Knie. Im selben Moment brach sein Vater tot zusammen.

Zu keinem klaren Gedanken fähig, blickte Klaus ihm in die erlöschenden Augen und griff ihm zugleich an den Hals, als könnte er mit seinen Händen das Blut aufhalten, das aus einer klaffenden Wunde floß. Verzweifelt versuchte er, seine Mutter anzuheben. Ein Schwert hatte auch sie am Hals getroffen und ihr eine tödliche Wunde beigebracht.

Hufe stampften neben ihm auf den Boden, Pferde schnaubten, Lederzeug knarrte, und die Klinge eines Schwertes glitt mit einem unangenehm schrillen Geräusch über Metall hinweg. Er spürte eine scharfe Spitze an seinem Nacken. Instinktiv rollte er sich zur Seite. Auf dem Rücken liegend, sah er sich einem ganz in Schwarz gekleideten Mann gegenüber, dessen Gesicht von einem Visier verhüllt wurde und der ein Schwert hob, um ihm einen tödlichen Streich zu versetzen.

»Den Kleinen erledige ich«, hörte er ihn sagen.

Wie gelähmt lag er auf dem Boden. Eine unsichtbare Last schien seine Hände in den Sand zu pressen. Er wollte dem Schwert ausweichen, aber er konnte sich nicht bewegen.

Da ließ der Mann das Schwert überraschend sinken, richtete die Spitze auf ihn und drückte sie ihm in die Brust. Er verletzte ihn nicht, aber er ließ ihn spüren, daß er ihn mit einem leichten Stoß töten konnte. Dabei wandte er sich an einen schmächtigen Reiter, der auf einem Pferd neben ihm saß. Auch bei ihm waren der obere Teil des Gesichts, die Stirn, die Augenpartie und die Nase hinter einer metallenen Maske verborgen. Das Kinn war glatt und bartlos, und der Mund war weich wie der eines Mädchens oder eines Kindes.

»Das wirst du machen!« forderte er. Zugleich trat er einen

Schritt zurück. Die Schwertspitze wich von der Brust. Klaus konnte ein wenig freier atmen. »Beweise mir endlich, daß du ein Mann bist. Nimm dein Schwert und töte den Jungen. Auf der Stelle!«

Klaus drehte sich angstvoll herum. Nirgendwo wurde noch gekämpft. Von allen Seiten näherten sich ihm mit Schwertern bewaffnete und mit Blut besudelte Männer. Sie waren aus dem Sattel gestiegen. Er hörte ihre Rüstungen und ihre Waffen klirren. Es war zu Ende. Er war der letzte Überlebende auf dem Hof seiner Eltern.

Seine Blicke richteten sich auf den schmächtigen Reiter. Er sah helle Augen, in denen sich Verzweiflung und Angst spiegelten. Auf einmal begriff er. Der Reiter war ein Junge in seinem Alter. Der Mann, der ihm den Befehl zum Töten gegeben hatte, mußte sein Vater sein. Der Junge hatte mehr Angst als er, aber konnte sich nicht gegen seinen übermächtigen Vater wehren.

Plötzlich entdeckte er ein kleines Messer, das kaum zwei Ellen weit neben ihm im Sand lag. Es mußte jemandem im Kampf aus der Hand geglitten sein.

»Töte ihn endlich! Worauf wartest du?«

Der Junge stieg aus dem Sattel. Er griff nach seinem Schwert und zog es aus der Scheide.

Klaus warf sich herum. Er packte das Messer und schleuderte er mit voller Wucht gegen ihn. Er sah, wie es durch die Luft wirbelte und sich ihm mit der scharfen Spitze voran in die Brust bohrte. Überrascht und von Schmerz gepeinigt, schrie der Junge auf. Klaus aber nutzte die Gelegenheit, um aufzuspringen und zu fliehen. Wie oft hatte er doch in den Wäldern mit dem Messer geübt! Meistens hatte er die Bäume verfehlt, auf die er gezielt hatte, und wenn er sie mal getroffen hatte, dann war das Messer nur selten mit der Spitze voran in die Rinde gefahren. Nun aber hatten ihm Angst und Todesmut die Hand geführt.

»Hinterher!« hallte ein Befehl. »Tötet ihn! Er darf uns nicht entkommen!«

Klaus blickte über die Schulter zurück. Er sah, daß ihm ein hochgewachsener Mann folgte, und erkannte im selben Atemzug, daß er nicht schnell genug war, um ihm entkommen zu können. Der Mann war ungemein wendig.

Klaus bog um die Ecke der brennenden Scheune und stürmte auf den nahen Bach zu. Dahinter lag sumpfiges Gelände, ein Gebiet, in dem er sich bestens auskannte. Doch er konnte es nicht erreichen. Schon war der andere hinter ihm und streckte die Hand nach ihm aus. Er spürte die Finger an seiner Schulter. Sie glitten ab, aber nach einigen weiteren Schritten mußten sie ihn packen.

Da trat Bruder Wigbold überraschend unter dem brennenden Dach der Scheune hervor. Wuchtig rammte er dem Mann seinen Wanderstab in den Bauch. Er traf den Schwarzen so hart, daß dieser zu Boden stürzte und sich vor Schmerzen krümmte.

Hastig bekreuzigte sich der Mönch.

»Herr vergib mir«, rief er. »Du hast gesagt, wenn dich jemand schlägt, sollst du ihm auch noch die andere Wange hinhalten. Dazu bin ich bereit, Herr, aber vorher muß ich ihm ein wenig auf die Finger klopfen, damit er etwas sanfter mit mir ist.« Er beugte sich vor. »Siehst du, ich biete ihm meine Wange, aber er verzichtet.«

Klaus blieb heftig atmend stehen. Doch nun nahm Wigbold seine Hand und zog ihn mit sich. Er wollte in die Dünen laufen.

»Nein, nicht dorthin«, protestierte Klaus. »Die Reiter holen uns ein. In den Sumpf.«

Sie sprangen über den Bach hinweg und rannten über schwankenden Boden in ein Gebiet hinein, in dem ihnen Büsche und knorrige Weiden Deckung boten. Vom Gut her galoppierten drei Reiter heran. Sie setzten mit ihren Pferden über den Bach hinweg und wollten ihnen folgen, scheiterten aber schon nach wenigen Schritten. Der Boden gab unter den Hufen der Pferde nach, und die Tiere sanken ein. Fluchend retteten sich die Reiter aus dem Sattel. Vergessen waren der Mönch und der Junge. Für sie kam es jetzt nur noch darauf an, mit den Pferden auf sicheren Boden zurückzukehren. Ächzend und stöhnend kämpften sie sich aus dem Sumpf heraus.

»Kommt«, bat Klaus mit leiser Stimme. Er warf einen letzten Blick auf die brennenden Gebäude des Gutshofs. »Wir gehen weiter in den Sumpf hinein. Keine Angst. Hier kenne ich mich aus.«

Es waren die letzten Worte, die von ihm zu hören waren. Danach kam für viele Tage keine weitere Äußerung über seine Lippen. Die Trauer über den Verlust seiner Eltern und das Entsetzen über die grauenhaften Taten der schwarzen Reiter waren es, die sich ihm wie eine Schlinge um den Hals legten und ihn für eine lange Zeit verstummen ließen.

2. Im Kloster

Zwei Tage und Nächte lang blieben Klaus und der Mönch in den Sümpfen. Sie harrten aus und warteten darauf, daß die schwarzen Reiter endlich abzogen. Von einer Anhöhe aus konnten sie den Gutshof sehen, von dem nicht mehr als verkohlte Ruinen übriggeblieben waren. Während dieser Zeit weinte der Junge viel, oder er saß still auf dem Boden und blickte ins Leere.

Auch Wigbold sprach kaum einmal. Er kniete meist im Gebet versunken auf dem Boden und versuchte auf diese Weise zu verkraften, was ihnen widerfahren war. Der Verlust der Freunde und der vielen anderen, die er seit Jahren gut kannte, setzte auch ihm hart zu. Einige Male versuchte er, mit Klaus zu reden, doch der Junge blieb starr und verschlossen und reagierte nicht auf seine Worte.

Schließlich ließ Wigbold ihn allein, um sich dem geplünderten Gutshof zu nähern, bis er endlich vermelden konnte, daß die schwarzen Reiter sich entfernt hatten.

»Wir müssen zum Kloster«, versetzte er, wobei er den Arm um den Jungen legte und ihn an sich zog. Er hoffte, daß ihm seine Nähe und die körperliche Wärme helfen würden, den Schock zu überwinden. Tatsächlich entspannte sich der Junge ein wenig. »Du kennst den Weg heraus aus diesem Sumpf. Bitte, zeige ihn mir!«

Der Mönch mußte noch einige weitere Anläufe unternehmen, bis Klaus sich endlich erhob und sich stumm auf den Weg machte, sie aus dem gefährlichen Gebiet zu führen. Schon bald erreichten sie festen Grund und kamen danach schnell voran, bis sie am Abend des nächsten Tages zum Kloster gelangten und hinter seinen Mauern sicheren Schutz fanden.

»Wolltest du nicht einen Schinken mitbringen?« fragte der Abt, noch bevor Wigbold irgend etwas sagen konnte.

»Wir sind überfallen worden, gütiger Vater«, antwortete der Mönch nicht ganz wahrheitsgemäß. Verstohlen bekreuzigte er sich. »Dabei ging der Schinken verloren.«

Tatsächlich hatte er in den Dünen nach dem Schinken gesucht, ihn jedoch nicht gefunden. Die schwarzen Reiter hatten ihn mitgenommen. Da er seitdem kaum etwas gegessen hatte, war Wigbold vollkommen ausgehungert. Er hoffte, seinen knurrenden Magen bald beruhigen zu können. Doch der Abt ließ ihn noch nicht in die Küche des Klosters gehen, sondern forderte ihn auf, den Schädel des Jungen zu rasieren, wie es Vorschrift war.

»Sofort«, ordnete er unnachsichtig an. »Und danach tragen wir ins Klosterbuch ein, was nötig ist.«

Der Abt stellte sich hinter sein Schreibpult und beobachtete, wie Klaus eine Tonsur geschoren wurde, das Rasieren des Schädels als Zeichen der Hingabe an Gott. Diese Prozedur gehörte zum Aufnahmeritus des Klosters und war unabdingbar für alle, die darin lebten und ihr Dasein Gott widmeten.

Klaus gefiel diese Prozedur nicht, doch ließ er alles schweigend und mit unbewegtem Gesicht über sich ergehen, obwohl der Mönch nicht gerade sanft mit ihm umging und ein Messer benutzte, das schärfer hätte sein können. In den Händen hielt der Junge einen großen Becher, hatte jedoch noch nicht daraus getrunken.

»Wie heißt der Junge mit seinem vollen Namen?« fragte der Abt, ein korpulenter Mann mit einem weichen, aufgeschwemmt wirkenden Gesicht. Ihm war allzu deutlich anzusehen, daß er den leiblichen Genüssen reichlich huldigte. Er war ein engstirniger Mann, der ein strenges Regiment im Kloster führte und von den Mönchen Armut und Enthaltsamkeit forderte, während er selbst es mit dem Gebot der Enthaltsamkeit nicht so genau nahm.

»Sein Name«, rief der Abt, nachdem Bruder Wigbold nicht

sogleich antwortete. »Wann erfahre ich endlich den vollen Namen des Novizen?«

Der Mönch zögerte. Er dachte daran, daß der Gutshof der Brodersons überfallen und daß die Familie mit Ausnahme von Klaus und Jan ausgelöscht worden war. Vergeblich hatte er in den vergangenen Tagen darüber gerätselt, wer die schwarzen Reiter waren. Er hatte sie gesehen, doch ihre Masken hatten ihre Gesichter verhüllt, so daß er keinen von ihnen erkannt hatte. Nun stand zweifelsfrei fest, daß der Abt nicht das geringste mit den schwarzen Reitern zu tun hatte. Er mochte schwach, kleingeistig und machtlüstern sein, aber er verstieß nicht gegen die geltenden Gesetze. Allerdings hatte Wigbold ihn als einen Mann kennengelernt, der recht geschwätzig sein konnte. Vor allem das von ihm hochgeschätzte Bier löste seine Zunge. Er genoß es nicht nur im Kloster, sondern auch im Wirtshaus der Stadt Wismar, das er nach kurzem Aufenthalt in der Kirche der Stadt hin und wieder aufsuchte. Vom Alkohol gelockert, hatte er schon einige Male bis dahin gut bewahrte Geheimnisse preisgegeben, was nicht immer zum Vorteil für das Kloster gewesen war.

Somit bestand die Gefahr, daß die schwarzen Reiter auf Umwegen von Klaus und seiner Anwesenheit im Kloster erfuhren. Niemand konnte ausschließen, daß sie irgendwann nachholten, was sie an jenem denkwürdigen Tag, an dem sie den Gutshof zerstört hatten, nicht vollenden konnten.

»Nun? Ich warte!« Die Stimme des Abts wurde schärfer.

Klaus mochte den Abt nicht. Sein feistes Äußeres mißfiel ihm ebenso wie die schrill klingende Stimme und das autoritäre Gehabe, in dem sich absolut nichts von dem spiegelte, was sich in seiner Vorstellung mit dem Klosterleben und den Dienern Gottes verband. Auf dem Weg in den Kreuzgang war er mehreren Mönchen begegnet. Sie alle sahen asketisch aus, und ihr Auftreten ließ auf Demut und Bescheidenheit schließen. Bisher hatte er als Vertreter der Kirche nur Wigbold kennengelernt, der wahrlich nicht schlank war, der sich aber stets als gottesfürchtiger Mann erwiesen hatte und in vielerlei Hinsicht dem Bild entsprach, das der Junge sich von Mönchen gemacht hatte. Ihm als Lehrer in Rat und Tat zu folgen fiel ihm nicht schwer.

Ganz anders der Abt. Er erschien ihm kalt und unnahbar. Er zeigte kein Mitgefühl, obwohl Wigbold ihm sicherlich gesagt hatte, welches Schicksal Klaus getroffen hatte. Er war an nichts interessiert, was über seinen Namen hinausging. Wichtig war ihm, daß dieser Name in dem Buch des Klosters stand – wie auch immer er lautete.

Klaus hob den Becher an die Lippen und trank ihn auf einen Zug aus. Wigbold beobachtete ihn, und einer spontanen Eingebung folgend, erfand er einen neuen Namen für den Jungen. *Stürz-den-Becher!* Er antwortete: »Störtebeker, Klaus Störtebeker! Er kann beachtlich viel Bier trinken. Hoffentlich verträgt er es auch.«

»Klaus Störtebeker«, wiederholte der Abt und trug den Namen mit steiler Schrift ein. Danach klappte er das Buch zusammen, klemmte es sich unter den Arm und verließ den Kreuzgang ohne ein weiteres Wort, um sich in die Bibliothek zurückzuziehen. Klaus würdigte er keines Blickes.

»Mach dir nichts draus«, empfahl Bruder Wigbold. »Er nimmt dir übel, daß wir den Schinken nicht mitgebracht haben.«

Der Junge reagierte nicht. Er blickte weiterhin ins Leere. Tränen liefen ihm über die Wangen, und dann kippte er langsam zur Seite. Er wäre auf den Boden gefallen, wenn Wigbold ihn nicht aufgefangen hätte.

»Er kann trinken wie ein Mann«, stellte der Mönch fest, »aber er verträgt nichts!«

Mühsam stemmte er den Jungen hoch, stützte ihn und führte ihn zu seinem Nachtlager, einer von zahlreichen einfachen Pritschen in einem Saal, in dem alle Mönche gemeinsam schliefen.

»Beruhige dich«, bat er leise. »Morgen beginnt ein neuer Tag. Du wirst viel lernen, und bald wirst du auch deinen Schmerz überwinden. Ich werde dein Lehrer sein. Nicht nur was Worte, sondern auch, was die Tat anbetrifft. Ich werde dir zeigen, wie man kämpft.« Dabei legte Wigbold seine Hand an seinen Hirtenstock, der an der Wand neben dem Lager lehnte. »Allerdings hoffe ich, daß der Herr mir in seiner Güte ein wenig mehr zu Essen gibt als heute. Mein Magen schmerzt, weil er seit Stunden vergeblich wartet. Wie, um alles in der Welt, soll ich schlafen können, wenn der Hunger mich quält?«

Klaus erwachte aus seiner Starre. Er dankte dem Mönch, indem er ihn kurz ansah. Das Bier wärmte seinen Magen, und der Alkohol sorgte dafür, daß er sich ein wenig entspannte. Als Wigbold sich auf der Pritsche neben ihm ausstreckte und in eine Decke wickelte, glitt seine Hand zu dem Stück Bernstein, das er an einem Lederriemen um den Hals trug. Er dachte an Elisabeth, die ein gütiges Schicksal rechtzeitig auf den Weg zu ihrem fernen Ziel geschickt hatte, so daß sie den schwarzen Reitern und ihren mörderischen Schwertern entgangen war.

Am nächsten Tag begann die Ausbildung. Sie sollte mehrere Jahre dauern und ermüdende Arbeit über Büchern und Manuskripten in Latein beinhalten, einer Sprache, von der Klaus zu Anfang absolut nichts verstand. Wigbold nahm sich seiner an, schirmte ihn zumeist gegen die anderen Mönche und vor allem gegen den Abt ab und brachte ihm bei, was er wissen mußte, um mit der Abschrift wertvoller Bücher – vor allem der Heiligen Schrift – zu beginnen.

Dabei erwies der Mönch sich immer mehr als ein Mann, der demütig, gottergeben und diszipliniert sein konnte und der sich stundenlang in seine Gebete zu versenken vermochte, der zuweilen aber auch kräftig fluchte und recht rücksichtslos war. Hin und wieder verlor er die Geduld mit seinem Schüler. Dann durchbrach sein ungezügeltes Temperament die Fassade der Frömmigkeit, und er ging mit dem Wanderstab auf ihn los, um ihn für seinen mangelnden Fleiß oder seinen inneren Widerstand zu bestrafen, den er für Widerborstigkeit hielt. Geschickt und mit voller Kraft setzte er den Stab als Stoß- und Hiebwaffe ein.

Klaus war nicht bereit, diese Angriffe tatenlos hinzunehmen. Da er sich wehrte, entwickelte sich regelmäßig ein Kampf, bei dem er die Attacken mit allem parierte, was ihm gerade in die Hand fiel – ein einfacher Knüppel etwa, ein Kochtopf, eine Harke mit einem langen Stiel oder ein Hocker. Damit blockte er die Stöße und Schläge seines Lehrers nicht nur ab, sondern teilte auch kräftig aus, erzielte manchen Treffer und wurde doch immer wieder an die Übungen mit Elisabeth erinnert – weil er am Ende verlor. Wenn es vorbei war, Wigbold sich bekreuzigte und ihn für seine zunehmende Geschicklichkeit lobte, hatte der Junge eine Reihe von blauen Flecken bekommen und spürte einen nagenden Ärger.

Es gelüstete ihn nach Revanche. Er wollte endlich besser sein als sein Lehrherr. Daher nutzte er jede sich ihm bietende Gelegenheit, um mit dem Stab zu üben – ohne Gegenspieler mit reinen Luftübungen oder mit Wigbold als Partner. Da das Kloster als Hort der Benediktiner nicht der geeignete Ort für derartige Übungen war, die mit Demut und Friedfertigkeit wenig zu tun hatten, fochten sie fast immer nur miteinander, wenn sie sich außerhalb der Klostermauern aufhielten und sich unbeobachtet fühlten. Immer häufiger gelang es Klaus, die Attacken Wigbolds abzuwehren oder mit einem Holz abzublocken, so daß ihm blaue Flecken erspart blieben. Am Ende aber überraschte sein Lehrer ihn meist mit einer neuen Finte, so daß er dennoch unterlag.

Mit dem Lateinischen und der Schrift stand es indes nicht zum besten bei Bruder Wigbold. Mönche wie der bescheidene Walther oder der alten Sigburd waren ihm da deutlich überlegen und wußten Klaus weitaus mehr Wissen zu vermitteln.

Den Abt sah Klaus eigentlich nur bei den Andachten in der Kapelle, obwohl der Leiter des Klosters auch dort nicht immer anwesend war, sondern es anderen überließ, die Gottesdienste durchzuführen. Wenn er predigte, hörte der Junge ihm gerne zu – jedenfalls zu Anfang, als er noch nicht so viel wußte. Später meinte er, auf Widersprüche zu stoßen, und stellte Fragen, die er allerdings nicht an den Abt, sondern an Wigbold richtete. Meist konnte der Mönch sie ihm in befriedigender Weise beantworten. War das nicht der Fall, wandte er sich an andere Brüder wie etwa Sigburd. Dann pflegte der Alte lange zu warten, bis er ihm antwortete. Er versank tief in Gedanken und schien sich jedes Wort genau zurechtzulegen, bevor er es aussprach. Danach wußte er fast immer eine passende Stelle aus der Bibel zu zitieren. Konnte er es nicht, ermahnte er ihn: »Du mußt Vertrauen haben. Es wird schon noch die Zeit kommen, in der du verstehst. In der Heiligen Schrift findest du alle Antworten.«

Es waren nicht Jahre, die Klaus prägten. Dafür war seine

innere Abwehr gegen das Klosterleben zu stark und die Gestalt des Abts in seinen Augen zu fragwürdig. Was den Klostervorsteher anbetraf, teilte Wigbold die Meinung des Jungen. Den Mönch ärgerte maßlos, daß der Abt Enthaltsamkeit predigte, die Mönche hungern ließ und zugleich den Bauern alles abpreßte – um es selber zu verzehren. Während die Mönche oft genug mit knurrendem Magen auf ihre einfachen Pritschen sanken, stopfte der Abt alle möglichen Köstlichkeiten in sich hinein und wurde immer dicker, so daß sich seine Kutte mehr und mehr über seinem ausladenden Bauch spannte.

Mit Freude arbeitete Klaus im Klostergarten. Als er noch jünger war, hatte er sich nie für Kräuter, Salate und Gemüse interessiert. Nun aber hegte und pflegte er die Pflanzen und verfolgte voller Begeisterung, wie sie blühten und gediehen.

»Bin ich ein Kaninchen?« ächzte Wigbold ein ums andere Mal, wenn sie im Klostergarten waren. »Ich kann dieses Grünzeug nicht mehr sehen. Nachts träume ich von Schinken und gebratenen Schweinehaxen, von geräucherten Leber- und Mettwürsten oder knusprigen Enten. Aber wenn mal der Duft dieser Speisen aus der Küche zu mir hereinzieht, ist es der Abt, der sie verzehrt. Wir erhalten noch nicht einmal die Knochen zum Abnagen, sondern müssen dieses Grünzeug fressen! Verflucht, das ist nicht gerecht.« Er bekreuzigte sich. »Heilige Mutter Gottes, verzeih mir, aber wenn mir das Wasser im Mund zusammenläuft und der Magen knurrt, vergesse ich zuweilen, demütig zu sein.«

Wigbold weigerte sich, Gartenarbeit zu machen, und überließ es Klaus, sich um die Pflanzen zu kümmern. Meist stellte er sich in den Schatten der Bäume, stützte sich auf seinen Hirtenstab und döste vor sich hin. Sprach jemand ihn an, verbat er sich die Störung und behauptete, er meditiere, um Gott möglichst nahe zu sein. Klaus war jedoch sicher, daß sein Lehrer mit offenen Augen schlief, doch die anderen Mönche glaubten ihm, sogar der Abt, der ihn ob dieser Haltung lobte.

Einmal in der Woche kamen die Bauern ins Kloster. Es waren bedauernswerte Gestalten, die mühselig und unter großen Entbehrungen dem Erdboden abrangen, was kaum zum Leben reichte, und deren Vieh nur magerer Boden zur Verfügung stand, so daß es ebenso verhungert aussah wie sie selbst. Sie wurden einerseits von den Lehnsherren ausgebeutet und andererseits vom Abt unter Druck gesetzt, damit sie von dem wenigen, was ihnen blieb, noch etwas für das Kloster – und vor allem für dessen Vorsteher – abzweigten.

Bruder Wigbold beobachtete die Bauern kopfschüttelnd. Woche für Woche wunderte er sich, daß sie dem Kloster überhaupt etwas lieferten.

»Sie verhungern beinahe«, sagte er, »und doch tragen sie noch so viel zu uns herein. Sie zahlen brav ihren Zehnten. Und das alles nur, weil der Abt ihnen mit der Hölle droht, falls sie für ihre Sünden nicht büßen und für ihr Seelenheil ihre letzte Habe opfern. Sie tun mir leid. Ich könnte heulen, wenn ich sie sehe.«

Protestierend stampfte er mit dem Hirtenstock auf.

»Vor allem, weil ich Hunger habe! Verflucht, wie soll ich meditieren, wenn mir der Magen knurrt?« Wigbold bekreuzigte sich hastig. »Heilige Mutter, vergib mir!«

»Der Abt hat heute ein Faß Wein bekommen«, berichtete Klaus.

»Woher weißt du das?« Sein Lehrer nahm einen abgestellten Becher und trank daraus, spie die Flüssigkeit jedoch wieder aus: »Verdammt, das Bier schmeckt wie Pisse!« Wiederum bekreuzigte er sich und murmelte: »Verzeih, Herr!«

»Kein Wunder. Der Cellar verdünnt es mit Wasser.«

»Seit wann?«

»Seit der Abt es befohlen hat und ich ihm dabei zur Hand gehen mußte.«

»Das hättest du mir auch schon früher sagen können. Ein schöner Freund bist du, Bruder Klaus.«

»Gehorsam ist unsere zweite Regel! Nach der Demut.« Störtebeker war nicht aus der Ruhe zu bringen.

»Demut!« ächzte Bruder Wigbold. »Demut! Ich kann es nicht mehr hören. Was weißt du von dem Wein?«

»Ich habe das Faß gesehen. Dazu wundervoll duftende Würste. Und Schinken. Eine köstliche Gans. Sie ist schon in der Küche, wird gerupft und dann gebraten.«

»Willst du wohl still sein? Ich ertrage das nicht.«

»Eine Leber vom Wildschwein. Der Abt hat sie roh probiert. Vor Begeisterung hat er die Augen verdreht.«

Wigbold blickte kurz zum Himmel hinauf, wobei er sich bekreuzigte. »Willst du mich verarschen? Verzeih, Herr, aber er soll den Mund halten und nicht von solchen Speisen reden!«

Klaus war nicht zu bremsen. Während er den Boden um die Pflanzen herum lockerte, fuhr er fort: »Ein Topf voll Marmelade. Sündhaft süß und köstlich!«

»Ich habe dich gewarnt«, rief der Mönch.

Mit dem Hirtenstab ging er auf den Jungen los, der sich soeben aufgerichtet hatte. Er stieß ihm das Ende des Stabes in den Bauch und warf ihn damit um. Klaus fuhr schnell wieder hoch, packte die Harke, die mit einem dicken, knorrigen Stiel versehen war, und griff seinerseits den Mönch an. Wigbold war darauf gefaßt. Er parierte die ersten Attacken, versuchte wie gewohnt die Initiative zu ergreifen, konnte sich jedoch nicht durchsetzen.

Die anderen Mönche waren auf sie aufmerksam geworden. Neugierig kamen sie heran, um den Kampf zu verfolgen. Klaus agierte blitzschnell. Mit einer überraschenden Finte setzte er Wigbold außer Gefecht. Er stieß ihm das Ende des Forkenstiels gegen den Oberschenkel und drückte ihm das Holz danach quer gegen die Kehle. Sein Lehrer konnte keine Gegenwehr mehr leisten. Als Zeichen der Aufgabe ließ er den Hirtenstab auf den Boden fallen.

»Der Abt!« zischte er warnend.

Klaus drehte die Forke gedankenschnell um und tat, als wolle er damit über den Boden fahren, doch den Vorsteher der Abtei konnte er nicht täuschen.

»Was ist hier los?« rief der feiste Abt.

»Nichts«, antwortete Bruder Wigbold, wobei er eine Miene der Unschuld aufsetzte. Er bückte sich und nahm seinen Hirtenstab auf. »Wir kümmern uns um die Pflanzen im Garten. Weiter nichts.«

»Ihr geht in den Kerker«, befahl der Abt, wobei sich sein Gesicht vor Zorn rötete. »Ihr werdet innere Einkehr üben. So lange, bis ihr begriffen habt, was Demut und Disziplin sind. Bei Wasser und Brot.«

»Warum?« fragte Klaus ruhig. »Wir haben nichts getan.«

»Du hast nicht zu widersprechen!«

»Das ist ungerecht«, sagte der Junge. »Wir haben keine Strafe verdient.«

»Nun gut. Dann eben ohne Brot. Nur Wasser. Bis ihr verstanden habt, was Kontemplation, Demut und Gehorsam bedeuten.«

Klaus versuchte erneut, Widerspruch zu erheben, doch Wigbold legte ihm energisch die Hand an den Arm. Der Abt hielt sich nicht auf. Er ließ sie stehen und setzte seinen Weg durch den Garten fort, schwerfällig und mühsam atmend. Angesichts seiner Körperfülle konnte er sich nicht schnell bewegen.

»Komm schon«, forderte Wigbold den Jungen auf. »Wir gehen in den Kerker. Es hat keinen Sinn, sich dagegen zu wehren. Demut und Disziplin – das ist es, was wir nun beweisen müssen. Vielleicht hat er recht.«

»Er hat nicht recht«, entgegnete Klaus. Widerwillig ließ er sich ins Klostergebäude führen. Schweigend schloß sich ihnen ein Mönch an, stieg hinter ihnen die Kellertreppe hinab und verriegelte die Tür des engen Kerkers, der nichts weiter enthielt als zwei nackte Holzpritschen, einen Krug mit Wasser und einen Eimer für die Notdurft. Durch ein kleines, vergittertes Fenster fiel ein wenig Licht herein. Es eröffnete einen begrenzten Blick auf den Garten und auf einen Weg, der zum Hauptgebäude des Klosters führte. Einige Bauern zogen dort entlang, beladen mit den Früchten ihrer Arbeit.

Mißmutig setzte sich Klaus auf eine der Pritschen.

»Es war ein Fehler, mich ins Kloster zu schicken«, versetzte er. »Mit der Waffe in der Hand zu üben gefällt mir weitaus besser, als immer nur zu beten.«

»Verzeih ihm, o Herr«, sagte Wigbold, wobei er sich bekreuzigte. »Er ist nicht Herr seiner Sinne. Mein Hirtenstab scheint nicht seinen Magen, sondern seinen Verstand getroffen zu haben.«

»Und du hör auf mit diesem Unsinn«, forderte ihn Störtebeker auf. Mittlerweile waren sie so miteinander vertraut, daß auch er zu dem freundschaftlichen Du übergegangen war. »Solange ein Mann wie der Abt das Kloster leitet, fühle ich mich diesem Leben nicht zugehörig. Es ist verlogen und falsch. Es kann nicht sein, daß der Abt Enthaltsamkeit, Armut und Demut predigt, und im nächsten Atemzug den Bauern alles abpreßt, um selbst der Völlerei zu huldigen. Ganze Schinken, Würste, eine lebende Ziege, Körber voller Eier, Gemüse und Obst. Alles haben sie ihm gebracht. Er lobt sie dafür und droht ihnen zugleich, falls sie beim nächsten Mal weniger heranschleppen.«

»Bitte, sei still«, bat der Mönch mit klagender Stimme. »Mir läuft das Wasser im Mund zusammen, wenn ich nur das Wort Schinken höre.«

»Dieser Mann ist nicht gottesfürchtig. Er ist ein Lügner.«

»Aber er lügt aus voller Überzeugung.«

»Laß den Unsinn! Die Bauern sind am Verhungern, doch er droht ihnen mit den Schrecken der Hölle, falls sie nicht der Dreifaltigkeit opfern, was sie viel nötiger haben als er.«

Wigbold hielt sich die Ohren zu. Er ließ sich auf die andere Pritsche sinken. Klaus konnte hören, wie ihm der Magen knurrte.

»Ich habe mich mit dem Kerker abgefunden«, stöhnte sein Lehrer. »Aber mußt du mich nun auch noch quälen, indem du von lauter Köstlichkeiten redest?«

»Ich bin ja schon still.« Störtebeker stand auf, stellte sich ans Fenster und blickte hinaus. Er konnte einen winzigen Ausschnitt des Kräutergartens sehen. Er haßte es, eingesperrt zu sein. Verschlossene Türen und vergitterte Fenster ließen ihn rebellisch werden und jeglichen Gehorsam vergessen. Nur zu gut erinnerte er sich daran, daß ihn sein Bruder Jan einmal in eine kleine Kammer auf dem Gut gesteckt und die Tür hinter ihm verschlossen hatte. Es sollte ein Spaß sein, doch Jan vergaß ihn, weil unerwarteter Besuch auf dem Gut eintraf und seine ganze Aufmerksamkeit in Anspruch nahm. Als ihm nach Stunden einfiel, was er getan hatte, und er ihn herausholte, war Klaus über seinen Bruder hergefallen. Jan war älter, größer und stärker als er, doch die aufgestaute Wut hatte Klaus so große Kräfte verliehen, daß er ihn nach Strich und Faden verprügelt hatte.

»Was hast du?« fragte Wigbold.

»Ich überlege, wie wir hier herauskommen. Für mich ist die Zeit der Demut vorbei.«

»Heiliger Vater! Vergiß solche Gedanken! Übe dich in Demut und Geduld. Nur wenn wir uns dem Abt beugen und Reue zeigen, öffnet sich die Tür für uns. Wenn wir Schwierigkeiten machen, müssen wir um so länger hier drinnen bleiben.«

Die Geduld Störtebekers reichte drei Tage. Dann begann er an seiner Pritsche herumzuhantieren, beobachtet von seinem Lehrer, der einigermaßen ratlos war.

»Weißt du, was das ist?« Klaus zeigte ihm seine Beute – einen etwa fingerlangen Metallstift.

»Ach, laß mich doch zufrieden.«

»Das ist der Schlüssel zur Freiheit. Es ist Zeit, ihn einzusetzen.«

»Was faselst du da?« fragte Bruder Wigbold. Er faltete die Hände vor der Brust. Schon seit einiger Zeit läutete im Turm des Klosters die Glocke zum Gottesdienst. Der mächtige Ton hallte weit über das Land hinaus und lud die Bauern ein, gemeinsam mit den Mönchen den Worten des Abts zu folgen.

»Die Zeit der Demut ist für mich vorbei. Ich werde die Mörder meiner Eltern finden und zur Rechenschaft ziehen.« Störtebeker schob den Nagel in das Türschloß und verbog ihn, bis er seinen Vorstellungen entsprach.

Wigbold bekreuzigte sich. »Versündige dich nicht, Junge«, bat er. »Mein ist die Rache, sagt der Herr!«

»Hast du mir nicht gepredigt: Hilf dir selbst, dann hilft dir Gott? Was denn nun? Was ist richtig?«

»Was kannst du schon tun? Euer Hof ist abgebrannt. Die Mörder sind verschwunden. Keiner weiß, wer sie sind, und keiner wird sie jetzt noch aufspüren können. Zu viel Zeit ist vergangen. Deine Eltern sind tot. Laß sie in Frieden ruhen.«

»Ich werde den Tod meiner Eltern rächen. Ich werde ihre Mörder suchen, und wenn ich sie gefunden habe, werde ich sie töten.« Klaus Störtebeker hantierte am Türschloß herum, bis es vernehmlich klickte. Die Tür schwang auf. »Aber vorher werde ich in St. Thomas für ausgleichende Gerechtigkeit sorgen. Du kannst ja hier bleiben. Ich jedenfalls werde den Bauern zurückgeben, was sie für ihr Leben brauchen.«

»Ohne mich«, weigerte sich Wigbold. Demonstrativ setzte er sich auf seine Pritsche.

»Hörst du die Glocken nicht? Sie rufen uns zum Gottesdienst. Der Abt wird nichts dagegen einzuwenden haben, wenn wir in die Kapelle gehen. Zumal wenn er selbst die Predigt hält. Falls ich mich recht erinnere, kommen wir auf dem Weg zur Kapelle an der Vorratskammer vorbei. Dort riecht es immer so gut nach Schinken und geräucherten Würsten. Ich werde ...«

»O Herr, führe mich nicht in Versuchung!« rief der Mönch, wobei er die Augen verdrehte und zur Decke des Verlieses hinaufblickte. »Der Hunger zerfrißt mir die Eingeweide, und dieser undankbare Jüngling redet von Schinken und Würsten.«

»Die Eier, den Speck und das Bier nicht zu vergessen«, warf Störtebeker ein. Er trat durch die Tür auf den Gang hinaus und entfernte sich.

»Sei endlich still!« forderte Wigbold. »Klaus!«

Er erhob sich von der Pritsche und eilte zur offenen Tür. Sich leicht vorbeugend spähte er hinaus. Der Duft von geräucherten Köstlichkeiten wehte durch die Gänge des Klosters. Dann zögerte er nicht länger, sondern rannte hinter Störtebeker her.

Klaus wartete vor der Vorratskammer. Die Tür hatte er bereits geöffnet, so daß Bruder Wigbold sehen konnte, was alles darin lagerte.

»Die Kammer ist voll bis unters Dach«, sagte er. »Der Abt ist so fett, daß man glauben könnte, er platzt demnächst, und die Bauern hungern. Ist das gerecht?«

»Darüber denke ich nach, wenn ich satt bin«, erwiderte Wigbold und griff sich eine Wurst, um sie ebenso hastig wie genußvoll zu verzehren. Er wollte sich weiter bedienen, doch da zog Störtebeker ihn mit sich, und gleich darauf traten sie durch eine Tür in den Kirchenraum hinaus, wo der Abt von der Kanzel aus predigte. Er war nur wenige Schritte von ihnen entfernt und wandte ihnen den Rücken zu. Zwischen ihm und seinen Zuhörern stapelten sich die Opfergaben der Bauern – weitere Schinken, Käse, Würste, Kohlköpfe und vieles andere. Dazu auch zahlreiche Münzen. Unter ihm im Kirchenraum standen mehr als zwei Dutzend Bauern mit ihren Frauen und Kindern. Es waren ausgemergelte Gestalten, in Lumpen gekleidet wie Bettler. Eingeschüchtert blickten sie zu dem Leiter des Klosters hinauf, der gnadenlos auf sie einredete und sie unter Druck setzte. Keiner von diesen Leuten konnte lesen. Was in der Bibel stand, erfuhren sie vom Abt und seinen Mönchen, und was die Geistlichen ihnen sagten, glaubten sie. Der Abt predigte nicht von christlicher Nächstenliebe und davon, daß alle Menschen im Angesicht Gottes gleich waren, sondern er sprach von den Schrecken, die alle erwarteten, so sie nicht im Sinne der Kirche – oder vielmehr in seinem Sinne – handelten.

»Jederzeit soll sich der Mensch freihalten von Sünden und Fehlern«, rief er den andächtig lauschenden Bauern zu. »Von Gedankensünden, von Sünden der Zunge, der Hände, der Augen und des Eigenwillens, aber auch von den Begierden des Fleisches. Und es soll euch bewußt sein: Gott schaut immer vom Himmel auf euch herab. Gott sieht überall und immer, was ihr tut und nicht tut, und sollte er seine Aufmerksamkeit mal nicht auf euch richten, melden ihm seine Engel, was geschieht. Für den Gottesfürchtigen hält er das ewige Leben bereit; den Sündern aber sind das Feuer und die schreckliche Pein der Hölle sicher!«

Klaus Störtebeker hörte zu. Wut stieg in ihm auf und wuchs von Wort zu Wort, bis er kaum noch an sich halten konnte. Da predigte ein Mann, der Vorbild für andere sein sollte, von Himmel und Hölle und drohte den Bauern die schrecklichsten Strafen für eben jene Sünden an, die er selbst beging, indem er sich der Völlerei hingab.

Die Gläubigen wurden auf Klaus und Bruder Wigbold aufmerksam. Viele von ihnen blickten zu ihnen herüber. Sie schienen zu spüren, daß sich etwas Ungewöhnliches tat.

»Wir lassen niemanden von euch allein. Die Kirche reicht euch die Hand. Wer von euch gesündigt hat, im großen wie im kleinen, kann sich mit Gaben an die Heilige Mutter Kirche loskaufen von der Sünde. Meldet euch beim Cellar, Bruder Philip, und bringt ihm eure Opfer dar. Er wird euch dann sagen, ob eure Gabe groß genug ist, euch von euren Sünden rein zu waschen.« Der Abt breitete die Arme aus, als wollte er alle in seiner grenzenlosen Liebe umarmen. »Gebt, Leute, gebt mit offenem Herzen, auf daß euch die Absolution gewährt werde. Denn wie sagt Gott, der Herr: Wer mit freudigem Herzen gibt, der wird dereinst im Himmelreich dafür doppelt belohnt werden!«

Für gewöhnlich fielen solche Worte bei den Bauern auf fruchtbaren Boden. Sie führten ein wahrhaft elendes Leben. Schlechter konnte es auf Erden nicht für sie kommen. Die Lehnsherrn ließen ihnen nur wenig von dem, was sie auf den Feldern und in den Ställen erwirtschafteten. Damit nicht genug, denn dieses Wenige beanspruchte die Kirche. Was den von allen verachteten Bauern blieb, interessierte weder die einen noch die anderen. So blieben die Bauern ohne Hoffnung auf ein besseres Leben. Erst im Paradies würde ihr Elend ein Ende haben – falls die gnädige Kirche ihnen erlaubte, nach dem Tode dorthin zu wechseln. Also opferten die Bauern, um die Kirche gnädig zu stimmen und sich den Weg ins Paradies offen zu halten. Kaum etwas fürchteten die schlichten Gemüter mehr als den Zorn der Kirche, konnte er ihnen doch die letzte Hoffnung rauben.

Daß ein Mann wie der Abt diese Gefühlslage der Bauern hemmungslos ausnutzte, empörte nicht nur Klaus Störtebeker, sondern auch Bruder Wigbold. Der Mönch verfügte über einen durchaus ausgeprägten Gerechtigkeitssinn, genährt vor allem durch den Hunger, den er in den vergangenen Tagen hatte erleiden müssen, und den Anblick der bis zum Bersten gefüllten Vorratskammer.

»Solange können die Bauern nicht warten, bis der Herr beschließt, sie in doppelter Weise zu belohnen«, erklärte Störtebeker erzürnt. Er sprach so laut, daß jeder in der Kapelle ihn verstehen konnte.

Gemeinsam mit Bruder Wigbold nahm er die gestapelten Opfergaben und warf sie den Bauern zu. Würste, Geld, Schinken, Kohl und Käse flogen zu ihnen hinüber. Im ersten Moment zögerten sie, doch dann streckten sich ihnen ihre Hände entgegen. Während der Abt vor Überraschung und Entsetzen verstummte und sich fassungslos den Rebellen zuwandte, räumten die beiden radikal auf. Binnen weniger Momente kehrte alles zu jenen zurück, die es geopfert hatten.

»Was ... was fällt euch ein?« stammelte der Abt. »Der Teufel ist in euch gefahren! Hört sofort auf damit! Ich werde euch exkommunizieren ...«

Weiter kam er nicht, denn Störtebeker und Wigbold packten ihn und warfen ihn in hohem Bogen von der Kanzel, den vielen Opfergaben hinterher.

Damit endete ihre Zugehörigkeit zum Kloster. Der Abt tobte vor Zorn und Empörung. Mit Hilfe der anderen Mönche, die ihm demütig ergeben waren, nahm er ihnen alles, was sie hatten, und jagte sie zum Tor des Klosters hinaus. Nackt wie Gott sie geschaffen hatte, stolperten sie über die Feldwege. In der zur Faust geballten Hand hielt Klaus das zerbrochene Bernsteinmedaillon, seinen wertvollsten Besitz. Dieses Stück Bernstein bedeutete ihm alles. Er war glücklich, daß es ihm gelungen war, es vor den Mönchen zu verbergen, die ihnen die Kleider buchstäblich vom Leib gerissen hatten.

Wigbold war lediglich sein Wanderstab geblieben.

»So verliert man mit einem Wimpernschlag alles, was man hat«, beklagte er sich, während er hinter Störtebeker hertrottete. Er hatte Mühe, ihm zu folgen, denn sein Zögling schritt schnell aus, um das Kloster so weit wie möglich hinter sich zu lassen. »Freie Unterkunft und freie Verpflegung. Eine sichere Bleibe in unsicheren Zeiten.«

Störtebeker blieb stehen. Er breitete die Arme aus und drehte sich langsam um sich selbst. Sie befanden sich auf einem schmalen Pfad, der mitten durch ein Kornfeld führte. Es wurde von zwei Seiten von Wäldern begrenzt, war jedoch nach Südwesten hin offen. In diese Richtung reichte der Blick bis fast zum Horizont über sanft gewellte Hügel und mehrere kleine Seen.

»Was willst du?« fragte er. »Die ganze Welt steht uns offen.«

»Die ganze Welt!« stöhnte Wigbold. »Die will ich gar nicht. Mir würde schon eine einfache Kutte genügen, um meine Blößen zu bedecken. Wohin gehen wir eigentlich?«

»Nach Hamburg. Was dachtest du?«

»Nach Hamburg! Weißt du, wie weit das ist?«

»Egal. Früher oder später werden wir dort sein.«

Wigbold blieb kopfschüttelnd stehen. »Zuvor haben wir ein Problem zu lösen«, stellte er fest, wobei er kritisch an sich herunter blickte. »Oder glaubst du, daß man dich nach Hamburg hereinläßt, wenn du nackt bist?« Er grinste schief. »Einem Nackten kann man nicht in die Tasche fassen. Soweit ich aber gehört habe, ist es genau das, was die geschäftstüchtigen Hamburger besonders gerne tun.«

»Einem Nackten in die Tasche fassen?« Klaus tat, als habe er nicht begriffen.

»Nein. Die Hamburger interessieren sich für die gefüllten Taschen gerade jener, die neu in der Stadt und noch reichlich unbedarft sind.«

Klaus packte ihn am Arm und zog ihn zur Seite, bis sie in der Deckung einiger Holunderbüsche standen. Gleich darauf kamen mehrere Reiter vorbei. Ihre kostbaren Kleider wiesen sie als Angehörige des gehobenen Standes aus. Ihnen folgte ein Wagen, in dem geschützt unter einem Sonnendach eine ältere Dame saß.

»Warum bist du nicht hingegangen zu ihnen, hast freundlich gegrüßt und um etwas zum Anziehen gebeten?« fragte Wigbold.

Klaus antwortete nicht. Er kaute nachdenklich auf seiner Unterlippe. »Du hast recht«, erwiderte er. »Wir haben ein Problem, das wir irgendwie lösen müssen. Wir können schließlich nicht irgendwo an einer Haustür klopfen.«

Wigbold bekreuzigte sich. »Also bleibt uns nur, etwas zu stehlen«, stellte er fest. »Wir müssen uns im Schutz der Dunkelheit in ein Haus schleichen und hoffen, daß wir dort etwas zum Anziehen finden. Der Teufel soll den Abt holen, daß er uns in dieser Weise bestraft.«

Störtebeker widersprach ihm nicht. Ihm war klar, daß sie tatsächlich keine andere Möglichkeit hatten. Sie kehrten auf den Pfad zurück und setzten ihren Weg fort, kamen jedoch nicht weit. Als sie eine kleine Baumgruppe erreichten, trat ihnen plötzlich eine ärmlich gekleidete Gestalt entgegen. Klaus meinte, ihm schon einmal begegnet zu sein. Das Gesicht kam ihm bekannt vor.

»Ich bin einer der Bauern, die heute morgen in der Kirche des Klosters waren«, versetzte der Mann. »Ich war mit meiner Frau und den Kindern dort, als Ihr die Predigt des Abtes beendet habt. Nachdem Ihr uns die Opfergaben zugeworfen habt, sind wir auf unseren Hof zurückgekehrt. Ihr seid herzlich eingeladen. Wir möchten Euch danken. Wenn Ihr mit mir kommt, geben wir Euch etwas zum Anziehen.«

»Und zu essen?« fragte Wigbold voller Eifer.

»Und zu essen«, versprach der Bauer. »Wir haben nicht viel, aber wir teilen es gern mit Euch.«

Die Familie besaß in der Tat nur wenig. Der Hof bestand aus einer ärmlichen, windschiefen Kate, die den Eindruck machte, als müsse sie beim nächsten Windstoß in sich zusammenfallen, einem offenen Verschlag für eine Kuh, zwei Ziegen und ein Schwein, einigen Hühnern und einem Brunnen. Bevor der Bauer Klaus und den Mönch seiner Familie vorstellte, ließ er sie allein, um ihnen ein paar Tücher zu holen, mit denen sie ihre Blößen bedecken konnten.

»Hohe Herren«, stammelte die Bauersfrau, als sie die Kate erreichten. Mit ihren beiden Kindern sank sie auf die Knie, ergriff scheu einen Zipfel des Tuchs, mit dem Störtebeker sich verhüllte, und bat um ihren Segen für sich und ihre Familie.

»Der Herr sei mit euch«, antwortete Bruder Wigbold salbungsvoll, wobei er das Zeichen des Kreuzes machte. »Ihr steht unter seinem Schutz.«

Seine Worte taten diesen einfachen Menschen überaus gut. Ihre ausgemergelten Gesichter erhellten sich, und der Bauer bat sie ins Haus, wo er ihnen aus einer Kiste Hosen und Hemden gab. Klaus war etwas größer als er. Dennoch paßten ihm die Kleider, während Wigbold es nicht schaffte, sich die Hosen überzustreifen. Er entschied sich für ein besonders langes Hemd.

»Das muß reichen«, knurrte er. »Der Herr wird dafür sorgen, daß von unten nicht allzuviel Kälte aufsteigt, bis wir ein Dorf oder eine Stadt erreichen und uns andere Kleider besorgen können.«

»Mehr haben wir leider nicht«, bedauerte der Bauer. Er kniff die Augen zusammen und musterte Klaus. »Ihr kommt mir bekannt vor, Herr.«

»Du hast mich im Kloster gesehen.«

»Nein, wir müssen uns schon vorher mal begegnet sein.«

Sie verließen die Kate und setzten sich draußen auf einen

Findling, einen jener mächtigen Steine, die während der Eiszeit von ihren Ursprungsorten hoch im Norden von den Gletschern nach Süden geschoben worden waren. Allein neben der Kate lagen fünf von ihnen. Sie waren viel zu schwer, als daß man sie mit Menschenkraft hätte bewegen können. Klaus fiel auf, daß der Bauer alle Steine mit kleinen Kreuzen versehen hatte. Er glaubte offenbar, was in weiten Teilen der Bevölkerung behauptet wurde – daß diese Felsklötze von Riesen oder vom Teufel ins Land getragen und dort abgelegt worden waren. Mit Hilfe der Kreuze hoffte er, sich gegen das von ihnen ausgehende Böse schützen zu können.

»Das kann ich mir nicht vorstellen. Wo sollte das gewesen sein?«

»Vielleicht auf dem Hof der Brodersons? Ich bin mal dort gewesen.«

Schlagartig fühlte Störtebeker sich an die schrecklichen Ereignisse erinnert, die das Ende des Hofes bedeutet und seine Eltern das Leben gekostet hatten.

»Aber das war lange, bevor die schwarzen Reiter das Gut überfallen haben.«

Klaus horchte auf. »Was weißt du von den Schwarzen Reitern?«

»Nichts, hoher Herr!« Der Mann hob abwehrend die Hand, sichtlich erschrocken ob dieser Frage. Er wollte nicht mit jener mysteriösen Macht in Verbindung gebracht werden, die so viel Unheil angerichtet hatte. »Ich habe sie nur einmal gesehen, als sie hier in der Nähe vorbeizogen.«

»Du hast sie gesehen?« Störtebeker war bemüht, den Mann zu beruhigen. Er legte ihm die Hand auf den Arm. »Dann bist du in Gefahr gewesen. Sie hätten dich töten können, nur weil du sie beobachtet hast.«

»Sie haben mich nicht bemerkt, hoher Herr. Ich habe mich versteckt. Ich lag hinter einigen Büschen im Gras. Sie ritten an mir vorbei und verschwanden. Dorthin.« Er zeigte in die Richtung, in der die Stadt Hamburg lag.

»Und? Ist dir irgend etwas aufgefallen?«

Die Bauersfrau brachte ihnen etwas zu essen und zu trinken. Ein wenig Speck und Milch von der Ziege. Klaus hatte keinen Hunger, aber Wigbold bediente sich. Er behauptete, den Zustand überhaupt nicht zu kennen, in dem er mal keinen Hunger hatte.

»Ich hatte Angst vor ihnen und wollte nur, daß sie verschwinden. Hingesehen habe ich nicht so genau, Herr.«

»Sie trugen metallene Masken und Kettenhemden«, sagte Störtebeker. »Schwarze Hemden, Hosen und Stiefel. Auch ihre Pferde waren schwarz, wenn ich mich recht erinnere.«

»Das ist richtig.«

»Und sonst war gar nichts? Haben sie miteinander gesprochen? Hast du etwas gehört?«

»Nein. Alle waren still. Nur ein Junge hat gejammert und geweint. Er hatte keinen Helm auf. Er war verletzt. Hier oben an der Schulter.« Der Bauer legte eine Hand an die Brust, um zu zeigen, welche Stelle er meinte. »Sein Hemd war rot vor Blut. Er muß starke Schmerzen gehabt haben.«

Klaus Störtebeker sah das Messer vor sich, das er auf den Jungen geschleudert hatte. Die Klinge war etwa so lang gewesen, wie seine Hand breit war, und sie hatte Zacken aufgewiesen wie eine Säge. Sicherlich war es nicht so einfach gewesen, sie wieder aus der Wunde herauszuziehen. Er vermutete, daß die Stichwunde dabei vergrößert worden war und danach um so stärker geblutet hatte.

Der Bauer hatte ihm einen wichtigen Hinweis gegeben. Wenn er die Mörder seiner Eltern fand, konnte er zumindest einen von ihnen anhand dieser auffälligen Narbe identifizieren.

3. Frau in Rot

Einige Wochen vergingen, bis Klaus Störtebeker und Wigbold die Stadt Hamburg erreichten. In dieser Zeit halfen sie beim Bauern aus, zogen in mehrere kleinere Städte, um dort zu arbeiten und ein wenig Geld zu verdienen. Dabei erfuhren sie, daß es nicht ganz so leicht war, in die Hansestadt zu gelangen, wie sie sich vorgestellt hatten. Die Stadt verschanzte sich hinter hohen Schutzmauern und verfügte über wehrhafte Tore, die von Landsknechten bewacht wurden und die man nicht so ohne weiteres passieren konnte. Meistens wurden alle kontrolliert, die in die Stadt hinein wollten. Da halfen dann oft nur ein oder zwei Witten, die man den Wachen unauffällig in die Hand drückte. Glaubte man, auf eine Spende mit solchen Münzen verzichten oder mit Blafferten oder gar Hohlpfennigen auskommen zu können, fanden die Wachen mit Sicherheit einen Grund, den Zutritt zur Stadt zu verweigern. Dann stieg der Preis auf Sechslinge oder noch höher auf Schillinge.

Ein Händler berichtete, er habe sogar einen Goldgulden bezahlen müssen, was 264 Pfennigen entsprach. Er brachte leicht verderbliche Waren nach Hamburg und hatte den Fehler gemacht, Streit mit den Wachen anzufangen. Danach hatten sie ihm die Wahl gelassen, entweder mit wertlos gewordenen Gütern in sein Dorf zurückzukehren oder den Gulden herauszurücken und damit auf den Verdienst von mehreren

Tagen zu verzichten. Er hatte gezahlt, um seine Waren auch weiterhin in der Hansestadt verkaufen zu können.

Störtebeker und Wigbold unternahmen alles, was in ihren Kräften stand, um so unauffällig wie möglich aufzutreten. Sie schlossen sich einer Kolonne von Handelsreisenden an und hatten das Glück, auf gelangweilte und wenig aufmerksame Stadtwachen an den Toren zu stoßen. Sie konnten passieren, ohne nach ihrem Woher und Weshalb gefragt zu werden und ohne zahlen zu müssen.

Klaus war noch nie in einer so großen Stadt gewesen. Nach kurzer Diskussion mit Wigbold schätzten sie beide, daß Hamburg einige tausend Einwohner haben mußte. Die Stadt überraschte mit ihren engen Gassen und ihren Marktplätzen, die vor allem an den Kirchen eingerichtet worden waren und auf denen es so ziemlich alles zu kaufen gab, was das Umland und die Siedlungen an Nord- und Ostsee zu bieten hatten. Die meisten Gebäude drängten sich an den Ufern der Alster zusammen, nicht allzuweit von der Elbe entfernt, mit der sie durch eine Reihe von Kanälen verbunden war, die man in Hamburg *Fleete* nannte. Deichanlagen schützten vor den großen Fluten, die besonders im Frühjahr und im Herbst bedrohlich ansteigendes Wasser verursachten, wenn steife Westwinde und die auflaufende Tide die Wassermassen der Nordsee und der Elbe gegen die Stadt und ihre Außenbereiche drückten.

Staunend wanderte Klaus Störtebeker mit Wigbold durch die Straßen und Gassen. Längst war sein Haar nachgewachsen, so daß er nun keine Tonsur mehr hatte. Dazu zierte ein kräftiger Bart sein Kinn. Der Mönch hatte sein Aussehen dagegen kaum verändert. Er verstand sich nach wie vor als Benediktiner, daher trug er eine graue Kutte, die ihm bis beinahe auf die Füße herabreichte, und stützte sich wie gewohnt auf seinen Wanderstab, der für ihn Hirtenstab und Waffe zugleich war.

Die Häuser mit ihren teils prunkvollen Fassaden und kunstvollen Holzschnitzereien kündeten von dem Wohlstand ihrer Bewohner. Die wuchtig gestalteten Türen machten jedoch auch deutlich, daß es in den Mauern der Stadt nicht immer sicher war, so daß es angeraten war, die Häuser zur Nacht zu verriegeln.

Mit geradezu magischer Gewalt zog es Klaus Störtebeker zum Hafen. Er wollte die Schiffe sehen, die auf die Meere hinauszogen und fremde Länder anliefen. In dem Gewirr der Gassen war es jedoch nicht leicht, den richtigen Weg zu finden. Immer wieder versperrten ihnen Kanäle den Weg. Am Ziel sah er sich, als sie auf ein Fleet stießen, an dessen Ufer eine Kogge vertäut war. Arbeiter schleppten Fässer und Stoffballen an Bord, wo sie von anderen Arbeitskräften verstaut wurden. Kommandos, die ein untersetzter Mann erteilte, hallten bis zu Störtebeker und seinem Begleiter herüber. Der Mann hatte seine linke Hand verloren und ersetzte sie durch eine eiserne Manschette mit einem kräftigen Haken. Da das Schiff im Gleichgewicht bleiben mußte, wachte er darüber, daß die Transportgüter ihrem Gewicht entsprechend unter Deck verteilt wurden.

»He, du«, rief Klaus dem Mann zu. »Wem gehört das Schiff?«

»Was?« Der Mann auf dem Deck der Kogge schien irritiert zu sein.

»Die Kogge? Wem gehört sie?« Klaus trat dicht an das Schiff heran, das ihn mit seiner verwirrenden Takelage und dem vielen Tauwerk faszinierte. So nah war er einer Kogge noch nie gekommen. Bisher hatte er immer nur Schiffe vom Ufer der Ostsee aus gesehen.

»Hermann Preen gehört es«, antwortete der Seemann.

»Dem Kaufmann Preen, der eine Tochter namens Elisabeth hat?« staunte Störtebeker.

Der andere verzog das Gesicht, spuckte über Bord ins Wasser und wandte sich ab. »Willst du anheuern, oder bist du auf Brautschau?« kam es knurrig und unwillig über seine bärtigen Lippen. Mit energischen Befehlen trieb er die Männer an, die Fässer unter Deck brachten. Ein Drehkran hievte eines nach dem anderen über die Reling.

»Für mein Leben gern möchte ich auf dieses Schiff«, rief Störtebeker hinüber.

Bei dem anderen fand er nun keine Aufmerksamkeit mehr. Der Seemann hatte genügend damit zu tun, das Verstauen zu überwachen.

»Hast du jetzt endlich genug?« stöhnte Bruder Wigbold. »Ganz in der Nähe ist ein Wirtshaus. Dort will ich hin. Ich bin am Verhungern.«

»Geh nur! Ich habe gefunden, was ich gesucht habe.« Störtebeker gab dem Mönch einen freundschaftlichen Stoß gegen die Schulter, um sich von ihm zu verabschieden. Doch dann entfernte er sich nur ein paar Schritte und blieb wieder stehen. Neugierig trat er an die Reling der Kogge heran.

»Ich würde gern auf dem Schiff arbeiten«, sagte er zu dem Mann mit dem Eisenhaken. »Kannst du mich gebrauchen?«

Während der andere ihn nachdenklich musterte, trat ein blonder Mann an die Seite Störtebekers. Er war etwas kleiner und wirkte ungemein kräftig.

»Da hast du aber Pech gehabt«, rief der Blonde. Danach wandte er sich an den Bärtigen auf dem Schiff: »Steuermann, ich kenne mich aus mit der Seefahrt. Ich habe sämtliche Weltmeere befahren bis an den Rand der Weltscheibe. Auf einen wie mich könnt Ihr gar nicht verzichten.«

»Einen von euch beiden nehme ich«, erwiderte der Mann mit der Eisenkralle. »Wartet! Wir reden gleich weiter.«

Wigbold nahm Klaus zur Seite. Trotz seines Hungers hatte er es noch nicht fertiggebracht, ihn allein zu lassen. »Willst du wirklich auf das Schiff?«

»Für mein Leben gern«, beteuerte Störtebeker.

»Dann tut es mir leid. Für uns ist die Zeit gekommen, Abschied zu nehmen. Unsere Wege trennen sich.«

»Aber du könntest auch anheuern«, erklärte Störtebeker.

Der Mönch schüttelte den Kopf. Er legte ihm die Hände auf die Schultern und zog ihn nah zu sich heran. »Für mich ist das nichts. Der Herr hat mir keine Kiemen verliehen. Verdammt will ich sein, wenn die Menschen dieser Stadt nicht auf einen Seelentröster wie mich gewartet haben. Ich brauche ein Dach über dem Kopf, das nicht in den Wellen schwankt und wackelt, daß einem ganz elend wird – und ich brauche ein Bier!«

Sie blickten sich lange an. Störtebeker suchte nach den passenden Worten für den Abschied. Schließlich versetzte er: »Danke für alles, was du mir beigebracht hast.«

»Von nun an mußt du auf eigenen Füßen stehen«, erwiderte Wigbold. Er kämpfte mit den Tränen. Um zu verbergen, daß er seiner Gefühle nicht mehr Herr war, umarmte er Störtebeker, preßte ihn fest an sich, so daß er ihm nicht mehr ins Gesicht sehen konnte, und murmelte etwas Unverständliches. Dann riß er sich los und eilte davon, ohne sich noch einmal umzusehen. Nach wenigen Schritten war er in der Menschenmenge und zwischen den Markständen verschwunden.

Störtebeker zuckte mit den Achseln. Überzeugt davon, daß der Mönch früher oder später wieder auftauchen würde, wandte er sich der Kogge zu. Tag und Nacht war er seit vielen Jahren mit Wigbold zusammen gewesen, hatte alles mit ihm besprochen, hatte mit ihm gelernt und gefochten, ja war buchstäblich eins mit ihm geworden, so daß er sich nun nicht vorstellen konnte, endgültig von ihm getrennt zu werden.

»Was ist nun mit der Heuer?« rief er.

Der Kapitän hob seinen linken Arm und zeigte zur Mastspitze hinauf. »Wer zuerst in der Rah ist, bekommt die Heuer!«

Gleichzeitig mit dem Blonden stürmte Störtebeker los. Als sie die Planken hinaufliefen, die an Bord führten, drückte der andere ihn zur Seite, so daß er beinahe ins Wasser gefallen wäre. Er fing sich, verlor jedoch einige Schritte Vorsprung und mußte sich nun doppelt beeilen. Kurz nach dem anderen erreichte er eines der beiden vom Segel herabhängenden Seile und kletterte daran nach oben.

Der Blonde war äußerst geschickt und stark. Er war schnell wie eine Katze, so daß Störtebeker seine ganze Kraft einsetzen mußte. Er hangelte sich in die Höhe, kämpfte um jede Handbreit, holte rasch auf, erreichte die Rah jedoch nicht vor dem anderen, sondern gleichzeitig mit ihm. Nebeneinander ließen sie sich an den Seilen herabsinken.

Der Mann mit dem Haken spuckte erneut über die Reling ins Wasser, dann zeigte er auf Störtebeker: »Dich nehme ich!«

Doch plötzlich war das Interesse Störtebekers an ihm und der Heuer erloschen. Er beachtete den Mann nicht mehr, sondern richtete seine Blicke auf eine junge Schönheit in einem leuchtend roten Kleid, die in Begleitung einer älteren Frau aus einer Gasse hervorgetreten war. Sie trug einen Korb mit Obst, während die andere einen großen Lachs in den Armen hielt, den sie an einem der Fischstände in der Nähe erworben hatte. Die beiden bewegten sich im Strom zahlreicher anderer Frauen und Männer, die ihren Geschäften nachgingen, Waren schleppten oder Einkäufe tätigten.

Störtebeker war, als sei er nicht mehr Herr seiner Sinne. Zugleich glaubte er, die junge Frau zu erkennen. Es mußte – ja, es konnte nur Elisabeth sein, mit der er als Junge gekämpft und die ihn mit ihrem Holzschwert besiegt hatte. Sie war zu einer Schönheit herangereift.

»He, was ist los mit dir?« fragte der Mann mit der Eisenhand. Als er keine Antwort erhielt, gab er dem Blonden mit einem Kopfnicken zu verstehen, daß er an Bord bleiben konnte.

Störtebeker hatte die Kogge und die Heuer vergessen. Er hatte nur noch Augen für die junge Frau in dem roten Kleid und ihre Begleiterin, eine etwa sechzig Jahre alte Hausdame, die sich resolut ihren Weg durch die Menge bahnte.

Klaus folgte den beiden. Er bewunderte die junge Frau ob ihrer Schönheit, ihrer Anmut und ihrer Freundlichkeit an den verschiedenen Verkaufsständen. Sie blieb hier und da stehen, um die Waren zu betrachten und zu prüfen, kaufte jedoch lediglich ein paar Äpfel. Ihr Gesicht war so offen und frisch, daß es ihm bei ihrem Anblick abwechselt kalt und heiß über den Rücken lief.

Er wollte zu ihr gehen und sich ihr zu erkennen geben, doch eine ihm selber unerklärliche Schüchternheit überfiel ihn, so daß er zögerte. Das Herz klopfte ihm bis zum Hals, und seine Hand suchte unwillkürlich das Stück Bernstein, das er an einer dünnen Lederschnur um den Hals trug. Es erinnerte ihn an das unglaubliche Gefühl der Harmonie, das ihn bei ihrem letzten Zusammensein erfüllt hatte.

Während Störtebeker noch überlegte, mit welchen Worten er die rote Frau ansprechen sollte, achtete er nicht darauf, wohin er trat, und prallte gegen den Verkaufsstand eines Bäckers. Er hätte ihn umgestoßen, wenn er nicht blitzschnell zugepackt und ihn gehalten hätte. Allerdings konnte er nicht verhindern, daß ein Korb mit Broten auf den Boden fiel.

»He, hast du keine Augen im Kopf?« fuhr ihn der Bäcker an. Störtebeker entschuldigte sich, bückte sich, nahm die Brote auf und wischte den Schmutz von ihnen ab.

»Es tut mir leid«, entschuldigte er sich und reichte dem Bäcker die Brote.

Dann aber wandte er sich rasch jenem Verkaufsstand zu, an dem er zuvor die Frau in Rot gesehen hatte.

Sie war nicht mehr da. Es schien, als habe der Erdboden sie verschluckt. Mit ihrem leuchtend rotes Kleid hätte er sie sehen müssen, wenn sie noch irgendwo in der Nähe gewesen wäre. Erschrocken rannte er in eine der Gassen hinein, um sie zu suchen. Vergeblich. Da war keine junge Frau in einem roten Kleid.

Er fuhr herum, lief zu einer anderen Gasse hinüber.

Es half nichts. Ein paar Herzschläge lang hatte er nicht aufgepaßt. In dieser kurzen Zeit war sie verschwunden. Ratlos blieb er stehen.

Munter miteinander plaudernd bogen Elisabeth Preen und ihre Haushälterin Maria in einen schmalen Gang ein, der zwischen zwei Häusern hindurchführte. Sie kannten sich schon lange, und niemandem war die junge Frau so vertraut wie ihrer Begleiterin. Maria war weniger Dienstmagd als vielmehr Freundin für sie.

In dem Durchgang war es dunkel, und er bot kaum so viel Platz, daß die beiden Frauen nebeneinander gehen konnten.

Verfaulende Abfälle verbreiteten einen unangenehmen Geruch. Eine Ratte flüchtete lautlos am Gemäuer entlang, und zwei armselige Gestalten kauerten auf dem Boden. Gehüllt in Lumpen und mit von Schmutz überzogenen Gesichtern und Händen hoben sie sich kaum vor dem tristen Hintergrund ab. Der eine hatte nur einen Arm, neben dem anderen lehnten Krücken an der Mauer.

Mitleidig legte Elisabeth dem Lahmen eine Münze in die Hand. Kaum aber waren Maria und sie an den Bettlern vorbeigegangen, als beide plötzlich aufsprangen. Der eine benötigte seine Krücken nicht. Der andere brachte einen zweiten gesunden Arm unter seiner Kleidung hervor, packte Maria, riß sie herum, so daß sie mit ihrem Rücken an ihm lehnte, und setzte ihr ein Messer an die Kehle.

»Was habt Ihr da in Eurem fetten Beutel?« fragte er Elisabeth. »Gebt ihn brav heraus! Oder wollt Ihr, daß ich Eure Freundin absteche wie eine Sau?«

Breit grinsend streckte der Lahme Elisabeth die Hand entgegen. Mit den Fingern der anderen Hand winkte er höhnisch und fordernd, um sie zur Eile anzutreiben. »Nun komm schon! Wie lange willst du mich noch warten lassen?«

Flüchtig blickte Elisabeth sich um. Sie waren allein mit den Bettlern. Niemand sonst hielt sich im Gang auf. Auf der Gasse davor, zogen die Menschen vorbei, ohne zu bemerken, was unmittelbar neben ihnen geschah.

Elisabeth hielt den Beutel in der Hand und machte Anstalten, ihn zu übergeben. Zugleich forderte sie: »Laßt sie los. Sofort!«

Der Einarmige lachte. Rücksichtslos drückte er die Klinge seines Messers gegen die Kehle der Haushälterin, die starr vor Angst und Schrecken vor ihm stand.

»Eine kleine Wildkatze«, höhnte er. »Das gefällt mir. Her mit dem Beutel!«

»Den könnt ihr haben«, antwortete Elisabeth. Blitzschnell schlug sie dem Lahmen den Beutel ins Gesicht, der mit Geldstücken gefüllt und entsprechend schwer war. So hart traf sie den Bettler, daß er zusammenbrach. Im nächsten Moment ergriff sie eine der Krücken und war bei dem Mann, der Maria bedrohte. Bevor er sich versah, traf ihn das knorrige Holz am Knie, und eine kräftige Faust drückte seine Hand mit dem Messer zur Seite. Elisabeth holte mit der Krücke aus und rammte sie dem Mann in den Bauch, so daß er gequält aufstöhnte und wie ein von der Axt gefällter Baum zu Boden stürzte. Alle Vorteile schienen auf Seiten der jungen Frau zu sein, denn keiner der beiden Männer hatte damit gerechnet, angegriffen zu werden. Es war gewiß nicht ihr erster Überfall, aber vermutlich geschah es zum ersten Mal, daß ein Opfer sich wehrte. Elisabeth glaubte bereits, die Situation bereinigt zu haben, als sich das Blatt plötzlich wendete.

»Vorsicht!« rief Maria. »Hinter dir!«

Elisabeth fuhr herum, gerade noch rechtzeitig, um den Angriff des Lahmen abzuwehren. Er versuchte, ihr sein Messer in die Brust zu rammen, erhielt jedoch einen Tritt gegen das Knie und einen weiteren Stoß mit der Krücke gegen die Schulter. Er schrie gepeinigt auf, fiel auf die Knie, versuchte aber sogleich wieder auf die Beine zu kommen. Elisabeth gab ihm keine Chance. Sie setzte seine Krücke erneut ein und traf ihn mitten auf die Stirn. Damit war der Kampf für ihn zu Ende.

Der andere Bettler gab noch nicht auf. Brüllend vor Wut, stürzte er sich auf Elisabeth, die zurückweichen mußte, um seinem Messer zu entgehen. Sie sah nicht, daß hinter ihr Störtebeker auftauchte. Er erkannte die Situation und rannte herbei, um ihr zu Hilfe zu kommen, die sie nun gar nicht mehr brauchte. Sie täuschte den Angreifer, indem sie sich umdrehte und ihm den Rücken zuwandte. Dann beugte sie sich leicht vor und stieß ihm den Fuß in den Magen. Der Bettler sank zu Boden und blieb regungslos liegen.

»Da ist noch einer von diesen Lumpen!« rief Maria, die in dem herbeieilenden Klaus Störtebeker einen Kumpan der beiden Bettler sah. Wütend schlug sie mit dem Lachs auf ihn ein, den sie kurz zuvor gekauft hatten.

Störtebeker hielt die Arme schützend über den Kopf und nahm Schlag auf Schlag hin.

»Hör auf damit«, protestierte er. »Ich will euch doch nur helfen!«

Elisabeth fiel ihrer Haushälterin lachend in den Arm. »Maria, um Gottes willen«, bat sie. »Ich kenne diesen Mann.«

»Wirklich, Elisabeth?« Maria zweifelte noch immer, und dabei ahnte sie nicht, welche Erleichterung sie bei Klaus Störtebeker dadurch auslöste, daß sie den Namen der jungen Frau nannte. Endlich wußte er, daß er sich nicht getäuscht hatte.

Während die Haushälterin ihre Angriffe auf ihn beendete, beobachtete er, daß die Bettler sich aus hinter ihr dem Staub machten. Die beiden stellten keine Gefahr mehr dar, und Elisabeth war ihm weitaus wichtiger. Nicht noch einmal wollte er sie aus den Augen verlieren. Er hob den Arm, mit dem er den Lachs abgewehrt hatte, und rümpfte die Nase. Seine Kleidung hatte einen intensiven Fischgeruch angenommen.

»Ich danke dir, Elisabeth«, sagte er. »Beinahe wäre ich der erste Mann gewesen, der mit einem Fisch erschlagen wird.« Er wandte sich der Haushälterin zu, die einige Schritte Abstand hielt und ihn argwöhnisch musterte. Sie schien dem Frieden noch nicht zu trauen. Nach wie vor hielt sie den Lachs wie zum Schlag erhoben in den Händen. »Bemerkenswert! Ihr könnt kräftige Hiebe verteilen.«

Nun endlich ließ Maria den Fisch sinken. Voller Unbehagen blickte sie sich um. Niemand außerhalb der Gasse hatte bemerkt, was geschehen war. Sie mochte nicht länger in dieser Düsternis bleiben, zumal nicht auszuschließen war, daß die beiden Wegelagerer, verstärkt durch einige andere Halunken, zurückkehrten, um sich die entgangene Beute doch noch zu holen. Sie mußten es als besondere Schmach empfinden, von einer Frau überwältigt und in die Flucht geschlagen worden zu sein. Die Frau hatte sich dem Mann zu beugen. Daß sie kämpfte und ihm dabei sogar noch überlegen war, paßte ganz und gar nicht in das Bild, das sich selbst Männer aus solchen Niederungen von ihr machten.

»Wir kämpfen eben mit den Waffen der Frau«, erwiderte Elisabeth.

»Das habe ich doch schon mal gehört!« Nun endlich setzten sie ihren Weg fort. Klaus Störtebeker ging mit Elisabeth voran. »Und am eigenen Leibe erlebt.«

Maria folgte. Sie atmete hörbar auf, als sie den Gang verließen und auf den offenen, hellen Platz unterhalb der St.-Nikolai-Kirche hinaustraten. Auch hier reihten sich die Verkaufsstände aneinander, und es herrschte ein lebhaftes Treiben. In Todesangst schreiend, wehrte sich ein Schwein dagegen, geschlachtet zu werden. Trotz der zusammengebundenen Beine versuchte es zu fliehen. Der Widerstand half ihm nichts. Der Schlachter hob seine Keule, ein mächtiges Instrument, an dessen oberem Ende sich eine Kugel aus Horn befand, und schmetterte sie ihm auf den Kopf, um es zu betäuben. Als das Tier zusammenbrach und mit zuckenden Gliedern liegenblieb, schnitt er ihm die Kehle durch. Ein Gehilfe fing das herausschießende Blut in einer Schale auf, tauchte seine Hand hinein und trank aus der hohlen Hand den noch warmen Lebenssaft.

Von den beiden Bettlern war nichts mehr zu sehen. Sie waren in der Menge untergetaucht oder hatten sich in eines der Lagerhäuser an den Fleeten zurückgezogen.

Elisabeth blieb stehen. Klaus und sie blickten sich lange an. Sie spürten die geheimnisvolle Kraft, die sie beide miteinander verband, und mitten in der Menschenmenge sanken sie sich in die Arme. Sie vernahmen weder die tadelnde Bemerkung der Hausdame Maria noch die abfälligen Kommentare einiger junger Männer, die an ihnen vorbeizogen.

»Wir alle dachten, du seiest tot, Klaus Broderson«, sagte Elisabeth endlich. Sie lösten sich voneinander und blickten sich lächelnd an.

»Wir haben meinen Namen geändert«, erwiderte er. »Bruder Wigbold hielt es für sicherer. Ich heiße seit einiger Zeit Klaus Störtebeker.«

Elisabeth zuckte mit den Achseln. Ihr war gleichgültig, wie er sich nannte. Für sie war er immer noch jener Junge, in den sie sich verliebt hatte, als sie vierzehn Jahre alt war, und mit dem sie viele unbeschwerte Stunden auf dem Gut der Brodersons verbracht hatte. Schon damals war sie sicher gewesen, daß kein anderer Mann für sie in Frage kam, wenn sie erst einmal erwachsen und im heiratsfähigen Alter war. Daß sich die Dinge radikal verändern könnten, war ihr nicht in den Sinn gekommen. Konnte sie nicht über ihr Leben selber bestimmen, und ließen ihr ihre Eltern nicht alle Freiheiten? Besonders ihr Vater war ein verständnisvoller Mann. Damals war sie sicher gewesen, daß er Rücksicht auf sie nehmen und ihre Entscheidung respektieren würde.

»Ich bin froh, daß du lebst, Klaus.« Sie schlenderten durch die Gassen. »Du mußt mir unbedingt erzählen, wie du jenen entkommen bist, die euer Gut überfallen und deine Eltern ermordet haben.«

»Gern. Zuvor aber muß ich wissen, was mein Bruder Jan macht«, versetzte er. »Lebt er noch bei euch? Dein Vater hat ihn damals vom Gut mit nach Hamburg genommen.«

»Er ist die rechte Hand meines Vaters«, berichtete Elisabeth. Sie hatte jedoch offensichtlich keine Lust, sich noch länger mit Jan zu befassen. Klaus war viel interessanter für sie. »Wo hast du eigentlich die ganze Zeit gesteckt?«

»Ich war im Kloster. Jede Nacht habe ich an dich gedacht.«

»Und tagsüber?« Sie lachte, und ihre dunklen Augen funkelten vor Vergnügen. Es machte ihr Spaß, ihn ein wenig zu necken.

»Tagsüber mußte ich arbeiten. Und zwischendurch beten.« Störtebeker ging auf ihren lockeren Ton ein, ergriff im Vorbeigehen eine Blume von einem der Verkaufsstände und reichte sie ihr. Elisabeth neigte huldvoll den Kopf, als sei es ein großes Geschenk, das würdevoll entgegenzunehmen war.

»Und? Hat's geholfen? Das Beten?«

»Nicht immer. Es war eine lange Zeit.« Sie blickten sich kurz an.

»Ja. Eine sehr lange Zeit.« Mehr brauchte Elisabeth nicht zu sagen. Er wußte nun, daß sie ebenso an ihn gedacht hatte wie er an sie. Ihr Bekenntnis, das sie ihm auf diese diskrete Weise dargebracht hatte, machte ihn verlegen. Er griff nach dem Lederband an seinem Hals und zeigte ihr das Stück Bernstein, das er all die Jahre gehütet hatte wie einen Schatz.

»Hast du deine Hälfte noch?« fragte er.

Elisabeth zögerte keinen Moment, sondern zog das Ge-

genstück, das sie an einer feinen Kette trug, aus dem Ausschnitt ihres Kleides. Sie blieben stehen und drückten es zusammen. Die Stücke paßten und bildeten ein Herz.

»Erinnerst du dich noch an dein Versprechen?« Langsam gingen sie weiter, und wieder blitzte es in ihren Augen auf. Dieses Mal war es ein kleines, spöttisches Licht, das in ihnen tanzte. »Willst du es immer noch einfordern? Als Mönch?«

»Ich bin kein Mönch mehr«, entgegnete er. »Bereits im Kloster, als ich die Kutte noch trug, habe ich Abstand davon genommen.«

Er konnte sein Glück kaum fassen. Nach so langer Zeit war er endlich nach Hamburg gekommen und war Elisabeth schon am ersten Tag begegnet. Er war sicher, daß es die Hand Gottes war, die sie zusammengeführt hatte. Wer sonst hätte dafür sorgen können, daß sie gerade in jenem Augenblick am Hafen auftauchte, als er im Begriff war, auf einer Kogge anzuheuern und Hamburg zu verlassen?

Schweigend setzten sie ihren Weg fort, sahen sich hin und wieder an und schenkten sich ein Lächeln. Doch dann schien es, als senke sich ein Schatten auf sie herab. Je weiter sie kamen, desto deutlicher spürte er, daß etwas sie trennte. Elisabeth schritt nicht mehr so nah wie zuvor neben ihm her, und als er nach ihrer Hand greifen wollte, wich sie ihm aus. Schließlich blieb sie vor dem Torbogen einer Hofzufahrt stehen. Hinter einer massiven Mauer erhob sich ein großes, stattlich wirkendes Haus.

Sie trat nah an ihn heran und strich ihm zärtlich über die Wange.

»Warum warst du nur all die Jahre hinter Klostermauern eingesperrt?« Ihre Stimme war leise, und sie schlug die Augen nieder. Es schien, als spreche sie mehr mit sich selber als mit ihm.

»Das ist jetzt unwichtig. Wir haben uns wiedergefunden. Das ist alles, was zählt.«

Störtebeker zog sie an sich und küßte sie. Ihre Arme legten sich um seinen Nacken. Sie preßte sich fest an ihn und erwiderte den Kuß. Für einen kurzen Moment schien alles um sie herum zu versinken, so als ob sie allein mitten in dieser lebhaften Stadt seien. Dann aber rückte sie von ihm ab, beinahe so, als sei sie erschrocken. Verwirrt und verunsichert blickte er sie an.

»Ich darf dich nicht küssen«, sagte Elisabeth leise. Ihm schien, als schwinge in ihrer Stimme so etwas wie Trauer mit.

Ebenso irritiert wie erschrocken fragte er: »Warum nicht?«

»Weil ...« Sie zögerte und wich noch ein wenig weiter zurück. »Mein Herz gehört dir. Für immer. Aber es kann nichts sein zwischen uns ...«

Nach diesen rätselhaften Worten drehte sie sich um und lief durch den Torbogen in den Innenhof. Das lange, dunkle Haar flatterte um ihren Kopf, und er meinte das leuchtende Rot ihres Kleides noch immer zu sehen, als sie schon längst verschwunden war. Er folgte ihr auf den Hof, sah aber nur noch, wie sich eine Tür hinter ihr schloß.

Ihre Worte klangen in ihm nach.

Es kann nichts sein zwischen uns!

Störtebeker wußte nichts damit anzufangen. Er liebte Elisabeth, und sie erwiderte ohne Zweifel seine Gefühle. Was um alles in der Welt hatte sie dazu veranlaßt, so etwas zu sagen?

Es kann nichts sein zwischen uns!

Nachdenklich kehrte er auf die Gasse zurück. Kaum hatte er sie erreicht, als er eine Tür knarren hörte. Er wandte sich um, sah jedoch nicht sie, sondern einen Mann. Jäh schnürte sich ihm die Kehle zu, so daß er kaum sprechen konnte.

»Jan?« Störtebeker mochte kaum glauben, daß es sein Bruder war, der da aus dem Dunkel eines Lagerraums auf den Hof hinausgetreten war.

»Klaus?« antwortete der andere, nicht weniger unsicher als er. Doch dann verflog der Zweifel, ohne daß einer von ihnen noch etwas sagen mußte. Sie liefen aufeinander zu und fielen sich in die Arme, von Gefühlen übermannt. Keiner von ihnen konnte die Tränen zurückhalten. Allzu viele Jahre hatten sie einander nicht gesehen. Keiner von ihnen hatte gewußt, daß der andere überlebt hatte.

»Wie ist es dir ergangen, Jan?« fragte Störtebeker.

»Komm, laß uns ein Bier zusammen trinken«, bat sein Bruder. »Gleich um die Ecke ist ein Wirtshaus. Das Bier ist ganz gut, nicht so sauer wie bei anderen.«

Tatsächlich waren es nur ein paar Schritte bis zu einem Holzhaus mit einem engen Gastraum, in dem sich vornehmlich Handwerker aufhielten, wie an ihrer Kleidung unschwer zu erkennen war. Sie fanden einen freien Tisch in einem Erker, an dem sie ungestört miteinander reden konnten. Klaus kniff seinem Bruder leicht in die Wange. Jan war etwa so groß wie er, jedoch deutlich schwerer. Sein Gesicht wirkte voll und weich.

»Du scheinst das Bier zu lieben.«

»Das kann ich nicht leugnen«, erwiderte Jan schmunzelnd. »Der griechische Philosoph Plutarch hat einmal gesagt: Bier ist unter den Getränken das nützlichste, unter den Arzneien die schmackhafteste und unter den Nahrungsmitteln das angenehmste.«

»Du bist ein gebildeter Mann. Von diesem Plutarch habe ich noch nie gehört.«

»Ach, Unsinn!« Jan winkte ab. »Ich kenne nur diesen einen

Spruch, aber lassen wir das. Hermann Preen hat mich wie einen Sohn aufgenommen und mir sogar seinen Namen gegeben. Er hat mich als Kaufmann ausbilden lassen. Von kaufmännischen Belangen verstehe ich etwas. Und ein bißchen was vom Bier!«

Er lachte. Sein Bruder stimmte nicht darin ein. Jan schien eher oberflächlicher Natur zu sein, während er sich mit einer Frage quälte, die ihn seit seiner Kindheit nicht mehr losgelassen hatte.

»Hast du nie versucht, herauszubekommen, wer hinter dem Tod unserer Eltern steckt?« fragte er.

Jan trank einen Schluck Bier. Langsam setzte er den Krug ab, um ein wenig Zeit zu gewinnen. Schließlich zuckte er mit den Achseln. »Es ist sinnlos, in den Wunden der Vergangenheit herumzubohren, Klaus. Viel zu viel Zeit ist vergangen.«

Störtebeker schloß für einen Moment die Augen. Wieder kamen die Bilder in ihm auf, die ihn schon so oft heimgesucht hatten, wenn er nicht schlafen konnte, oder die ihn bis in seine Träume hinein verfolgt hatten. Er sah, wie seine Eltern unter den Streichen der Schwerter sterbend zusammenbrachen, wie das Gutshaus und die Scheunen in Flammen aufgingen und wie auch das Gesinde sterben mußte. Er sah die eisernen Masken der Reiter und die von Angst und Verzweiflung gezeichneten Augen jenes Jungen, der ihn töten sollte und den er mit seinem Messer getroffen hatte.

Nein, er konnte nicht ruhen lassen, was in der Vergangenheit geschehen war. Die schrecklichen Bilder hatten sich in seine Seele gebrannt und würden erst verlöschen, wenn er die Mörder seiner Eltern aufgespürt und seine Rache vollzogen hatte.

»Jan, ich habe mit eigenen Augen gesehen, wie unsere Eltern ermordet wurden. Dafür werden die Schuldigen büßen. Das habe ich mir geschworen.«

Sein Bruder schüttelte den Kopf, versuchte aber nicht, ihn umzustimmen. Längst hatte er von der Vergangenheit Abschied genommen, um mit allen seinen Sinnen und Gedanken in der Gegenwart zu leben.

»Wir wissen weder, wer das Gut unserer Eltern zerstört hat, noch wer die Männer waren, die das getan haben«, betonte er.

»Ich werde sie finden. Und ich werde sie töten«, kündigte Klaus an.

»Lebst du nur in der Vergangenheit?« Jan leerte seinen Krug und bestellte einen weiteren beim Wirt.

»Nein, keineswegs«, antwortete Klaus. Er setzte ein breites Lächeln auf. Fordernd griff er nach der Hand seines Bruders. »Es gibt vieles in der Gegenwart, was mich brennend interessiert. Erzähle mir von Elisabeth!«

4. Versprochen

Durch ein Fenster fiel helles Licht auf einen hölzernen Badezuber. Es war mit Butzenscheiben versehen, eine Kostbarkeit, die mit dem Schiff von Frankreich nach Hamburg gebracht worden war. Nur die wohlhabenden Kaufleute der Stadt konnten sich solche Fensterscheiben leisten, die in deutschen Landen noch nicht hergestellt werden konnten. Hermann Preen gehörte zu dem kleinen Kreis jener Erfolgreichen, die den Handel mit fernen Städten an Nord- und Ostsee organisierten und auf unsicheren Gewässern ein hohes Risiko eingingen. Gelang es, die Waren verlustfrei an ihr Ziel zu bringen und andere Waren dafür nach Hamburg zu holen, wurden diese Kaufleute mit reichlichem Gewinn belohnt.

Viele Jahre lang hatte Hermann Preen Erfolg gehabt. Seine Schiffe waren von Piraten unbehelligt geblieben. Im letzten Jahr aber und in den ersten Monaten dieses Jahres hatte sich das Blatt gewendet. Das Glück schien ihn verlassen zu haben. Er hatte herbe Verluste hinnehmen müssen, so schwere Verluste, daß sogar seine Existenz in Gefahr geraten war.

Elisabeth genoß nicht nur das schöne Licht, das ihre Räume erhellte, sondern auch die Wärme, die vom brennenden Kaminfeuer ausging, und das Bad in einem Zuber sowie die sanften Hände Marias, die sie mit Seife aus Belgien verwöhnte.

»Wo seid Ihr mit Euren Gedanken, Elisabeth?« fragte die treue Dienerin. Nahezu ihr ganzes Leben hatte sie im Haus Preen verbracht und Elisabeth schon als Kind betreut. Sie gehörte zum Haus wie vieles andere, was ihr lieb geworden war.

»Ich habe gerade jemanden aus der Vergangenheit getroffen«, antwortete sie, wobei sie nachdenklich mit dem Stück Bernstein spielte, das sie um den Hals trug.

»Was vergangen ist, sollte lieber vergangen bleiben«, riet Maria ihr.

»Vielleicht hast du recht. Die Versprechen, die man sich gegeben hat, waren nur kindliche Torheiten.«

»Ich denke, so ist es«, schloß sich die Hausdame ihrer Meinung an.

Elisabeth seufzte. »Der Verstand sagt ja, aber das Herz ...« Sie versuchte, sich vor den Gefühlen zu verschließen, die in ihr aufgekommen waren. Es wollte ihr nicht so recht gelingen.

»Beides sollte Simon von Wallenrod gehören. Herz und Verstand. Ohne Einschränkung. Ihr seid es ihm schuldig, und Ihr seid es Euch selber schuldig.«

Elisabeth strich sich mit den Händen über das Gesicht. »Ich bin mir meiner Pflicht sehr wohl bewußt, Maria. Ich werde Simon von Wallenrod heiraten. So wie ich es versprochen habe.«

»Aber nicht, wenn es Euch unglücklich macht«, gab ihre ältliche Freundin zu bedenken.

»Was ist Glück, Maria? Ist es Glück, wenn ich mich an ein Versprechen halte, das ich als kleines Mädchen mal gegeben habe? Und mein Vater stirbt in Gram und Armut?«

Maria lächelte. »Ihr übertreibt. So schlecht steht es um die Geschäfte Eures Vaters nicht.«

»O doch!« widersprach Elisabeth. »Deshalb ist es ja so wichtig, daß ich Simon von Wallenrod heirate. Mein Vater braucht die Hilfe der Wallenrods.«

»Tatsächlich? Ich wußte nicht, daß es so schlimm steht.«

»Noch schlimmer.«

Maria seifte ihr die Schultern ein. Sie zögerte mit ihrer Antwort. Als sie schließlich sprach, vertrat sie ihre Meinung mit Nachdruck. »Ihr dürft Euch nicht mit einem Mann zusammentun, den Ihr nicht lieben könnt.«

»Was hast du gegen Simon von Wallenrod? Er ist ein Mann mit Manieren. Und du hast mir mal gesagt, daß die Liebe eine Sache der Zeit und der Geduld ist.«

»Das ist wohl wahr«, bestätigte Maria. Ihre Gedanken wanderten weit in die Vergangenheit zurück, in eine Zeit, in der ihr Mann noch gelebt hatte. Schon in frühen Jahren hatte sie ihn verloren. Er war mit dem Schiff auf die Nordsee hinausgefahren und in einen Sturm geraten. Das Schiff war nie mehr zurückgekehrt. »Die Liebe auf den ersten Blick taugt nicht für ein ganzes Leben. Für eine beständige Liebe braucht es mehr.«

»Eben!«

Elisabeth tauchte vollkommen unter, ließ die Wärme auf sich wirken und stieg dann aus dem Zuber. Maria wickelte sie vorsorglich in ein weiches Tuch und trocknete sie ab. Erschrocken verharrte sie, als es an der Tür klopfte, beruhigte sich aber schnell, als sie die Stimme Hermann Preens hörte.

»Kann ich hereinkommen?«

Elisabeth zog sich zum Umkleiden hinter einen Paravent zurück, ein kostbares Stück, das ebenfalls mit einem Schiff ihres Vaters aus Frankreich gekommen war. Sie liebte diese aus edlen Hölzern und Tüchern geformte Wand. Ein wertvolles, mit Stickereien versehenes Kleid hing daran.

Rasch legte sie Maria die Hand an den Arm.

»Kein Wort davon zu meinem Vater«, bat sie beschwörend. »Versprich es mir! Er hat schon genug Sorgen.«

Als die Hausdame nickte, um ihr zu bedeuten, daß Elisabeth sich auf sie verlassen konnte, stellte sie sich auf die Zehenspitzen und rief über die schützende Wand hinweg: »Machst du dir Sorgen, daß deine Tochter nicht rechtzeitig fertig wird?«

Hermann Preen trat ein. Er kam von einer Besprechung mit anderen Handelsleuten und trug noch die Kleidung des hanseatischen Kaufmanns, einen knielangen, über der Brust offenen Rock, der mit einem breiten Ledergürtel zusammengehalten wurde. Dazu leichte Lederstiefel, die ihm bis fast an die Waden heraufreichten. An seinem Hals schimmerte eine goldene Kette mit einem Wappen als Schmuckstück daran. Er war ein älterer Herr, dem anzusehen war, daß er sich durchzusetzen wußte, ohne dabei laut zu werden. Er war von der unsichtbaren Aura des Erfolgreichen umgeben, der seinen Weg mit Können, Einfühlungsvermögen, Güte und Verständnis gemacht hatte. Dagegen fehlte ihm der Ausdruck der

Härte und der Kälte, die so vielen anderen Einflußreichen und Mächtigen der Stadt eigen war. Hermann Preen hatte immer ein Herz nicht nur für seine Familie, sondern auch für seine Bediensteten gehabt, gleichgültig, ob sie in seinem Haus, in seinem Lagerhaus oder auf Schiffen für ihn arbeiteten.

Da er nicht in der Lage war, seine Geschäfte kalt und ohne innere Beteiligung abzuwickeln, hatten ihn die Verluste besonders hart getroffen, die ihm die Freibeuter beigebracht hatten.

»Ist jemals eine Frau rechtzeitig fertig geworden?« fragte er mit sanfter Ironie.

Angekleidet kam Elisabeth hinter dem Paravent hervor. Mit beiden Händen strich sie sich das lange, dunkle Haar zurück und drehte sich vor ihm im Kreis.

»Wie gefällt dir mein Kleid?«

»Wundervoll«, antwortete er. Er blickte sie ebenso stolz wie bewundernd an. Dabei entging ihm nicht die geringste Kleinigkeit an ihrem Kleid. Es war perfekt, ein Meisterstück des Schneiders, den er damit beauftragt hatte. »Simon von Wallenrod wird begeistert sein.«

Als seine Tochter ihm einen Kuß auf die Wange drückte, legte er einen Arm um sie, so daß sie eng bei ihm bleiben mußte. »Elisabeth«, versetzte er ernst und mit Bedacht. »Ich habe deiner Mutter auf dem Totenbett versprochen, daß ich dir niemals einen Ehemann aufzwingen werde.«

»Ich weiß, Vater. Das tust du ja auch nicht«, erwiderte sie. Dabei gelang es ihr, so zu lächeln, daß er nicht erkannte, wie es in ihr aussah. Sie empfand nichts für Simon von Wallenrod. Sie wußte kaum etwas von diesem Mann und war ihm nur einige wenige Male begegnet, ohne mehr als ein paar oberflächliche Worte mit ihm wechseln zu können. Dabei war sie stets in Begleitung gewesen, wie es sich für eine junge Dame gehörte. Aufgefallen war ihr lediglich, daß Simon sehr gut aussah, offensichtlich viel Wert auf sein Äußeres legte und eine ungewöhnliche Erziehung genossen hatte. Von einer Freundin hatte sie gehört, daß er einige Jahre in Süddeutschland am Hofe einer adligen Familie gelebt und von dort Manieren mitgebracht hatte, die nach ihrem Verständnis nicht so recht zu Hamburg und den hier lebenden Menschen paßten. Allerdings hatte ihr die Art geschmeichelt, wie er sich vor ihr verneigt hatte. Die Eleganz seiner Bewegungen und seiner Körperhaltung hoben sich deutlich von jenen seiner Altersgenossen ab.

»Ich wünsche dir von ganzen Herzen, daß du mit Simon von Wallenrod glücklich wirst. Simon und du, ihr seid die Zukunft des Hauses Preen.« Die in letzter Zeit auf ihn einstürmenden Probleme mit seinen Geschäften hatten Spuren in seinem Gesicht hinterlassen. Elisabeth wußte, daß es ihrem Vater keineswegs nur um die erlittenen Warenverluste ging. Viel mehr noch als die finanziellen Einbußen schmerzte ihn, daß er Menschen verloren hatte, mit denen er sich seit vielen Jahren verbunden gefühlt hatte. Auf den Schiffen waren Besatzungsmitglieder niedergemetzelt worden, und aus den eingegangenen Berichten der Überlebenden ging hervor, daß die Piraten ihre Leichen ins Meer geworfen hatten.

Hermann Preen sah nicht nur diese Menschen, sondern auch ihre Angehörigen, ihre Frauen und Kinder, die nun niemanden mehr hatten, der für sie sorgen konnte. Während andere Kaufleute die Ansicht vertraten, daß sei eben das Risiko der Seeleute, das nur sie und niemanden sonst angehe, fühlte er sich für seine Angestellten und ihre Familien verantwortlich. Er versuchte, mit finanziellen Zuwendungen ihren

Schmerz ein wenig zu lindern. Um so mehr traf ihn, daß er als Kaufmann buchstäblich am Rande des Abgrunds stand. Der Verlust eines weiteren Schiffes würde das Aus für ihn bedeuten. Daher begrüßte er die Verbindung seiner Tochter mit Simon von Wallenrod, dessen Vater keine finanziellen Sorgen kannte. Im Gegenteil! Konrad von Wallenrod galt als der reichste Mann der Hansestadt.

»Ich danke dir für dein Vertrauen, Vater«, erwiderte Elisabeth. »Ich werde alles tun, um es zu rechtfertigen.«

Sie umarmte ihren Vater, und er drückte sie gerührt an sich. Er liebte sie. Einen größeren Platz als sie konnte niemand in seinem Herzen einnehmen.

»Ich weiß, mein Kind«, kam es leise und ein wenig heiser über seine Lippen.

In seinen Gemächern stand Simon von Wallenrod vor einem Spiegel, der aus einer polierten Metallplatte bestand und so hoch war, daß er sich in voller Größe darin bewundern konnte. Ihm gefiel dieser Spiegel, der erst vor wenigen Tagen mit dem Schiff nach Hamburg gekommen war. Ein kunstvoll geschnitzter, mit Goldlack aufgewerteter Rahmen faßte ihn ein.

Nachdenklich strich sich Simon mit den Fingern über die Narbe auf seiner Brust. Längst war die Verletzung verheilt, die er als Junge erlitten hatte, und doch schien sie noch immer zu schmerzen. Sie erinnerte ihn an einen Vorfall, bei dem ihn sein Vater gedemütigt hatte und ihn seine ganze Stärke und Überlegenheit hatte fühlen lassen.

Ein Bediensteter nahm ein weißes Hemd mit langen Ärmeln aus einer mit Eisen geschlagenen Truhe und hielt es ihm hin, doch er nahm es noch nicht, um seinen nackten Oberkörper damit zu bedecken. Seine Blicke richteten sich auf seinen Vater, der wenige Schritte hinter ihm stand. Das Licht der unruhig brennenden Kerzen schuf eigenartige Reflexe auf seinem Gesicht und ließ es im Spiegel verzerrt erscheinen. Durch das kleine Fenster fiel nur wenig Licht herein, so daß der wuchtige Schrank, der Tisch mit den Kerzenständern und der mit feinem Sand bestreute Boden dunkler erschienen, als sie tatsächlich waren.

»Bist du sicher, daß du Elisabeth Preen wirklich erobern kannst?« fragte Konrad von Wallenrod.

»Ich weiß, wie man mit einer Frau ihres Standes umzugehen hat«, erwiderte sein Sohn, der nun das Hemd entgegennahm und es sich überstreifte. Der Bedienstete half ihm und zupfte es zurecht, bis es korrekt am Körper saß.

»So? Woher willst du denn das wissen?« Konrad von Wallenrod machte keinen Hehl daraus, daß er von den Fähigkeiten seines Sohnes keineswegs überzeugt war. »Sie gilt als aufmüpfig und rebellisch. Für eine Ehe muß sie wohl erst noch gezähmt werden.«

Simon wandte sich ihm zu und deutete eine höfische Verbeugung an, ungemein elegant in seiner Bewegung, so wie er es am Hof der adligen Familie gelernt hatte. Von Wallenrod fühlte sich provoziert. Er war, was gesellschaftliche Umgangsformen anging, ein einfacher Mann, der sich ein Leben lang in erster Linie um seine Geschäfte gekümmert hatte und für den das Parkett in den Schlössern im Süden des Landes eine vollkommen fremde Welt darstellte. Ihm kam das Verhalten seines Sohnes verweichlicht und unmännlich vor. Schon seit Jahren bereute er, daß er Simon für einige Jahre nach Süden hatte ziehen lassen, weil er gehofft hatte, daß sich Ritter seiner annehmen und ihn zu einer härteren Gangart veranlassen würden. Doch das war nicht geschehen. Sein Sohn war mit Manieren zurückgekehrt, die nicht in eine Stadt wie Hamburg paßten.

»Ich habe ein angeborenes Talent dafür«, behauptete Simon. »Außerdem weiß ich doch, wie wichtig diese Hochzeit für dich ist.«

»Tatsächlich?«

»Als Patrizier müssen wir uns mit einer anerkannten Patrizierfamilie verbinden – damit sich dein Traum endlich erfüllt.«

Konrad von Wallenrod reichte seinem Sohn das Schwert und sah zu, wie er es sich umgürtete. »Wovon sprichst du eigentlich?«

»Vom Amt des Bürgermeisters!«

Sein Vater wandte sich unangenehm berührt ab, ging zum Tisch, nahm ein Kollier auf, das dort lag, und ließ es langsam und nachdenklich durch seine Finger gleiten. Es war ein kostbares Stück, ein Meisterwerk der Goldschmiedekunst, doch er sah es kaum. Ihm gefiel ganz und gar nicht, daß sein Sohn ihn durchschaut hatte.

Bürgermeister von Hamburg zu werden war allerdings das Ziel, das er sich selber gesteckt hatte. Alle Versuche, sich diesem Ziel zu nähern, waren bisher gescheitert, weil es ihm nicht gelungen war, eine ausreichende Zahl von einflußreichen Persönlichkeiten um sich zu scharen und sich auf diese Weise die nötigen Mehrheiten zu verschaffen, die für eine Ernennung unabdingbar waren. Mit außerordentlichem Geschick hatte er einige der wichtigen Kaufleute von sich abhängig gemacht. Doch es reichte nicht. Noch nicht. Er brauchte noch eine Stimme von Gewicht. Es war in der Tat so, wie Simon gesagt hatte. Es fehlte die Verbindung zu einer der Patrizierfamilien der Stadt. Ohne diese Verbindung blieb ihm der Zugang zu dem höchsten Amt verschlossen, das die Hansestadt Hamburg zu vergeben hatte. Als besondere Ironie des Schicksals empfand er, daß er das Adelsprädikat »von« in seinem Namen führen durfte, aber nicht zu den wirklich hochrangigen Persönlichkeiten der Stadt zählte, während Hermann Preen sich nicht mit einem solchen Namenszusatz schmücken konnte, aber ganz ohne Frage hinsichtlich seines Rufes und seines Ansehens ein Patrizier war.

»Gehen wir!« befahl er.

Simon von Wallenrod zögerte. Er litt unter der Übermacht des Vaters, doch ihn nun ein wenig in die Enge getrieben zu haben, befriedigte ihn nicht. Nicht nur dem Vater fehlten die angestrebten Verbindungen zu den Patrizierfamilien der Stadt, sondern ihm ebenfalls.

»Vielleicht haben wir mehr gemeinsam, als dir lieb ist, Vater«, sagte er, während er ihm folgte. Konrad von Wallenrod blickte über die Schulter zurück zu ihm. Er schien irritiert zu sein.

»Vergiß das Kollier für deine Verlobte nicht!«

Sie verließen das Haus und ritten durch die engen Gassen der Stadt zum Anwesen des Kaufmanns Preen, das an einem anderen Fleet lag, näher zur Elbe hin. Durch ein großes Tor ging es in einen Innenhof, der zur Straße von einer Mauer, auf der einen Seite vom Wohnhaus und auf den anderen beiden Seiten von Lagerhäusern umschlossen wurde. Unmittelbar hinter den Lagerhäusern befand sich der Fleet, so daß die Schiffe dort anlegen und be- und entladen werden konnten.

Als sie die Pferde Bediensteten übergeben hatten, trat Hermann Preen aus dem Haus, um sie zu begrüßen. Wenig später kam Elisabeth von einer Galerie herunter, die um den größten Teil des Innenhofs herumführte. Langsam stieg sie Stufe für Stufe der Treppe herab, sich dessen wohl bewußt, daß jeder ihrer Schritte von Simon von Wallenrod, seinem Vater und von ihrem Vater beobachtet wurde.

Simon verbeugte sich mit höfischer Eleganz, um dann die mit Edelsteinen besetzte Kette zu heben. »Darf ich sie Euch umhängen?«

»Kommt Ihr immer ohne große Umschweife zur Sache?« entgegnete Elisabeth zaghaft lächelnd, jedoch nicht ohne Koketterie. »Wollen wir uns nicht vorher ein wenig kennenlernen?«

Er lächelte entgegenkommend und verneigte sich erneut, ohne sich allzu tief dabei zu beugen. Er beherrschte diese Geste perfekt, die sowohl höflich als auch galant war und die sie als Kompliment verstehen mußte.

»Ich kann Euch versichern, ich kenne Euch gut«, entgegnete er. »Seit langem beherrscht Ihr meine Träume.«

»Es gibt einen großen Unterschied zwischen Traum und Wirklichkeit.«

»Es liegt an Euch, ob der Traum Wirklichkeit wird. Ich habe euch schon seit Jahren beobachtet. Beim sonntäglichen Kirchgang etwa. Oder beim Reiten.«

Elisabeth war keineswegs entgangen, daß er ein Auge auf sie geworfen hatte. Da er ein durchaus attraktiver Mann war, hatte es ihr geschmeichelt.

»So? Und was habt Ihr festgestellt?«

»Daß mir die Wirklichkeit ausnehmend gut gefällt. Oder sollte ich lieber sagen, daß die Wirklichkeit den Traum noch bei weitem übertrifft?« Er lächelte charmant, und sie erwiderte sein Lächeln. Mit leichtem Schritt entfernte sie sich einige Ellen von ihm, um sich ihm dann zuzuwenden. Dabei nahm sie ihre Bernsteinkette mit beiläufig erscheinender Bewegung ab, so daß es ihm nicht auffiel. Simon von Wallenrod trat näher an sie heran und legte ihr das Kollier um. Er sah nicht, daß sie das Stück Bernstein mit ihrer Hand umschloß. Er deutete erneut eine Verbeugung an, und ein Lächeln entspannte seine Lippen. Dann neigte er sich zu ihr hin, um sie zu küssen. Er suchte ihren Mund, doch Elisabeth drehte den Kopf anmutig und scheu zur Seite, um ihm ihre Wange zu bieten.

Klaus Störtebeker und sein Bruder Jan verließen das Wirtshaus, obwohl sie noch längst nicht alles miteinander besprochen hatten, was es zu erzählen gab. Beide hatten viel erlebt, so daß sie einige Stunden gebraucht hätten, um alles zu berichten. Jan aber drängte darauf, ihn zum Hause Preen zu bringen und seinem Pflegevater mitzuteilen, daß sein Bruder nach so vielen Jahren wieder aufgetaucht war.

Als sie das Anwesen der Preens erreichten, ritten zwei Männer in prächtigen Gewändern aus der Toreinfahrt heraus, so daß sie zurückweichen mußten, um ihnen Platz zu machen.

»Simon von Wallenrod und sein Vater«, flüsterte Jan.

Eigenartig berührt blickte Störtebeker den jungen Mann auf dem Pferd an. Er hatte das Gefühl, ihm schon einmal begegnet zu sein, wußte jedoch nicht, wo. Ohne Rücksicht auf die vielen Menschen in den Gassen zu nehmen, trieben die beiden Reiter ihre Pferde zu schnellerem Tempo an.

»Die Wallenrods sind reiche Leute«, setzte Jan erklärend hinzu. »Komm jetzt! Hermann Preen ist sicherlich oben in seinem Arbeitsraum.«

Tatsächlich hielt sich der Kaufmann in seinem Kontor auf, einem Raum, der großzügig ausgestattet war, über hohe, helle Fenster verfügte und in den tieferen Winkeln von Öllampen ausgeleuchtet wurde. Auf dem wuchtigen Tisch, der Platz für mehr als zehn Personen bot, standen zwei Schüsseln mit Äpfeln, Birnen und Pflaumen. Auf Bänken und Schreibpulten lagen zahllose Papiere. Sie umrahmten ein Podest, auf dem das Modell einer Kogge im Licht der Sonnenstrahlen leuchtete, gerade so, als wäre ihr einziger Zweck, eben dieses Modell in seiner ganzen Schönheit zu zeigen.

Hermann Preen freute sich. Mit ausgestreckten Armen eilte er Störtebeker entgegen.

»Der Sohn eines alten Freundes ist bei mir immer herzlich willkommen«, sagte er. »Schön, dich gesund wiederzusehen, Klaus.«

Seine Worte kamen von Herzen. Daran gab es keinen Zweifel. Sein Bruder hatte Störtebeker gesagt, daß Preen ein grundehrlicher Mann sei, dessen einziger Fehler es sei, daß er sein Herz allzu leicht auf der Zunge trage.

Störtebeker dankte ihm für die freundlichen Worte, dann wandte er sich dem Schiffsmodell zu. »Ist das die *Genoveva*?«

Preen legte seine Hände beinahe zärtlich an das Modell einer Kogge, die über ein ausladendes Kastell am Heck verfügte.

»Ja, das ist die *Genoveva*«, bestätigte er. »Wie du siehst, hat sie nur einen Mast. Im Gespräch sind größere Koggen, die voraussichtlich zwei Masten haben werden. Noch wissen die Schiffsbauer nicht, ob sich so etwas überhaupt realisieren läßt. Man wird demnächst auch vorn auf dem Schiff ein Kastell bauen. Die *Genoveva* ist vorn nicht mehr offen wie ihre Vorgänger. Sie hat einen kleinen Aufbau, aber das ist noch kein Kastell. Alles ist eine Frage der Stabilität. So ein Schiff darf schließlich nicht kopflastig werden, sonst würde es kentern. Der Schwerpunkt muß auf jeden Fall unter der Wasserlinie liegen. Ein zweiter Mast oder ein vorderes Kastell könnten den Schwerpunkt zu weit nach oben verlagern. Dann wäre die Kogge nicht mehr zu manövrieren.«

Störtebeker hörte ihm zu, und sein Interesse ließ auch nicht nach, als Preen sich ausführlich über die Besonderheiten der Konstruktion ausließ, über Spanten, Abdichtungen und Rumpfformen sprach, die diesem Schiffstyp eine höhere Geschwindigkeit ermöglichte als ihren Vorgängern.

»Leider können wir zur Zeit wegen der Auseinandersetzungen mit Dänemark und der Seeräuberei nicht auslaufen«, erklärte Preen dann. »Wir haben Beobachter überall an den Küsten. Sie unterrichten uns darüber, wo besondere Gefahren lauern. Erst vor wenigen Tagen haben sie uns geraten, den Hafen Hamburgs vorläufig nicht zu verlassen. Sobald sie uns signalisieren, daß die Piraten andere Gewässer ansteuern, wird die *Genoveva* in See stechen. Bis dahin ist das Risiko zu groß. Daher kann ich dir eine Heuer an Bord nur in Aussicht stellen. Solange magst du dich im Speicher nützlich machen. Dort kann ich jemanden wie dich gut gebrauchen. Einverstanden?«

Preen streckte ihm die Hand entgegen, und Störtebeker schlug ein. Er war froh, so schnell Arbeit zu finden. Es half ihm nichts, wenn er auf einem Schiff anheuerte, das dann doch nicht auslaufen konnte und im Hafen vertäut liegenblieb.

»Danke«, erwiderte er. »Ich werde alles tun, um auf so ein wunderbares Schiff zu kommen.«

»Alles?« vernahm er eine helle, zweifelnde Stimme.

Die drei wandten sich erstaunt um. Sie hatten nicht gehört, daß sich hinter ihnen eine Tür geöffnet hatte und Elisabeth eingetreten war. Sie trug ein hochgeschlossenes Kleid, so daß nun nicht zu sehen war, ob Schmuck ihren Hals zierte. Selbstsicher ging sie an Klaus vorbei, wobei sie ihm einen vielsagenden Blick zuwarf. Sie wollte nicht, daß er irgend etwas über ihre Begegnung und ihr Abenteuer bei dem Überfall auf sie verriet. Sie wollte ihren Vater nicht beunruhigen und für sich bewahren, daß sie sich bereits begegnet waren.

Preen legte den Arm um seine Tochter. »Kannst du dich noch an Elisabeth erinnern?«

Mit einem nur für sie verständlichen, ironischen Unterton sagte Störtebeker zu ihr: »Du hast dich verändert, seit wir uns das letzte Mal gesehen haben.«

»Das kann man von dir nicht behaupten«, entgegnete sie schnippisch. »Hast du Appetit auf Fisch? Er wird gerade in der Küche zubereitet.«

»Nein, danke. Der Appetit ist mir vergangen.«

Preen beobachtete die beiden, erfaßte jedoch nicht, welchen Hintergrund dieses kleine Geplänkel hatte. »Elisabeth kümmert sich um alles, was den Haushalt und das Gesinde angeht«, versetzte er. »Sie wird ihrem zukünftigen Ehemann eine große Hilfe sein.«

Störtebeker erschrak. Nicht ein einziges Mal war ihm der Gedanke gekommen, ein anderer Mann könnte zwischen ihm und Elisabeth stehen. Um so heftiger war der Stich, den er nun in der Brust verspürte.

»Ich verstehe nicht. Du bist schon einem Mann versprochen?«

»Meine Tochter wird den Sohn des angehenden Bürgermeisters von Hamburg heiraten«, verkündete Preen voller Stolz.

»Warum hast du mir das nicht gesagt?« fragte Störtebeker und schaute Elisabteh offen an.

»Es hat sich keine Gelegenheit ergeben«, bedauerte sie.

»Was ist mit deinem Versprechen?«

»Als Mönch solltest du mehr Zurückhaltung gelernt haben. Und Demut«, befand sie, wobei sie ihren Vater kurz anblickte. Ihr war klar, daß er nun begreifen mußte, daß sie sich bereits vorher gesehen hatten.

»Eher einen Sinn für Gerechtigkeit«, betonte Störtebeker. »Und Abscheu vor Lügen und falschen Versprechungen.«

»Klaus will auf die *Genoveva* – als Seemann«, erklärte Preen. Er spürte, daß sich eine Spannung zwischen Störtebeker und seiner Tochter aufbaute. Daher fühlte er sich veranlaßt einzugreifen.

»Das leuchtet mir ein.« Elisabeth nickte. »Er hat schon immer eine fatale Vorliebe für Meerwasser gehabt.«

Sie lächelte, doch Störtebeker blieb ernst. Er wollte und konnte sich nicht damit abfinden, daß es einen anderen Mann im Leben Elisabeths gab.

»Dir ist klar, daß du an Bord eines Schiffes den Befehlen deiner Vorgesetzten unbedingt Folge zu leisten hast?« Hermann Preen bewies mit dieser Frage, daß er Menschenkenntnis hatte und Klaus Störtebeker richtig beurteilte. Er sah einen jungen Mann in ihm, der entschlossen war, seinen eigenen Weg zu gehen, und der dabei nicht immer bereit war, sich unterzuordnen, vor allem dann nicht, wenn etwas gegen sein Gerechtigkeitsempfinden verstieß.

»Sofern sie seemännisch notwendig sind – unbedingt.«

Jan versuchte, seinen Bruder zu warnen. Er wollte nicht, daß Klaus Einschränkungen dieser Art machte und sich allzu offen äußerte, weil er damit möglicherweise seine beruflichen Aussichten gefährdete. In der Seefahrt galten strenge Regeln. Wer sich dem Kapitän widersetzte, mußte damit rechnen, streng bestraft zu werden.

»Wie willst du beurteilen, was seemännisch notwendig ist und was nicht? Als Mönch?«

»Ich habe mich im Kloster mit der christlichen Seefahrt beschäftigt. Dabei habe ich alles über Navigation, Gezeiten und Schiffbau studiert, was ich in die Hände bekommen konnte. Es waren mehrere Bücher, aber aus meiner Sicht nicht genug.«

»Zwischen deinen Büchern und der rauhen See besteht aber ein himmelweiter Unterschied. Du mußt noch viel lernen.«

»Wenn Ihr mir die Gelegenheit dazu gebt, will ich es gerne tun.«

Hermann Preen und Störtebeker blickten sich lange an. Sie verstanden sich auch ohne viele Worte. Der Kaufmann erkannte, daß er einem Mann gegenüberstand, der voller jugendlicher Energie war und der zu neuen Ufern strebte, ein Mann, der sich nicht so ohne weiteres aufhalten ließ. Er war anders als sein Bruder Jan, der in seinem Wesen zögerlicher und weniger entschlußfreudig war. Mit Störtebeker bot sich ihm ein wagemutiger Kämpfer an, wie die Kaufleute der Hansestadt sie gut gebrauchen konnten. Er nickte Störtebeker anerkennend zu, dann gab er Jan einen befehlenden Wink und ging mit ihm hinaus.

»Hast du in deiner Studierstube im Kloster nicht nur deine Manieren, sondern auch das Reiten verlernt?« fragte Elisabeth, als sich die Tür hinter ihnen geschlossen hatte.

»Das kommt auf einen Versuch an«, erwiderte er. »Ich habe schon lange nicht mehr auf dem Rücken eines Pferdes gesessen. Du könntest mir die Elbe zeigen. Man hat mir gesagt, daß es dort auch feine Sandstrände wie an der Ostsee gibt. Ideal zum Reiten.«

Elisabeth und Störtebeker gaben ihren Pferden die Zügel frei und ließen sie laufen, edle Rappen, die erstaunlich leicht und wendig waren. In ihren Adern mischte sich das Blut der robusten norddeutschen Pferde mit dem der temperamentvollen

Holländer. Elisabeth jagte ihr Pferd durch das flache Wasser. Störtebeker hatte Mühe, mit ihr mitzuhalten. Doch der Ehrgeiz stachelte ihn an, so daß er sie bald einholte. Er griff ihr in die Zügel und brachte die Pferde zum Stehen.

»Warum hast du dich verlobt?«

»Was geht das dich an?« Störrisch stieß sie die Hand zurück, die ihr Pferd hielt.

»Wer ist dein Verlobter? Ich muß es wissen.«

»Er stammt aus einer vornehmen Hamburger Familie«, antwortete sie und fügte spitz hinzu: »Mit Manieren!«

Ihr Kleid hatte sich über der Brust geöffnet, daher bemerkte Störtebeker das goldene, mit Edelsteinen besetzte Kollier.

»Woher hast du das?«

»Das ist mein Verlobungsgeschenk.« Sie löste sich von ihm und trieb ihr Pferd an, um es durch das flache Wasser traben zu lassen. Störtebeker folgte ihr und schloß zu ihr auf.

»Und was ist mit meinem Bernsteinschmuck?« Er war ganz nah bei ihr. Zart strich er ihr über das Haar. Sie wich ihm nicht aus. Tränen stiegen ihr in die Augen.

»Es ist gut verwahrt.« Elisabeth beugte sich vor und küßte ihn, zunächst zart und leicht, dann voller Kraft und Leidenschaft. Als er sie fester in seine Arme ziehen wollte, wehrte sie ihn ab und trieb ihr Pferd zum Galopp an. Verwirrt blickte er ihr nach.

Im Rathaus der Stadt kamen die Ratsmitglieder zu ihrer turnusmäßigen Versammlung zusammen, um über die Probleme zu beraten, mit denen die Stadt zu kämpfen hatte. Zuvor jedoch gab es ein anderes Ereignis zu würdigen.

Konrad von Wallenrod führte Elisabeth an der Hand herein, und alle erhoben sich von ihren Plätzen. Simon von Wallenrod und Hermann Preen setzten sich auf ihre Plätze, die mit kleinen Metallschildern gekennzeichnet waren.

Der amtierende Bürgermeister, ein alterschwacher Mann mit schulterlangen, weißen Haaren, richtete seine Blicke aus kurzsichtigen Augen auf die junge, schöne Frau. Seine Hand zitterte leicht, als er sie an die schwere, goldene Kette legte, die um seinen Hals lag und als Zeichen seiner Würde galt. Seit mehr als zwanzig Jahren stand er an der Spitze der Hanseaten. Nun aber war er müde geworden und hatte angekündigt, sein Amt noch in diesem Jahr aufzugeben. Konrad von Wallenrod war einer der drei Kandidaten für seine Nachfolge. Im Kreis der Stadträte war man sich einig, daß er die besten Aussichten hatte und daß er diese durch eine Verbindung mit der Familie Preen noch einmal deutlich aufwerten würde.

Konrad von Wallenrod ergriff das Wort. »Ich habe die Ehre und das Vergnügen, Ihnen allen etwas kundzutun«, erklärte er mit gehobener Stimme, während die Blicke seines Sohnes voller Stolz auf der jungen Frau ruhten. »Elisabeth, die einzige Tochter unseres geschätzten Ratsmitglieds Hermann Preen, wird am Sonntag vor Pfingsten meinen Sohn Simon heiraten.«

Ratsherr Matthias Kramann, der Sprecher des Rats, erhob sich. Er war ein älterer Mann, der es – abgesehen von Simon von Wallenrod – wie kein anderer aus diesem Kreise verstand, würdevoll aufzutreten und damit die Hansestadt zu vertreten. Er verneigte sich leicht vor Elisabeth und Simon.

»Der Rat der Stadt Hamburg wünscht dem zukünftigen Brautpaar Gottes Segen«, erklärte er mit ruhiger Stimme. Ein flüchtiges Lächeln entspannte seine Lippen. »Mit großer Freude begrüßen wir die Verbindung zweier wichtiger Familien unserer Stadt.«

Daraufhin erhoben sich auch die anderen Ratsmitglieder, um Beifall zu spenden. Lediglich der Bürgermeister blieb sitzen. Wohlwollend klatschte er in die Hände. Simon von Wallenrod verneigte sich vor dem Sprecher.

»Ich danke Euch, verehrter Matthias Kramann!« Danach küßte er Elisabeth galant die Hand, wofür ihm erneuter Beifall des Rates zuteil wurde.

Konrad von Wallenrod wartete, bis es wieder still wurde, dann meldete er sich zu Wort. Simon und Elisabeth zogen sich ein paar Schritte zurück. Ihnen war bewußt, daß sie nun nicht mehr im Mittelpunkt standen.

»Die Seeräuberei vor unserer Haustür ist zu einer unerträglichen Plage geworden«, stellte Konrad von Wallenrod fest. »Wir Kaufleute sitzen auf unseren Waren, weil unsere Schiffe nicht auslaufen können.«

Zurufe von verschiedenen Seiten machten deutlich, daß der Rat ebenso dachte und empfand wie er. Die Macht der Freibeuter war zu groß geworden. Während der Winterpause hatten die Gesetzlosen offenbar aufgerüstet, während einige Ratsmitglieder der Hansestadt die Ansicht vertreten hatten, das Problem werde sich früher oder später schon von selbst lösen und ein höherer Aufwand zur Abwehr der Gefahr sei nicht nötig. Ein fataler Irrtum!

In der Zeit von Oktober bis Februar ruhte der Schiffsverkehr auf den Flüssen und den Meeren. Die von Seiten der Natur drohenden Gefahren waren in dieser Zeit zu groß. Mit der Entwicklung der Koggen hatten die Schiffsbauer enorme Fortschritte erzielt. Dieser Schiffstyp erwies sich als deutlich schneller und sicherer als die vorherigen. Koggen konnten dazu noch wesentlich mehr Ladung aufnehmen. Ein Problem aber konnte noch nicht gelöst werden. Auch die Koggen verfügten nicht über die angestrebte Stabilität auf See. Wenn die Wellen zu hoch gingen und die Winde zu heftig wurden, bestand bei ihnen die Gefahr des Kenterns, vor allem, wenn die Ladung nicht richtig verstaut worden war. Daher blieben die Schiffe im Hafen, sobald man mit Herbst- und Winterstürmen rechnen mußte.

Erst am 22. Februar begann die neue Saison. Dann wagten die ersten Koggen sich hinaus auf den Strom und auf die See. Nun aber hatte sich gezeigt, daß nicht die Natur den Kaufleuten und ihren Schiffen am meisten zusetzte, sondern die Piraterie. Sie führte in vielen Fällen zum Totalverlust der Schiffe mit ihren Mannschaften. Schon vor den Toren der Stadt lauerten die ersten Freibeuter. Geriet ein Schiff zu nahe an das südliche Ufer der Elbe und lief dort gar auf Grund, tauchten mit Sicherheit Piraten auf und bedienten sich bei den zumeist unbewaffneten Kaufleuten.

»Das Problem ist bekannt«, stellte Matthias Kramann fest. »Die Frage ist nur: Was können wir tun?«

Während von Wallenrod mit einer Antwort zögerte, meldete sich Hermann Preen zu Wort. »Gestattet mir einen Vorschlag.« Er wartete, bis er sich der Aufmerksamkeit aller sicher war, dann fuhr er fort: »Wir müssen mit Königin Margarethe von Dänemark zu einem für beide Seiten ehrenvollen Frieden kommen. Dann können wir gemeinsam gegen die Piraterie auf unseren Meeren vorgehen.«

»Wie stellt Ihr Euch das vor?« entgegnete Kramann. »Wir wissen alle, daß sich Königin Margarethe an keine Verträge gebunden fühlt. Was sie heute besiegelt, hat sie morgen vergessen. Was können wir also auf ihr Wort geben? Nichts!«

Damit legte er die Finger auf die für viele Ratsmitglieder schmerzliche Wunde. Die Stadt hatte mehrfach versucht, zu einer Einigung mit Königin Margarethe zu gelangen. Verträge waren unterzeichnet und später von ihr wieder verworfen worden.

Mit Hilfe von Intrigen und einiger Rücksichtslosigkeit setzte Margarethe von Dänemark gegen allen Widerstand ihren Willen in der Thronfolge durch. Die jüngere Tochter König Waldemars von Dänemark war mit König Haakon VI. von Norwegen verheiratet. Nach dem Tod des Vaters hätte eigentlich ihre ältere Schwester den Thron besteigen müssen. Margarethe erreichte jedoch, daß ihr minderjähriger Sohn an ihr vorbei als Nachfolger des Königs eingesetzt wurde. Nun hielt sie alle Fäden der Macht über Dänemark in Händen, denn ihr Sohn trat so gut wie nie in Erscheinung. Sie führte die Staatsgeschäfte.

Skrupellos manövrierte sie ihre ältere Schwester Ingeborg aus, die mit dem Mecklenburger Herzog Heinrich III. verheiratet war. Da half nicht einmal, daß Kaiser Karl IV. sich auf die Seite Ingeborgs stellte und ihren Anspruch auf den Thron unterstützte. Die Hanse, die ein Mitspracherecht in diesem Fall hatte, machte den Fehler, sich ängstlich zurückzuhalten und sich nicht einzumischen. Man wollte es sich weder mit der norwegisch-dänischen Seite noch mit der Mecklenburger Seite verderben, die dazu noch mit Schweden verbunden war.

Die Mecklenburger nahmen die Zurücksetzung nicht hin. In ohnmächtiger Wut begannen sie einen Kaperkrieg gegen dänische Schiffe und Häfen, einen Krieg, den sie nicht gewinnen konnten. Sie hätten von vornherein wissen müssen, daß sie die einmal getroffene Nachfolgeregelung nicht mehr rückgängig machen konnten. Sicherlich wäre es klüger gewesen, sich mit Margarethe zu arrangieren, statt gegen sie zu kämpfen. Dänemark rückte mit seinen Truppen bis nach

Stockholm vor und belagerte die Stadt von der Landseite her. Sie zu erobern gelang indes nicht.

Da die Mecklenburger zu schwach waren, um allein zu kämpfen, und der Bevölkerung Stockholms der Hungertod drohte, rief Albrecht II. von Mecklenburg Piraten zu Hilfe und stattete sie mit Kaperbriefen aus. So wurden die Freibeuter zu sogenannten *rechtmäßigen Unternehmern* im Handelskrieg auf fürstliche Veranlassung. Ihr Auftrag lautete, dänische Schiffe zu überfallen und auch jene nicht zu schonen, die sich als Verbündete der Dänen verstanden. Den größten Vorteil bei dieser Auseinandersetzung hatten zunächst die Kaufleute der Hanse, denn ihre Schiffe wurden kaum behelligt.

Die Vitalienbrüder, wie man die Freibeuter auch nannte, weil sie fast ausschließlich erbeutete Lebensmittel heranschafften, wurden von Albrecht großzügig entlohnt.

Als Herzog Albrecht unerwartet starb, wurde sein Sohn Albrecht III. sein Nachfolger. Albrecht III. war jedoch nicht nur Herzog von Mecklenburg, sondern auch König von Schweden. Er hatte keinerlei Interesse an einem Krieg mit Dänemark. Daher schloß er als eine seiner ersten Amtshandlungen einen Waffenstillstand mit Margarethe.

Von einem Tag auf den anderen wurden die Kaperbriefe der Piraten wertlos, und die Freibeuter waren wieder das, was sie zuvor auch gewesen waren: Gesetzlose. Ihre Zahl aber war deutlich angestiegen, und ihre Bewaffnung war besser als je zuvor. Nun richteten sich ihre Aktionen nicht mehr ausschließlich gegen Dänemark, sondern gegen die Handelsschiffe der Hanse. Zu vermuten war, daß Margarethe von Dänemark diese Wendung mit einer gewissen Schadenfreude beobachtete und sich vielleicht sogar dadurch rächte, daß sie den Piraten heimlich Schutz gewährte.

»Ich werde es dennoch versuchen«, verkündete Hermann Preen. »Wenn der Rat zustimmt, werde ich mich an Bord meines Schiffes *Genoveva* begeben und in Kopenhagen die dänische Königin aufsuchen. Die Seewege müssen endlich wieder sicherer werden, aber das erreichen wir nur, wenn wir ein breit angelegtes Fundament gemeinsamer Interessen aufbauen.«

Erneut erhoben sich die Ratsmitglieder, um ihm zu applaudieren. Sie waren froh, daß sich jemand fand, der das Risiko einer solchen Reise auf sich nahm und sich für sie einsetzte.

5. Die Wallenrods

Vor dem Ratshaus boten Händler ihre Waren feil. Ein Gerber arbeitete an großen Bottichen, wobei er mit zwei jungen Männern schwatzte, die aus Weidenzweigen Körbe flochten. Mit untergeschlagenen Beinen hockte ein Schneider auf einem Tisch und nähte Ärmel an einen Rock. Er blickte die ganze Zeit über konzentriert auf seine Hände, um Stich für Stich zu setzen und die Fäden sauber zu ziehen, so daß sich der Stoff nirgendwo verwarf und an unerwünschter Stelle Falten bildete.

Klaus Störtebeker und sein Bruder Jan standen bei einem Schmied, der mit kräftigen Hammerschlägen Scharniere aus glühendem Eisen formte. Sie beobachteten, wie Hermann Preen mit seiner Tochter und Simon von Wallenrod aus dem Rathaus kam und sich ihnen näherte.

»Ist das ihr Verlobter?« fragte Klaus.

»Ja, Simon von Wallenrod«, bestätigte sein Bruder.

»Ich begleite dich«, hörte Störtebeker die junge Frau sagen, während sie an ihm vorbeiging und ihn lange ansah.

»Das ist viel zu gefährlich«, wies ihr Vater ihr Ansinnen zurück. »Du bleibst hier. Das ist mein letztes Wort.«

»Gestattet mir einen Vorschlag. Ich werde Euch zu Eurem Schutz meine besten Männer mitgeben«, bot Simon von Wallenrod an.

»Ich nehme Euren Vorschlag gerne an«, bedankte sich Preen.

Simon von Wallenrod verabschiedete sich von ihm und seiner Tochter, indem er sich leicht verneigte. Während Hermann Preen mit Elisabeth in Richtung Nikolai-Kirche davonging, kehrte er zum Eingang des Rathauses zurück, wo sein Vater mit mehreren Ratsherren redete. Die Herren befanden sich in gelöster Stimmung, denn sie lachten ein ums andere Mal.

»Komm, Klaus«, forderte Jan seinen Bruder auf. »Laß uns gehen. Zerbrich dir nicht den Kopf über Dinge, die du nicht ändern kannst.«

»Ich zerbreche mir nur den Kopf über Dinge, die ich ändern kann. Wie gut kennst du die Wallenrods?«

»Nicht besser als alle anderen in Hamburg. Sie sind reich und sehr mächtig. Eine einflußreiche Familie.«

»Und woher haben sie ihren Reichtum?« fragte Störtebeker, der Simon von Wallenrod und seinen Vater nicht aus den Augen ließ. Die Art, wie diese beiden Männer mit den Ratsherren redeten und wie diese sie behandelten, ließ ihn darauf schließen, daß sie gehörigen Respekt bei ihnen genossen.

»Sie besitzen Schiffe und Handelsniederlassungen auf der ganzen Welt.«

»Und Ländereien?«

»Ich weiß es nicht. Ich nehme an, daß sie Ländereien haben.« Jan winkte, um seinen Bruder zum Gehen aufzufordern.

»Gerüchte? Oder hast du zuverlässige Informationen?«

»Es heißt, daß ihnen halb Hamburg gehört. Und einige Küstenstreifen dazu. Mit Fischereirechten und lehnspflichtigen Bauern. Warum willst du das wissen?« Jan atmete auf, weil Klaus endlich Anstalten machte, ihm zu folgen und sich vom Rathaus zu entfernen.

»Weil ich gern wissen möchte, wem jetzt unser Land gehört.«

Seufzend blieb Jan stehen. Allmählich verlor er die Geduld. Allzu lange blieb Klaus nun schon bei diesem Thema, das er nicht erschöpfend beantworten konnte, weil er sich noch nie eingehend mit der Familie von Wallenrod befaßt hatte. Was er wußte, hatte er hier und da mal aufgeschnappt.

»Wie kommst du darauf, daß von Wallenrod Eigentümer von Gut Broderson ist? Ich nehme an, das willst du damit sagen?«

»Wo werden die Besitzurkunden für gewöhnlich aufbewahrt?« Störtebeker gab nicht nach. Hartnäckig verfolgte er sein Ziel und ließ sich auch nicht davon abbringen, als sein Bruder die Augen verdrehte, um ihm zu bedeuten, daß es nun wirklich genug war. »Das müßtest du doch wissen, Jan. Also?«

»Unter dem Rathaus gibt es ein Gewölbe. Dort befindet sich das hanseatische Archiv«, entgegnete Jan. »Ich bin häufig dort gewesen und habe für Hermann Preen Urkunden hinterlegt oder andere Papiere eingesehen, die wichtig für seine Handelsbeziehungen waren. Beispielsweise benötigte er verläßliche Angaben über Personen, mit denen er Geschäfte machen wollte.«

»Dann kennst du dich also aus in dem Archiv«, stellte Störtebeker nüchtern fest.

Jan streckte abwehrend die Hände aus. »O nein, Bruder«,

sträubte er sich. »Ich kann dich nicht dort hinbringen. Das Archiv ist nicht jedem Bürger zugänglich, sondern nur den Honoratioren der Stadt sowie einigen Persönlichkeiten aus dem Rechtswesen. Du kannst nicht einfach hingehen und dir alle Urkunden, Akten oder Schriftrollen ansehen.«

Klaus Störtebeker blieb unter einem Tordurchgang stehen, um einen Pferdekarren und einige Händler vorbeizulassen.

»Was kostet das?«

»Wie meinst du das?«

»Tu nicht so, Bruderherz«, erklärte Klaus und grinste. »Du weißt genau, um was es geht.«

»Um Bestechung.« Jan schüttelte genervt den Kopf. »Das ist nichts für mich. Wenn das rauskommt, können wir schwer bestraft werden.«

»Niemand wird es erfahren. Der Archivar wird nichts verraten, weil er sich sonst selbst ans Messer liefern würde, und wir beide halten sowieso den Mund. Also?«

»Ich kann den alten Lutz ja mal fragen«, lenkte Jan zögernd und voller Unbehagen ein. »Er ist der Stadtschreiber und verwaltet das Archiv. Um ehrlich zu sein: Er schuldet mir noch einen Gefallen. Es ist jedoch ein gewaltiger Unterschied, ob er mir Einblick in Urkunden und andere Papiere gewährt oder dich in das Archiv läßt. Er kennt dich nicht, und er weiß nicht, ob er dir vertrauen darf. Nun gut, ich verbürge mich für dich. Ob es hilft, weiß ich nicht. Sein Reich ist ihm heilig, und er lebt ständig in der Angst, jemand könnte Feuer an seine Schätze legen.«

Als Schreiber des Kaufmannes Preen hatte Jan vielfältige Verbindungen in der Stadt. Er wußte, wie man es anstellen mußte, um Einblick in wichtige Papiere und Urkunden zu bekommen, und wie er Zugang zu Informationen erhielt, die anderen verschlossen blieben. Mit dem Archivar der Stadt war er so gut bekannt, daß man schon fast von Freundschaft sprechen konnte. Ihm hatte er schon das eine oder andere Mal einen Gefallen getan oder ihm kleine Geschenke gebracht, wie etwa eine Ente, ein Huhn oder ein Stück Schinken. Mit solchen Zuwendungen, die der Archivar sich von seinem bescheidenen Einkommen nicht leisten konnte, sicherte Jan sich dessen Dankbarkeit. Diese Geschenke sah er keineswegs als Bestechung an, da er bisher noch nie eine Gegenleistung eingefordert hatte.

Rückwärts schreitend entfernte Jan sich, um sich davon zu überzeugen, daß Klaus ihm nicht folgte. In dieser heiklen Angelegenheit wollte er ihn nicht früher dabei haben als unbedingt notwendig. Rasch tauchte er in der Menge unter. Doch Störtebeker mußte nicht lange warten. Sein Bruder kehrte schon bald zurück, und dabei wirkte er sehr entspannt, beinahe heiter.

»Ich hätte es nicht für möglich gehalten«, sagte Jan, »aber Lutz hat tatsächlich die Hand aufgehalten, und er war mit weniger zufrieden, als ich erwartet habe. Wir sollen sofort kommen, aber wir müssen uns beeilen und sofort verschwinden, falls sich ein anderer Besucher einstellt, etwa ein Ratsherr, der ihm und uns gefährlich werden könnte.«

»Na also«, triumphierte Klaus. »Ich hab's doch gewußt!«

Wenig später betraten sie ein ausgedehntes Gewölbe, in dem sich auf Tischen und Regalen Hunderte und Aberhunderte von Urkunden, Akten und Schriftrollen stapelten. Es war dunkel in den Gängen und Kammern. Lutz, der Archivar, führte sie mit einer Laterne in der Hand durch sein Reich. Als sie ihr Ziel erreichten, einen Abschnitt, der sich durch nichts von den anderen unterschied, der aber genau das enthalten sollte, was sie suchten, erlaubte der Archivar ihnen, Fackeln anzuzünden. Zugleich fuhr er sie an: »Um Gottes willen! Paßt mit den Flammen auf!«

Störtebeker war ein wenig zu leichtsinnig gewesen und hatte die offene Flamme zu nah an die Papiere herangehalten. Nun trat er erschrocken zurück und sah sich vor. Lutz hatte recht. Allzu leicht konnte das Papier Feuer fangen. Das Ergebnis wäre ein Feuersturm gewesen, der das ganze Stadtarchiv vernichtet hätte.

Nachdem der Archivar sich davon überzeugt hatte, daß seine Besucher vorsichtig genug waren, breitete er mehrere Pergamentrollen auf einem Tisch aus. Sich seiner Bedeutung bewußt, erläuterte er: »Für gewöhnlich werden die Urkunden von den Besitzern selbst aufbewahrt. Sie werden nur vorgezeigt, wenn es Streitigkeiten um ein Stück Land gibt. Es kann aber vorkommen, daß wir Abschriften der Originale hier haben. Die hier habe ich von den Wallenrods gefunden.«

Störtebeker wollte sich über die Urkunden beugen, doch der Archivar hinderte ihn daran, indem er den Arm ausstreckte und ihn zurückhielt.

»Was hier geschieht, muß unter uns bleiben«, forderte er. »Ich möchte keine Bekanntschaft mit der Streckbank machen.«

»Du hast unser Wort«, erwiderte Störtebeker. Bis jetzt hatte er sich keine Gedanken darüber gemacht, wie es weitergehen sollte, falls er irgend etwas entdeckte, was sich gegen Konrad von Wallenrod und seinen Sohn richtete. Er brauchte einen handfesten Beweis. Der aber war schwierig zu erbringen, da sie die Hilfe des Archivars unter allen Umständen verheimlichen mußten. Er gewährte ihnen lediglich Einblick in die Unterlagen.

»Ich lasse euch jetzt allein«, sagte Lutz. »Seht euch die

Urkunden an. Ich sorge dafür, daß ihr nicht überrascht werdet.« Mit der Laterne in der Hand entfernte er sich. Klaus und sein Bruder beugten sich nun über die Papiere, um sie zu studieren. Es dauerte nicht lange, bis Störtebeker seine Hand auf eine der Schriften legte. »Hier. Lies mal!«

Jan versuchte es, gab aber sogleich wieder auf. »Das ist Lateinisch. Davon verstehe ich nichts. Du bist Mönch. Du hast diese Sprache gelernt. Also kannst du das lesen. Was steht da?«

»Konrad von Wallenrod hat innerhalb einer Woche mehrere Höfe erworben. Unter anderem Gut Broderson.«

»Wann?« fragte Jan.

»Vor sechs Jahren. Das ist hier festgehalten. Schwarz auf weiß.«

»Das kann nicht stimmen«, zweifelte sein Bruder.

»Nein, das kann es nicht«, schloß sich Störtebeker seiner Meinung an. »Die Wallenrods haben sich ihr Vermögen unrechtmäßig unter den Nagel gerissen und zusammengeraubt. Und jetzt brauchen sie nur noch eines ...«

»Du meinst ... diese Heirat mit Elisabeth?«

»Ganz recht. Sie brauchen mehr Ansehen und Ehrbarkeit. Und wer verkörpert eben dies in hohem Maße? Die Familie Preen? Oder täusche ich mich?«

»Nein, Hermann Preen ist ein Mann ohne Fehl und Tadel.«

Störtebeker faltete das Dokument zusammen und steckte es ein. Lutz war zu weit von ihnen entfernt, als daß er es hätte sehen können. »Ich bin gespannt, was dein Ziehvater dazu sagt.«

Elisabeths Vater reagierte ganz anders, als Klaus erwartet hatte. Er warf nur einen flüchtigen Blick auf die Urkunde, schob sie unwillig zur Seite und polterte: »Was erzählt ihr mir da?«

Klaus und sein Bruder Jan standen ihm in seinem Kontor gegenüber. Dies war Preens Reich, das er mit absoluter Autorität beherrschte.

»Das besagt gar nichts! Überhaupt nichts«, wies er die gegen die Wallenrods erhobenen Beschuldigungen zurück.

»Unser Vater hat Gut Broderson nie verkauft.« Klaus Störtebeker war sich seiner Sache absolut sicher. Er wollte noch etwas hinzufügen, doch Preen ließ ihn nicht ausreden.

»Ich bin nicht bereit, mir diese Verleumdungen weiter anzuhören«, erklärte der Kaufmann. »Was soll das auch? Seht doch bitte ein, daß ihr mit so was eure Eltern nicht mehr lebendig machen könnt. Akzeptiert endlich die Tatsachen, wie sie sind. Man soll alte Geschichte nicht immer wieder aufwühlen. Das bringt nur Unfrieden.«

Klaus Störtebeker hatte Mühe, seine Gedanken und Gefühle unter Kontrolle zu halten. Er war geradezu erschrocken über die ablehnende Haltung Preens. Sie überraschte ihn, denn gerade von ihm hatte er eine ganz andere Reaktion erhofft.

»Aber die Urkunde beweist doch ...«, begann er, verstummte jedoch, als Preen das unersetzliche Pergament zerriß und die Fetzen danach achtlos auf den Boden warf. Fassungslos und zutiefst enttäuscht blickte Störtebeker ihn an, lehnte sich jedoch nicht auf, sondern folgte seinem befehlenden Wink und verließ zusammen mit Jan das Kontor. Es wäre sinnlos gewesen, noch irgendein Argument gegen die Familie von Wallenrod vorzubringen.

Als sie die Tür hinter sich schlossen und zu der Treppe gingen, die nach unten in den Hof führte, kam Simon von Wallenrod in Begleitung von vier bewaffneten Männern durch die Toreinfahrt herein. Ins Auge fielen vor allem zwei dieser

Männer. Der eine war ein kahlköpfiger Riese mit weit ausladenden Schultern und ungemein muskulösen Armen. Der andere war im Vergleich zu ihm klein. Eine schwarze Augenklappe überdeckte sein linkes Auge. Er hatte lange, dunkle Haare, die er im Nacken mit einer Spange zusammenhielt.

»Vorsicht!«, warnte Jan mit leiser Stimme. »Zwei von denen kenne ich. Der Große mit der zweischneidigen Axt heißt Götz. Er ist ein brutaler Schläger. Der mit der Augenklappe ist Lüchow. Ein hinterhältiger Hund, vor dem du dich in acht nehmen mußt. Alle vier stehen im Dienste Preens. Hier an Land sind sie so etwas wie eine Leibwache. Ansonsten hat er sie angeheuert, damit sie seine Seetransporte gegen die Piraten sichern.«

Klaus hörte kaum hin. Er stieg die Treppe hinunter.

»Auf ein Wort, Simon von Wallenrod«, rief er.

»Was willst du? Ich kenne dich nicht.« Der elegante Verlobte Elisabeths blieb stehen. Unwillig blickte er zu ihm auf.

»Keine Sorge. Gleich werdet Ihr mich kennenlernen. Mein Name ist Klaus Störtebeker.« Er hatte den Fuß der Treppe erreicht.

Wallenrod stolzierte an ihm vorbei, ohne ihn eines weiteren Blickes zu würdigen. »Ich kenne keinen Mann dieses Namens. Und ich habe auch nicht vor, ihn kennenzulernen. Dazu fehlen mir Zeit und Geduld. Und jegliches Interesse.«

Er wollte die Treppe hinaufsteigen, doch Klaus stellte sich ihm in den Weg.

»Vielleicht erinnert Ihr euch besser an Klaus Broderson.« Störtebeker tippte ihm gegen die Brust. »Oder erinnert Euch die Narbe an ihn, die Ihr an dieser Stelle habt, weil Euch dort ein Messer hineingefahren ist?«

Simon von Wallenrods Miene blieb unverändert. Er wirkte hochmütig und dazu gelangweilt.

»Was soll das?«

»Ihr erinnert Euch wirklich nicht?«

»Nein. Und jetzt geh mir aus dem Weg!«

Störtebeker wich nicht zur Seite. Er trat zwei Schritte zurück, und dabei zog er sein Schwert. Das war das Signal für die Wachen Preens. Sie griffen zu den Waffen und wollten sich auf ihn stürzen, doch Simon von Wallenrod hob rasch die Hand und hielt sie zurück.

»Wartet noch!« befahl er. »Erst will ich mit ihm reden.« Er wandte sich an Störtebeker. »Was soll der Unsinn?«

»Ihr scheint ein schlechtes Gedächtnis zu haben«, erwiderte Störtebeker. »Ich werde es ein wenig auffrischen.« Er richtete das Schwert auf seine Brust.

»Ich habe keine Ahnung, was du da faselst, aber diese Männer werden dir eine Lektion in Manieren geben.«

Er trat zur Seite, machte damit den Weg frei und gab seinen Begleiter einen befehlenden Wink, hochmütig und mit höfischem Gehabe, mit dem er zugleich seine ganze Verachtung für Störtebeker ausdrückte. Entschlossen warfen sich der riesige Götz, der einäugige Lüchow und die beiden anderen in den Kampf. Mit gewaltigen Schlägen versuchten sie, Störtebeker schnell und konsequent zur Strecke zu bringen. Von Anfang an zeigte sich, daß sie ihm klar überlegen waren. Dennoch brachten sie ihn nicht so in Bedrängnis, wie Simon von Wallenrod es erwarten mochte.

Während Störtebeker Schläge und Stiche mit seinem Schwert parierte, mußte er zurückweichen. Dabei nutzte er die zur Galerie hoch führende Treppe, um den Spielraum seiner Gegner einzuengen. Stufe um Stufe stieg er rückwärts schreitend die Treppe hoch. Auf diese Weise machte er ihren Vorteil wett, weil sie sich zwischen den Geländern gegenseitig behinderten. Immer wieder griff er an, durchbrach die Phalanx der Schwerter, blockte die wuchtig herabsausende Streitaxt ab und schaffte es, dem einen oder anderen leichte Stiche in die Arme oder die Oberschenkel zu versetzen. Nach einer solchen Attacke zog er sich geschickt zurück, lockte die vier Männer hinter sich her, parierte ihre Angriffe und lauerte geduldig auf die nächste Chance. Laut krachend prallten die Waffen gegeneinander, übertönt nur von dem Gebrüll des riesigen Götz. Früher oder später mußte der Lärm den Hausherrn alarmieren.

Störtebeker war schnell, konnte aber nicht verhindern, daß die vier Kämpfer Preens schon bald ein Übergewicht bekamen. Sie waren nicht nur starke, sondern auch exzellente Schwertkämpfer. Lediglich Götz war nicht so wendig wie die anderen. Sein Kampfstil glich dem eines vorpreschenden Stiers. Glücklicherweise verfehlten seine Axtschläge ihr Ziel. Gegen einen Treffer mit seiner Waffe hätte Störtebeker sich kaum behaupten können.

Am gefährlichsten war der einäugige Lüchow. Er hatte ein Schwert in der rechten und einen Dolch in der linken Hand. Damit griff er derart geschickt und fintenreich an, so daß er Störtebeker immer wieder in arge Bedrängnis brachte. Er war ein besonders unangenehmer, heimtückischer Gegner, der ihn mehr und mehr in die Defensive trieb. Seine einzige Schwäche bestand darin, daß er zu wild und unbeherrscht vorging. Er hatte seine Gefühle nicht unter Kontrolle und wurde um so wütender, je länger Störtebeker Widerstand leistete, bis ihn purer Haß anzutreiben schien. Dennoch zeichnete sich ab, daß Klaus sich nicht viel länger gegen diese Übermacht behaupten konnte. Mit wachsender Sorge suchte er nach einem Ausweg. Nur noch wenige Stufen trennten ihn vom oberen Ende der Treppe. Sobald er auf die Galerie ausweichen mußte, gewannen seine vier Gegner den Raum, den sie benötigten, um ihn niederzumachen.

Solange durfte Störtebeker nicht warten.

Als Götz sich an die Spitze der Gruppe kämpfte, trat er entschlossen vor, überraschte den Riesen, stieß ihm mit voller Wucht den Fuß gegen die Brust und warf ihn um. Der Koloß fiel nach hinten, breitete Halt suchend die Arme aus, prallte gegen die anderen drei Männer, riß sie mit und stürzte mit ihnen zusammen die Treppe hinunter.

Heftig atmend ließ Störtebeker das Schwert sinken. Viel zu spät bemerkte er, daß Simon von Wallenrod eine andere Treppe benutzt hatte, um zur Galerie aufzusteigen und sich ihm nun von hinten zu nähern. Als er es erkannte, war es zu spät. Die Klinge eines Dolches drückte sich ihm gegen den Hals. Als Zeichen seiner Kapitulation ließ Störtebeker das Schwert fallen.

»Du mußt noch eine Menge lernen, Klaus Störtebeker. Aber dazu wirst du nicht mehr viel Gelegenheit haben.« Die Klinge schnitt sich ihm in die Haut. Die vier Wächter plagten sich auf und stürmten die Treppe hoch.

»Nein!« schrie Elisabeth. Sie eilte über die Galerie bis zu ihnen, um zu verhindern, daß Störtebeker getötet wurde.

Klaus Störtebeker griff nach der Hand Wallenrods und drückte die Klinge zur Seite. Er atmete auf, und Simon von Wallenrod blickte ihn verächtlich an und steckte den Dolch ein. Zugleich gab er den Wächtern Preens einen befehlenden Wink, sich zurückzuziehen. Sie gehorchten widerstrebend.

»Bist du schlimm verletzt?« fragte Elisabeth. Ängstlich

richtete sie ihre Blicke auf seine Hand, die er an den Hals drückte und die sich von seinem Blut rot färbte.

»Es ist nichts weiter«, erwiderte Störtebeker. »Nur eine kleine Schramme.«

Hermann Preen kam heran. Er war bleich vor Zorn. Daß auf seinem Anwesen ein solcher Kampf stattgefunden hatte, konnte und wollte er nicht dulden.

»Geh!« Mit schmalen Lippen wies er Störtebeker vom Hof.

»Hört mich an!« bat Störtebeker, obwohl er spürte, daß der Kaufmann sich in einem Zustand befand, in dem er für kein Argument zugänglich war. Preen lebte in einer friedlichen Welt, in der es um Einkauf und Verkauf von Waren, um Gewinn und Verlust, nicht aber um Waffengewalt ging. Für ihn fanden Kämpfe dieser Art auf hoher See statt, wenn Piraten es wagten, Schiffe anzugreifen, und es für die Besatzung galt, Güter und das eigene Leben zu verteidigen, nicht aber vor seiner Tür und schon gar nicht in unmittelbarer Nähe seiner Tochter.

»Simon von Wallenrod hat ...«, fuhr Störtebeker fort.

»Ich will nichts hören«, unterbrach Preen ihn mit der ganzen Autorität eines Mannes, der sich nicht nur als Kaufmann, sondern auch als Ratsherr durchzusetzen wußte. Er war jetzt kalt und unnahbar. »Kein Wort. Geh endlich!«

Störtebeker nahm schweigend das Schwert vom Boden auf, wechselte einen kurzen Blick mit Elisabeth und ging zum Tor. Jan folgte ihm in einigem Abstand. Er war unbewaffnet. Hilflos hatte er den Kampf beobachtet, ohne irgend etwas tun zu können.

Als Klaus an der Toreinfahrt noch einmal zurückblickte, sah er, wie Simon von Wallenrod sich ebenso charmant wie höflich vor Elisabeth verneigte.

»Bitte, verzeiht meinen unpassenden Auftritt«, hörte er Simon sagen. »Leider hat mir der Bursche keine andere Wahl gelassen.«

»Du mußt sofort verschwinden«, forderte Jan, der Mühe hatte, mit seinem Bruder Schritt zu halten. »Simon von Wallenrods Männer werden dich suchen, und sie werden dich finden, und dann wird dir niemand zu Hilfe kommen, um das Schlimmste zu verhindern.«

Störtebeker eilte durch die engen Gassen an einem Fleet entlang zum Hafen hinunter. Neben dem Stand eines alten Mannes, der aus einem Bottich mit heißem Wachs Kerzen zog, blieb er stehen und wandte sich Jan zu.

»Simon von Wallenrod ist ein Feigling und ein Lügner. Und er kämpft nicht ehrlich! Er ist hinterhältig.«

»Das Kämpfen überläßt er anderen. Das ist nun mal so bei seinesgleichen.«

»Bei seinesgleichen! Als ob er etwas Besseres wäre. Er hat mit dem Mord an unseren Eltern zu tun. Er und vor allem sein Vater«, behauptete Störtebeker aufgebracht. Er war überzeugt davon, daß die Urkunde, die sie im Archiv gefunden hatten, gefälscht und manipuliert worden war. Daß Hermann Preen sie zerrissen hatte, ohne wenigstens einen Blick darauf zu werfen, konnte er nicht begreifen. Auf der einen Seite verstand er, daß Preen alles vermeiden wollte, was einen Schatten auf seinen zukünftigen Schwiegersohn werfen konnte, auf der anderen Seite fragte er sich, ob Elisabeths Vater wirklich so arglos war, daß er nicht den geringsten Zweifel an der Ehrbarkeit der Wallenrods hatte.

»Du kannst nichts beweisen. Gar nichts«, stellte Jan verzweifelt fest. Wäre es nach ihm gegangen, hätte er die Dinge auf sich beruhen lassen, so wie sie nun einmal waren. Er konnte sich nicht vorstellen, daß nach so vielen Jahren noch irgend etwas daran zu ändern war. Gegen Klaus und seinen Tatendrang vermochte er sich jedoch nicht zu wehren. Er war sich dessen bewußt, daß er immer weiter in den Konflikt mit der Familie von Wallenrod hineingezogen wurde.

»Glaubst du mir nicht?« fragte Störtebeker.

»Doch. Aber was willst du tun? Ihn anklagen? Dann steht das Wort eines Patriziers dieser Stadt gegen deines. Und wer bist du? Ein dahergelaufener Niemand. Tut mir leid, aber so ist es nun mal. So würden es die Richter sehen.«

Störtebeker legte seinem Bruder die Hände auf die Schultern und blickte ihn beschwörend an. »Jan, du mußt mir helfen. Wir müssen alles in Erfahrung bringen, was mit Konrad und Simon von Wallenrod und ihren Geschäften zu tun hat. Wie sie zu ihrem Reichtum gekommen sind, mit wem sie Geschäfte machen, wer auf ihren Lohnlisten steht. Alles.«

»Ich werde tun, was ich tun kann«, versprach Jan.

»Ich weiß, daß das eine Menge ist. Auf diesem Gebiet bist du wirklich gut.«

Jan lächelte. Er freute sich, daß sein Bruder ihm dieses Kompliment machte. Er war kein Mann, der sich mit dem Schwert in der Hand behaupten konnte. Seine Stärken lagen auf einem anderen Gebiet.

»Und was hast du vor?«

»Ich brauche ein wenig Abstand. Ich werde auf der *Genoveva* nach Dänemark segeln. Soll ich hier bleiben und mit ansehen, wie diese Mißgeburt Simon von Wallenrod Elisabeth weiter den Hof macht? Das ertrage ich nicht.«

»Die *Genoveva*?« Jan schüttelte den Kopf. Er blickte seinen Bruder an, als hätte der den Verstand verloren. »Hermann Preen hat recht. Du bist verrückt geworden. Du schaffst es nie und nimmer, auf der *Genoveva* angeheuert zu werden. Nie!«

Es war viel leichter für Klaus Störtebeker, an Bord der *Genoveva* zu gelangen, als er angenommen hatte. Als er den Fleet erreichte, an dessen Ufer die Kogge vertäut war, stolperte er beinahe über den blonden Mann, der mit ihm in die Takelage geklettert war und sich ebenfalls um eine Heuer beworben hatte.

»Hallo, Erik«, sagte er, nachdem er gehört hatte, daß andere ihn so nannten. »Kannst du mir helfen, an Bord zu kommen?«

Der Blonde stemmte die Fäuste in die Hüften und blickte ihn kopfschüttelnd an. »Weißt du eigentlich, was du willst?« fragte er. »Erst kletterst du wie ein Affe in die Rah hinauf, um angeheuert zu werden, dann überlegst du es dir anders und rennst hinter einem Weiberrock her. Und jetzt willst du wieder auf das Schiff, um Hamburg für eine lange Zeit zu verlassen. War wohl nichts mit dem Weiberrock, wie?«

»Das erzähle ich dir später«, versprach Störtebeker. »Wie sieht es aus? Hilfst du mir?«

»Du hast Glück. Ein Mann ist wegen Krankheit ausgefallen. Kann also gut sein, daß Goedeke Michels dich nimmt.«

Die letzten Transportgüter wurden an Bord gebracht. Einige Männer trugen kleinere Lasten aufs Schiff und reichten sie auf Anweisung des Steuermanns an andere weiter, die unter Deck arbeiteten. Erik wuchtete ihm eine Kiste mit Metallteilen auf die Schulter, und er trug sie auf die Kogge. Als er sie an Deck absetzte und aufblickte, stand der Mann mit dem Eisenhaken am linken Armstumpf vor ihm.

»Wir kennen uns doch«, sagte er. Sein Gesicht war ausdruckslos. Durch nichts ließ er erkennen, wie er das erneute Erscheinen Störtebekers an Bord einstufte.

Klaus lächelte entwaffnend. »Melde mich zum Dienst, Steuermann. Ich bin euer neuer Hilfsmatrose.«

Der andere zog eine Augenbraue in die Höhe. Ansonsten änderte sich nichts an seiner Mimik. »In Ordnung«, sagte er. »Laß die Kiste hier stehen. Deine Arbeit wartet da oben auf dich. In der Takelage müssen Knoten gesetzt werden. Kannst du das?«

»Und ob ich das kann, Steuermann.«

»Mein Name ist Goedeke Michels. Willkommen an Bord. Wer bist du?«

»Klaus Störtebeker.«

»Also dann, Klaus Störtebeker. Rauf in die Takelage, und wenn du deine Arbeit nicht gut machst, bist du schneller wieder an Land, als deine Flöhe Amen sagen können.« Goedeke Michels stellte keine weiteren Fragen, sondern gab ihm einen befehlenden Wink mit der eisenbewehrten Hand, und Störtebeker tat, was von ihm verlangt wurde. Die Beherrschung der Knoten in der Seefahrt war eine der Voraussetzungen für alle, die sich an Bord bewähren wollten. Bruder Wigbold war es gewesen, der ihn schon früh auf diese Tatsache hingewiesen und damit begonnen hatte, ihn in dieser Kunst zu unterweisen. Da die Anforderungen an die Verbindungen der Seile, Taue und Bänder an Bord höchst unterschiedlich waren, mußten auch die Knoten entsprechend angepaßt werden. Sie mußten fest und zuverlässig sein, durften sich auf keinen Fall von selber lösen, mußten aber von den Männern an Bord leicht zu öffnen sein. Im Kloster hatte Klaus die verschiedenen Knoten immer wieder geübt, bis er sie mit geschlossenen

Augen binden konnte. Daher kam ihm der Befehl Michels entgegen. Er konnte ihm ohne große Anstrengungen beweisen, daß er ein nützliches Mitglied der Mannschaft war und die an ihn gestellten Aufgaben bewältigen konnte.

Aus der Takelage herab beobachtete Störtebeker, wie die Verladung abgeschlossen wurde und wie der Steuermann die nötigen Vorbereitungen traf, damit die Kogge auslaufen konnte. Er freute sich, daß er es geschafft hatte, auf die *Genoveva* zu kommen. Gespannt sah er der Elbe entgegen, die er bisher nur aus der Ferne gesehen hatte.

Dann aber geschah etwas, womit er nicht gerechnet hatte. Hermann Preen näherte sich mit seinen vier Wachen dem Schiff. Unübersehbar war der riesige Götz, der mit der schweren Axt in den Händen herankam, als wollte er alles kurz und klein schlagen, was ihm im Wege war. Ihm folgte Lüchow, der mit seiner schwarzen Augenklappe auffiel. Einige der Arbeiter an den Hafenanlagen zeigten auf ihn, nachdem er an ihnen vorbei war, und tuschelten hinter seinem Rücken. Er schien ihnen unheimlich zu sein. Die anderen beiden Wächter trugen Verbände an den Armen und Beinen – unübersehbare Spuren des überstandenen Kampfes auf der Treppe.

Preen betrat die Kogge als erster. Die anderen vier folgten ihm.

Obwohl Jan ihm gesagt hatte, welche Aufgaben sie zu erfüllen hatte, glaubte Klaus nicht, daß sie auf dem Schiff bleiben würden. Für ihn sahen sie ganz und gar nicht aus wie Seeleute. Doch er irrte sich. Preen hatte eine Entscheidung getroffen, die gefährlich für Störtebeker werden konnte.

»Habt ihr alles an Bord, Steuermann?« fragte Elisabeths Vater, wobei er die Treppe zum Achterkastell hinaufstieg.

»Wir sind bereit zum Auslaufen, Herr«, antwortete Goedeke

Michels. Respektvoll trat er zur Seite, um ihm Platz zu machen.

»Gut«, rief Lüchow. »Dann gebt den Befehl zum Ablegen.«

Erstaunt blickte Goedeke Michels den Kaufmann an.

»Herr?« Sein Verhalten verriet, daß er es nicht gewohnt war, von einem anderen als von Preen Befehle entgegen zu nehmen. Er war für die *Genoveva* verantwortlich, und der Kaufmann war die einzige Autorität, der er sich zu beugen hatte. Daß ein Mann wie Lüchow ein Kommando erteilte, paßte nicht zu den gewohnten Abläufen an Bord.

»Tut, was er sagt, Steuermann«, ordnete Hermann Preen an. »Lüchow ist der neue Kapitän.«

Damit hatte Goedeke Michels nicht gerechnet. Er schien verwirrt und verunsichert zu sein. Er schüttelte den Kopf, als könne er nicht fassen, was er vernommen hatte. Und er war nicht der einzige auf dem Schiff, der von der getroffenen Regelung überrascht wurde. Störtebeker fing einige Bemerkungen der Männer von der Besatzung unter ihm auf. Sie waren mit Lüchow nicht einverstanden, mußten sich der Entscheidung jedoch beugen. Sie warfen sich vielsagende Blicke zu und murmelten einige abfällige Worte, die dem neuen Kapitän nicht entgingen. Zornig fuhr er herum, blickte die Männer der Reihe nach an, fand jedoch nicht heraus, wer von ihnen sich über ihn geäußert hatte. Die Mienen der Männer waren ausdruckslos.

»Was hast du gesagt?« fragte Lüchow den blonden Erik. Daß er hilflos war, schien ihn noch mehr zu ärgern als der stumme Widerstand der Mannschaft. »Raus damit! Was war es?«

»Ich, Herr? Gar nichts. Was sollte ich sagen? Ich habe zu gehorchen, Herr, und das tue ich.«

Alle taten, als sei nichts vorgefallen. Das änderte sich in dem Moment, in dem der Einäugige ihnen den Rücken zuwandte. Ein flüchtiges Grinsen glitt über ihre Lippen. Lüchow stieg leise fluchend zum Achterkastell hoch, blieb aber auf den Stufen stehen, denn es gab eine weitere Überraschung.

Elisabeth Preen kam mit ihrer Hausdame Maria an Bord. Als sei es selbstverständlich, daß sich eine Dame wie sie auf dem Schiff aufhielt, schritt sie auf ihren Vater zu.

»Elisabeth«, rief er. »Um alles in der Welt, was willst du denn hier? Wir legen gleich ab.«

»Um so besser, Vater.« Sanft, aber entschlossen behauptete sie sich. Sie dachte gar nicht daran, still und zurückgezogen in ihrem Elternhaus zu warten, bis ihr Vater zurückkehrte. »Ich werde dich begleiten.«

Mit verschlossener Miene trat ihr Vater nah an sie heran. Es war unverkennbar, daß er damit nicht einverstanden war, vor der Mannschaft aber nicht mit seiner Tochter streiten wollte. Er sprach mit gedämpfter Stimme, jedoch noch immer so laut, daß Störtebeker ihn verstehen konnte: »Ich dachte, ich hätte mich deutlich genug ausgedrückt.«

»Wenn du mit Königin Margarethe sprichst, will ich an deiner Seite sein«, erwiderte Elisabeth. Aus ihrem Lächeln sprach die ganze Liebe zu ihrem Vater.

»Königin Margarethe ist unberechenbar«, warnte ihr Vater sie. »Es könne gefährlich für uns beide werden.«

»Dann ist es nur von Vorteil, wenn ich bei dir bin.« Sie wich keine Handbreit zurück. Für Störtebeker war in diesem Moment klar, daß sie die Schlacht bereits gewonnen hatte. Hermann Preen befand sich auf dem Rückzug, noch bevor er geantwortet hatte. »Vielleicht traut sie einer Frau. Ich weiß, wie eine Frau denkt.«

Ihr Vater fuhr sich seufzend mit der Hand über das schüttere Haar, und die Falten in seinem Gesicht schienen noch ein wenig tiefer zu werden. Er liebte seine Tochter und wollte sie keinem unnötigen Risiko aussetzen.

»Aber ich nicht. Ich weiß nicht, wie eine Frau denkt. Nicht einmal meine eigene Tochter.«

Elisabeth beugte sich zu ihm hin. »Dabei ist es so einfach: Ich habe keine Mutter mehr. Ich will nicht auch noch den Vater verlieren.«

In respektvoller Haltung trat Goedeke Michels an die beiden heran. »Verzeiht, Herr«, sagte er, »aber die Tide kippt. Wir sollten auslaufen. Wir müssen die einsetzende Ebbe auf der Elbe nutzen. Wir können nur mit dem ablaufenden Wasser zur Nordsee kommen. Gegen die Flut schaffen wir es nicht.«

In diesem Moment blickte Elisabeth nach oben und entdeckte Klaus Störtebeker in der Takelage. Sie war überrascht, beherrschte sich jedoch so gut, daß ihr Vater nichts merkte. Er legte den Zeigefinger an die Lippen, um sie zu bitten, auf jeden Fall zu schweigen. Sie wandte den Blick rasch wieder von ihm ab, um ihren Vater nicht auf ihn aufmerksam zu machen.

»Also gut.« Preen resignierte. »In Gottes Namen – dann kommst du eben mit. Aber du bleibst während der Fahrt in der Kabine. Das ist ein Befehl, Elisabeth.«

»Zu Befehl, Schiffseigner«, erwiderte sie, wobei sie sichtlich bemüht war, ein triumphierendes Lächeln zu unterdrücken. Selbstbewußt schritt sie über das Deck zu der Kabine, die sich unter dem hinteren Kastell der Kogge befand. Sie kannte sich aus auf dem Schiff. Die Blicke der Männer um sie herum schien sie nicht zu bemerken. Zusammen mit ihrer Hausdame Maria verschwand sie in dem kleinen Raum am Heck.

»Was steht ihr hier herum wie die Ölgötzen?« brüllte Goedeke Michels. »Setzt das Segel, holt die Ankertaue ein – wir legen ab!«

Die Männer reagierten sofort. Sie rannten über Deck. Jeder wußte, was er zu tun hatte. Sie zogen das Segel hoch und lösten die Taue, mit denen die Kogge am Kai gehalten wurde. Langsam legte das Schiff ab.

Klaus Störtebeker kletterte eilig nach unten. Als er das Deck erreichte, sah er sich Lüchow gegenüber, der ihn haßerfüllt anstarrte und zugleich den riesigen Götz auf ihn aufmerksam machte, indem er ihm die Faust in die Seite stieß und mit einer knappen Geste auf Störtebeker wies.

Es hätte kaum schlimmer kommen können. Lüchow führte das Kommando über die *Genoveva*. Damit hatte er die absolute Gewalt über Schiff und Mannschaft. Was er befahl, wurde ausgeführt.

Lüchow war ein nachtragender Mann. Störtebeker machte sich nichts vor. Früher oder später würde der Einäugige zu Ende führen, was er auf dem Anwesen Preens mit Schwert und Dolch begonnen hatte.

6. Verlorene Wette

Müde und erschöpft ging Klaus Störtebeker nach einer langen Wache unter Deck, um zu schlafen. Mittlerweile hatte die *Genoveva* die Nordsee erreicht. Zu dem befürchteten Zwischenfall mit Lüchow oder Götz war es noch nicht gekommen. Die anderthalb Tage seit dem Auslaufen aus Hamburg waren ruhig verlaufen. Vom Hafen an der Alster war die Kogge zur Elbe vorgedrungen und hatte sich vom Strom des ablaufenden Wassers tragen lassen. Günstige Winde hatten dafür gesorgt, daß die *Genoveva* die durch Piraten gefährdeten Gebiete am südlichen Ufer der Elbe passieren konnte, ohne vor Anker gehen zu müssen.

Mittlerweile zog das Schiff gen Norden. Der Wind kam nun aus einer anderen Richtung, trieb die Kogge aber weiterhin voran, so daß sie gute Fahrt machte. Weniger vorteilhaft war, daß sie sich durch hohe Wellen kämpfen mußte, die sie kräftig schwanken ließen. Nicht alle Mitglieder der Mannschaft kamen damit zurecht. Einige waren seekrank und litten so stark darunter, daß sie den Dienst an Deck nicht mehr verrichten konnten.

Klaus hatte Lüchow und Götz seit Stunden schon nicht mehr gesehen. Er vermutete, daß sie in ihrer Kabine lagen und ebenfalls seekrank waren.

Tief gebückt schob er sich durch den Raum, in dem die Männer in ihren Hängematten ruhten. Er rüttelte Erik an der Schulter.

»Deine Wache, Erik.«

»Ich kann nicht«, stammelte der Blonde. Schweißperlen überzogen sein blasses Gesicht. Das schwankende Schiff ließ seinen Magen revoltieren, doch damit nicht genug: Er hatte zudem noch Fieber.

»Komm, Erik«, bedrängte Störtebeker ihn. »Du schaffst das. Geh jetzt da raus! Lüchow wird dich bestrafen, wenn du es nicht tust. Er hat sich über dich geärgert und wartet nur darauf, daß er es dir heimzahlen kann. Ich verspreche dir: Sobald es dunkel wird, übernehme ich die Nachtwache. Bis dahin brauche ich ein bißchen Ruhe.«

Erik raffte sich auf. Mühsam erhob er sich und ging hinaus an Deck. Störtebeker ließ sich in die freigewordene Hängematte sinken und genoß ihre Wärme.

Ächzend und schnaufend drehte sich der Mann um, der in der Hängematte neben ihm lag. Ein dichter Vollbart umrahmte sein Kinn. Aus einem üppigen Haarkranz wölbte sich ein an der oberen Rundung kahlgeschorener Schädel empor. Klaus meinte, seinen Augen nicht trauen zu dürfen. Es war recht dunkel in dem Mannschaftsraum, jedoch noch hell genug, um das Gesicht des Mannes erkennen zu können.

»Wigbold?« entfuhr es ihm. »Bruder Wigbold? Bist du es wirklich?«

Sein Gegenüber öffnete zunächst ein Auge, verdrehte den Kopf und schlug nun auch das andere Auge auf. Allzu hastig richtete er sich auf, verlor die Balance und fiel aus der Hängematte auf den Boden.

»Bruder Klaus! Was, zum Teufel …« Wigbold bekreuzigte sich eilig und blickte kurz in Richtung Himmel. Ob des schwankenden Schiffs stand er mit einiger Mühe auf, hielt sich an einem herabhängenden Tau fest und ließ sich vorsichtig in seine Hängematte sinken. »Was um alle Welt machst du hier?«

»Das frage ich dich. Wolltest du dich nicht um das Seelenheil der Hamburger kümmern? Auf keinen Fall wolltest du an Bord eines Schiffes gehen, weil der Herr dich versehentlich mit eine Lunge anstelle von Kiemen ausgestattet hat.«

»Gottes Wege sind unergründlich«, seufzte der Benediktiner. »Er hat mich quer durch den Hafen direkt zu diesem Schiff geführt. Ich bin nun für das Seelenheil der Mannschaft zuständig. Und dazu als Medicus tätig. Von jetzt an bin ich Magister Wigbold.«

»Aha!«

»Ja, vor einem studierten Pfaffen hat man allemal mehr

Respekt. Und das ist an Bord eines solchen Schiffes besonders wichtig.«

Störtebeker lachte. »Ich verstehe, mein Freund. Magister Wigbold. Hört sich gut an.«

»Also, bis später dann. Ich brauche noch eine Mütze voll Schlaf!« Damit drehte der Mönch sich um und begann zwei Atemzüge später zu schnarchen. Diese Töne kannte Klaus Störtebeker. Er hatte sie im Kloster oft genug gehört.

Er streckte sich aus. Die Wache im Krähennest war anstrengend. Dennoch war er gern oben auf dem Mast. Von dort aus hatte er nicht nur einen weiten Ausblick; es war vielleicht der einzige Platz an Bord, an dem er sich jederzeit sicher fühlen konnte. Solange er sich auf dem Ausguck aufhielt, konnte sich ihm niemand ungesehen nähern.

Daß Lüchow das Kommando an Bord hatte und der riesige Götz ihm zur Seite stand, sorgte für ein Gefühl ständiger Bedrohung. Die Blicke, mit denen der Einäugige ihn bedachte, sprachen Bände. Dieser Mann sann zweifellos auf Rache. Störtebeker hielt ihn für hinterhältig und skrupellos. Ihm traute er buchstäblich alles zu.

Erik hatte ihn gewarnt. »Sieh dich vor, Klaus. Man hat schon öfter gehört, daß ein Mann in der Dunkelheit der Nacht über Bord gegangen ist. Das geht ganz schnell. Jemand packt dich, und bevor du dich versiehst, liegst du im Wasser. Wir sind weit draußen auf See. Niemand könnte von hier aus an Land schwimmen. Dazu ist die Strömung viel zu stark. Sie trägt dich aufs offene Meer hinaus.«

Störtebeker nahm die Warnung ernst. Er würde sich vorsehen und wachsam bleiben. Früher oder später würde Lüchow etwas unternehmen. Es kam darauf an, sich nicht überraschen zu lassen.

Während er noch darüber nachdachte, wie er sich verhalten mußte, um nicht überrumpelt zu werden, übermannte ihn der Schlaf.

Es war schon spät am Abend, als Klaus Störtebeker neben dem Mast ein Tau zusammenlegte und es mit einem speziellen Knoten sicherte, um es danach an einen Haken zu hängen. Als er aufsah, entdeckte er Elisabeth, die ihre Kabine verlassen hatte und an der Reling stand. Die Sonne war untergegangen, nur noch am Horizont zeigte sich ein leichter Lichtstreif. Die Nordsee glänzte im silbernen Licht des Mondes. Der Wind war abgeflaut, und die See hatte sich beruhigt, so daß die Kogge nur leicht schwankte.

Wie gern wäre er zu Elisabeth gegangen, um ihr nah zu sein!

Nachdem sie eine Weile auf die See hinausgeblickt hatte, verriet sie ihm ihre Gedanken. Sie griff zu dem gebrochenen Herzen aus Bernstein und drückte es sich an die Lippen. Sie dachte an ihn!

Auf einmal hielt es ihn nicht mehr länger im Schatten des Kastells. Er ging zu Elisabeth. Als er sich wortlos neben sie stellte, wandte sie sich ihm zu. Ein leichtes Lächeln lag auf ihren schönen Lippen. Er brauchte nichts zu sagen, um ihr zu vermitteln, was er empfand. Ihre Augen verrieten ihm, daß sie es wußte. Sanft griff er nach ihrer Hand. Sie entzog sie ihm nicht, sondern erwiderte den behutsamen Druck seiner Finger.

Kaum merklich kam sie näher. Er schob seinen Arm um sie, und plötzlich drängte sie sich voller Verlangen und Leidenschaft an ihn. Ihre Lippen fanden sich, und sie küßten sich so stürmisch, als wollten sie in diesen wenigen Momenten nachholen, was sie in den Jahren zuvor versäumt hatten.

Plötzlich aber bebten die Planken unter ihren Füßen. Eine Hand so groß und stark wie die Tatze eines Bären fiel wuchtig auf Störtebekers Schulter herab und riß ihn herum. Der Angriff traf ihn unvorbereitet. Bevor er wußte, wie ihm geschah, schleuderte ihn die Hand zurück und warf ihn auf den Boden. Erschrocken blickte er zu dem Riesen hoch, der breitbeinig über ihm stand und ihm die Faust entgegenstreckte.

»Das wirst du noch bereuen«, rief Götz. »Was fällt dir ein, diese Frau zu belästigen?«

»Aber das hat er nicht«, protestierte Elisabeth.

Der Koloß beachtete ihren Einspruch nicht. Er tat, als hätte er nichts gehört. Entschlossen schlug er das Signaleisen. Damit rief er alle an Deck, nicht nur die Mannschaft, sondern vor allem Lüchow, Goedeke Michels und Hermann Preen.

»Was hat das zu bedeuten? Was ist hier vorgefallen?« fragte der Schiffseigner. Seine Stimme klang belegt. Er fühlte sich nicht wohl. Das war ihm anzusehen.

»Dieser Mann hat Eure Tochter belästigt«, behauptete Götz, wobei er seinen Arm ausstreckte und Störtebeker die flache Hand gegen die Schulter stieß.

»Das ist nicht wahr«, widersprach Elisabeth. »Es ist alles ein Mißverständnis. Dieser Mann hat mir nichts getan.«

»Herr, wenn ihr mir einen Vorschlag erlaubt: Wir sollten den Mann in Fesseln legen, bis der Sachverhalt geklärt ist.« Lüchow schien sich der Zustimmung Preens sicher zu sein.

»Nein«, fiel ihm Elisabeth ins Wort. »Wenn du das tust, Vater, kannst du mich auch gleich fesseln lassen. Wie oft soll ich noch sagen, daß mich niemand belästigt hat?«

»Das stimmt nicht. Klaus Störtebeker hat …«

»Gar nichts getan«, unterbrach Elisabeth den Einäugigen. »Oder willst du mich als Lügnerin bezeichnen?«

Hermann Preen stand zwischen den Fronten. Er blickte Störtebeker zornig an, stellte sich jedoch nicht gegen seine Tochter. Er war auffallend blaß, und seine Augen lagen tief in den Höhlen. Obwohl das Schiff kaum noch schwankte und schaukelte, war er seekrank und litt entsprechend. Ihm war anzumerken, daß er möglichst schnell wieder in seine Hängematte zurückkehren wollte, weil er dort weniger von seinem revoltierenden Magen spürte.

»Wir lassen die Sache auf sich beruhen«, entschied er. »Elisabeth, du gehst in deine Kabine. Und jetzt will ich nichts mehr hören von dieser Geschichte.«

Preen führte seine Tochter zu ihrer Kabine und ermahnte sie, nicht wieder an Deck zu kommen.

»Du hast gesehen, wozu das führt«, hörte Störtebeker ihn sagen.

Bis dahin hatten ihn zwei Männer von der Besatzung festgehalten, obwohl er auf einem Schiff nicht weglaufen konnte, das noch nicht einmal fünfundzwanzig Schritte lang war. Götz trat nah an ihn heran. Er beugte sich zu ihm herab und näherte sich ihm, bis sich ihre Nasen beinahe berührten.

»Du hast mich als Lügner hingestellt«, sagte er grollend. »Das wirst du mir büßen.«

Störtebeker hatte geschwiegen, seit er brutal von Elisabeth getrennt worden war. Noch immer wehrte er sich nicht gegen die falsche Anschuldigung. Es hätte keinen Sinn gehabt, Götz zu widersprechen. Der Riese suchte fraglos Streit.

Keine drei Schritte hinter ihm stand Kapitän Lüchow. Hinterhältig grinsend beobachtete er sie. Klaus war sicher, daß die beiden sich vorher abgesprochen hatten. Er trat ein wenig zur Seite, um nicht gar so nah an der Reling zu stehen und so die Gefahr zu verringern, daß Götz ihn kurzerhand über Bord warf. Doch der Riese hatte etwas anderes vor.

»Morgen werden wir es austragen«, fuhr er drohend fort. »Mit Fäusten. Wie Männer. Ich freue mich schon auf dich!«

»Ein Zweikampf?«

»Ein Zweikampf. Bis du auf den Planken liegst und nicht mehr aufstehen kannst.« Damit drehte der Riese sich um und entfernte sich, um sich einige Schritte hinter Lüchow an die Reling zu stellen. Er verschränkte die Arme vor der Brust und blickte aufs Meer hinaus. Für ihn war alles besprochen.

Als Störtebeker am nächsten Morgen zum Deck hinaufstieg, hatte sich der größte Teil der Mannschaft dort bereits versammelt. Während er schlief, hatte sich an Bord herumgesprochen, daß es einen Kampf geben sollte. Lediglich Goedeke Michels schien sich nicht für das Ereignis zu interessieren. Mißmutig stand er am Ruder und lenkte das Schiff, das nur wenig Fahrt machte. Der Wind war weiter abgeflaut, er hatte kaum noch die Kraft, das Segel zu füllen. Leise knarrend wiegte sich die Kogge in den Wellen hin und her.

Hermann Preen war zusammen mit seiner Tochter auf das Achterkastell gestiegen und befand sich somit auf dem höchsten Punkt des Decks. Angesichts der Tatsache, daß er unter Seekrankheit litt, war es keine gute Entscheidung, denn dort oben spürte er die Bewegungen des Schiffs am meisten. Viel klüger wäre es gewesen, möglichst weit nach unten zu gehen. Störtebeker hätte ihn gern darauf hingewiesen, doch dazu blieb ihm keine Zeit, denn kaum hatte er seinen Fuß auf das Deck gesetzt, als der blonde Erik im Stile eines Marktschreiers auf ihn aufmerksam machte.

»Heute morgen werden wir alle Zeugen des größten Kampfes, der je auf diesem Schiff stattgefunden hat«, rief er, wobei er die Arme in die Höhe streckte und die Hände klatschend zusammenschlug. »Dieser junge Novize aus dem Kloster St. Thomas hat es in seinem frevelhaften Übermut gewagt, den Herkules der Hanse, Götz aus Oldenbrock, herauszufordern!«

Erik trat auf Klaus Störtebeker zu und klopfte ihm auf die Schulter. Die Mannschaft brach in Jubel aus. Er wartete, bis es wieder ruhig wurde, bevor er sich an die Mannschaft sowie an Lüchow wandte.

»Wer wird am Ende auf der Wallstatt bleiben? Die Wetten stehen fünf zu eins für Herkules. Für diejenigen unter euch, die nicht bis fünf zählen können: Für einen Pfennig, den ihr auf Störtebeker setzt, bekommt ihr im Falle eines Sieges fünf Pfennige ausbezahlt.«

Lüchow fragte leise, jedoch so laut, daß ihn jeder verstehen konnte: »Und wenn man auf Götz wettet?«

Erik gab Störtebeker ein Handzeichen, der ihm daraufhin einen Geldbeutel zuwarf. Der blonde Hüne fing ihn auf, blickte hinein und pfiff anerkennend durch die Zähne, offenbar sehr zufrieden mit dem Ergebnis seiner Prüfung.

»Hier habe ich einen Beutel mit fünf ... nein, zehn Goldgulden! Die gehören Euch, wenn Götz gewinnt. Vorausgesetzt, daß Ihr den Inhalt Eures Geldbeutels dagegen setzt, Kapitän.«

Dieses Angebot fand den Beifall der Mannschaft, wurde es doch unter diesen Umständen noch spannender für sie als zuvor. Lüchow schloß sein gesundes Auge. Seine Lippen bewegten sich. Er errechnete seinen möglichen Gewinn.

Erik zog einem der Wachen den metallenen Helm vom Schädel und tat ein paar Hohlpfennige als Wetteinsatz hinein. Nun ging er herum und forderte die Männer zum Einsatz auf.

Dabei verstand er es, sie zu verunsichern. Hatte er die Kämpfer zunächst so dargestellt, als habe Störtebeker den Kampf von vornherein verloren, ließ er nun Zweifel aufkommen und stachelte dadurch die Wettleidenschaft an, so daß sich der Metallhelm mehr und mehr mit Münzen füllte.

Vor Lüchow blieb er stehen und hielt ihm den Helm hin.

»Nun, Kapitän? Wollt Ihr auf eine Wette verzichten? Eine todsichere Sache. Schaut Euch den Novizen an! Ein Diener der heiligen Mutter Kirche, dessen Hände ein Lebtag nichts anderes getan haben, als betend unseren Herrn zu loben!«

Störtebeker verzog das Gesicht. Er mochte es nicht, daß Erik so dick auftrug. Ein wenig mehr Bescheidenheit wäre ihm lieber gewesen. Doch der Blonde war nicht zu bremsen.

»Und auf der anderen Seite ...«, fuhr er fort, »... der gnadenlose, unbarmherzige Zorn Gottes. Götz, die Hammerfaust Thors!«

Die Besatzung belohnte seine Worte mit lautem Jubel, und Götz blickte sich im Vorgefühl seines sicheren Sieges triumphierend um. Es gefiel ihm, im Mittelpunkt des Interesses zu stehen. Er ballte die Hände zu Fäusten und hob sie drohend gegen Störtebeker, der neben ihm geradezu klein und schmächtig wirkte.

»Vielleicht später«, erklärte der Einäugige. »Wir wollen nicht so viel Zeit verlieren. Ich gebe dir meinen Einsatz später.« Er rückte seine Augenklappe zurecht. »Oder willst du mich betrügen?«

»Das ist nicht meine Absicht, Herr. Ich bin streng neutral. Ich mache die Wetten. Ansonsten habe ich nichts mit dem Kampf zu tun.« Abwehrend hob Erik beide Hände und setzte dazu eine Miene der Unschuld auf, so als seien seine Sympathien gleichmäßig auf beide Kämpfer verteilt. Störtebeker aber war sicher, daß er nur ihm die Daumen drückte und hoffte, daß er den Kampf gewann.

Magister Wigbold stand hinter ihm und massierte ihm die Schultern und die Nackenmuskeln, um ihn zu lockern und auf diese Weise auf den Kampf vorzubereiten.

»Du mußt ihm ausweichen, solange du kannst«, raunte er ihm zu. »Wenn er dich trifft ... was der Herrgott verhüten möge ... bist du erledigt!«

»Der Kampf geht so lange, bis einer von beiden nicht mehr aufstehen kann«, entschied Lüchow.

Störtebeker wickelte sich weiche Lederriemen um die Hände und die Handgelenke, um sie zu festigen und zu schützen. Götz verzichtete auf derartige Vorbereitungen. Er stand breitbeinig vor ihm und wartete voller Ungeduld darauf, daß Lüchow endlich das Zeichen zum Beginn des Kampfes gab. Dabei zog er die Mundwinkel weit nach unten, um ihm zu signalisieren, wie sehr er ihn verachtete und wie gering er seine Kampfkraft einschätzte.

»Wie lange soll ich noch warten?« beschwerte er sich beim Kapitän.

»Gar nicht mehr«, erwiderte Lüchow. Er schlug das Signaleisen, und im nächsten Moment griff der Riese an. Seine Schläge kamen blitzschnell und mit schier unglaublicher Wucht. Mit bloßen Fäusten war er noch gefährlicher als mit der Kampfaxt. Störtebeker tänzelte vor ihm hin und her, um seinen Hieben auszuweichen. Die Fäuste flogen an seinem Kopf vorbei, ohne daß es ihm selber gelang, einen Schlag ins Ziel zu bringen. Götz griff so ungestüm und wild an, daß ihm keine andere Möglichkeit als der Rückzug blieb.

Die meisten Männer hatten auf den Riesen gesetzt. Lautstark feuerten sie ihn an, weil sie hofften, bei seinem Sieg einen schönen Gewinn einstreichen zu können. Einer von ihnen zog seinen Fuß nicht rechtzeitig zurück. Störtebeker blieb mit seinem Fuß daran hängen, kam für einen kurzen Moment aus dem Gleichgewicht, und schon hämmerte Götz auf ihn ein. Die Fäuste trafen ihn mit solcher Wucht am Kopf und an der Brust, daß er nach hinten geschleudert wurde und halb bewußtlos zu Boden stürzte. Blut schoß ihm aus Mund und Nase.

Siegessicher grinsend stand der Koloß über ihm, während die Mannschaft ihn laut brüllend aufforderte, wieder aufzustehen. Störtebeker versuchte es, doch ein gewaltiger Fußtritt des Riesen warf ihn wieder auf die Schiffsplanken zurück. Er rollte sich zur Seite, verschaffte sich dadurch aber nur wenig Luft. Götz nutzte jede sich ihm bietende Chance, um ihm in die Seite zu treten. Als Störtebeker sich aufrichtete, um auf die Beine zu kommen, zielte sein Gegner auf sein Gesicht. Mit verschränkten Armen wehrte Störtebeker ihn ab, mußte aber Treffer auf Treffer hinnehmen.

Die Männer von der Besatzung feuerten Götz an. Es waren einfache Männer, die nur einen extrem harten Kampf um ihr tägliches Überleben kannten. Ihnen konnte es gar nicht brutal genug zugehen.

»Steh endlich auf!« forderte Magister Wigbold, der seine ganze Stimmengewalt aufwenden mußte, um den Lärm zu übertönen.

Störtebeker versuchte es immer wieder, doch Götz war zu stark. Er konnte sich nicht gegen den Koloß und dessen wuchtige Fußtritte behaupten.

»Willst du hier vor die Hunde gehen, und die Mörder deiner Eltern kommen ungeschoren davon?« schrie Wigbold ihm ins Ohr.

Nein! Das wollte Störtebeker nicht. Auf keinen Fall. Er

wollte nicht in dem Bewußtsein sterben, daß Konrad und Simon von Wallenrod triumphierten.

»Ich setze alles auf Götz«, hallte es von der anderen Seite. Er sah, daß Lüchow Erik am Kragen gepackt hatte.

»Zu spät, Kapitän«, antwortete der Blonde. »Tut mir leid. Jetzt werden keine Wetten mehr angenommen.«

»Was sagst du da? Wenn ich auf Götz wetten will, dann wette ich auf Götz, oder soll ich dich kielholen lassen?«

»Also gut. Überredet.« Erik schnappte sich den Geldbeutel. Alles weitere ging im Geschrei der Mannschaft unter.

»Der Kapitän hat gerade sein ganzes Geld auf Götz gesetzt«, brüllte der Magister Störtebeker zu. »Sieh ihn dir an, wie er grinst. Du machst ihn zu einem reichen Mann! Aber du kannst ihn auch von Bord prügeln.«

Die Männer um ihn herum konnten sich kaum halten vor Begeisterung und Eifer. Sie trampelten mit den Füßen aufs Deck, daß es dröhnte. Einer verlor dabei seinen Stiefel. Störtebeker sah es, ergriff das Schuhwerk und schleuderte es Götz ins Gesicht. Der Stiefel bestand aus weichem, zerschlissenen Leder, und er war viel zu leicht, um den Koloß verletzen zu können. Er wollte den Riesen überraschen und für einen kurzen Moment ablenken. Doch Götz war auf der Hut. Er lachte nur und trat abermals zu.

Dieses Mal aber klammerte Störtebeker sich an sein Bein, stemmte sich zugleich hoch und brachte seinen Gegner aus dem Gleichgewicht. Während Götz noch schnaufend wie ein Stier nach hinten taumelte und mit den Armen ruderte, um irgendwo Halt zu finden, wirbelte Störtebeker an ihm vorbei, drehte sich rücklings und rammte ihm mit ganzer Kraft den Ellenbogen in die Seite. Sein Gegner hörte auf zu schreien, weil er plötzlich nicht mehr atmen konnte.

Störtebeker warf sich nach vorn und hieb ihm mit aller Energie, die noch in ihm steckte, die Faust gegen den Hals. Wie erhofft unterbrach er damit die Blutzufuhr zum Gehirn. Götz stürzte wie ein gefällter Baum zu Boden und blieb liegen.

Klaus ließ die Fäuste sinken. Er war so schwach, daß er sich kaum noch auf den Beinen halten konnte.

Der blonde Erik stellte sich neben ihn, ergriff seinen rechten Arm und hob ihn in die Höhe.

»Sieger durch den Willen des Herrn – Klaus Störtebeker«, verkündete er mit unverhohlener Freude. »Alle, die auf ihn gewettet haben, können sich auf einen saftigen Gewinn freuen. Der Kampf ist zu Ende, denn Götz steht nicht mehr auf.«

Nur sehr wenige hatten auf Störtebeker gesetzt. Sie jubelten vor Freude, während die anderen still waren oder ihrer Enttäuschung in einer Reihe von Flüchen Luft machten.

Kapitän Lüchow stand bleich an der Reling. Sein Gesicht war von Haß gezeichnet. Klaus Störtebeker sah es, und während er das Wasser trank, das Magister Wigbold ihm reichte, erfaßte er, daß dieser Mann sich rächen würde. An ihm und an Erik, der ihm die Wette abgenommen hatte.

Lüchow war kein Mann, der verlieren konnte, und er war kein geeigneter Schiffsführer. In ihm hatte Preen sich geirrt. Möglicherweise war der Einäugige ein guter Seemann, wahrscheinlich auch ein geeigneter Kämpfer, der sich gegen die Piraten zu behaupten wußte, doch sein Umgang mit der Mannschaft der *Genoveva* ließ zu wünschen übrig. Früher oder später würde auch den einfacheren Gemütern unter der Mannschaft aufgehen, daß der Kampf zwischen Götz und ihm keine Auseinandersetzung unter Gleichen, sondern eine

Strafaktion gewesen war, die anders ausgegangen war als geplant.

Götz kam allmählich wieder zu sich. Ärgerlich schnaufend richtete er sich auf, als einer der Männer ihm einen Eimer Wasser über den Kopf schüttete. Wütend blickte er um sich, doch Lüchow ließ nicht zu, daß er den Mann bestrafte oder seine Wut an Störtebeker ausließ. Er schickte ihn unter Deck, wobei er ihn verächtlich mit dem Wort »Versager« bedachte.

Zwei Tage vergingen. Die Kogge lief bei kabbeliger See nach Norden. Der Wind flaute ab, so daß sie weniger Fahrt machte als zuvor. Um so unangenehmer machte sich das Schaukeln bemerkbar und sorgte dafür, daß mehrere Besatzungsmitglieder seekrank wurden.

Von anderen Schiffen war nichts zu sehen. Die Piraten schienen in entfernten Regionen zu operieren.

Erik ging es wieder schlecht. Sein Fieber wollte trotz der Bemühungen von Magister Wigbold nicht fallen. Er fühlte sich schwach und war kaum noch in der Lage, seinen Dienst an Bord zu versehen. Er gab jedoch nicht nach und schleppte sich an Deck, sobald er gerufen wurde. Von Bettruhe wollte er nichts wissen, obwohl sie ihm sicherlich geholfen hätte, schneller gesund zu werden. Klaus Störtebeker hielt nach Elisabeth Ausschau, doch sie blieb in ihrer Kabine, so wie ihr Vater es befohlen hatte.

Nachdem er mehrere Stunden im Krähennest gestanden hatte, stieg Störtebeker von oben herab. Er wurde von einem anderen Mann der Besatzung abgelöst. Vor dem Heckkastell legte Erik einen Tampen zusammen und sicherte ihn. Dabei lehnte er mit dem Rücken an der Reling und schien kaum noch die Kraft zu haben, sich auf den Beinen zu halten.

Lüchow fühlte sich durch seine Schwäche herausgefordert. Lange hatte er sich unauffällig verhalten. Nun aber schien er beschlossen zu haben, sich für den Wettverlust zu rächen.

»Du da!« rief er vom Kastell herab.

»Ich, Herr?« fragte Erik. Er legte den Tampen auf den Boden.

»Ja, du bist gemeint.« Lüchow winkte einige Wachen heran. »Fesselt den Mann und bereitet alles zum Kielholen vor.«

Der Blonde blickte den Kapitän fassungslos an. Er war so überrascht, daß er kaum ein Wort über die Lippen brachte. Lüchow drohte ihm die schwerste Strafe an, die einen Seemann treffen konnte – sah man einmal von der Todesstrafe ab. Kielholen war der Schrecken aller Seeleute. Dabei wurde ein Mann an ein Seil gebunden, das unter dem Schiffsrumpf hindurch führte. Er wurde ins Wasser geworfen und dann langsam unter dem Kiel hindurch zur anderen Seite des Schiffs gezogen. Diese Prozedur wäre nicht weiter gefährlich gewesen, wäre es nur darauf angekommen, daß der Delinquent sich vorher die Lungen voll Luft pumpte und danach den Atem lange genug anhielt. Auf diese Weise hätte er den erzwungenen Tauchgang mit einiger Mühe überstehen können.

Doch beim Kielholen kam es nicht nur darauf an, die Luft möglichst lange anzuhalten. Der Schiffsrumpf war an seiner Unterseite mit scharfkantigen Muscheln bedeckt, die sich dort festsetzten. Wurde ein Mann beim Kielholen daran entlang gezogen, zog er sich unweigerlich schwere Schnittwunden an den scharfen Muschelschalen zu. Wurde eine Schlagader getroffen, war der Mann verloren. Aber selbst wenn er es überstand, hatte er anschließend häufig mit Infektionen zu kämpfen, die oft genug einen qualvollen Tod zur Folge hatten.

»Was, um Himmels willen, habe ich getan?« brachte Erik endlich hervor.

Elisabeth und ihr Vater kamen aus der Kabine hervor, hielten sich jedoch zurück und mischten sich nicht ein.

»Du bist ein schamloser Betrüger«, beschuldigte Lüchow den Blonden. »Du hast mit deinen Spießgesellen deine Kameraden betrogen und bestohlen. Darauf steht Kielholen.«

Störtebeker sprang von der Takelage auf die Reling und von dort aufs Deck. »Wer sagt, daß Erik betrogen und gestohlen hat?« fragte er.

»Ich, der Kapitän dieses Schiffes«, antwortete Lüchow. »Genügt das?«

»Nein«, gab Klaus zurück. »Das genügt nicht. Der Mann hat nichts getan. Dafür verbürge ich mich.«

Er war nun kaum noch zwei Schritte von dem Einäugigen entfernt. Sie blickten sich an, jeder auf seine Art entschlossen, bis an die Grenze des Möglichen zu gehen.

»Erik ist krank. Er ist viel zu schwach, um ein Kielholen überleben zu können.«

»Das geht dich nichts an«, wies der Kapitän ihn zurück. Er wandte sich an die Wachen. »Was steht ihr hier herum? Führt meinen Befehl aus. Sofort.«

Länger wollte Elisabeth nicht tatenlos zusehen. »Vater, das kannst du nicht zulassen«, rief sie.

Alle hörten ihre Worte und wandten sich ihr zu, gespannt, wie Preen reagieren würde. Er überlegte nicht lange.

»Der Kapitän hat die Befehlsgewalt an Bord. Wenn er eine Strafe anordnet, ist ihr Folge zu leisten. Unbedingt.«

»Aber du bist der Schiffseigner«, protestierte seine Tochter, entschlossen, die unmenschliche Strafe zu verhindern.

Preen befand sich in einem Zwiespalt. Ihm gehörte das

Schiff, an Bord aber galt das Wort des Kapitäns. Er war kein Seemann und kannte sich mit den besonderen Bestimmungen und Gesetzen des Bordlebens nur in groben Zügen aus. Er war sich dessen bewußt, daß die Disziplin an Bord in vielen Fällen nur mit größter Härte aufrechtzuerhalten war. Auf der anderen Seite war er ein verständnisvoller Mensch mit einem weichen Herzen. Ihm blieben nur zwei Möglichkeiten. Er konnte sich aufs Bitten verlegen, oder er mußte als Schiffseigner Lüchow das Kommando entziehen. Er entschied sich dafür, den Konflikt nicht auf die Spitze zu treiben.

»Laßt Gnade vor Recht ergehen, Kapitän«, bat er.

Lüchow zögerte. Auch seine Position war nicht leicht. Er hatte sich dazu entschlossen, einen der Männer hart zu bestrafen. Einen Rückzieher konnte er sich nicht leisten, ohne an Autorität zu verlieren. Einen Verzicht auf die Bestrafung würde ihm die Besatzung als Schwäche auslegen. Das konnte und wollte er nicht hinnehmen.

»Ich will großzügig sein«, erwiderte er, wobei er sich herausfordernd umsah. Er war sich der Aufmerksamkeit aller an Bord gewiß. »Wenn sich einer findet, der die Strafe für den Blonden auf sich nimmt, dann sei sie ihm erlassen.«

Ein zynisches Lächeln lag auf seinen Lippen, das deutlich machte, daß er sich als Sieger empfand. Er hatte einen Ausweg aus der Situation gefunden, bei dem er sein Gesicht wahrte und der Mannschaft gleichzeitig demonstrierte, daß ihr die härtesten Strafen drohten, wenn sie sich seinen Befehlen widersetzte. Er bewies ihr, daß er über die uneingeschränkte Macht verfügte und jeden noch so kleinen Vorfall als Anlaß für eine Bestrafung nehmen konnte.

Er war Herr über Leben oder Tod. Mit Ausnahme von Preen und seiner Tochter konnte er jeden hinrichten lassen, ohne fürchten zu müssen, dafür zur Rechenschaft gezogen zu werden.

»Ich stehe das schon durch«, stammelte Erik. Seine Hand lag auf der Reling. Sie zitterte. Jeglicher Blutstropfen schien aus seinem Gesicht gewichen zu sein.

»Nein«, wandte Störtebeker ein. »Ich mache das. Erik würde es nicht überleben.«

Lüchow blickte ihn an. In seinem Auge blitzte es kurz auf. Diese Lösung gefiel ihm noch weitaus besser, als Erik zu foltern. Im nächsten Moment hatte er sich wieder in der Gewalt und versuchte, gleichmütig zu erscheinen, so als ob es ihn nicht interessiere, wer die unmenschliche Prozedur über sich ergehen ließ, solange nur seine Befehle respektiert wurden.

Um sich auf das vorzubereiten, was nun kommen sollte, atmete Störtebeker immer wieder tief durch. Er zweifelte nicht daran, daß die Männer Lüchows ihn sehr langsam unter dem Schiff hindurch ziehen würden, so daß er die Luft lange anhalten mußte. Ihm stand ein Kampf auf Leben oder Tod bevor. Wäre es nach Lüchow gegangen, hätte man ihn so lange unter Wasser gehalten, bis er ertrunken war. Das war jedoch nicht möglich, solange der Schiffseigner Zeuge des Geschehens war. Unter seinen Augen würde Lüchow keinen Mord begehen – wohl aber versuchen, das grausame Spiel bis ins Extrem auszudehnen.

Siegesgewiß grinsend fesselte Götz ihn mit Stricken an Armen und Beinen, so daß er sich kaum noch bewegen konnte. Damit wurde es ihm unmöglich gemacht, sich unter Wasser mit den Füßen gegen den Schiffsrumpf zu stemmen und daran entlang zu laufen. Mit einem solchen Trick hätte Störtebeker verhindern können, daß ihn die Muschelschalen am ganzen Körper aufschlitzten.

Die anderen beiden Helfer Preens ließen ein langes Seil am Bug ins Wasser sinken, und als es tief genug war, zogen sie es langsam unter den Kiel der Kogge nach hinten, bis es ziemlich genau in der Mitte unter dem Schiff hindurch führte. Als sie ihm ein Zeichen gaben, daß alles bereit war, band der Riese den Delinquenten an das Seil. Zur Sicherheit legte er ihm die Schlingen noch einmal um die Beine und stieß ihn kurzerhand über die Reling.

Störtebeker stürzte kopfüber von Bord. Es gelang ihm, noch einmal tief Luft zu holen, dann zog es ihn unter Wasser. Die Männer an Bord zerrten mit einer solchen Gewalt am Seil, daß es ihn mit voller Wucht gegen den Schiffsrumpf schleuderte. Er war jedoch darauf vorbereitet. Als er aufprallte, wollte es ihm mit einem Schlag die Luft aus den Lungen pressen. Mit diesem hinterhältigen Trick versuchten die Männer des Kapitäns ihn schon zu Beginn der Prozedur zu schwächen, so daß er die Luft nicht lange genug anhalten konnte und ertrinken mußte.

Gegen alles weitere aber konnte Störtebeker sich nicht wehren. Er war hilflos in seinen Fesseln, und so zogen ihn die Männer mit dem straff gespannten Seil unter dem Schiffsrumpf hindurch, wo sich ihm die messerscharfen Muschelschalen tief ins Fleisch schnitten. Im Salzwasser der Nordsee spürte er nichts von diesen Verletzungen. Als er die Augen kurz öffnete, sah er lediglich, daß er in einer Wolke von Blut schwamm.

Vergeblich versuchte er, seine Lage stabil zu halten, so daß nur eine Seite seines Körpers verletzt wurde. Doch gegen die Macht der Männer, die den Strick zogen und die dabei offensichtlich nicht auf einer Stelle stehen blieben, sondern sich mehrere Schritte hin und her bewegten, wurde er gewendet und gedreht, so daß sich mal sein Rücken gegen den Schiffsrumpf drückte, mal seine Arme und Beine. Es gelang Störtebeker gerade noch, das Gesicht zur Seite zu drehen, so daß lediglich seine Wange aufgeschlitzt wurde und die Muschelschalen nicht auch noch Mund, Nase und Augen zerstörten.

Schon bald wußte er nicht mehr, wo er war. Über ihm war es hell. Wie weit aber war die Wasseroberfläche noch von ihm entfernt? Die Kehle schnürte sich ihm zu. Immer stärker wurde der Drang, die verbrauchte Luft aus den Lungen zu pressen und tief durchzuatmen. Er widerstand ihm mit aller Willenskraft, weil er wußte, daß ihn ein einziger Atemzug töten würde. Das Salzwasser würde in seine Lungen strömen und ihn auf der Stelle ohnmächtig werden lassen. Danach würde er sehr schnell ersticken. Es würde ihm auch nichts mehr helfen, wenn man ihn an Bord holte und das Wasser aus seinen Lungen drückte.

Um den Druck zu mildern, ließ er ein wenig Luft durch die Lungen entweichen. Es half ihm, ein paar Momente zu überstehen.

Es wurde heller. Seine Augen weiteten sich. Er streckte sich mit aller Kraft, konnte gegen den Strick jedoch nichts ausrichten. Nur noch eine Handbreit trennte ihn von der Wasseroberfläche, die er deutlich vor sich sah. Doch die Männer zogen nicht mehr. Wollten sie ihn ertrinken lassen? Warum griff Hermann Preen nicht ein?

Über sich sah Störtebeker die Gesichter der Männer, die über die Bordkante blickten und ihn beobachteten. Der Wellenschlag verzerrte sie zu Fratzen von Monstern. Das bullige Gesicht des Riesen Götz schien sich aufzublähen, um sich dann grotesk zu verziehen. Die Augenklappe Lüchows schien anzuwachsen bis zur Größe einer Ladeklappe, und sein höhnisches Gelächter schien bis zu ihm herabzuhallen, das Rauschen der Wellen übertönend.

Nur ein Atemzug! Nur einen einzigen Atemzug wollte er. Das war alles, woran er denken konnte. Seine Brust schmerzte. Die Lungen schienen zu zerreißen.

Störtebeker konnte nicht mehr.

Er mußte den Mund öffnen und atmen.

Vor seinen Augen begannen die Lichter zu tanzen. Doch er sah nicht mehr das Wasser. Er sah das Gesicht Elisabeths, ihren Mund, der liebevoll und mit so viel Herzenswärme lächelte. Und dann plötzlich waren die schrecklichen Bilder wieder da, die sich ihm in seiner Kindheit eingeprägt hatten, als er zusehen mußte, wie seine Eltern ermordet wurden, wie sie unter dem Schwert jenes Mannes starben, hinter dessen Maske er das Gesicht von Konrad von Wallenrod vermutete.

Er mußte leben! Diesen Mann mußte er zur Strecke bringen. Er durfte nicht ungesühnt davonkommen.

Die Welt um ihn herum schien zu explodieren. Unerträgliche Schmerzen drohten seine Brust zu zerreißen – und dann plötzlich öffnete sich ihm der Himmel. Sein Gesicht durchstieß die Wasseroberfläche, und frische Luft strömte in seine Lungen. Hilflos hing Störtebeker an dem Strick, der von den Männern brutal in die Höhe gerissen wurde. Er prallte gegen die Schiffswand, scheuerte an der Reling entlang und stürzte auf die Deckplanken, ohne von jemandem aufgefangen zu werden.

Das Gesicht Elisabeths erschien über ihm.

»Oh, mein Gott«, hörte er sie stöhnen.

Dann wurde es dunkel um ihn.

7. Enthüllungen

Mit Tränen in den Augen blickte Elisabeth auf Klaus Störtebeker herab, der geschunden auf den Planken lag, endlich befreit von den Fesseln an Armen und Beinen, und aus zahllosen Wunden blutete.

»Bringt ihn in meine Kabine!« befahl sie.

»Wie bitte?« Ihr Vater fiel erschrocken den Männer in den Arm, die den Gefolterten aufnehmen wollten. »Das geht doch nicht! Du kannst den Mann nicht in deine Kabine bringen lassen.«

»Er braucht eine richtige Koje«, erwiderte sie in einem Ton, der keinen Widerspruch duldete. Mit jeder Faser ihres Körpers zeigte sie, daß sie nicht gewillt war, auch nur einen Fingerbreit nachzugeben. Sie hatte sich entschlossen, sich um Störtebeker zu kümmern. Ihr Vater kannte sie gut genug, um zu erkennen, daß es sinnlos gewesen wäre, nun einzuschreiten. »Willst du, daß er stirbt?«

»Natürlich nicht.« Seine Stimme klang kraftlos. Er liebte seine Tochter viel zu sehr, um einen ernsthaften Streit mit ihr anzufangen und ihr gegenüber in dieser Situation Stärke zu zeigen.

Die Männer hoben Klaus Störtebeker hoch und trugen ihn in die Kabine unter dem Achterkastell, in dem Elisabeth und Maria Quartier bezogen hatten. Als sie ihn in eine Koje gelegt hatten, schickte sie alle hinaus, auch ihren Vater und Maria, obwohl beide dagegen protestierten.

»Ihr könnt doch nicht allein mit einem Mann ...«, echauffierte sich die Hausdame, die diesen Verstoß gegen alle Konventionen nicht so ohne weiteres hinnehmen wollte.

»Er ist halbtot, Maria. Also was kann er mir schon anhaben? Laß niemanden herein. Niemanden. Hast du verstanden?«

»Ja«, gab Maria nach. Elisabeth schloß die Tür hinter ihr. Dann eilte sie zu Störtebeker, um seine Wunden zu versorgen. Sie wehrte sich dagegen, konnte beim Anblick des geschundenen Körpers jedoch nicht verhindern, daß ihr die Tränen in die Augen stiegen. Sie hatte schon oft vom Kielholen gehört, doch so schlimm hatte sie sich die Folgen nicht vorgestellt. Sie hatte stets geglaubt, das größte Problem sei, daß der Delinquent lange genug die Luft anhalten mußte. Nun sah sie mit eigenen Augen, daß die Verletzungen die entscheidende Gefahr darstellten. Gegen die drohende Entzündung der Wunden gab es an Bord so gut wie keine Mittel.

»Nicht weinen, Elisabeth«, vernahm sie eine leise Stimme. »Noch sterbe ich nicht.«

Hastig fuhr sie sich mit dem Handrücken über die Augen. »Ich weine nicht«, behauptete sie. »Es ist nur ...«

»Ich weiß. Dir ist was ins Auge geflogen!«

Zwischen Weinen und Lachen wandte sie sich ab, um Verbandzeug aus einer Truhe zu holen.

»Du trägst unser Bernsteinherz«, sagte Störtebeker. Als sie sich über ihn beugte, um ihm einen Verband um den Oberarm zu legen, nahm er ihr Bernsteinstück und legte es an seines, um damit ein Herz zu formen. Seine Hände waren blutig und ließen blutige Spuren auf dem Schmuckstück zurück, doch das störte sie nicht. Sanft strich er ihr mit den Fingerspitzen über das Gesicht.

»Ich liebe dich, Elisabeth. Ich habe dich mein ganzes Leben lang geliebt. Seit ich dich zum ersten Mal sah, konnte ich dich nicht vergessen. Nachts, wenn ich nicht schlafen konnte, habe ich an dich gedacht.«

Er küßte sie, und sie erwiderte seinen Kuß, behutsam und zart.

»Ich habe dich auch nicht vergessen, Klaus«, erwiderte sie.

»Du liebst mich. Und nicht Wallenrod.«

»Ja, ich liebe dich. Nur dich«, beteuerte sie.

»Dann bleib bei mir«, bat er. »Für immer.«

Sie verband seinen Arm, und es dauerte lange, bis sie antwortete: »Ich kann nicht. Ich bin Simon versprochen. Mein Vater wird darauf bestehen.«

»Es gibt nur uns, Elisabeth. Bis ans Ende unseres Lebens.«

»Ja, bis ans Ende unseres Lebens.« Nun konnte Elisabeth die Tränen nicht mehr zurückhalten. Sie beugte sich erneut über ihn und küßte ihn lange und innig.

Günstige Winde trieben die *Genoveva* in dänische Gewässer, wo schon bald Schiffe der Königin auftauchten und sie bis in den Hafen begleiteten. Nachdem Hermann Preen dem Stadtrat von Kopenhagen vorgetragen hatte, in welcher Mission er gekommen war, wurde er nach einer Wartezeit von zwei Tagen von Königin Margarethe in ihrem Schloß empfangen.

Man hatte sie Preen schon mehrfach beschrieben, und doch war er überrascht und beeindruckt von ihrer Persönlichkeit. Sie war eine Frau mittleren Alters, die den Eindruck vermittelte, aufgrund ihrer Disziplin und der Strenge ihrer eng gefaßten Ansichten unnahbar zu sein. Er wußte jedoch, daß dieses äußere Bild nicht ihre ganze Persönlichkeit beschrieb. Sie war eine Frau, die durchaus ihre verletzlichen Seiten hatte und deren Empfindsamkeiten es zu beachten galt. Die Maxime ihres Handelns allerdings war das Streben nach Macht über den Ostseeraum. Wenn es darum ging, Vorteile für Dänemark, für sich und ihren minderjährigen Sohn zu sichern, konnte sie skrupellos sein.

Hinter einem mit Schriftstücken, zierlichen Schachteln, einer kleinen Statue und zwei Kandelabern mit jeweils vier brennenden Kerzen überladen wirkenden Schreibtisch erwartete sie den Kaufmann aus der Hansestadt und seine Tochter. Dieser Arbeitstisch mit dem schweren Ledersessel dahinter bildete den Mittelpunkt eines düsteren Audienzsaales mit mehreren Ritterrüstungen und allzu wuchtigen Ölgemälden an den Wänden. Lediglich zwei Fackeln am Eingang des Saales spendeten ein wenig Licht, so daß sich die Aufmerksamkeit zwangsläufig auf die Königin richtete. Kostbar gewandet stand sie dort, wo es am hellsten war.

Zwei mit Schwertern bewaffnete Männer begleiteten Preen und Elisabeth bis zu dem Schreibtisch. Sitzgelegenheiten für die Besucher gab es nicht.

»Nun, Hermann Preen, was wollt Ihr?« fragte die Königin, nachdem er sich höflich vor ihr verbeugt und damit der Etikette Genüge getan hatte. Er respektierte sie, ließ sich als Repräsentant der mächtigen Stadt Hamburg jedoch keineswegs einschüchtern.

»Majestät, Ihr werdet mir zustimmen, daß wir uns in einem Krieg befinden, der keiner der beteiligten Seiten zum Vorteil gereicht, da er den Handel auf den nordischen Meeren weitgehend zum Erliegen bringt.«

Sie nickte. Er sprach an, was auch sie als Tatsache längst hatte hinnehmen müssen.

»Piraten fügen Euch und der Hanse schweren wirtschaftlichen Schaden zu«, fuhr er fort. »Dem ein Ende zu machen sollte in unserem gemeinsamen Interesse liegen.«

»Ihr geht geradewegs auf Euer Ziel zu«, stellte sie fest.

»Ich möchte nicht mehr von Eurer kostbaren Zeit in Anspruch nehmen, als unbedingt notwendig.«

»Laßt die Schmeichelei«, erwiderte die Königin unwillig. »Wir haben keine gemeinsamen Interessen.« Sie blickte ihn forschend an, und ein kaum merkliches Lächeln entspannte ihre Lippen. Sie genoß es geradezu, ihn mit den nächsten Worten zu konfrontieren: »Die meisten Piraten fahren mit meiner ausdrücklichen Erlaubnis.«

»Aber Mecklenburg hat die vom Herzog ausgestellten Kaperbriefe für ungültig erklärt.« Hermann Preen konnte seine Überraschung kaum verbergen. Seine Stimme klang nicht mehr so fest wie zuvor. »Die Piraten gelten nicht mehr als rechtmäßige Unternehmer, und der Handelskrieg sollte auch vorbei sein. Jedenfalls der Handelskrieg zwischen Dänemark und der Hanse. Der Handel kann nur im Frieden blühen. Zu unser aller Vorteil!«

»Habt Ihr mir nichts zu bieten, was für mich wirklich von Interesse ist?« fragte Margarethe kühl. Sie stand neben ihrem Ledersessel, stützte sich mit einer Hand leicht auf und ließ ihn in ihrer abweisenden und hochmütigen Art spüren, daß die Audienz aus ihrer Sicht so gut wie beendet war. Sie erwartete nicht, daß er noch irgend etwas vorbrachte, was ihre Haltung zur Hanse aufweichen könnte.

»Ich fürchte, ich kann Euch nicht ganz folgen«, sagte Preen. Seine Tochter Elisabeth stand schweigend hinter ihm und überließ ihm, wie es die höfische Form erforderte, die Verhandlung. Es wäre unpassend gewesen, wenn sie sich geäußert hätte.

»Es ist ganz einfach«, eröffnete die Königin von Dänemark ihm. »Ich will freien Zugang für meine Handelsschiffe zu sämtlichen Häfen der Hanse. Und wenn ich freien Zugang sage, dann meine ich: Ohne Zoll. Ohne zeitliche Begrenzung. Könnt Ihr mir folgen?«

Angesichts dieser Forderung verschlug es Hermann Preen den Atem. Was Margarethe verlangte, ging weit über das hinaus, was er ihr als Vertreter der Hansestadt Hamburg zubilligen konnte. Außerdem wollte sie ein Geschäft, das nach Beendigung des Handelskrieges höchst einseitig war, da sie ganz sicher nicht daran dachte, umgekehrt den Schiffen der Hanse Zugang zu den dänischen Häfen und obendrein noch Zollfreiheit zu gewähren. Preen war ein gradlinig denkender und empfindender Mann. Die Winkelzüge der Diplomatie waren ihm fremd. Vermutlich hätte die Stadt Hamburg besser daran getan, jemanden zu schicken, der weniger aufrichtig und ehrlich war als er, jemanden, der listig nach einer für Margarethe überraschenden Lösung gesucht und der ohne Skrupel Vorschläge gemacht hätte, die sich nach einiger Zeit nachteilig für die dänische Königin auswirken würden.

Hermann Preen erholte sich rasch. Der Hochmut, mit dem die mächtigste Frau Dänemarks ihre Forderung vorgebracht hatte, wirkte wie erfrischender Wind.

Manche Henne denkt, daß die Sonne ihretwegen aufgeht! dachte er, und dabei fiel es ihm nicht ganz leicht, ernst zu bleiben.

Eine Zustimmung von seiner Seite war nicht mehr und nicht weniger als eine Kapitulation, doch so mächtig war Dänemark nicht, daß sich ihm die größte und erfolgreichste Handelsorganisation der Welt beugen mußte.

»Das sind allzu weitreichende Zugeständnisse. Dazu habe ich keine Vollmacht, Majestät. Das muß ein außerordentlicher Hanserat entscheiden, der erst einberufen werden muß. Euer Wunsch richtet sich ja nicht nur allein gegen die Hansestadt

Hamburg. Wenn ich Euch richtig verstanden habe, geht er alle Hansestädte an von London in der Westsee bis zu den Häfen hoch in die Ostsee hinauf.«

»Ihr habt mich richtig verstanden!«

Preen verneigte sich leicht. Da er davon ausging, daß die Königin eine schnelle Lösung anstrebte, wähnte er sich auf einem guten Weg. Doch er irrte sich. Sie hatte noch eine Überraschung der unangenehmen Art für ihn. »Bedaure.«

»Dann beruft den Rat ein«, gab sie kühl und distanziert zurück. Sie behandelte ihn nicht wie einen hochrangigen Vertreter einer angesehenen und mächtigen Hansestadt, sondern wie einen subalternen Boten, der keine anderen Befugnisse hatte, als eine Nachricht zu überbringen. »Bis der Hanserat entschieden hat, wird Eure hübsche Tochter mir Gesellschaft leisten.«

»Ihr meint, Ihr wollt mich als Geisel behalten?« fragte Elisabeth, die ihre Zurückhaltung aufgab, ohne sich darum zu kümmern, was die strengen Verhaltensregeln am Hof vorschrieben.

»Ihr seid ein kluges Kind«, spöttelte Margarethe, die nun noch unnahbarer schien als schon zuvor. »Kaufmann Preen – Ihr könnt nach Hamburg zurückfahren.«

Sie setzte sich in den Sessel, blätterte in den Papieren und hob nicht mehr den Kopf, als Preen sich zum Abschied verneigte und von den Wachen flankiert mit Elisabeth hinausging.

Elisabeth war untröstlich. Mit einer derart kurzen Begegnung mit Königin Margarethe hatte sie nicht gerechnet. Schon gar nicht mit einem solchen Ausgang des Gesprächs. Sie hatte sich ausgemalt, sie könne ihrem Vater mit Rat und Tat zur Seite stehen. Dabei hatte sie sich gründlich geirrt.

In dem Gemach, das ihr die Königin zur Verfügung gestellt hatte, nahm sie Abschied von ihrem Vater, der so schnell wie möglich nach Hamburg zurückkehren wollte. Nur Maria sollte bei ihr bleiben. Als die Hausdame hörte, wie das Gespräch mit der Königin ausgegangen war, hatte sie spontan zu weinen begonnen und sich nach mehr als einer Stunde noch nicht beruhigt.

»Es ist alles meine Schuld, Vater«, sagte Elisabeth. »Ich hätte nicht mitkommen dürfen.«

»Der Wind hat gedreht. Er kommt günstig für die *Geneveva*, so daß ich aller Voraussicht nach schon bald wieder in Hamburg sein werde. Zumindest sind wir schnell aus den dänischen Gewässern heraus. Wie es dann nach Norden und durch das Skagerrak weitergeht, müssen wir abwarten.« Hermann Preen stand an einem der Fenster und blickte auf die Ostsee hinaus. Nicht weit vom Schloß entfernt lag die *Geneveva* im Hafen. Wie alle Koggen brauchte sie achterlichen Wind, um gute Fahrt machen zu können. Kam der Wind nicht von hinten, mußte sie vor Anker gehen und so lange warten, bis der Wind drehte. Daher ließ sich niemals genau vorhersagen, wie lange eine Schiffsreise dauern könnte. »Die Frage ist, ob ich den Hanserat dazu bringen kann, die Forderung Margarethes anzunehmen. Ich habe meine Bedenken.«

Elisabeth legte von hinten die Arme um ihren Vater und lehnte ihren Kopf an seine Schulter.

»Es tut mir leid«, entschuldigte sie sich.

Er drehte sich um und umarmte sie. »Mach dir keine Vorwürfe, Elisabeth. Niemand konnte vorhersehen, daß Margarethe sich so verhält und solche Bedingungen erfüllt sehen will. Hätte sie dich nicht als Geisel nehmen können, hätte sie sich etwas anderes ausgesucht, um uns unter Druck zu setzen.

Vielleicht hätte sie die *Genoveva* an die Kette gelegt oder den Kapitän als Geisel genommen.«

»Ich bin sicher, du wirst das schon in Ordnung bringen, Vater. Und ich lebe so lange hier, bis du mit einem Friedensangebot zurückkommst. Die Hanse wird eine Lösung finden, die Margarethe zufriedenstellt.«

Preen strich ihr sanft über das Haar. Es fiel ihm schwer, sich von Elisabeth zu trennen.

»Tröste dich, Elisabeth. Hochmut kommt vor dem Fall. Du weißt, was schon in der Bibel steht: Wer sich selbst erhöht, wird erniedrigt werden.«

»Du meinst, Margarethe wird irgendwann an ihrem Hochmut scheitern?«

»Davon bin ich überzeugt.« Er wandte sich an Maria. »Bleibst du an der Seite meiner Tochter?«

»Wie könnt Ihr daran zweifeln?« Empört erhob sich die Hausdame von dem Hocker, auf dem sie gesessen hatte. Mit einem Tuch trocknete sie ihre Tränen. »Selbstverständlich bleibe ich.«

»Danke.« Preen war froh ob der Entschlossenheit Marias. Nun fiel ihm der Abschied nicht mehr gar so schwer. Die Hausdame würde alles tun, was in ihren Kräften stand, um Elisabeth zu helfen. Er zog seine Tochter noch einmal in die Arme, dann ging er hinaus. Beinahe lautlos schloß sich die Tür hinter ihm.

Die *Genoveva* kämpfte sich durch schwere See. Der von achtern kommende Wind drückte sie immer wieder tief in die Wellentäler, so daß sie sich ächzend und knarrend in das Wasser wühlte, um von der nächsten Welle wieder in die Höhe gehoben zu werden. Der Wind heulte in den Wanten und ließ das Segel knattern. Unter diesen Umständen hatte die wachhabende Mannschaft alle Hände voll zu tun, das Schiff zu bedienen. Goedeke Michels beherrschte es. Das war selbst in der Koje zu spüren, in der Klaus Störtebeker fiebernd lag und mit der Infektion kämpfte, die seinen Körper befallen hatte. Seit Tagen dauerte schon das Fieber an.

Viel konnte Magister Wigbold nicht tun, um die Entzündungen zu bekämpfen. Er versuchte es mit Hilfe der wenigen Kräuter, die er mit an Bord genommen hatte – Arnika und Senf. Er hatte sie mit Honig vermengt, das sich seiner Erfahrung nach ebenfalls gut für die Wundbehandlung eignete.

Als Störtebeker aus tiefem Schlaf aufwachte, blickte er sich in der Kabine um, erkannte unter dem Einfluß des Fiebers jedoch nicht sogleich, wo er sich befand. Als es ihm bewußt geworden war, griff er nach dem Arm des Benediktinermönchs.

»Wo ist Elisabeth?« fragte er. »Wir sind ausgelaufen. Wo ist sie?«

»Wir haben Kopenhagen schon vor vielen Stunden hinter uns gelassen«, erwiderte Wigbold. »Ohne Elisabeth.«

»Ohne Elisabeth?«

»Sie bleibt als Geisel bei Königin Margarethe, bis der Hanserat den Forderungen der Königin zustimmt. Maria ist bei ihr.«

Störtebeker richtete sich auf und versuchte, die Koje zu verlassen, doch das ließ Magister Wigbold nicht zu. Mit sanfter Gewalt drückte er ihn auf das Krankenlager zurück.

»Wir müssen Elisabeth da rausholen«, stöhnte der Verletzte.

»Du redest im Fieberwahn«, erwiderte Wigbold. »Königin Margarethe hat eine Garnison mit mehr als fünfhundert Soldaten beim Schloß.«

»Aber sie ist eine Königin«, betonte Störtebeker. »Wie kommt sie auf die Idee, die Tochter eines Unterhändlers als Geisel festzuhalten? Das ist gegen jedes Recht und Gesetz.«

»Eben weil sie eine Königin ist und Recht und Gesetz nach Gutdünken beugt, wie es ihr gerade zupaß kommt. Das ist so Sitte in den hohen Kreisen. Habe ich am englischen Königshof gelernt. Man nennt das Diplomatie.«

»Diplomatie! Ich würde lachen, wenn mir die Rippen dabei nicht so weh tun würden.« Er versuchte, sich zu entspannen. »Wenigstens ein Gutes hat das Ganze. Simon von Wallenrod ist einstweilen ein Bräutigam ohne Braut.«

Hinter ein paar Fässern versteckt, beobachtete Jan, wie die *Genoveva* im Hamburger Hafen anlegte und festgemacht wurde. Wie nicht anders zu erwarten, löste die Ankunft der Kogge einigen Trubel aus, war doch in der Stadt bekannt, in welcher Mission Hermann Preen nach Dänemark gefahren war.

Erfolg oder Mißerfolg entschieden über das wirtschaftliche Wohlergehen der Hansestadt und über die weitere Entwicklung des Handels. Und das betraf buchstäblich jeden Bewohner der Stadt, ob arm oder reich.

Dutzende von Neugierigen drängten sich am Kai. Viele Frauen waren erschienen, um ihre Männer zu empfangen, die an Bord des Schiffes arbeiteten und mitgefahren waren. Händler und Gaukler, Handwerker und Kaufleute wollten von Preen wissen, was er bei Königin Margarethe erreicht hatte. Als er, gefolgt von Lüchow und Götz, die Kogge verließ, bestürmten ihn die Menschen im Hafen mit Fragen. Er wehrte sie alle ab, um zuerst dem Rat der Stadt Hamburg zu berichten.

Jan nutzte das allgemeine Durcheinander, um über das Fallreep an Bord zu gehen. Als er versuchte, durch eine Luke nach unten zu steigen, prallte er beinahe mit Erik zusammen. Geistesgegenwärtig fragte er: »Kannst du mir sagen, wo Störtebeker ist?«

Der Blonde schickte ihn nicht von Bord, sondern winkte ihm schweigend zu, führte ihn unter Deck und brachte ihn bis in eine dunkle Ecke der Mannschaftsunterkunft, wo Jans Bruder in einer Hängematte lag.

»Was ist los mit dir?« fragte er erschrocken, als er sah, welche Verletzungen Störtebeker erlitten hatte.

»Mach dir keine Sorgen«, antwortete Störtebeker. Seine Augen waren klar. Er hatte kein Fieber mehr. »Das wird schon wieder. Hast du Neuigkeiten?«

Argwöhnisch musterte Jan Magister Wigbold, der bis dahin weitgehend im Dunkel verborgen gewesen war und der sich nun neben seinem Bruder in eine Hängematte setzte.

»Du kannst ihm vertrauen!« beruhigte Klaus ihn. »Er ist mein Freund und Medicus. Also?«

»Die Wallenrods haben die Kaufurkunde unseres Gutshofes gefälscht«, berichtete Jan mit gedämpfter Stimme, wobei er sich sichernd umsah, damit nicht noch jemand erfuhr, was er mitzuteilen hatte. »Im Rathaus habe ich die Besitzurkunde unserer Familie entdeckt. Unser Vater hat sie vom Herzog von Mecklenburg bestätigen lassen. Und jetzt hör zu: Er erhielt das betreffende Siegel erst nach dem angeblichen Kauf durch die Wallenrods. Aber das ist noch nicht alles. Der alte Wallenrod hat seit Jahren Gelder aus der Stadtkasse unterschlagen. Das ist es, was ihm das Genick brechen könnte.«

Störtebeker hielt es nun nicht mehr in der Hängematte.

Trotz der Proteste Wigbolds stand er auf, um sich dann quer in die Hängematte zu setzen. »Hast du Beweise?«

»Und ob ich Beweise habe«, erwiderte Jan. »Wenn wir die vorlegen, sind die Wallenrods erledigt.«

Klaus wollte aufstehen, doch nun schritt Magister Wigbold energisch ein. »Du bist noch zu schwach. Du kannst dich ja kaum auf den Beinen halten. So richtest du gar nichts aus.«

»Wir müssen Preen unterrichten. Dieses Mal muß er uns Glauben schenken. Und das wird er, wenn er die Beweise sieht.«

Als Hermann Preen das Amtszimmer des Bürgermeisters von Hamburg betrat, erlebte er eine Überraschung. Hinter dem Schreibtisch saß nicht der bisherige Bürgermeister der Stadt, sondern Konrad von Wallenrod. Am Fenster stand sein Sohn Simon.

»Der Bürgermeister ist erkrankt«, teilte der Mann mit, der alle Fäden der Macht über die Stadt in seinen Händen zu halten schien. »Er sieht sich zur Zeit nicht in der Lage, die Amtsgeschäfte zu führen. Daher habe ich es übernommen, ihn zu vertreten.« Er lächelte selbstsicher. »Diese Lösung bot sich an, nachdem sich abzeichnete, daß ich ohnehin der Nachfolger werde.«

Er wies auf einen Stuhl vor dem Schreibtisch, um Preen einen Platz anzubieten. Nachdem dieser auch Simon begrüßt hatte, setzte er sich.

»Ich bin mit dem Angebot der Hanse bis zum Äußersten gegangen«, berichtete er, nachdem er mit wenigen Worten umrissen hatte, was geschehen war. Daß Konrad von Wallenrod unmittelbar davor stand, Bürgermeister zu werden, löste gemischte Gefühle bei ihm aus. Es kam ihm und seinen

Ambitionen durchaus entgegen, daß er sich durch die Heirat Elisabeths mit der Familie Wallenrod verband, deren Oberhaupt das höchste Amt der Stadt bekleiden würde. Er wußte schon lange, daß Konrad dieses Ziel anstrebte, hatte jedoch Zweifel daran gehabt, daß er es erreichen könnte. In den Reihen der Ratsmitglieder gab es einige, die mit seiner Ernennung zum Bürgermeister nicht einverstanden gewesen waren. Offenbar war es ihm gelungen, sie umzustimmen. Ihm selber kam dieser Schritt zu früh. Er hielt Konrad von Wallenrod für eine integre Persönlichkeit, sah seinen eigenen Einfluß aber immer mehr schwinden und befürchtete geschäftliche Nachteile, wenn es Konrad gelang, alle Macht in seinen Händen zu vereinen.

»Und?«

»Es war nicht genug für Königin Margarethe. Ich fürchte, sie wird nicht nachgeben und darauf bestehen, daß wir ihre Forderungen in jeder Hinsicht erfüllen.«

»Wie wird Elisabeth behandelt?« Simon von Wallenrod löste sich vom Fenster und trat nah an den Schreibtisch heran.

»Eher als Gast denn als Geisel«, beruhigte Preen ihn. »Davon abgesehen – wir müssen der Königin entgegenkommen.«

»Wenn wir auf ihre Forderungen eingehen, verlieren wir einen Teil unserer wichtigsten Einkünfte. Und nicht nur das. Sie könnte uns auf der Nase herum tanzen!«

»Das ist alles richtig«, mischte sich Simon von Wallenrod ein. »Wenn wir aber zu einem dauerhaften Frieden mit Dänemark kommen wollen, sind Kompromisse unvermeidlich. Die Hanse muß in den sauren Apfel beißen.«

Damit wollte Konrad Wallenrod sich nicht abfinden. Ungewöhnlich scharf, so heftig wie Hermann Preen es bei ihm noch nie zuvor erlebt hatte, wies er seinen Vorschlag zurück. »Du weißt nicht, von welchen Summen wir da sprechen!«

»Aber ich weiß, daß ich von Freiheit oder Gefangenschaft meiner zukünftigen Ehefrau rede!« Simon ließ sich nicht so ohne weiteres zurechtweisen.

»Ganz recht«, stimmte Preen ihm zu. »Das Geld ist in diesem Fall zweitrangig. Jedenfalls in dieser Phase der Verhandlungen. Die Verluste für die Hanse und uns können wir später doppelt und dreifach hereinholen, wenn wir Frieden mit der Königin schließen und gemeinsame Sache gegen die Seeräuberei machen.«

Dieser Meinung schloß sich auch Konrad von Wallenrod an.

»Nun gut. Ich berufe den Hanserat ein und unterrichte ihn über Eure ... nun, bei allem Wohlwollen, ich kann es nicht anders sagen ... mißlungene Mission in Kopenhagen. Dann werden wir beraten.«

Damit war Preen nicht einverstanden. Er erhob sich, weil es ihn nicht mehr auf dem Stuhl hielt.

»Beraten! Was heißt beraten? Es gibt nichts zu beraten. Es geht um meine Tochter. Eure zukünftige Schwiegertochter.«

Konrad von Wallenrod blieb äußerlich gelassen. Wie es in ihm aussah, konnte Preen nicht erkennen. Er hatte den Eindruck, daß der kommende Bürgermeister sich nicht allzu viele Sorgen um Elisabeth machte.

»Glaubt mir«, erwiderte Wallenrod. »Ich werde nichts unversucht lassen, den Rat zu überzeugen. Dessen könnt Ihr sicher sein. Aber das wird nicht einfach. Für die Stadt Hamburg und für die Hanse steht viel auf dem Spiel.«

Hermann Preen sah vollkommen klar. Er konnte nicht mehr erreichen. Alle weiteren Argumente würden wirkungslos abprallen, wären vergebliche Liebesmühe gewesen. Konrad von Wallenrod würde keinen Vorschlag, keine Empfehlung akzeptieren. Er war ein kalter und emotionslos berechnender Mann, der auf ihn und Elisabeth keine Rücksicht nehmen würde, sondern bedingungslos seinen eigenen Vorteil suchte. Er wunderte sich über sich selbst, weil er dies nicht schon viel früher erkannt hatte. Resignierend verließ er den Raum.

Konrad von Wallenrod wartete, bis sich die Tür hinter ihm geschlossen hatte. Dann wandte er sich an seinen Sohn.

»Habe ich dir nicht gesagt, daß du mir vor anderen nicht widersprechen sollst?« tadelte er ihn, wobei er so leise sprach, daß ihn sein Sohn kaum verstehen konnte. Um so bedrohlicher wirkten seine Worte.

»Aber es geht nicht um mich! Und nicht nur um Geschäfte!«

Erneute Auflehnung gegen sich wollte Konrad von Wallenrod nicht hinnehmen. Er war der strategische Denker, dem sich alle zu beugen hatten, auch sein Sohn. Um Simon zu demonstrieren, wer in dieser Stadt das Kommando führte, schlug er ihm mit dem Handrücken ins Gesicht.

Erschrocken fuhr Simon zusammen. Unwillkürlich drückte er die Hand gegen die Wange. Der Siegelring seines Vaters hatte eine blutende Wunde hinterlassen. Doch der Schlag war tiefer gegangen als nur bis unter die Haut. Er empfand ihn wie ein Stich ins Herz.

Als er noch ein Kind gewesen war, hatte sein Vater ihn oft geschlagen, um ihn zu bestrafen oder zu demütigen, manchmal auch um ihn anzutreiben. Nun aber war Simon erwachsen. Schon seit Jahren hatte ihn sein Vater nicht mehr auf diese Weise gezüchtigt.

»Was unsere Geschäfte sind und was nicht, bestimme immer noch ich«, betonte Konrad von Wallenrod. »Ebenso wie sie geführt oder nicht geführt werden. Mit welchen Geschäftsfreunden und mit welchen nicht. Mit welchen Waren und Leistungen und mit welchen nicht. Was Geschäfte betrifft, bestimme ich alles. Und ich dulde keinen Widerspruch. Schon gar nicht, wenn andere dabei sind. Merk dir das!«

»Ja, Vater«, antwortete Simon mit leiser, gepreßter Stimme. »Ich werde es mir merken. Verzeih mir. Ich hatte nicht die Absicht, deine Entscheidungen in Frage zu stellen.«

Er deutete eine Verbeugung an, ohne dabei unterwürfig zu werden, und verließ den Raum.

Konrad von Wallenrod achtete nicht weiter auf seinen Sohn. Er befaßte sich mit seinen Plänen, Bürgermeister zu werden. Sein Ziel hatte er so gut wie erreicht. Die Abstimmung im Rat der Hansestadt war nur noch eine Formsache. Etwas, das getan werden mußte, obwohl das Ergebnis von vornherein feststand.

Hermann Preen fröstelte. Es war kühl geworden. Der Wind hatte gedreht und kam seit einigen Stunden aus dem Osten. Normalerweise brachte er um diese Jahreszeit angenehm warme und trockene Luft mit sich, doch nun drückte aus den weiten Ebenen der slawischen Länder kühle Luft nach Norddeutschland. Der Wind war stärker geworden und pfiff ums Haus. Irgendwo klapperte unaufhörlich eine Tür. Das Arbeitszimmer war mit kostbaren Butzenscheiben versehen, nicht aber die Nebenräume. Dort gab es entweder nur einfache Holzläden oder die Fensteröffnungen wurden mit dünnen Lederhäuten oder gefettetem Pergament verschlossen. Durch Ritzen und Spalten an Fenstern und Türen konnte kalte Luft eindringen und sorgte dafür, daß die Kerzen flackerten und ein unruhiges Licht verbreiteten.

Um sich ein wenig zu wärmen, hatte Preen sein Stehpult

etwas näher an den Kamin gerückt, in dem ein Holzfeuer brannte. Mit gewohnter Sorgfalt ging er Berichte und lange Warenlisten durch, um zu prüfen, ob alle Geschäfte korrekt abgewickelt worden waren. Als er sich mit einer Schiffsladung Bier befaßte, die nach London gebracht werden sollte, kam Jan herein.

»Herr, auf ein Wort«, bat er höflich und blieb nahe der Tür stehen, um darauf zu warten, daß Preen ihm Einverständnis signalisierte. Der Mann, der ihn wie ein Vater aufgenommen hatte, ließ sich nur ungern stören.

»Muß das jetzt sein?« fragte Preen unwirsch. »Komm morgen wieder.«

Er rieb sich die Ellenbogen. Bei solchem Wetter hatte er fast immer Schmerzen in den Gelenken.

»Die Sache duldet leider keinen Aufschub, Herr«, erwiderte Jan.

»Was ist denn gar so Wichtiges?« Preen trat einen Schritt zurück, um sich den Rücken und die Beine vom Kaminfeuer wärmen zu lassen.

»Ich habe Nachforschungen angestellt, Herr. Dabei habe ich eindeutige Beweise dafür gefunden, daß sich die Wallenrods den Gutshof unserer Eltern unrechtmäßig angeeignet haben.«

Zornig fuhr der Kaufmann auf. Nicht genug, daß Jan ihn bei wichtigen Arbeiten störte. Nun kam er ihm auch noch mit einer Angelegenheit, die er längst als erledigt ansah und mit der er sich auf keinen Fall befassen wollte. Er war fest davon überzeugt, daß sich alle Anschuldigungen gegen Konrad von Wallenrod und seine Familie in Nichts auflösen würden. Die Wallenrods genossen ein hohes Ansehen in der Stadt. Daher hielt er es für ausgeschlossen, daß sie irgend etwas getan haben könnten, was nicht mit den Gesetzen in Einklang zu bringen war.

»Jan, ich habe dich gewarnt«, fuhr er den jungen Mann an. »Noch so eine Verleumdung, und ich weise dir die Tür!«

Mit einer derart harten Drohung hatte der Bruder Störtebekers nicht gerechnet. Er war in diesem Haus aufgewachsen und fühlte sich wie ein leiblicher Sohn Preens. Nach so vielen Jahren auf die Straße gesetzt zu werden wäre unerträglich für ihn gewesen. Er zögerte kurz, dann nahm er seinen ganzen Mut zusammen. Er hielt ein Buch hoch.

»Ihr habt mir vor Eurer Abreise nach Kopenhagen den Auftrag gegeben, die Bücher der Stadt durchzugehen.«

»Und? Hast du etwas Unstatthaftes gefunden?« Preen nahm einige der Papiere auf, die auf dem Stehpult lagen. Er wollte endlich mit seiner Arbeit fortfahren.

»Das kann man wohl sagen.«

»Flüchtigkeitsfehler in der Buchführung? Irrtümer? Um wie viel geht es?«

»Ich würde sagen, um insgesamt etwa zehntausend Barren in Silber.«

Wenn ein Blitz im Hause Preens eingeschlagen hätte, wäre die Wirkung kaum größer gewesen. Dem Kaufmann glitten die Papiere aus den Fingern.

»Was hast du da gesagt? Bist du verrückt geworden? Das kann nicht sein«, stammelte er. Dabei riß er Jan das Buch aus der Hand, legte es aufs Pult und begann darin zu blättern.

»Verzeiht, Herr, wenn ich Euch widerspreche«, fuhr Jan nun fort. Von Atemzug zu Atemzug gewann er mehr Sicherheit. »Es ist traurige Tatsache. Ich habe alles aufgelistet. Es sind Gelder aus der Stadtkasse entnommen worden, um die Verteidigungsanlagen der Stadt auf den neuesten Stand zu bringen. Aber nichts ist geschehen. Kaufleute sollten mit Geldern der Stadt entschädigt werden, weil ihre Schiffe den Piraten zum Opfer gefallen sind. Niemand ist entschädigt worden. Es geht um Gelder, mit denen nach dem Beschluß des Rates der Hansestadt Hamburg der Deutschritterorden im Kampf gegen die Seeräuberei unterstützt werden sollte. Ich habe mir erlaubt, in Eurer Abwesenheit mit dem Hochmeister des Ordens auf der Marienburg deswegen zu korrespondieren. Kein Pfennig davon ist angekommen.«

Hermann Preen war bleich bis an die Lippen geworden. Seine Hände klammerten sich an das Stehpult.

»Kein Irrtum möglich?« fragte er mit belegter Stimme.

Jan schüttelte den Kopf.

Preen fiel es schwer, die entscheidende Frage zu stellen. Nachdem er lange gezögert und in dem Buch geblättert hatte, überwand er sich, und dabei ahnte er die Antwort voraus: »Wohin ist das Geld geflossen?«

8. Machtwechsel

Als die Sonne untergegangen war und Dunkelheit sich über die Stadt senkte, zog ein schweres Unwetter über Hamburg hinweg. Ein steifer Westwind schob tiefschwarze Wolken heran. Regen peitschte über die Wallanlagen, an denen seit Monaten gebaut werden sollte, an denen jedoch höchstens im Ansatz zu erkennen war, was einmal entstehen sollte. Mit einer Fackel in der Hand eilte Hermann Preen einen Pfad entlang, der längst Teil des Sicherungssystems hätte sein sollen, an dem jedoch noch nicht einmal Baumaterial lagerte. Sein Zorn und seine Verbitterung über den Betrug stiegen von Schritt zu Schritt.

Ihm folgten Jan Broderson und Martin Degenhard, ein Nachbar, Geschäftsfreund und Ratsherr. Er wollte Zeugen, wenn er mit Konrad von Wallenrod sprach, denn er ging davon aus, daß dieser alles leugnen, Ausflüchte suchen oder jemanden beschuldigen würde, der sich nicht wehren konnte.

Gern hätte er einen anderen als Degenhard gewählt, dem er nicht gerade mit höchstem Respekt begegnete. In seinen Augen war der Ratsherr zu schwach, um eine eigene Meinung zu vertreten oder eine klare Linie zu verfolgen. Allzu oft hatte er erlebt, daß Degenhard seine Meinung geändert hatte, wenn genügend Druck auf ihn ausgeübt wurde. Daher hatte er sich schon manches Mal gefragt, aus welchen Gründen das Patriziat ihn in den Rat der Stadt gewählt hatte. Dafür hätte es sicherlich bessere Kandidaten gegeben. Doch nicht immer hatte die Versammlung der Patrizier, die seit über zweihundert Jahren für die Zusammensetzung des Stadtrats verantwortlich war, eine glückliche Hand bewiesen. Nicht nur bei Degenhard, sondern auch bei Konrad von Wallenrod schien man eine falsche Entscheidung getroffen zu haben.

Preen tröstete sich mit dem Gedanken, daß ihm nicht nur dieser Ratsherr zur Seite stand, sondern auch Jan, den er gut zu kennen glaubte und der sich in den vergangenen Jahren stets als besonders zuverlässig erwiesen hatte. Der junge Mann war kein Kämpfer, aber ein fleißiger und korrekter Helfer, der unbedingt loyal war und ihm niemals in den Rücken fallen würde. Preen war froh, daß Jan sich in diesem Fall nicht von ihm hatte einschüchtern lassen, sondern weiter recherchiert und die Machenschaften Konrad von Wallenrods aufgedeckt hatte.

Er eilte die Treppe zu einem Turm hinauf und betrat wenig später einen Raum, der irgendwann in der Zukunft einmal als

Beobachtungsstation dienen sollte. Von hier aus konnten nicht nur weite Teile Hamburgs überwacht werden, man konnte auch weit auf das Umland und vor allem die Elbe hinaus sehen, so daß man rechtzeitig jeden unliebsamen Gast zu entdecken vermochte, der sich der Stadt näherte. In den vergangenen Jahrzehnten hatte Hamburg leidvolle Erfahrungen mit Feinden gemacht, die vom Reichtum der Stadt angelockt wurden und bei ihrem Raubzug weite Teile der Anlagen verwüstet hatten. Fackeln erhellten den Raum, an dessen Fensterläden der Wind heftig rüttelte. In einer offenen Feuerstelle brannten ein paar Scheite und verbreiteten ein wenig Wärme.

Konrad von Wallenrod blickte ungehalten ob der Störung von den Papieren auf, die er in der Hand hielt. Bei ihm war sein Sohn Simon. Dessen Kleidung für den Besuch einer Baustelle eindeutig zu elegant war.

»Preen, Degenhard«, sagte er. »Was treibt Euch bei diesem Sauwetter hier herauf auf die Baustelle?«

»Das werdet Ihr gleich erfahren«, entgegnete der Kaufmann. »Wißt Ihr, was das hier ist?«

Preen zog eine von Jan gefertigte Liste unter seinem Umhang hervor und gab sie Wallenrod, der sie ohne großes Interesse, beinahe gelangweilt entgegennahm.

»Nein, weiß ich nicht, aber Ihr werdet es mir sicherlich verraten.«

»Das werde ich allerdings. Und dann werde ich vor den Hanserat treten und Euch anklagen. Martin Degenhard und Jan sind meine Zeugen. Ihr habt Schande über Hamburg gebracht, Konrad von Wallenrod. Und Ihr habt meinen Namen geschändet, indem Ihr Verbindung zu meiner Familie gesucht habt.«

Konrad von Wallenrod blickte seinen Sohn kurz an. Simon hob die Schultern. Er schien sich den Auftritt Preens nicht erklären zu können.

»Jetzt beruhigt Euch doch, um Gottes willen«, bat er. »Sagt uns zuerst, was Euch überhaupt so in Rage gebracht hat.«

»Das wagt Ihr noch zu fragen? Eure Unverschämtheit wird nur noch von Eurer Heuchelei übertroffen. Wie könnt Ihr es wagen, über Jahre hinweg Gelder aus der Stadtkasse zu Eurer persönlichen Bereicherung auf die Seite zu bringen und gleichzeitig um die Hand meiner Tochter anzuhalten? Glaubt Ihr, ich schweige dazu?«

In seiner Empörung über den im Rat der Stadt einmaligen Vorgang sowie den Vertrauensbruch des Ratsherrn glaubte er, Konrad von Wallenrod beeindrucken zu können. Er erwartete, daß der Beschuldigte unter der Wucht der Anklage zusammenbrach, sich schuldbewußt zeigte oder angesichts der Katastrophe, die sich für ihn abzeichnete, nach einem Ausweg suchte, um zu retten, was möglicherweise noch zu retten war.

Preen irrte sich.

Konrad von Wallenrod blieb ruhig und gelassen, als betreffe ihn die Anschuldigung nicht. In seinem grob geschnittenen Gesicht zeichnete sich nicht die geringste Erregung ab. Er war aus einem anderen Holz geschnitzt als Preen.

»Wem habt Ihr von diesen absurden Anschuldigungen schon erzählt?« fragte er.

»Niemandem«, antwortete Preen, der vollkommen arglos war und sich in einer eindeutig überlegenen Position wähnte. Als hansischer Kaufmann und Ratsherr, der sich niemals etwas hatte zuschulden kommen lassen, der stets nicht nur im eigenen Interesse, sondern vor allem im Interesse Hamburgs gehandelt hatte, empfand er sich als so gut wie unangreifbar. »Ich wollte in Eure Gesichter sehen, wenn ich Euch die Beweise vorlege. Und da sind sie.«

Er riß von Wallenrod das Papier aus den Händen und warf es ihm vor die Füße. Drastischer hätte er ihm seine Verachtung nicht zeigen können. Gleichzeitig beendete er mit dieser Geste die Beziehung zwischen ihren Familien.

»Wir sehen uns vor dem Richter wieder.« Damit wendete er sich ab und gab Jan und Degenhard das Zeichen zum Gehen.

»Das glaube ich kaum«, erwiderte Konrad von Wallenrod leise und drohend. Er schob seine Hand unter seinen Umhang.

Hermann Preen blieb stehen und drehte sich wieder zu ihm um. »Was sagt Ihr da? Ich lasse Euch von der Stadtwache verhaften. Ihr seid so gut wie tot, Konrad von Wallenrod.«

»Da verwechselt Ihr etwas. Ihr seid nicht Herr der Situation. Ganz und gar nicht.« Er zog einen Dolch unter seinem Umhang hervor, trat rasch einen Schritt auf Preen zu und stieß ihm die Klinge in die Brust. Im letzten Moment wich der Angegriffene aus, so daß ihm das Metall nicht ins Herz fuhr. Dabei zückte er einen Dolch, den er eigentlich nur zur Zierde trug und der beinahe harmlos erschien neben der Waffe, die Konrad von Wallenrod gegen ihn gerichtet hatte. Während er die linke auf die stark blutende Wunde drückte, wehrte er mit der rechten Hand einen weiteren Angriff ab. Er war ungeschickt und bei weitem nicht so kräftig wie der Bürgermeister. Daher gelang es seinem Gegner schon bald, seine Verteidigung zu durchbrechen und ihm erneut eine schwere Verletzung beizubringen. Während Preen blindlings zustieß und spürte, daß seine Klinge traf, blieb der Dolch Wallenrods in seiner Brust stecken. Der Kaufmann wurde von einer plötzlichen Schwäche erfaßt, sank auf die Knie und versuchte mit zitternden Händen die tödliche Klinge herauszuziehen. Es gelang ihm nicht. Allzu schnell schwanden seine Kräfte.

»Jan«, befahl Preen mit ersterbender Stimme. »Schnell. Lauf nach einem Medicus. Beeile dich.«

Hoffnungsvoll blickte er Simon an, der sich nun über ihn beugte. Von ihm erwartete er Hilfe. Er irrte sich erneut. Der junge Mann dachte gar nicht daran, etwas zu seiner Rettung zu tun. Er legte die Hand um den Griff des Dolches und zog die Klinge langsam aus der Wunde, um sie ihm dann kraftvoll und entschlossen mitten ins Herz zu rammen. Sterbend stürzte Preen auf den Boden.

Simon beachtete ihn nicht weiter, behinderte aber auch Jan nicht, der sich weinend über ihn beugte, sondern ging zu seinem Vater. Neben ihm sank er auf die Knie.

»Simon«, flüsterte Konrad von Wallenrod. »Mit mir geht es zu Ende. Hol einen Priester. Ich will die letzte Ölung.«

Er war fraglos davon überzeugt, daß ihm sein Sohn auch dieses Mal gehorchen würde, aber auch er irrte sich.

»Du kannst mir keine Befehle mehr geben«, antwortete Simon, wobei er sich dem Gesicht seines Vaters bis auf eine Handbreit näherte und ihm in die Augen sah. »Du fährst sowieso direkt in die Hölle. Du bist schon auf dem Weg dorthin. Ob mit oder ohne Ölung.«

Die Augen Konrad von Wallenrods brachen, und sein Kopf sank zur Seite. Er war tot. Ungerührt erhob sich Simon. Seine Blicke fielen auf Jan, der zitternd und totenbleich neben der Leiche Hermann Preens kauerte und nicht wußte, was er tun sollte. Simon nahm ihn kaum wahr, denn mehr und mehr wurde ihm bewußt, daß er nun alles umsetzen konnte, was er sich ausgemalt hatte. Da war kein Vater mehr, der ihn mit seiner herrischen Art demütigte und ihn nach seinem Willen gängelte. Nun war er sein eigener Herr. Mit einem beträchtlichen Vermögen im Rücken konnte er tun und lassen, was er wollte – vorausgesetzt, es gelang ihm, ein paar Dinge zu regeln – wie etwa die Tatsache, daß Martin Degenhard und Jan Broderson Zeuge des Geschehens geworden waren.

Es war, als ob Jan die Gedanken Simon von Wallenrods erfaßt hätte. Plötzlich sprang er auf und flüchtete in Panik quer durch den Raum und zur Tür hinaus. Degenhard wollte ihm folgen, doch Simon von Wallenrod trat ihm rasch in den Weg und hielt ihn auf. Er setzte ihm das blutige Messer an die Kehle.

»Wohin denn so schnell?« fragte er mit einem kalten Lächeln. Es störte ihn nicht weiter, daß Jan entkommen war. Er fühlte sich als Herr der Lage, zumal er sicher war, mühelos mit Degenhard fertig werden zu können.

»Wenn Ihr mich tötet, macht Ihr einen großen Fehler«, stammelte der Ratsherr, dem vor Angst die Augen aus den Höhlen quollen und dessen Hände sich, ohne wirklich zuzupacken, um Simons Arm legten.

»Nennt mir einen Grund, warum ich es nicht tun sollte«, forderte Simon ihn auf, wobei er ihm die Klinge ein wenig fester gegen den Hals drückte.

»Ich bin der einzige Zeuge, der für Euch aussagen kann«, stieß Degenhard hastig hervor. Die Angst, mit seinen Argumenten zu spät zu kommen, ließ ihn am ganzen Körper zittern. »Jan wird Euch nicht schaden, wenn ich für Euch Zeugnis ablege. Niemand außer mir wird Euch für das Amt des Bürgermeisters vorschlagen.«

»Woher wißt Ihr überhaupt, daß ich dieses Amt anstrebe?«

»Weil es Euch mit einem Schlag zum mächtigsten Mann in der Hanse macht«, antwortete der Ratsherr, womit er bewies, daß er den jungen Mann und seine Ambitionen richtig beurteilte.

»Und Ihr? Was wollt Ihr dafür, daß Ihr den Mund haltet?«

»Mein Leben. Und freie Hand für meine Geschäfte.« Martin Degenhard fing sich allmählich. Das Zittern ließ nach, und Farbe kehrte in sein Gesicht zurück.

Simon von Wallenrod stieß ihn so heftig von sich, daß er gegen die Wand prallte. Dann öffnete er die Läden eines Fensters und hielt den Dolch in den Regen, um das Blut abzuwaschen. Schließlich legte er die Klinge achtlos zur Seite und wandte sich Degenhard wieder zu.

»Wir sollten uns auf eine Geschichte einigen«, schlug er vor.

»Aber vorher müßt Ihr Euch um Jan kümmern. Er könnte Euch einen Strich durch die Rechnung machen.«

»Ja.« Simon ging zur Tür, stieß sie auf und pfiff schrill. Eilige Schritte näherten sich, und dann traten zwei bewaffnete Wachen ein. Mit tief gesenktem Haupt, als sei er nah dran, vor Trauer zusammenzubrechen, deutete er auf die beiden Leichen.

»Mein Vater und Ratsherr Preen sind von feigen Strauchdieben überfallen worden. Einen konnten wir erkennen. Es ist Jan Broderson, der bei dem Kaufmann und Ratsherrn Hermann Preen im Kontor arbeitet und wie ein Sohn in seinem Haus gelebt hat. Ich setze eine Belohnung von zehn Goldgulden für seine Ergreifung aus.«

Die Wachen hielten sich keinen Atemzug länger auf, sondern rannten davon. Sie hatten Jan flüchten sehen und hofften wohl, ihn noch einholen zu können.

Simon von Wallenrod nahm nun das verräterische Schriftstück an sich, das Preen mitgebracht und seinem Vater präsentiert hatte. Damit ging er zur Feuerstelle und hielt es ins Feuer, bis es zu brennen anfing. Dann ließ er es in die Flammen fallen und sah zu, wie es zu Asche verbrannte.

Von Todesangst getrieben, hetzte Jan durch die Gassen. Als er Schritte und das Klirren von Waffen hinter sich vernahm, zog er sich in einen dunklen Hauseingang zurück. Er preßte sich mit dem Rücken gegen eine Tür, als zwei Wachmänner kaum zwei Ellen von ihm entfernt vorbeiliefen. Er wartete, bis er nichts mehr von ihnen hörte, dann flüchtete er weiter ins Dunkel hinein, bis er schließlich die Wachstube am Rathaus erreichte. Heftig atmend vom schnellen Lauf trat er ein.

Zwei Landsknechte saßen an einem Tisch. Ihre Dolche lagen griffbereit neben ihren Händen. Schwerter und Lanzen lehnten an der Wand. Unwirsch blickten die beiden Wachen auf. Sie beschäftigten sich mit einem Kartenspiel und wollten nicht gestört werden. Jan blieb an der Tür stehen, nachdem er diese hinter sich zugezogen hatte.

»Ihr müßt sofort kommen«, forderte er, nachdem er sich ein wenig erholt hatte. »Ich habe einen Mord zu melden.«

»Einen Mord? Bist du betrunken?« Der Mann war groß. Ein mächtiger Bart zierte sein Kinn. Unter einer Lederkappe, die seinen Kopf bedeckte, hing schlaff und fettig das Kopfhaar herunter. Der andere war klein. Hätte er nicht so viele Falten um die Augen herum gehabt, hätte man ihn für jung halten können. Nur wenige Haare kräuselten sich auf seiner Oberlippe.

»Nein«, beteuerte Jan, wobei er sich erschöpft auf einen Hocker sinken ließ. Er fuhr sich mit beiden Händen über den Kopf, um das Regenwasser nach hinten abzustreifen. »Ihr müßt mir glauben. Ich habe es mit eigenen Augen gesehen. Man hat meinen Herrn, Hermann Preen, umgebracht.«

»So, hat man das!« Der Bärtige stand auf und steckte einen Dolch in seinen Gürtel. »Ein ehrbarer Mann. Und der treibt sich bei diesem Wetter und zu dieser Zeit da draußen herum? Das sollen wir dir glauben? Wer hat ihn denn ermordet? Und wo ist es geschehen? Kannst du uns das auch sagen?«

»Mein Gott«, stammelte Jan. »Nun unternehmt doch etwas! Der Mörder läuft frei herum. Es ist Simon von Wallenrod.«

Auch der andere erhob sich. Langsam näherte er sich Jan, um schließlich dicht vor ihm stehenzubleiben. Kopfschüttelnd musterte er ihn. Dabei sog er die Luft schnüffelnd durch die Nase ein.

»Simon von Wallenrod? Du bist betrunken, Junge. Man riecht nichts, aber du mußt dennoch einiges intus haben.«

»Herrgott!« stöhnte Jan. »Er hat meinen Herrn erstochen. Zuerst hat sein Vater ihm den Dolch in die Brust gestoßen, ihn damit aber noch nicht getötet. Da hat Simon von Wallenrod die Klinge genommen und vollendet, was sein Vater begonnen hat. Dort oben im Turm ist es geschehen. Hermann Preen konnte sich noch wehren, bevor er starb. Er hat Konrad von Wallenrod verletzt. Vielleicht sogar so schwer, daß nun beide tot sind.«

Der Bärtige fluchte laut. In den Regen hinausgehen zu müssen gefiel ihm ganz und gar nicht. Er warf sich einen Umhang aus gefettetem Stoff über die Schultern, um sich gegen die Nässe zu schützen.

»Simon von Wallenrod?« fragte er.

»Ja«, bestätigte Jan. »Kaum zu glauben, nicht wahr? Aber es stimmt. Ich war dabei. Mein Gott, ich dachte, er bringt mich ebenfalls um. Zum Glück konnte ich früh genug davonlaufen.«

Bevor die Landsknechte den Wachraum verlassen konnten, stieß jemand die Tür auf. Regen peitschte herein, und ein Blitz zuckte vom Himmel herab, der mehrere Männer aus der Dunkelheit riß. Es waren Simon von Wallenrod, Martin Degenhard und zwei schwerbewaffnete Landsknechte. Sie drängten herein und versperrten den Ausgang, so daß niemand die Wache verlassen konnte. Simon zeigte auf Jan.

»Dieser Mann hat meinen Vater und den Ratsherren Preen umgebracht. Ratsherrr Degenhard ist mein Zeuge. Wir haben es beide gesehen.«

»Aber ... !« stammelte Jan. Mehr brachte er nicht über die Lippen, denn die Wachen stürzten sich auf ihn und warfen ihn auf den Boden, um ihm die Hände auf den Rücken zu fesseln und eiserne Ketten an die Beine zu legen. Zu allem Überfluß knebelten sie ihn, damit er nicht mehr sprechen konnte.

»Werft ihn in den Kerker«, befahl der Bärtige. »Dort soll er schmoren, bis der Richter sich mit ihm beschäftigt. Ich wußte doch gleich, daß mit dem Kerl etwas nicht stimmt.«

Kühl und beherrscht nutzte Simon von Wallenrod die Gunst der Stunde. Auch er war von dem Geschehen im Turm überrascht worden, hatte jedoch schneller und gezielter reagiert als alle anderen. Er war zufrieden mit sich. Schon lange hatte er sich mit dem Gedanken getragen, sich von seinem Vater zu befreien, hatte jedoch keinen Weg gefunden. Nun hatte ihm das Schicksal alle Vorteile in die Hände gespielt, und er dachte nicht daran, auch nur einen der Trümpfe herzugeben. Im Gegenteil. Als sich die Gelegenheit dazu ergab und nachdem

Der Hafen der Hansestadt Hamburg ist Ausgangspunkt für den Fernhandel. Koggen revolutionieren den Transport von Waren und Menschen auf See.

Klaus schenkt Elisabeth ein Stück Bernstein. Zusammen mit dem Teil, das er behält, bildet es ein Herz. Gerührt verspricht sie ihm, ihn für alle Zeiten zu lieben.

Klaus nimmt Abschied von Vater und Mutter. Keiner von ihnen sieht das Unheil voraus, das über das Gut kommen und die friedliche Welt vernichten wird.

Der ewig hungrige Mönch Wigbold holt Klaus vom Gut seiner Eltern ab, um ihn ins Kloster zu bringen, wo der Junge die nächsten Jahre verbringen soll.

In Panik flieht Klaus vor den Mördern seiner Eltern. Nur »geistlicher Beistand« scheint ihn noch vor dem sicheren Tod retten zu können.

Bei einem Ausritt mit Klaus offenbart ihm Elisabeth ihre Liebe. Sie hat keineswegs vergessen, was sie ihm als Kind versprochen hat.

Um die *Genoveva* vor Freibeutern zu schützen, heuert Hermann Preen den brutalen Kämpfer Götz und den fintenreichen Lüchow an.

Kaum ist Klaus Störtebeker an Bord der *Genoveva*, als Lüchow zum Kapitän ernannt wird. Dieser, sein ärgster Feind, hat nur eines im Sinn. Er will ihn töten.

Überraschend taucht der Mönch Wigbold an Bord der *Genoveva* auf. Um sich Respekt bei den Seeleuten zu verschaffen, hat er sich selbst zum Magister befördert.

Klaus Störtebeker und Elisabeth. Die Liebenden begegnen einander an Bord der Kogge. Komplikationen sind unausweichlich.

Der Fernhandelskaufmann Hermann Preen ist allzu arglos. Er erkennt das düstere Geheimnis nicht, das den skrupellosen Kontrahenten Konrad von Wallenrod umgibt.

Konrad und Simon von Wallenrod haben sich unrechtmäßig bereichert. Sie wähnen sich in Sicherheit, denn Ratsherr Degenhard ist keine Gefahr für sie.

Mit höfischem Gehabe versucht Simon von Wallenrod die Patrizier der Hansestadt zu beeindrucken und das Herz Elisabeths zu gewinnen.

Klaus Störtebeker und seine Mitstreiter meutern und übernehmen die *Genoveva*. Von nun an sind sie Freibeuter. Ihr Schiff taufen sie auf den Namen *Seewolf*.

Auf Gotland finden Klaus Störtebeker und seine Likedeeler den ruhigen und sicheren Hafen, den sie brauchen, um ungefährdet überwintern zu können.

Auf der Insel Gotland bringen die Piraten ihre Beute an Land, um sie wie vereinbart mit der Bevölkerung von Visby zu teilen – als Likedeeler.

In Visby hat Erik sein Glück gefunden. Er kann das schönste Mädchen von Gotland an den Traualtar führen.

Am Strand von Gotland schmiedet Klaus Störtebeker zusammen mit seinen Freunden Magister Wigbold und Goedeke Michels Pläne für die Zukunft.

Neugierig prüft Klaus Störtebeker ein Fernrohr, ein Instrument, das ihm zuvor noch nie begegnet ist. Er läßt es sich von dem dänischen Gesandten »schenken«.

Magister Wigbold hat einen über den Durst getrunken. Goedeke Michels hat es schwer, den Freund aus der Stadt Kopenhagen heraus zu bringen.

Enttäuscht zieht sich Störtebeker aus Kopenhagen zurück. Vergeblich hat er versucht, Elisabeth aus der Geiselhaft zu befreien.

Elisabeth ist Simon von Wallenrod versprochen. Doch sie liebt Klaus Störtebeker. Wäre sie frei, würde sie sich für ihn entscheiden.

Als sich ihnen Störtebeker unter falscher Flagge nähert, gehen ihm Simon von Wallenrod und die Ratsherren in die Falle.

Ratsherr Degenhard ist ein Mann ohne Rückgrat. Als Störtebeker und seine Freibeuter die *Wappen von Hamburg* überfallen, bettelt er um sein Leben.

Von Wallenrod ist zu einem Mann gereift, der auch in extremen Situationen Haltung bewahrt. Er geht nicht vor Störtebeker auf die Knie.

Simon von Wallenrod hat den Kampf mit Klaus Störtebeker überlebt. Doch er ist verwundet – an der Stelle, an der ihn schon einmal das Messer Störtebekers getroffen hat.

Klaus Störtebeker bittet Elisabeth, mit ihm zusammen zu fliehen. Doch sie zweifelt an ihm, fürchtet gar, er könnte in den Mord an ihrem Vater verwickelt sein.

Mit dem unerschrockenen Goedeke Michels an der Seite dringt Störtebeker in die Stadt Hamburg ein. Bruder Jan verbirgt sein entstelltes Gesicht unter einer Kapuze.

Simon von Wallenrod und Elisabeth Preen stehen vor dem Traualtar. Sie wird ihm ihr Jawort geben. Dabei ahnt sie nicht, daß er der Mörder ihres Vaters ist.

Mit seinen Anschuldigungen stellt Störtebeker Simon von Wallenrod an den Pranger. Sie lösen ein Duell auf Leben und Tod aus.

Simon von Wallenrod hat sich zu einem schier unüberwindlichen Gegner entwickelt. Im Schwertkampf scheint Klaus Störtebeker ihn nicht bezwingen zu können.

Jan Broderson im Kerker gelandet war, eilte er in das Büro Hermann Preens. Es war still im Haus. Keiner der Bediensteten bemerkte ihn, da alle im Gesindehaus schliefen. So konnte er ungesehen in das Kontor des Kaufmanns eindringen.

Er entzündete eine Kerze, und dann durchsuchte er in aller Ruhe die vielen Papiere, die auf den Regalen und auf dem Schreibpult abgelegt waren. Aus den Gassen klang die Stimme des Nachtwächters zu ihm herauf. Sie vermittelte ihm, daß er bereits mehr als eine Stunde im Kontor war, als er endlich fand, worauf es ihm ankam. Das Testament des Kaufmanns. Er las es hastig durch, dann legte er es zur Seite und nahm ein unbeschriftetes Pergament. Mit ruhiger Hand schrieb er ein neues Testament, und dabei ahmte er die Sprache nach, in der das echte Testament von Preen verfaßt worden war.

»Letzter Wille und Testament«, las er mit gedämpfter Stimme, als er es fertiggestellt hatte. »Ich, Hermann Preen, bestimme hiermit, daß mein gesamtes Vermögen im Falle meines Todes an Simon von Wallenrod übergeht, den Ehemann meiner geliebten Tochter Elisabeth. Hamburg, im Jahre des Herrn 1396 ...«

Danach setzte er die Unterschrift Hermann Preens darunter. Es gelang ihm, sie täuschend echt zu gestalten. Zufrieden mit sich und seinem Werk, schloß er es mit dem Siegel des Kaufmanns ab. Nun begann er damit, alle Spuren seiner Anwesenheit zu beseitigen. Danach steckte er die beiden Testamente ein. Als er die Kerze löschen wollte und sie bereits an die Lippen hielt, öffnete sich die Tür, und Lüchow kam herein.

»Ich habe Licht gesehen, Herr.«

»Gut, daß du kommst«, erwiderte Simon von Wallenrod

gelassen. »Ich habe einen Auftrag für dich. Du wolltest doch mit Klaus Störtebeker abrechnen.«

»Ich wüßte nicht, was ich lieber täte, Herr. Ich habe nur auf Euren Befehl gewartet.«

»Nun gut.« Wallenrod löschte die Kerze und schob den Einäugigen hinaus auf die Balustrade. »Der Zeitpunkt ist gekommen, aber wartet damit, bis ihr auf hoher See seid. Es ist schon mancher über Bord gefallen, der damit nicht gerechnet hat.«

Lüchow verbeugte sich leicht. Er hatte verstanden.

»Darf ich fragen, Herr, wo Ratsherr Preen ist?« fragte er.

»Hermann Preen ist das Opfer eines tragischen Ereignisses geworden. Man hat ihn getötet. Deshalb bin ich hier. Solange bis das Testament eröffnet worden ist, habe ich das Kommando übernommen. Als Schwiegersohn des Ratsherrn bin ich dazu verpflichtet.«

»Selbstverständlich, Herr. Ich bin sicher, daß Ihr das Kommando auch noch nach der Eröffnung des Testaments haben werdet.«

»Davon bin ich allerdings ebenfalls überzeugt, Lüchow. Und jetzt kommt.«

Die beiden Männer verließen das Anwesen. Simon von Wallenrod ging in die Nikolai-Kirche, um an einem späten Gottesdienst teilzunehmen.

Unaufhörlich prasselte der Regen auf das Deck der *Genoveva*. Dumpfes Donnergrollen klang von fern herüber. Der Wind ließ das Segel flattern. Er war schwach, so daß die Kogge sich mit nur mäßiger Fahrt durch die Gewässer der Elbmündung schob.

Als Erik in den Mannschaftsraum herabstieg, in dem ein

Teil der Besatzung in Hängematten schlief, glaubte Klaus Störtebeker, daß er ihn zur Wachablösung holen wollte. Es war bereits hell. Das Licht der aufgehenden Sonne fiel durch die offene Luke, reichte aber nicht aus, den ganzen Raum zu erhellen.

Er fühlte sich noch sehr schwach, doch seine Wunden begannen abzuheilen, und er wollte nicht länger als unbedingt notwendig auf dem Krankenlager bleiben. Als er aufstehen wollte, drückte der Blonde ihn mit sanfter Gewalt wieder in die Hängematte zurück. Im flackernden Licht einer Laterne konnte Störtebeker sehen, daß er vom Regen vollkommen durchnäßt war.

»Ich habe eine wichtige Nachricht für dich, Klaus«, flüsterte Erik. »Es heißt, Konrad von Wallenrod und Hermann Preen sind ermordet worden. Ich habe gehört, wie Lüchow und Götz darüber geredet haben.«

Nun hielt es Störtebeker nicht mehr in der Hängematte. Er stand auf und zog den Freund, zu dem der Blonde mittlerweile geworden war, bis nah an die Laterne heran, so daß er sein Gesicht sehen konnte. »Von wem? Wer sollte das getan haben?«

»Ich weiß nicht, ob er es wirklich war. Ich kann dir nur sagen, was ich gehört habe.«

»Was, zum Teufel, hast du gehört?«

»Dein Bruder Jan ist verhaftet worden. Er soll der Täter sein. Jedenfalls hat unser Kapitän es behauptet.«

Klaus Störtebeker blickte ihn an, als zweifle er an seinem Verstand. Jegliche Farbe wich aus seinem Gesicht.

Magister Wigbold, der neben ihnen in seiner Hängematte geschlafen hatte, richtete sich auf. Verstört fuhr er sich mit dem Handrücken über die Augen.

»Was ist los? Legen wir ab?« brummelte er und gähnte nachhaltig. Weil schwere Schritte zu vernehmen waren, blickte er nach oben. Jemand hastete über das Deck. Im nächsten Moment schon tauchte Götz auf der Treppe auf. Er mußte sich tief bücken, um mit dem kahlgeschorenen Schädel nicht an die Decke zu stoßen.

»Wacht auf, ihr faulen Hunde«, brüllte er. »Alle Mann an Deck. Du auch, Störtebeker!«

»Er ist noch zu schwach«, wandte Magister Wigbold besorgt ein. Er war nun hellwach.

»Er auch, verstanden?« Götz ließ nicht mit sich reden. »Oder soll ich ihm Beine machen? Ich könnte ihm die Peitsche geben.«

Störtebeker und der Mönch blickten sich kurz an. Sie verstanden sich auch ohne viele Worte. Beiden war klar, daß sie vor einer wichtigen Entscheidung standen. Irgend etwas war geschehen. Um eine Gefahr von außen, etwa einen Angriff durch Piraten, konnte es sich nicht handeln, weil sonst das Alarmeisen geschlagen worden wäre.

Als sie die Treppe hinaufstiegen und auf das Deck hinaustraten, ließ der Regen plötzlich nach. Auf dem Bugkastell stand Götz. Mit den vor der Brust verschränkten Armen und den schwellenden Muskeln bot er das Bild eines Mannes, der sich seiner Macht bewußt ist. Als Störtebeker zu ihm aufblickte, begann er in einer Weise zu grinsen, die nichts Gutes verhieß.

Lüchow hatte auf dem Achterkastell Position bezogen. Breitbeinig stand er über Goedeke Michels, der das Ruder bediente.

»Männer«, rief der einäugige Kapitän, als die Besatzung vollzählig an Deck erschienen war. »Ich habe euch etwas mitzuteilen.«

Er griff zu seinem Gürtel, zog einen Dolch und zeigte auf Störtebeker. »Du da!«

»Kapitän?« Die Männer rückten von ihm ab. Allzu gut erinnerten sie sich daran, daß Störtebeker den Kampf gegen Götz gewonnen und damit der Zorn nicht nur des Riesen auf sich gezogen hatte, sondern wegen der verlorenen Wette auch der Rachsucht Lüchows ausgesetzt war. Richtete sich das Interesse des Kapitäns auf Störtebeker, wollten sie nicht in seiner Nähe sein.

Lüchow warf ihm eine zu einem Bündel zusammengelegte Flagge zu. Als er sie auffing, öffnete sie sich, und er sah, daß es die Flagge der Wallenrods war. Sie zeigte einen schwarzen Stierkopf mit einem Ring durch die Nase auf blutrotem Grund.

»Die *Genoveva* fährt ab sofort unter Simon von Wallenrod«, verkündete der Kapitän. »Der bisherige Schiffseigner Hermann Preen ist tot. Konrad von Wallenrod ebenfalls. Sie wurden heute nacht meuchlings ermordet. Vom Bruder dieses Mannes!«

Er zeigte auf Störtebeker, der die Fahne der Wallenrods immer noch in den Händen hielt und dem allmählich aufging, was er damit tun sollte. Hinter sich hörte er die Männer miteinander tuscheln. Die Luft schien sich abgekühlt zu haben. Ihm war, als befände er sich allein in einem Raum mit unsichtbaren Wänden, die ihn deutlich und unüberwindlich von den anderen Mitgliedern der Besatzung trennten.

»Ruhe!« befahl Lüchow. »Simon von Wallenrod ist unser neuer Eigner. Auf Wunsch des Verstorbenen übernimmt er Schiffe und Handelsbeziehungen der Familie Preen.«

Er ließ seine Blicke nun von einem zum anderen gleiten, fixierte jeden einzelnen der Besatzung und grinste zufrieden, als die Männer die Köpfe senkten und ihm scheu auswichen.

»Was steht ihr hier herum?« schrie Götz vom Bugkastell herab. »An die Arbeit mit euch.«

Lüchow stieg vom Achterkastell herab und näherte sich Störtebeker.

»Rauf in die Takelage«, befahl er. »Worauf wartest du? Ich will die Flagge unseres neuen Herrn am Mast sehen. Hoffentlich beeilst du dich bald.«

Wortlos wandte Störtebeker sich ab und stieg mühevoll bis in das Krähennest hinauf, um von dort aus die Flagge zu hissen. Er war noch immer geschwächt, und seine Wunden schmerzten, dazu hatte ihm die Nachricht vom Tode Hermann Preens einen Schock versetzt, doch er tat, was Lüchow von ihm verlangte, weil er wußte, daß Widerstand in der augenblicklichen Situation tödliche Folgen für ihn haben würde. Er nahm alle Kräfte zusammen, die noch in ihm steckten, und kämpfte sich die Takelage hinauf.

Störtebeker machte sich nichts vor. Unter den gegebenen Umständen waren seine Aussichten, die nächsten Tage zu überleben, denkbar schlecht. Von nun an hieß es noch vorsichtiger und aufmerksamer sein als bisher. Aufgeben wollte er auf gar keinen Fall. Es gab noch viel zu erledigen.

Er dachte an Elisabeth, die als Geisel am Hof der Königin Margarethe von Dänemark gehalten wurde. Sie wollte er auf jeden Fall wiedersehen. Und er mußte klären, wer Hermann Preen und Konrad von Wallenrod getötet hatte. Er glaubte nicht, daß es sein Bruder gewesen war. Jan war zu so einer Tat nicht fähig.

Regen peitschte gegen die Fenster des königlichen Palastes von Kopenhagen. Immer wieder zuckten grelle Blitze vom Himmel herab. Auf dem Meer stoben die Wellen mit Schaumkronen gegen die Küste. Elisabeth meinte den Donner der fernen Brandung zu hören. Sie stand an einem der Fenster. Lange, viel zu lange befand sie sich nun schon in Gefangenschaft.

Über die Behandlung konnte sie sich nicht beklagen. Vor wenigen Augenblicken erst war sie von einer Teestunde bei Margarethe zurückgekehrt, und wieder einmal hatte die Königin sie geradezu liebenswürdig gebeten, sich als Gast ihres Hauses zu fühlen.

»Bitte, liebe Elisabeth«, hatte sie gesagt und ihr dabei eine kleine Schale mit Gebäck gereicht. »Laßt mich nur wissen, was Euch fehlt. Ihr werdet alles erhalten, was Ihr wünscht.«

»Die Freiheit, Majestät«, hatte sie geantwortet.

»Möchtet Ihr noch eine Tasse Tee, liebe Elisabeth?« Freundlich lächelnd hatte die Königin einer Zofe einen Wink gegeben, Zucker und Tee zu reichen. Sie tat, als hätte sie nicht gehört, welchen Wunsch ihre Geisel geäußert hatte.

Abgesehen von der Freiheit fehlte nichts. Jeder am Hofe begegnete Elisabeth mit Respekt und ausgesuchter Höflichkeit. Sie konnte sich frei bewegen, überall, im Palast und in den Gärten. Wollte sie allerdings zum Tor hinausgehen, erschien wie aus dem Nichts heraus ein Bediensteter, der ihr zu verstehen gab, daß es gerade an diesem Tag nicht ratsam sei, in die Stadt zu gehen, weil es dort unliebsame Vorfälle mit fremden Besuchern gegeben habe, weil die Wege vom nächtlichen Regen gar zu durchweicht seien oder weil sich sonst irgend etwas ereignet hatte, was ihr Wohlbefinden beeinträchtigen könnte. Man bat sie dann, doch bitte bis zum nächsten oder übernächsten Tag zu warten, weil dann alles sehr viel günstiger und annehmlicher sei für sie. Doch an keinem anderen Tag änderte sich etwas. Elisabeth erwartete es auch nicht. Seufzend akzeptierte sie, daß sie eben doch eine Gefangene und kein Gast war.

Es klopfte an der Tür. Maria öffnete und ließ einen Bediensteten herein, als dieser sagte: »Ich habe einen Brief für Euch.«

Elisabeth nahm den sorgfältig versiegelten Umschlag freudig erregt entgegen.

»Er ist von Simon von Wallenrod«, rief sie ihrer Hausdame zu. »Sicherlich will er uns mitteilen, daß der Hanserat zu unseren Gunsten entschieden hat und auf die Bedingungen Margarethes eingeht.«

Sie brach das Siegel, öffnete das Schreiben, las die ersten Zeilen und brach schluchzend zusammen. Sie sank auf einen Hocker, ließ den Brief auf den Boden fallen und schlug die Hände weinend vor das Gesicht.

Besorgt hob Maria das Schreiben auf. Sie warf nur einen kurzen, verständnislosen Blick auf die Zeilen, denn lesen konnte sie nicht.

»Um Himmels willen, Elisabeth, was ist geschehen?« stammelte sie. Voller Sorge beugte sie sich über die junge Frau, die ihrer Obhut anvertraut war und mit deren Schicksal auch ihr eigenes auf Gedeih und Verderb verbunden war.

Mit zitternden Händen nahm Elisabeth ihr das Schreiben aus der Hand und las den Brief bis zu Ende. Es dauerte lange, bis sie sich so weit gefangen hatte, daß sie Maria offenbaren konnte, welche Nachricht sie erhalten hatte.

»Simon schreibt, daß Jan meinen Vater ermordet hat und daß Klaus daran beteiligt war. Das kann ich nicht glauben.« Elisabeth war verzweifelt. Die Augen quollen über von Tränen der Trauer. »Und Konrad von Wallenrod ist ebenfalls tot. Meuchlings gemordet.«

»Das kann doch nicht sein!« Maria konnte sich nun auch

nicht mehr auf den Beinen halten. Der gütige Preen, der sie zeit ihres Lebens gut behandelt und nie ein böses Wort für sie gehabt hatte, sollte tot sein? Gemeuchelt von Jan, den sie schon seit vielen Jahren kannte und der wohl mit einer Schreibfeder, nicht aber mit einem Dolch umgehen konnte? Es wollte ihr nicht in den Kopf. Andererseits konnte sie sich nicht vorstellen, daß Simon von Wallenrod die Unwahrheit geschrieben hatte. Sie mochte diesen Mann nicht, dessen Umgangsformen ihr ebenso übertrieben wie unehrlich vorkamen, aber sie glaubte nicht, daß er zu einer solch ungeheuerlichen Lüge fähig war. »Was sollen wir jetzt tun?«

»Wir können nur warten und trauern«, erwiderte Elisabeth. Erneut vergrub sie ihr Gesicht in den Händen. Ihre Schultern bebten. »Wir müssen unsere Zukunft in die Hände Simon Wallenrods legen. Er ist unsere einzige Hoffnung. Eine andere Möglichkeit haben wir nicht.«

Sie ließ die Hände sinken und stand auf, um zu ihrer Hausdame zu gehen.

»Bete für uns, Maria.« Sie war kaum ihrer Stimme mächtig. »Bete, daß es Simon von Wallenrod gelingt, den Hanserat davon zu überzeugen, daß er auf Königin Margarethes Forderungen eingehen muß.«

Maria hatte wenig Sinn und Verständnis für Politik und das Geschehen auf Nord- und Ostsee sowie an den Höfen Dänemarks, Schwedens und Mecklenburgs. Sie hatte sich nie um solche Angelegenheiten gekümmert. Dazu hätte sie sich eingehend mit ihnen befassen müssen. Einige Male hatte sie mit ihrem Vater über die engen verwandtschaftlichen Verflechtungen gesprochen, die es zwischen den verschiedenen Häusern gab, aber sie hatte sich nicht eingeprägt, was er ihr auseinandergesetzt hatte.

»Was ist mit Euren Gefühlen für Störtebeker?« fragte die Hausdame. »Bei allem Respekt für Simon von Wallenrod – ich bezweifle, daß er an der Tat beteiligt ist. Und Jan? Nein. Ich kenne ihn schon seit vielen Jahren. Er war nie in Raufereien verwickelt. Einen Dolch hat er sowieso nicht in die Hand genommen. Jedenfalls nicht, um ihn gegen einen Menschen zu richten.«

Elisabeth griff nach dem Stück Bernstein, das sie am Hals trug.

»Ich kann nicht glauben, daß Klaus geplant hat, meinen Vater umzubringen«, erwiderte sie. »So eine Tat wäre vollkommen sinnlos. Er hätte keinen Vorteil davon, und er hat keinen Streit mit meinem Vater gehabt. Wenn er doch hier wäre und ich mit ihm sprechen könnte!«

»Er wird kommen«, gab sich Maria zuversichtlich.

»Das hoffe ich sehr, wenngleich ich mir nicht vorstellen kann, wie es ihm gelingen sollte, zu uns vorzudringen. Die Wachen würden ihn nicht vorbeilassen. Dennoch bete ich, daß ich die Wahrheit aus seinem Mund hören kann. Ihm würde ich vorbehaltlos glauben.«

»Simon von Wallenrod nicht?«

»Ihm bin ich versprochen. Ihm gegenüber sollte ich unbedingtes Vertrauen haben, aber das habe ich nicht. Ich kann es nicht leugnen. Mein armer Vater! Hätte ich doch nur auf ihn gehört. Wäre ich bei ihm gewesen, wäre dies alles nicht geschehen.«

Der Schmerz übermannte sie, und sie weinte erneut. Maria legte tröstend den Arm um sie.

»Wenn doch nur Klaus Störtebeker käme!«

9. Meuterei

Die See war ruhig, und die Kogge schwankte kaum. Ein wolkenloser Sternenhimmel wölbte sich über der Nordsee, die im Licht des Mondes wie flüssiges Blei schimmerte. Bei jeder Bewegung knarrte das Schiff in seinen Wanten. Träge schlug das Segel hin und her.

Störtebeker hatte Wache im Krähennest. Lüchow hatte ihn hinaufbefördert, weil er einer der wenigen Männer mit wirklich guten Augen war. Doch es gab nichts zu sehen. Nirgendwo auf der See zeichnete sich ein Segel ab. Die *Genoveva* war allein, und nicht nur Störtebeker fragte sich, wozu sie eigentlich ausgelaufen war, denn sie trug nichts in ihren Laderäumen außer Ballast. Güter, die in eine der anderen Hansestädte gebracht werden sollten, waren nicht an Bord gehievt worden. So blieb nur die Vermutung, daß der Kapitän beschlossen hatte, die verschiedenen Manöver mit der Mannschaft zu üben, auch wenn in dieser Hinsicht so gut wie nichts geschehen war. Eine andere Möglichkeit war, daß er eine andere Hansestadt ansteuern sollte, um dort Güter zu übernehmen.

Einige Männer erschienen mit Fackeln an Deck unter ihm. Zunächst achtete er kaum darauf und warf nur einen kurzen Blick nach unten. Doch dann flammten mehr und mehr Fackeln auf, bis nahezu die gesamte Mannschaft versammelt war. Ein eigenartiges Gefühl der Kälte erfaßte Störtebeker. Die Szene wirkte bedrohlich, und es war beinahe körperlich zu spüren, daß sich Unheil ereignen würde. Es schien, als krieche etwas Unsichtbares aus der See auf das Schiff, um sich in den Geist der Seeleute einzunisten und ihre Seelen einzufrieren.

Plötzlich durchbrach die Stimme Lüchows die Stille.

»Störtebeker, bist du taub? Mach, daß du runterkommst!«

Bis dahin hatte Störtebeker kein an ihn gerichtetes Kommando gehört. Er widersprach jedoch nicht, sondern kletterte schweigend zum Deck hinunter.

Lüchow war umgeben von bewaffneten Männern. Direkt neben ihm stand Götz und blickte ihn von Haß und Rachsucht erfüllt an. Deutlich von ihnen getrennt drängten sich die anderen zusammen, unter ihnen Goedeke Michels, Magister Wigbold und Erik. Sie waren unbewaffnet und wirkten eingeschüchtert. Jeder von ihnen schien zu wissen, daß sich etwas anbahnte, was mit dem gewöhnlichen Bordleben auf der Kogge nichts zu tun hatte.

»Weißt du, welche Strafe an Bord eines Schiffs auf Kameradendiebstahl steht?« fragte Lüchow.

»Wieso?« entgegnete Störtebeker furchtlos. Nun verflogen auch die letzten Zweifel an dem Vorhaben des Kapitäns. Ihm war klar, daß der Einäugige ihn vernichten wollte. Zugleich erkannte er, daß er keine Chance gegen ihn hatte, wenn er sich in die Defensive drängen ließ. Lüchow hatte die uneingeschränkte Macht über die *Genoveva*. Als Kommandant konnte er über Leben oder Tod entscheiden, ohne daß er dafür zur Rechenschaft gezogen werden konnte. Die Gesetze der See waren hart und unerbittlich. Sie stärkten ausschließlich dem Schiffseigner, dem Kapitän und seinen Offizieren den Rücken. Die Mannschaft war so gut wie rechtlos. Sie hatte zu gehorchen und nichts weiter.

Störtebeker beschloß, sein Heil im Angriff zu suchen. »Wen habt Ihr denn bestohlen, Lüchow?«

Hinter ihm lachte jemand, verstummte jedoch sofort, als Lüchow und Götz ihre Blicke auf ihn richteten.

»Dir wird dein freches Grinsen noch vergehen, Störtebeker«, fuhr der Kapitän drohend fort und hielt ihm einen kleinen Lederbeutel hin. »Hier. Sieh dir das an. Weißt du, was das ist?«

»Keine Ahnung. Euer zweites Auge vielleicht?«

Götz grunzte tief in der Kehle. Er hob die Streitaxt und hielt sie nun mit beiden Händen quer vor der Brust, bereit, damit zuzuschlagen. Lüchow gab ihm mit einer knappen Geste zu verstehen, daß er noch warten sollte. Es war noch zu früh. Trotz seiner Machtfülle als Kapitän er mußte genauer erklären, was Störtebeker vorgeworfen wurde.

»Das sind die gesamten Ersparnisse von Götz aus Oldenbrock. Und weißt du, wo wir diesen Beutel gefunden haben?«

»Jetzt sagt bloß in Eurem Wams!«

Angesichts dieser frechen Antwort verlor Lüchow die mühsam bewahrte Fassung.

»Schluß mit dieser Vorstellung!« schrie er. »Zwischen deinen Sachen haben wir ihn gefunden, du Schandmaul!«

Störtebeker nickte. Er hatte nichts anderes erwartet als eine derartige Anschuldigung. Schon oben im Krähennest war er sich darüber klargeworden, daß Lüchow mit ihm abrechnen wollte. Hermann Preen war tot. Simon von Wallenrod hatte das Sagen. Ihn wußte der Kapitän hinter sich. Nun fand er es an der Zeit, ihn aus dem Weg zu räumen. Wenn er überrascht war, dann allein durch die Tatsache, daß Lüchow sich so viel Zeit dabei gelassen hatte.

»Und was habt Ihr jetzt vor?« fragte er, wobei er selbstsicher wirkte, so als könne ihm überhaupt nichts geschehen.

»Ich werde ein Exempel statuieren«, kündigte Lüchow an. »Auf Kameradendiebstahl an Bord eines Schiffes stehen fünfzig Peitschenhiebe. Aber ich will gnädig sein. Ich werde dich nur blenden lassen.«

»Oh, da müßte ich Euch ja eigentlich noch dankbar sein«, spöttelte Störtebeker. »Ihr seid gar zu gütig, Herr. Womit habe ich das verdient?«

»Ja, reiß nur dein loses Maul auf«, fuhr Lüchow ihn zornig an. »Gleich wirst du um Gnade winseln.«

Götz stellte seine Streitaxt zur Seite, rieb sich die Hände und trat an einen eisernen Korb heran, in dem ein Kohlenfeuer glühte. Er griff nach einem Brandeisen und drehte es in der Glut, obwohl es an seiner Spitze bereits rot glühend war.

»Fesselt ihn an den Mast!« befahl Lüchow.

»Halt! Wartet« rief Klaus Störtebeker, als die bewaffneten Männer des Kapitäns auf ihn zu traten. Er streckte ihnen die erhobenen Hände entgegen, und sie blieben unschlüssig stehen. Dann zog er ein Messer aus dem Gürtel, hielt die Hände hoch und schnitt sich mit der Klinge in die Haut, so das Blut über seine Hand und den Arm floß.

»Hört mich an, Männer«, forderte er die Besatzung auf. »Ihr alle wißt, daß der Kapitän eine Lüge auftischt, weil er sich an mir rächen will. Und daß er glaubt, dies ungestraft tun zu können, weil unser Schiffseigner tot ist. Aber einmal muß Schluß sein mit der Willkür. Einmal muß jemand aufstehen und sagen: bis hierher und nicht weiter. Und dieser Moment ist jetzt gekommen! Ich sage: Schluß!«

Die Männer der Besatzung wurden unruhig. Lüchow und Götz blicken sich verblüfft an. Mit einem Widerstand dieser Art hatten sie nicht gerechnet. Sie reagierten nicht schnell genug und versäumten es, Störtebeker ins Wort zu fallen. Vielleicht fühlte sich der Kapitän auch zu sicher. Ein Mann in seiner Position war im Grunde genommen unangreifbar. Wer sich dennoch gegen ihn auflehnte, galt als Meuterer, und auf Meuterei stand der Tod.

»Ja glaubt ihr denn, Männer, ich bin der letzte, mit dem er so umgeht?« fuhr Störtebeker fort. Er spürte, daß er die Seeleute mit seinen Worten erreichte. Fast jeder von ihnen hatte bereits unter Willkür und Schikanen gelitten. »Wenn ich geblendet oder ausgepeitscht werde oder wenn ich tot bin, dann bist du der nächste, der dran ist. Oder du! Oder vielleicht du?«

Er war geschickt genug, auf jene unter den Seeleuten zu zeigen, die er gut kannte und von denen er wußte, daß sie von Götz oder Lüchow gedemütigt oder gar geschlagen worden waren. Es waren jene Männer, von denen zu erwarten war, daß sie sich als erste auflehnten.

Magister Wigbold bekreuzigte sich hastig und schickte ein stummes Stoßgebet zum Himmel hinauf. Er erkannte das Risiko, das Störtebeker einging, und als vorausschauender Geist wußte er, was geschehen würde.

»Es reicht«, schritt Lüchow nun ein. »Ergreift ihn, Männer!«

Er machte den Fehler, sich nicht an einen bestimmten Seemann zu werden, sondern die ganze Gruppe anzusprechen, die hinter Störtebeker stand. Keiner der Männer reagierte. Alle blieben regungslos stehen. Niemand machte Anstalten, dem Befehl nachzukommen.

»Ergreift ihn«, wiederholte Lüchow nun, wobei seiner Stimme ob seiner Erregung kippte. »Oder ich lasse euch kielholen – jeden einzelnen von euch!«

Darauf hatte Störtebeker gewartet.

»Habt ihr das gehört, Männer? Er hat die Macht, jeden einzelnen von uns vom Leben zum Tode zu befördern. Aber nur, wenn wir es zulassen!« Er trat dem Kapitän energisch entgegen, blickte ihm in das eine Auge, als wollte er ihn mit den Händen packen und nicht mehr loslassen.

»Verdammt, Götz«, stammelte der Kapitän.

»Wir lassen es nicht länger zu. Wenn wir zusammenhalten, sind wir stark. Stärker als sie. Die Pfeffersäcke. Die Patrizier. Die Adligen. Die uns aussaugen, damit sie fett und fetter werden. Jetzt kehren wir den Spieß um. Jetzt nehmen wir uns, was uns gehört. Jetzt lassen wir uns nicht mehr gefallen, daß sie uns foltern, vierteilen und kielholen lassen!«

Magister Wigbold streckte die Arme nach ihm aus. Unsicher geworden fragte er: »Was willst du machen, wenn wir mit Lüchow und seinen Bütteln fertig sind?«

»Dann sind wir frei«, antwortete Störtebeker. »Und leben als Piraten!«

Mit einer derartigen Lösung schien keiner der anderen gerechnet zu haben. Irritiert begannen sie, miteinander zu reden. Selbst die Wachen, die zu Lüchow gehörten, griffen unschlüssig ein. Sie wußten nicht mehr, ob sie zu ihrem Kapitän halten sollten oder ob sie das wählen sollten, was Störtebeker ihnen als neue Freiheit aufgezeigt hatte.

»Wer von euch sich uns anschließen will, ist willkommen«, lockte er die Unentschlossenen. »Wer nicht, wird an Land gebracht und kann gehen, wohin er will.«

»Noch habe ich das Kommando!« Lüchow gab nicht so ohne weiteres auf. Er zückte sein Schwert. »Und wir haben die Waffen. Vorwärts, Männer. Nieder mit den Meuterern. Erschlagt sie!«

Zusammen mit Götz und den Wachen griff er an.

Störtebeker, Magister Wigbold, Erik und die anderen Männer der Besatzung griffen nach allem, was sich als Waffe eignete. Davon gab es eine ganze Menge an Bord, denn zum Handwerkszeug der Seeleute gehörten Enterhaken, Äxte, Messer, Dorne zum Spleißen der Taue und vieles andere mehr. Damit konnten sie zumindest den ersten Angriff abwehren.

Störtebeker kämpfte mit einem Tampen, den er wie eine Peitsche benutzte. Ihm gelang es, einer der Wachen das Schwert aus den Händen zu schlagen und an sich zu bringen. Damit ausgestattet verteidigte er sich gegen einen anderen Helfer Lüchows, der wuchtig mit seinem Schwert auf ihn einschlug. Laut schreiend kämpften die Männer miteinander. Götz stand brüllend neben Lüchow und ließ seine Axt kreisen. Ihm gelang es, einige Männern von den Beinen zu holen und ihnen tiefe Wunden beizubringen.

Jan hatte Angst. Namenlose Angst.

Er befand sich angekettet in einer schmutzigen, dunklen Zelle tief unter den Gassen von Hamburg. Seine Füße lagen in Eisen, und von seinem linken Handgelenk führte eine Kette zur Wand. Sie erlaubte ihm, sich höchstens drei Schritte weit von seinem Strohlager zu entfernen, in dem es von Ungeziefer wimmelte.

Er fühlte sich Simon von Wallenrod hilflos ausgeliefert. Nachdem er Zeuge des Mordes geworden war, machte er sich nichts vor. Ihm war klar, daß sein Leben keinen Pfifferling mehr wert war. In dieser Stadt war der Henker mit seinem Schwert schnell zur Hand. Auf dem Grasbrook starben allzu häufig Menschen unter der Hand der geschmiedeten Klinge. In jüngster Vergangenheit war die Stadt dazu übergegangen, die abgeschlagenen Köpfe der Hingerichteten auf Pfähle zu spießen. Alle von der Elbe hereinkommenden Schiffe mußten an der kleinen Insel Grasbrook vorbeifahren. So konnten die Seeleute anhand des schrecklichen Bildes, das sich ihnen bot, sehen, daß man in der Hansestadt nicht viel Federlesens mit jenen machte, die gegen die Gesetze verstießen. Warnen sollten die Köpfe der Toten auch die Seeräuber, denen man auf diese Weise zu verstehen gab, daß es nicht ratsam war, sich mit der Stadt einzulassen.

Jan erschauerte bei dem Gedanken, sein Kopf könnte bald auch dort aufgespießt werden.

Als er rasselnde Ketten und sich nähernde Schritte vernahm, richtete er sich ängstlich auf. War es bereits soweit? Wollte Simon von Wallenrod ihn töten lassen? Er konnte es sich nicht leisten, ihn vor Gericht zu schleppen, denn dort könnte er die Wahrheit sagen und ihn des Mordes bezichtigen.

Als sich die Tür öffnete, hielt er unwillkürlich den Atem an. Verzweifelt dachte er darüber nach, wie er sich wehren konnte. Er fand keine Möglichkeit. Mit Ketten an den Beinen und am Arm konnte er sich gegen niemanden behaupten, sondern mußte sich abschlachten lassen. Kein Hahn würde danach krähen, wenn man ihn hier unten tot vorfand. Simon von Wallenrod würde die Wachen mit ein paar Blafferten bestechen. Danach würden sie den Mund halten und ihn einfach verschwinden lassen.

»Laß uns allein«, ertönte eine bekannte Stimme.

Jans Kopf ruckte hoch. Er sah, daß Simon von Wallenrod hereingekommen war. Der Kerkermeister zog sich zurück, nachdem er eine brennende Fackel in ein Loch an der Wand gesteckt hatte, verschloß die Tür jedoch nicht. Es war nicht nötig.

»Seid Ihr gekommen, mich zu töten?« stammelte Jan.

»Warum sollte ich das tun?« erwiderte der Besucher. Hochmütig stand er vor ihm, eine Hand in die Hüfte gestützt, die andere Hand am Dolch, der in seinem Gürtel steckte.

»Was habt Ihr mit mir vor?« fragte Jan. »Ihr wollt mich töten. Natürlich wollt Ihr das. Ein Zeuge wie ich ist zu gefährlich für Euch.«

Simon von Wallenrod nahm die Fackel und hielt sie Jan dicht vor das Gesicht, so daß er ihn in aller Deutlichkeit sehen konnte. Der Gefangene war noch nicht lange in diesem Verlies, doch die vergangenen Tage und Nächte hatten bereits ihre Spuren hinterlassen. Das Gesicht war schmutzig und voller Insektenstiche. In den dunklen Augen zeichnete sich nackte Angst ab.

»Lebend bist du nützlicher für mich als tot. Ich brauche dich noch, bis ich habe, was ich will.«

»Und danach bringt Ihr mich um!«

»Nein. Ich gebe dir jemanden an die Seite, der dich beschützt und begleitet. Er wird dich ins Ausland bringen, wo du mir nicht mehr schaden kannst. Darauf hast du mein Ehrenwort.«

Jan war der Panik nahe. Er war nicht in der Lage zu antworten.

Ehrenwort!

Das aus dem Munde Simon von Wallenrods zu hören kam ihm wie Hohn vor. Ein Mann wie er sollte nicht von Ehre sprechen. Ehre war etwas, was man mit ihm nicht verbinden konnte. Hermann Preen war ein Mann von Ehre gewesen.

Verständnislos sah er zu, wie der Kerkermeister einen Tisch hereintrug, danach Tinte, Schreibzeug und Pergament brachte, auf dem Tisch ablegte und wortlos aus der Zelle verschwand. Seine Schritte entfernten sich über den Gang vor dem Verlies. Offenbar stieg er eine Steintreppe hinauf. Wenig später schlug irgendwo eine Tür zu. Als er es hörte, zuckte Jan. Er war allein mit dem Mörder Hermann Preens.

»Du wirst mir eine Liste über alle Warenlager anlegen, die Hermann Preen besessen hat. Und über seine Handelsbeziehungen. Danach werde ich darüber nachdenken, wie wir deine

Lage verbessern können, bis du ins Ausland gebracht wirst. Also, mach dich an die Arbeit.«

»Und wenn ich es nicht tue?« wagte Jan vorzubringen.

Simon von Wallenrod zog schweigend seinen Dolch, trat auf ihn zu und packte ihn. Dann zog er ihm die Klinge mit der flachen Seite quer über den Hals.

»Noch Fragen, Jan, oder beginnst du nun endlich mit der Arbeit?« Während er zur Tür ging, steckte er den Dolch wieder in den Gürtel. »Im übrigen, was deinen Bruder Klaus angeht ...«

»Ja, Herr?« Jan schöpfte ein wenig Hoffnung. Wenn ihm jemand helfen konnte, dann war es sein Bruder.

»Mach dir keine falschen Hoffnungen. Er dürfte längst Fischfutter sein. Dafür habe ich gesorgt.« Simon lachte leise. Dann schlug er die Tür zu und entfernte sich. Nun lachte er laut, und sein diabolisches Lachen hallte noch lange durch die Gänge. Zumindest kam es Jan so vor, als habe sich dieses Lachen zwischen den Wänden verfangen, so daß es keinen Ausweg mehr fand.

10. Gottes Freund

Der Kampf an Bord der *Genoveva* wurde zu einer wilden, blutigen Schlacht. Lüchow, Götz und die Landesknechte, die ihnen zur Seite standen, griffen die Meuterer mit überlegenen Waffen und gnadenloser Härte an. Kapitän Lüchow focht elegant und mit der ihm eigenen Heimtücke – in der rechten Hand das Schwert, in der linken einen Dolch, den er blitzschnell einzusetzen wußte.

Götz wütete mit schier unglaublicher Kraft. Er setzte seine Axt mit solcher Gewalt ein, daß jeder Treffer tödlich sein mußte – doch war er nicht geschickt genug, genügend Treffer zu setzen. Mit der ganzen Wucht seines Körpers wühlte er sich durch die Front der Kämpfenden, um zu Störtebeker vorzudringen. Er grinste triumphierend, als es ihm gelang, und dann holte er zu einem gewaltigen Schlag aus. Mit beiden Händen hob er die Streitaxt über den Kopf – und gab sich dabei zwangsläufig eine Blöße. Störtebeker stieß vor und rammte ihm sein Schwert in die Brust. Mit weit aufgerissenen Augen stürzte der Riese auf die Knie herab. Die Axt fiel ihm aus den Händen. Einer der Meuterer nahm sie auf und griff damit die Landsknechte an.

Störtebeker ließ sein Schwert sinken. Eine Pause aber war ihm nicht vergönnt, denn nun griff Lüchow an. Mit geschickt angesetzten Finten versuchte er, ihn zu überwinden. Störtebeker ging ihm jedoch nicht in die Falle. Er setzte eine Finte dagegen, und dann rammte er ihm überraschend den Fuß gegen den Oberschenkel. Der Kapitän schrie auf, warf die Arme Halt suchend in die Höhe und taumelte zurück. Mit dem Rücken prallte er gegen die Reling und brachte zugleich Erik in Bedrängnis, der sich mühsam gegen einen der Landsknechte behaupten mußte und der nun nicht mehr genügend Platz hatte, um sich wehren zu können. Instinktiv rammte er ihm, nach hinten schlagend, den Ellenbogen gegen die Brust und brachte ihn damit vollends aus dem Gleichgewicht.

Verzweifelt schreiend kippte Lüchow über die Reling hinweg und stürzte ins Wasser. Nur einen Atemzug später war Störtebeker neben Erik und befreite ihn aus seiner Not, indem er den Landsknecht mit einem Faustschlag in den Nacken niederstreckte. Er griff nach einem Seil und beugte sich über die Reling, um Lüchow zu helfen. Er wollte ihm das Seil zuwerfen, doch von dem Kapitän war nichts mehr zu sehen. Die See hatte ihn verschlungen.

Als Störtebeker sich umdrehte, sah er, daß die Männer ihre Waffen senkten und nicht mehr aufeinander einschlugen. Mit dem Tod des Kapitäns war der Kampf zu Ende.

Störtebeker schlug das Signaleisen, um alle auf sich aufmerksam zu machen.

»Ihr habt tapfer gekämpft«, rief er. »Aber nun ist es vorbei. Seid ihr mit uns oder gegen uns?«

Die Männer Lüchows streckten die Waffen. Klirrend polterten Schwerter, Äxte und Lanzen auf die Schiffsplanken. Ihre Kapitulation löste hemmungslosen Jubel bei den anderen aus. Lediglich Magister Wigbold hielt sich zurück. Er nahm sich der Verwundeten an, um ihnen möglichst schnell zu helfen und die Blutungen ihrer Wunden zu stillen.

Klaus Störtebeker stieg in aller Eile zum Achterkastell hinauf. Hier streckte er sein Schwert in die Höhe.

»Was ist mit euch?« fragte er die Landsknechte, die bisher für Lüchow gekämpft hatten. »Wie entscheidet ihr euch? Wollt ihr mit uns fahren, oder sollen wir euch an Land bringen?«

Keiner von ihnen zögerte. Alle gaben ihm zu verstehen, daß sie sich ihm und seinen Männern anschließen wollten. Er wandte sich nun an alle.

»Ein neues Leben beginnt für uns! Jetzt holen wir uns von den Pfeffersäcken, was sie uns schon lange schuldig sind«, rief er. »Gottes Freund und aller Welt Feind!«

Die Männer auf dem Deck streckten ihre Waffen ebenfalls in die Höhe.

»Gottes Freund und aller Welt Feind!« brüllten sie aus voller Kehle und in schier grenzenloser Begeisterung.

2. Buch

Von nun an segelte die Kogge unter dem Namen Seewolf. *Listenreich und geschickt führte Klaus Störtebeker die Freibeuter gegen die Schiffe der Hanse, geriet dabei jedoch in das politische Spannungsfeld zwischen Dänemark, Mecklenburg, der Hanse und Schweden. Mancher Überfall auf See, der ihm und seinen Mitstreitern zugeschrieben wurde, ging gar nicht auf sein Konto, sondern auf das der Mecklenburger.*

Eine Schlüsselrolle spielte Margarethe von Dänemark. Mit allerlei Winkelzügen versuchte sie, sich möglichst viele Vorteile zu verschaffen, verbündete sich gar mit einigen der Piraten – bis sie den Bogen überspannte.

Aber nicht nur sie, sondern auch die Mecklenburger stellten den Piraten Kaperbriefe aus, mit denen sie ihr Treiben auf See legalisierten. Städte wie Wismar und Rostock öffneten den Vitalienbrüdern ihre Häfen und erlaubten ihnen, ihre Beute auf den Märkten zu verkaufen.

Störtebeker spielte eine entscheidende Rolle in dem Geschehen auf Nord- und Ostsee. Seine Seewolf *verbreitete Angst und Schrecken unter den Besatzungen der Hanseschiffe. Kein Wunder, daß die Hanse – allen voran die Stadt Hamburg – irgendwann zum Gegenangriff überging. Dabei scheute man weder Mühen noch Kosten.*

Es gibt nur wenige Originaldokumente aus jener Zeit. Dazu gehören die Hamburger Kämmereirechnungen. In ihnen finden sich Posten wie »230 Pfd. Silbers ad reysas« – die höchsten

Reisekosten dieser Jahre. Es waren die Kosten, die bei der Verfolgung von Feinden mit Schiffen verursacht wurden. Der Zusatz »Reise der Ratsherren gegen die Vitalienser« besagt allzu deutlich, um was es ging: eine Strafaktion oder einen Schlag gegen die Seeräuber.

Jeder Hamburger wußte, was mit der Abkürzung »Vitalienses« in der Kämmereirechnung gemeint war: die »frates Vitalienses« – die Vitalienbrüder, Mitglieder der Bruderschaft der Seeräuber.

Und somit ihr Anführer: Klaus Störtebeker.

Der Wind war so zaghaft, daß er das Wasser nur zu kräuseln vermochte. Die Nebelschwaden über der Ostsee konnte er nicht vertreiben. Für den Mann im Krähennest des Handelsschiffs *Kueter* war es anstrengend, unter solchen Bedingungen seinen Aufgaben nachzukommen. Mit einer Hand hielt er sich am Mast fest. Er horchte auf das Knarren des Holzes und der Takelage, und jedes Mal wenn das Segel sich unter dem Druck einer Brise ein wenig aufblähte, hoffte er, das Schiff werde in Bereiche getragen, in der die Sicht besser war. Das Wasser gluckste am Rumpf des Schiffes, als wollte es eine geheimnisvolle Botschaft übermitteln.

Wenn er nach unten blickte, sah er, daß die anderen Männer der Besatzung dicht beieinanderstanden und voller Unbehagen in den Nebel hinausspähten. Immer wieder meinte der eine oder andere, etwas erkennen zu können, doch sie alle irrten sich. Die Nebelschwaden, die sich eben noch zu rätselhaften Gebilden formten, lösten sich im nächsten Moment auf, als seien sie nie vorhanden gewesen.

Seeleute haßten und fürchteten den Nebel. Er war ihnen unheimlich, weil er ihnen gerade das nahm, was ihnen auf dem

Meer so wichtig war – die uneingeschränkte Sicht bis zum Horizont.

Angestrengt beugte sich der Ausguck nach vorn. Nun war er sicher, daß sich etwas im Nebel abgezeichnet hatte. Noch aber zögerte er, die Mannschaft mit seinen Rufen auf sich aufmerksam zu machen. Er war unsicher. Dann aber zerriß eine Brise die Nebelschwaden, so daß er eine Kogge ausmachen konnte. Sie dümpelte auf der See und machte kaum Fahrt.

»Schiff auf steuerbord voraus!« rief er nach unten, wobei er mit dem Arm die Richtung anzeigte.

Unter ihm an Deck wurde es augenblicklich lebendig. Der Kapitän eilte auf das Achterkastell hinauf.

»Wir gehen längsseits«, entschied er. »Bemannt die Kanone. Laden und mittschiffs halten.«

»Es scheint niemand an Bord zu sein«, meldete der Ausguck nach unten. »Da drüben läuft noch nicht einmal eine Ratte über das Deck.«

»Mein Fernrohr«, befahl der Kapitän, während der Steuermann das Ruder bereits herumdrückte. Langsam trieb das Schiff an die andere Kogge heran. Ein Matrose eilte mit dem Fernrohr herbei und reichte es dem Kapitän. Danach bekreuzigte er sich.

»Wie das aussieht!« hörte der Ausguck ihn stöhnen. »Heilige Mutter Gottes – es ist ein Geisterschiff.«

»Der Schwarze Tod könnte an Bord sein«, befürchtete ein anderer Matrose. Damit sprach er an, was vielen Menschen Angst machte. Es war erst ein paar Jahrzehnte her, seit die Pest in Europa gewütet und weite Landstriche buchstäblich entvölkert hatte. Noch fühlten sich die Überlebenden nicht sicher. Wohl jeder von ihnen hatte Verwandte oder Bekannte durch den Schwarzen Tod verloren. Nur zu leicht deutete man

Erscheinungen, die man sich nicht so recht erklären konnte, als Anzeichen dafür, daß die Pest zurückkehrte.

»Holt Enterhaken und macht euch bereit«, rief der Kapitän. »Wir sind bei der christlichen Seefahrt. Es ist unsere Pflicht nachzusehen, was da los ist.«

»Außerdem könnte das eine schöne, fette Prise für uns sein!« versetzte einer der Matrosen. Einige der Männer lachten. Die Spannung löste sich. Sie griffen zu den Enterhaken und legten sie auf die Reling, obwohl das andere Schiff sicherlich noch mehr als hundert Schritte von ihnen entfernt war. Langsam trieben sie darauf zu.

»Ausguck – kannst du jemanden an Deck sehen?« fragte der Kapitän.

»Nein, Herr«, antwortete er. »Da ist niemand.«

»Ihr da!« beorderte der Kapitän drei mit Kettenpanzern und Metallhelm bewehrte und mit Armbrüsten bewaffnete Männer an die Reling. »Geht in Position. Wenn das eine Falle ist, schießt ihr sofort. Auch ohne meinen ausdrücklichen Befehl.«

Es wurde still an Bord. Mehr und mehr Männer drängten sich an steuerbord zusammen. Aller Aufmerksamkeit richtete sich auf das andere Schiff, dem man sich allmählich näherte. Auf einen Wink des Kapitäns kletterte der Ausguck aus dem Krähennest herab. Als er das Deck erreichte, griff er zu einem Enterhaken, um sich damit zu bewaffnen. Mit so einem Gerät in der Hand fühlte er sich wohler.

Seeleute waren abergläubisch. Sie pflegten sich auf ihren langen Fahrten über die Meere die abenteuerlichsten Geschichten zu erzählen. Für sie war das Meer voller Geheimnisse. Gefahren lauerten überall, vor allem aber in den rätselhaften Tiefen unter der Wasseroberfläche, wo man alle erdenklichen Ungeheuer vermutete, von denen jedes einzelne nur darauf wartete, heimlich an Bord zu klettern und Unheil über die Besatzung zu bringen.

Nicht nur dem Ausguck mochten angesichts des anderen Schiffes, das keinen Namen trug und keine Flagge gesetzt hatte, Geschichten dieser Art in den Sinn kommen, und sicherlich fragte sich der eine oder andere, welch grauenhaftes Wesen in diesem Fall sein Unwesen getrieben hatte. Hätten sie nicht die unabdingbare Pflicht gehabt, sich den Befehlen des Kapitäns zu unterwerfen, wären sie wohl auf Gegenkurs gegangen und hätten das Weite gesucht. So aber mußten sie bleiben und sich immer näher an die andere Kogge heran treiben lassen. Da half weder Fluchen und noch Beten.

Lauter an Bord wurde es erst, als die beiden Schiffe sich so weit genähert hatten, daß die Enterhaken zum Einsatz kamen, so daß die Männer die andere Kogge heranziehen konnten. Kaum berührten sich die Schiffsrümpfe, als einige der Männer hinübersprangen und Seile spannten, so daß die *Kueter* mit der anderen Kogge verbunden war.

Vorsichtig drangen einige Männer weiter auf das Deck des Unbekannten vor, stets darauf gefaßt, angegriffen zu werden.

Der Ausguck stand unmittelbar neben dem Mast, als er plötzlich eine Hand auf der Schulter fühlte. Erschrocken fuhr er herum. Ein Mann stand vor ihm, den er noch nie zuvor gesehen hatte. Seine blonden Haare hingen ihm naß bis auf die Schultern herab. Ein dichter Bart umrahmte sein Kinn. Auch seine Kleidung war tropfnaß, so daß sich zu seinen Füßen eine kleine Wasserlache bildete.

Lautlos kletterten verwegene Gestalten über die Reling. Sie hatten sich an Seilen aus dem Wasser hochgehangelt. Alle waren mit Messern und kurzen Schwertern bewaffnet.

Der Blonde legte ihm die Hände an die Schultern und

drehte ihn um, dann stützte er sich mit dem Arm auf ihn und rief dem Kapitän und den anderen zu: »Hallo, will uns denn niemand begrüßen?«

Seine Worte schlugen ein, als sei die Kanone abgefeuert worden. Erschrocken fuhren der Kapitän und seine Besatzung herum. Keiner schien begreifen zu können, wie die fremden Seeleute an Bord gekommen waren.

»Störtebeker!« stammelte einer der Männer.

Der Blonde deutete spöttisch eine Verbeugung an. »Richtig, meine Herren«, sagte er in durchaus freundlichem Ton. »Mein Name ist Klaus Störtebeker. Kapitän, wir müssen Euch leider bitten, uns die *Kueter* zu übereignen. Seltsamer Name für ein Schiff, Kapitän. Ist Küter nicht ein Schlachter, der das Fleisch zerlegt, um es für die Herstellung von Wurstwaren vorzubereiten?«

Der Kapitän kam einen Schritt näher heran. Er wollte etwas erwidern, doch Störtebeker ließ ihn nicht zu Wort kommen.

»Oh, ich kann mir denken, was in Eurem Kopf vorgeht. Ihr fragt Euch: Soll ich meine Männer zum Kampf auffordern, oder soll ich nicht …?«

Er zog einen Dolch aus dem Gürtel, umspannte ihn mit der Hand und ließ die Klinge hindurch gleiten. Blut floß ihm über die Hand.

»Nun, wir sind bereit, unser Blut zu opfern. Seid Ihr es auch?«

Ohne das geringste Geräusch zu verursachen, kletterten weitere Piraten aus dem Meer hoch und über die Reling. Dieses Mal im Rücken des Kapitäns, der sich nun von allen Seiten bedroht sah.

»Verzeiht«, brachte er mühsam hervor. »Aber wir fahren unter dem Schutz der dänischen Königin.«

Störtebeker lachte. »Habt ihr gehört, Männer. Die dänische Königin Margarethe hält ihre schützende Hand über dieses Schiff.«

Die Piraten stimmten in das Lachen ein. Mehrere Männer erschienen nun an Deck ihres Schiffes. Sie legten ein paar Planken von Reling zu Reling, um die beiden Koggen miteinander zu verbinden, und ein fülliger Mann in grauer Mönchskutte schritt herüber.

»Und das ist der Schlimmste von allen«, erläuterte Störtebeker. »Darf ich vorstellen. Magister Wigbold! Dieser außergewöhnlich gebildete Mann hat zwei ganz besondere Talente. Er sorgt mit seinem Latein dafür, daß Gott uns nicht vergißt. Und mit seinen Rechenkünsten, daß unsere Kriegskasse immer gut gefüllt ist. Beides hat er studiert. In Oxford, Paris und Prag. Und im Kloster St. Thomas. Soll ich Eure akademischen Titel alle aufführen, Magister Wigbold?«

Wigbold gab sich würdevoll. Dabei verriet er mit keiner Miene, was er von den Schwindeleien Störtebekers hielt. Möglicherweise tat er seinem Herrgott Abbitte, während er von einem Schiff aufs andere wechselte.

»Verzeiht, Kapitän«, erwiderte er, wobei er salbungsvoll die Hände vor dem Leib faltete. »Aber wir wollen diese armen Leute nicht langweilen. So kurz bevor sie dem Angesicht Gottes gegenüberstehen, haben sie andere Sorgen.«

Seine Worte wirkten bedrohlicher auf die Männer der *Kueter*, als es gezückte Messer oder zum Schlag erhobene Schwerter hätten tun können. Einige von ihnen fielen auf die Knie und flehten um ihr Leben. Andere schienen sich nicht mehr bewegen zu können.

»Seht ihr«, sagte Störtebeker kopfschüttelnd. »So ist er. Immer nur die Pflicht vor Augen. Und das Seelenheil derjenigen, die es vorziehen, über Bord oder über unsere Klingen zu springen.«

Magister Wigbold genoß seinen Auftritt. Es beeindruckte, wie er nun das goldene Kreuz hob, das er an einer Kette trug, um damit langsam das Kreuzzeichen vor der Mannschaft des aufgebrachten Schiffes zu machen, so als sei dessen letztes Stündlein unwiderruflich gekommen.

»Navigare necesse est, vivere non est necesse, Amen!«

»Soll ich Euch übersetzen, was er gesagt hat?« bot Störtebeker seine Dienste an.

Der eingeschüchterte Kapitän der *Kueter* nickte nur.

»Es heißt: Seefahrt tut not, aber man muß nicht unbedingt leben. Amen.« Störtebeker blickte sich um. Einer der Männer nach dem anderen sank auf die Knie. »Es sei denn … ihr verhaltet euch mucksmäuschenstill, bis wir mit Euch und Eurem Schiff fertig sind. Was meint Ihr dazu, Kapitän?«

Er steckte seinen Dolch in den Gürtel und stellte sich an die Luke, durch die es nach unten in den Frachtraum ging.

»Ihr habt noch ein wenig Zeit für eine Antwort. Zuerst wollen wir doch mal sehen, was Ihr uns anzubieten habt.« Eine Handbewegung genügte, und einige seiner Männer stiegen in den Schiffsbauch hinab. Dann wandte er sich wieder dem Kapitän zu, der die ganze Zeit über etwas hinter seinem Rücken verbarg. »Was habt Ihr da?«

»Nichts«, stammelte der Schiffsführer. »Nichts Wichtiges.«

»Zeigt doch mal her«, forderte der Anführer der Piraten ihn auf.

Zögernd brachte der Kapitän seine Hand nach vorn. Er hielt das Fernglas darin.

»Was ist das?«

»Ein Fernrohr.«

»Und was macht man damit?«

»Damit kann man sehen wie ein Adler.«

Störtebeker traute dem Frieden nicht. Er untersuchte das für ihn unbekannte Instrument und hob es schließlich ans Auge, um hindurchzusehen. Verblüfft ließ er es wieder sinken, um sich dann jedoch eingehender damit zu beschäftigen.

»Ich habe es von einem Seemann aus Venedig.« Der Kapitän rückte eilfertig näher. Er schien die Chance zu sehen, sich bei dem Piraten einzuschmeicheln und so möglicherweise sein Leben zu retten. »Er hat es aus einem fernen Land am Ende der Welten mitgebracht.«

Mit dem Fernrohr in der Hand stieg Störtebeker durch die Luke nach unten. Auf den ersten Blick erfaßte er, warum das Schiff *Kueter* hieß. Unter Deck hingen geräucherter Speck, Schinken und Würste in einer solchen Menge, daß es ihm den Atem verschlug. Offenbar hatte der Schiffseigner sich darauf spezialisiert, mit dieser Kogge Waren zu transportieren, die von einem Küter gefertigt wurden.

Goedeke Michels, Erik, Magister Wigbold und einige der anderen Piraten waren bereits bis zu einer Kabine vorgedrungen. Der Steuermann öffnete mit Hilfe seiner Eisenkralle einen Verschlag und holte eine kleine Schatztruhe aus einer Nische hervor. Dazu auch noch einen Mann, der am ganzen Leibe zitterte und bebte.

»Wen haben wir denn da?« hörte Störtebeker Goedeke Michels sagen.

»Gnade, mein Herr, Gnade!« jammerte der Mann, der auffallend teuer und elegant gekleidet war. »Ich bin der Kanzler der dänischen Königin!«

Störtebeker schloß zu seinen Männern auf. Der Gefangene

war deutlich kleiner als er. Dicht unter dem Auge hatte er eine häßliche Warze.

»Soll ich ihn gleich massakrieren?« fragte Michels, wobei er den Stahlhaken wuchtig gegen die Wand schlug, so daß Holzsplitter herausflogen, »oder soll ich noch ein bißchen was aus ihm herauskitzeln? Ich könnte ihm beispielsweise den Haken in den …«

»Gnade, Herr«, wimmerte der Kanzler. »Ich bin ein Gesandter Ihrer Majestät, Königin Margarethe von Dänemark.«

Störtebeker ging zu dem Mann hin, legte ihm den Arm um die Schultern, als wollte er ihn beschützen, und klopfte ihm mit der anderen Hand den Staub aus den Kleidern. Da er sich zuvor geschnitten hatte und noch immer ein wenig blutete, blieben einige unschöne Flecken auf der Kleidung des Dänen zurück.

»Könnt Ihr das beweisen?«

Der Kanzler griff unter seinen Rock und holte umständlich eine Pergamentrolle hervor. Mit gewichtiger Miene rollte er sie auseinander.

»Die Königin macht Euch ein Angebot, und ich habe den Auftrag, es Euch zu überbringen, falls wir uns auf See begegnen. Was nunmehr ja der Fall ist.«

Störtebeker nahm ihm das Schreiben aus der Hand und las. »Eine Botschaft der dänischen Königin. An uns Freibeuter. In der Tat.« Er deutete eine Verneigung an und rief damit einige Heiterkeit bei seinen Männern hervor. Goedeke Michels lachte lauthals. »Was aber könnte Margarethe von Dänemark uns schon anbieten?«

»Zum Beispiel einen Kaperbrief«, antwortete der Kanzler. »Er würde Euch von Gesetzlosen zu Beauftragten der Königin machen. Ihr könntet weiterhin als Freibeuter Ost- und Westsee durchkreuzen. Nur müßt Ihr dann natürlich Eure Kampfhandlungen auf die Schiffe der Hanse beschränken und dänische Schiffe verschonen. Notfalls sogar vor anderen schützen.«

Störtebeker und seine Freunde blickten sich an. Alle ließen die Worte des Kanzlers in sich nachklingen. Bis Goedeke Michels sich spöttisch lächelnd vor dem Dänen verneigte und erwiderte: »Abgelehnt, Euer Gnaden! Das wäre eine erhebliche Einschränkung unserer Möglichkeiten!« Er nahm dem Kanzler eine aus goldenen Gliedern zusammengesetzte Kette ab, die er als Zeichen seines Amtes und seiner Würde über Schultern und Brust trug, und versetzte ihm einen heftigen Stoß mit dem Stahlhaken. Dann warf er sich die Kette über. Sie war seine Beute. »Werft ihn über Bord.«

Bevor die anderen Freibeuter diesem Befehl nachkommen konnten, griff Störtebeker ein. »Moment! Eine Einladung der Königin schlägt man nicht so einfach in den Wind.«

»Und wenn das Ganze eine Falle ist?« gab Michels zu bedenken. Der Steuermann war kein Freund von langen Verhandlungen. Wenn es ihm irgend möglich war, führte er stets eine schnelle Entscheidung herbei. Daß ihm dabei hin und wieder ein Irrtum unterlief und er Nachteile in Kauf nehmen mußte, war ihm gleichgültig.

»Wir stehen sowieso im Krieg mit der Hanse«, stellte der Anführer der Piraten gelassen fest. »In unserer Lage können wir einen starken Verbündeten gebrauchen. Und Margarethe ist stark. Oder ist jemand anderer Ansicht?«

Diese Worte gefielen Goedeke Michels ganz und gar nicht. Er fuhr sich mit den Fingern seiner gesunden Hand durch den Bart und verzog das Gesicht, als leide er unter Zahnschmerzen. »Margarethe ist eine Frau«, knurrte er. »Hat man je einer Frau vertrauen können? Nicht daß ich wüßte.«

»Was könnte sie uns schon anhaben? Wir sind die Herren der Meere. Wir haben eine Reihe von Schiffen überfallen, keinen einzigen Mann dabei verloren und wirklich gute Beute gemacht. Man fürchtet uns. In den Häfen spricht man voller Respekt von uns.« Er wandte sich an den Kanzler. »Ihr könnt Eurer Königin ausrichten, daß wir ihre Einladung annehmen. Bevor ich Euch aber ziehen lasse, muß ich noch etwas wissen.«

»Ich gebe Euch gern Auskunft, Herr!« Der Däne war so erleichtert über die Wendung, daß ihm die Tränen in die Augen stiegen und ihm der Hals eng wurde.

»Ist Elisabeth Preen noch immer im Gewahrsam der Königin?« fragte Störtebeker mit gedämpfter Stimme.

»Wenn Ihr damit die schöne Kaufmannstochter aus Hamburg meint – ja. Sie hält sich im Palast der Königin auf. Sie wird gut behandelt. Wie ein Gast, der uns lieb ist.«

Störtebeker nickte ihm zu. Diese Antwort hatte er erwartet. Wichtig war ihm jedoch die Bestätigung gewesen. Nach wie vor war er entschlossen, Elisabeth aus der Geiselhaft zu befreien. Er stieg an Deck hoch und gab seinen Männern den Befehl, die gesamte Fracht zu löschen und an Bord ihres Schiffes zu bringen, das mittlerweile die Piratenflagge gehißt hatte. Die Männer eilten augenblicklich unter Deck. Ungehindert von der Besatzung der dänischen Kogge brachten sie alles hinüber, was ihnen bergungswürdig vorkam. Goedeke Michels war einer der letzten, der die *Kueter* verließ, unter dem Arm die kleine Schatztruhe. Inzwischen brachten einige Freibeuter ein Schild mit der Aufschrift *Seewolf* an ihrem Schiff an.

Als Störtebeker sich ebenfalls zurückziehen wollte, wandte sich der dänische Kapitän zaghaft an ihn.

»Verzeiht, Herr«, sagte er. In unterwürfiger Haltung stand

er an der Reling. Er war bleich bis an die Lippen. Offenbar konnte er sich nicht vorstellen, daß die Freibeuter ihn ungeschoren ließen. »Darf ich fragen, was jetzt mit uns geschieht?«

»Gar nichts«, antwortete der Anführer der Freibeuter. »Wir haben uns genommen, was wir brauchen. Ihr könnt Eure Fahrt fortsetzen. Danke für Euer Entgegenkommen. Und das Fernrohr. Ich nehme an, es ist ein Geschenk für mich.«

»Das ist es«, stotterte der Däne. »Es ist mir eine Ehre, es Euch schenken zu dürfen.«

Störtebeker schwang sich an einem Tau zur *Seewolf* hinüber. Die Freibeuter stemmten sich mit Enterhaken gegen die *Kueter*, so daß diese träge abtrieb. Dann zogen sie das Segel hoch und glitten langsam in den Nebel davon. Wenig später war nichts mehr von ihnen zu sehen. Nur das Schlagen des Segels war noch einige Male zu hören.

Ein wenig Bestechungsgeld hatte genügt, und die Wachen hatten versäumt, die Räume abzuschließen, in denen Elisabeth und Maria als Geiseln festgehalten wurden. Nun endlich war es soweit. Die beiden Frauen flohen aus ihrem Verlies auf den Hof des Palastes hinaus, der auf allen Seiten von hohen Mauern umschlossen wurde. Als die Wachen vor dem Haupteingang wechselten und vollauf damit beschäftigt waren, die vorgeschriebenen Rituale einzuhalten, eilten sie an ihnen vorbei und erreichten ungesehen eine Nische in der Schloßmauer. Hier gab es reichlich Vorsprünge und Vertiefungen, die sie als Hilfen beim Klettern nutzen konnten.

»Warte hier«, flüsterte Elisabeth ihrer Hausdame zu. »Wenn der Wächter Wort gehalten hat, liegt dort oben ein Strick. Ich werfe ihn dir herunter. Du kannst daran hochklettern. Es ist nicht schwer. Außerdem ziehe ich dich.«

»Ich bin zu alt für solche Abenteuer«, seufzte Maria. »Das schaffe ich nicht. Ihr müßt alleine fliehen.«

»Ich denke gar nicht daran«, erwiderte Elisabeth. Sie hielt sich nicht länger auf, sondern stieg an der Mauer hoch. Sie war überrascht, wie leicht es war und wie schnell sie vorankam. In annähernd zwanzig Fuß Höhe erreichte sie die Mauerkrone. Der Wächter hatte getan, was er versprochen hatte. Dort lag das Seil. Sie nahm es und ließ es an der Mauer herunter, bis Maria es ergreifen konnte. Dann zog sie mit ganzer Kraft, um der Hausdame zu helfen. Doch Maria war schwach und ungeübt. Eine derartige Kletterpartie hatte sie noch nie unternommen. Auf halber Höhe erlahmten ihre Kräfte, und Maria mußte eine Pause einlegen.

»Ich schaffe es nicht«, klagte sie. »Bitte, flieht allein. Ich halte Euch nur auf. Seid doch bitte vernünftig.«

Elisabeth ließ sich resignierend auf die Mauerkrone sinken. Sie gab auf. Da hinter Maria zwei Wachen erschienen, wäre es sinnlos gewesen, die Flucht noch weiter fortzusetzen. Die beiden Männer packten die erschrockene Maria und zogen sie von der Mauer weg. Einer der Männer pfiff auf den Fingern und rief damit weitere Wächter heran. Gemeinsam holten sie Elisabeth von der Mauer herunter und führten sie in den Schloßhof.

Dort angekommen, stieß sie die Wachen mit einer energischen Armbewegung zurück.

»Auf was wartet ihr noch?« fragte sie. »Gehen wir. Ich nehmen an, ihr wollt uns in die Räume bringen, die wir als Gäste bewohnen.«

In stolzer Haltung schritt sie vor den Männern her, begleitet von ihrer Hausdame, die im Gegensatz zu ihr verzweifelt schien, während sie durch nichts verriet, wie es in ihr aussah.

Wenig darauf standen sie und Maria der Königin gegenüber. Die Herrscherin erwartete sie in ihrem Audienzraum. Sie war verärgert. Mißbilligend blickte sie Elisabeth an.

»Wenn Ihr nicht mit meiner großzügigen Gastfreundschaft einverstanden seid, zwingt Ihr mich zu strengeren Maßnahmen«, begrüßte sie die beiden Geiseln. »Ist es das wert?«

»Meine Freiheit ist mir jeden Preis wert«, erwiderte die junge Frau trotzig.

»Jeden?«

»Jeden!«

Die Königin lachte kurz auf. Sie schien nicht so recht zu wissen, wie sie ihr begegnen sollte. Sie wollte ihre Geisel auf keinen Fall entkommen lassen und als Faustpfand gegen die Hanse behalten. Da sie aber auf gute geschäftliche Beziehungen hoffte, konnte sie keine allzu großen Spannungen zulassen, weil sie nach dem Ende der Verhandlungen ein gutes Verhältnis mit der Hanse pflegen mußte. Elisabeth wußte sehr wohl, daß Margarethe nicht mit einem Vertrag gedient war, der von Anfang an den Keim späterer militärischer Auseinandersetzungen in sich trug. Somit war die Position der dänischen Herrscherin durchaus nicht so stark, wie sie es gern gesehen hätte.

Margarethe griff nach einem Kiesel, der auf ihrem Arbeitstisch lag und ihr als Briefbeschwerer diente.

»Seht Ihr diesen Kiesel? Er war mal scharfkantig und spitz, aber das Wasser hat ihn in vielen tausend Jahren so rund geschliffen, wie er jetzt ist. Wie lange seid Ihr jetzt mein Gast?«

»Schon viel zu lange«, antwortete Elisabeth. »Fast ein Jahr! Und noch nicht abgeschliffen!«

»Man läßt sich erstaunlich viel Zeit bei der Hanse«, stellte Margarethe abfällig fest. »Mir scheint, man ist dort nicht so sehr an Eurem Schicksal interessiert, wie Ihr glaubt.« Ihre Stimme wurde hart. »Ihr seid ab sofort unter Hausarrest gestellt. Solltet Ihr noch einen weiteren Fluchtversuch unternehmen, habe ich im Untergeschoß gewisse fensterlose Gästezimmer, die alles andere als angenehm sind. Zwingt mich nicht, sie Euch zuzuweisen!«

Die Königin wandte sich den Schriftstücken zu, die auf dem Tisch vor ihr lagen. Ohne aufzusehen, gab sie ihnen mit kühler Handbewegung zu verstehen, daß das Gespräch zu Ende war und daß die beiden Frauen gehen sollten.

Elisabeth nahm Maria an der Hand und verließ den Raum. Zwei Wächter begleiteten sie. Die Männer waren mit Kettenhemden vor Verletzungen geschützt. In den Händen trugen sie Kurzschwerter, so daß sie auf einen Angriff sofort reagieren konnten. Die Hamburgerin fand ihre Ausrüstung reichlich übertrieben, denn die Wachen verhielten sich so, als ob sie irgend etwas von ihnen zu befürchten hätten.

»Diese Männer scheinen Angst vor uns zu haben«, spottete Elisabeth. »Bitte, tu ihnen nichts, Maria.«

Ihre Haushälterin antwortete nicht. Sie war enttäuscht und schrieb sich die Schuld an der gescheiterten Flucht zu.

Gleich darauf schloß sich eine schwere, mit Eisen beschlagene Tür hinter ihnen, und ein Schlüssel rasselte.

Elisabeth versetzte der Tür einen Fußtritt.

»Wenn das noch ein halbes Jahr so weitergeht, sind wir endgültig ruiniert«, rief Martin Degenhard, seines Zeichens Ratsherr der Hansestadt Hamburg. »Unsere Seefahrtswege sind durch die Piraten blockiert. Der Handel ist fast völlig zum Erliegen gekommen.«

Erregt blickte er in die Runde. Im großen Sitzungssaal des

Rathauses stieß er bei allen auf Zustimmung. Jeder der Ratsherren hatte die durch Freibeuter erlittenen Verluste ebenso am eigenen Leib verspürt wie Bürgermeister Simon von Wallenrod, der seit einem Jahr das höchste Amt der Stadt bekleidete.

Der greise Matthias Kramann ergriff das Wort. Im Gegensatz zu den anderen Rednern erhob er sich nicht von seinem Platz. Eine bösartige Krankheit schwächte ihn in zunehmendem Maße, so daß er sich nicht mehr aus eigener Kraft erheben konnte. Niemand nahm Anstoß daran, denn er war nach wie vor eine Persönlichkeit von großer Strahlkraft. Wenn er redete, wurde es still in der Runde. Alle hörten ihm zu. Auch Simon von Wallenrod, wenngleich er so tat, als lese er in einem Schriftstück.

»Ihr habt recht«, sagte Kramann. »In den letzten zwei Monaten wurden sechzehn Handelsschiffe der Hanse von Piraten überfallen. Nun endlich konnte sich einer unserer Agenten mit großem Geschick an die Fersen der Freibeuter heften. Er hat herausgefunden, daß einige von ihnen sich in Visby auf der Insel Gotland niedergelassen haben. Deren Einwohner gewähren ihnen Schutz und einen sicheren Hafen. Im Gegenzug werden die erbeuteten Waren – unsere Waren – zu gleichen Teilen an die Bevölkerung verteilt.«

Simon von Wallenrod hielt es für angebracht, sich nun ebenfalls zu Wort zu melden und eine milde Korrektur einzubringen.

»Richtig«, versetzte er, während er das Schriftstück zur Seite legte und sorgfältig mit einem Stück Bernstein beschwerte. »Deshalb nennen sich die Piraten Likedeeler. Sie teilen zu gleichen Teilen. Nun ja.« Er räusperte sich kurz. »Mein Agent war in Visby. Er ...«

»Mir ist das schietegal, wie die Piraten sich nennen«, fiel ihm Degenhard ins Wort. »Ich habe drei Schiffe verloren. Piraten haben die gesamte Besatzung umgebracht und die Leichen ins Meer geworfen.«

»Das sind aber nicht Störtebekers Leute gewesen«, betonte der alte Kramann. »Störtebeker und seine Freibeuter haben noch nie jemanden umgebracht. Sie rauben die Schiffe aus, lassen die Mannschaft aber entkommen. Das ist bekannt, und darin gründet sich die unglaubliche Beliebtheit dieses Piraten bei der Bevölkerung.«

»Das spielt jetzt keine Rolle«, stellte Simon von Wallenrod kühl und distanziert fest. »Es zählt allein, daß wir Verluste erleiden. Dabei noch Unterschiede zwischen den verschiedenen Piraten zu machen, können wir uns nicht leisten. Außerdem hat mein Agent mir berichtet, daß Störtebeker von allen Freibeutern als Leitfigur angesehen wird. Nicht nur von der Besatzung seines Schiffes. Ihm gehorchen alle. Bedingungslos.«

Kramann nickte gewichtig. »Das kann ich nur bestätigen. Das Bedrohliche ist, daß sie diesen Klaus Störtebeker geradezu verehren. Der Agent unseres verehrten Bürgermeisters behauptet, einige von ihnen würden sogar ihr Leben für ihn geben.«

Simon von Wallenrod registrierte, daß der Alte seine Korrektur bemerkt und akzeptiert hatte. Er räumte ein, daß es sein Verdienst war, das Versteck der Piraten aufgespürt zu haben.

»Die Piraten haben das Volk auf ihrer Seite. Auch hier in Hamburg! Man hat mir zugetragen, daß man sich in manchen Kneipen der Stadt schadenfroh die Hände reibt. Man nennt uns Pfeffersäcke und freut sich, daß wir Verluste erleiden. Das ist die wirkliche Gefahr. Das Volk ist dumm. Denn unsere

Verluste sind auch seine Verluste. Wenn der Seehandel zusammenbricht, haben die Bewohner dieser Stadt keine Arbeit und kein Einkommen mehr, aber das begreifen sie nicht. Sie geben uns die Schuld an ihrem Elend.«

»Richtig«, bestätigte Kramann. »Sie drohen damit, die gottgewollte Ordnung zu zerstören und uns zu stürzen!«

Seine Worte lösten einen Tumult unter den Ratsherren aus. Alle redeten wild durcheinander. Jeder wollte seiner Empörung Luft machen. Es war in der Tat so, daß alle in irgendeiner Weise, direkt oder indirekt in den Fernhandel involviert waren, so daß jeder einzelne von ihnen von den Verlusten betroffen war. Keiner von ihnen aber war vom Elend bedroht. Sie alle waren wohlhabend genug, auch eine längere Strecke wirtschaftlicher Schwierigkeiten überstehen zu können. Wesentlich unangenehmer als finanzielle Einbußen aber war die Gefahr, die vom Volk ausging und sie möglicherweise um Macht, Ansehen, Amt und Einfluß brachte.

Der Bürgermeister pochte auf den Tisch. Es wurde ruhig im Saal.

»Dieser Störtebeker muß auf den Grasbrook geführt und hingerichtet werden«, forderte Degenhard. Seine Worte fielen auf fruchtbaren Boden. Die Ratsherren applaudierten ihm.

»Schön und gut, Ratsherr Degenhard. Niemand hätte etwas dagegen, Klaus Störtebeker hinzurichten«, spöttelte von Wallenrod. Er blieb kühl und emotionslos. Mit Geschick und dem nötigen Abstand leitete er die Sitzung. »Solange wir ihn jedoch nicht gefangengenommen haben, dürfte das schwierig sein. Der Piratenplage können wir nur Herr werden, wenn wir uns mit Königin Margarethe einigen. Mit ihrer Hilfe könnten wir die Piraten in die Zange nehmen und für alle Zeiten von den Meeren vertreiben.«

»Wir sollen uns mit einer Königin zusammentun, die Krieg gegen die Hanse führt und Eure zukünftige Frau seit einem Jahr als Geisel hält?« Matthias Kramann schüttelte den Kopf.

Wiederum stand Martin Degenhard auf. Er war alles andere als ein mutiger Mann. Im Kreise der Ratsherren aber fühlte er sich wohl. Zudem schien er sicher zu sein, im Sinne des Bürgermeisters zu sprechen.

»Mit Verlaub – uns bleibt gar nichts anderes übrig. Die Hanse wird zerbrechen und untergehen, wenn wir vor den Piraten kapitulieren und diese Allianz nicht bald eingehen. Wir haben schon viel zu lange gewartet. Ein Jahr ist vergangen, seit Margarethe uns ihre Bedingungen genannt hat. Wir hätten die Zeit besser nutzen können.«

Es war nicht ganz richtig, was der Ratsherr sagte, doch keiner in der Runde korrigierte ihn. Der Seehandel der Hanse fand keineswegs während eines ganzen Jahres statt. Die letzten Schiffe suchten spätestens im Oktober die Häfen auf, und keines von ihnen lief vor dem 22. Februar wieder aus. Fünf Monate lang blieben die Schiffe im Hafen, weil sie dem in dieser Zeit allzu stürmischen Wetter auf See nicht gewachsen waren. Damit kam dann auch der Fernhandel zum Erliegen.

Am 22. Februar wurde die Schifffahrt feierlich wiedereröffnet. Die Bürger der Stadt, die Ratsherren und vor allem die Seeleute und ihre Frauen suchten das Kultbild der Gottesmutter Maria auf, das sich beim Schartor in einer Nische der Stadtmauer beim Schiffslandeplatz *tom Schore* befand. Ob es regnete oder schneite, stürmte oder Eiseskälte herrschte, spielte keine Rolle. Man kniete vor dem Heiligenbild nieder und bat um den Schutz auf See. Erst danach durften die ersten Schiffe auslaufen.

»Vorwürfe helfen uns jetzt nicht weiter«, tadelte der alte

Kramann. »Wir sollten uns lieber fragen, was aus Hamburg und aus der Hanse wird, wenn Königin Margarethe eine Allianz gegen uns schmiedet.«

»Die Hanse muß dem zuvorkommen«, rief Degenhard, bevor noch ein anderer sich äußern konnte. »Wir müssen Königin Margarethes Forderungen wohl oder übel schlucken, unsere Kräfte mit Dänemark bündeln und gemeinsam gegen die Piraten vorgehen. Bevor es zu spät für uns alle ist.«

Er fand die breite Zustimmung der Ratsherren. Einige von ihnen klatschten Beifall, wobei sich ihre Blicke ständig auf Simon von Wallenrod richteten. Keiner wollte offenbar an falscher Stelle applaudieren.

»Ratsherr Degenhard hat Recht«, stellte der Bürgermeister betont ruhig fest. »Dann sind wir uns einig. Ich werde morgen früh nach Kopenhagen in See stechen.«

Mit einem feinen Lächeln auf den Lippen blickte er in die Runde.

»Und um Königin Margarethe von der Redlichkeit und Aufrichtigkeit unseres Friedensangebotes zu überzeugen, werden mich zwölf von Euch begleiten. Ihr auch, Ratsherr Degenhard!«

Damit erhob er sich und verließ den Saal, ohne den Ratsherren noch eine Gelegenheit zu geben, sich herauszureden.

11. Ruiniert

Ratten huschten lautlos durch das Verlies. Es war so dunkel, daß sie nur wie Schatten zu erkennen waren, so als ob sie nicht zu greifen seien. Jan verspürte es täglich, wenn sie versuchten, sich der Blechschale zu nähern, in der man ihm das Essen reichte. In den ersten Tagen seiner Gefangenschaft hatte er nichts gegessen, weil er den Ekel gegen das, was man ihm vorsetzte, nicht überwinden konnte. Schließlich aber war der Hunger stärker gewesen als die Abscheu.

Er wußte nicht, wie lange er nun schon in dem Verlies angekettet war. Viele Monate mußten vergangen sein, denn ihm war ein langer Bart gewachsen, und die Haare reichten ihm vom Kopf bis über die Schultern hinaus.

Er reagierte nicht, als sich Schritte näherten, ein Schlüssel im Schloß rasselte und die Tür sich öffnete. Erst als jemand vor ihm in die Hocke sank, blickte er auf – in das Gesicht Simon von Wallenrods.

»Dein Bruder hat es gewagt, mich herauszufordern«, teilte ihm der Bürgermeister mit, als trage er die Schuld am Verhalten seines Bruders.

»Klaus lebt also noch«, erwiderte Jan. Er richtete sich auf. Diese Nachricht, die Simon von Wallenrod ihm indirekt vermittelt hatte, tat ihm gut. »Er wird mich herausholen und Euch töten.«

»Das glaube ich kaum. Dein Bruder hat ein paar Schiffe zuviel gekapert. Damit hat er die Hanse herausgefordert.«

Jan ließ sich nicht beeindrucken. Er fühlte sich schwach und ausgelaugt. Auf keinen Fall aber wollte er vor seinem Besucher zusammenbrechen oder um Gnade betteln. Er hatte sich seinen Stolz bewahrt und kämpfte darum, ihn nicht zu verlieren. Trotzig hielt er den Blicken seines Gegenübers stand. Dabei dachte er an die vielen Zwiegespräche, die er mit Gott gehalten hatte. Aus ihnen hatte er viel Kraft geschöpft. Er war sicher, daß er ohne seinen Glauben an Gott niemals so lange durchgehalten hätte.

Dabei war er in seinem seelischen Befinden erheblichen

Schwankungen unterworfen. Er war nie ein starker Mann gewesen. Im Vergleich zu seinem Bruder Klaus war er schwach, eher weichlich. An manchen Tagen lebte er auf und war voller Hoffnung, daß die Zeit seiner Qualen bald ein Ende hatte. Dann lauschte er intensiv und achtete auf alles, was um ihn herum geschah. Er vernahm die Stimmen der anderen Gefangenen wie ein fernes Flüstern und fragte sich, welches Schicksal sie in dieses Verlies verschlagen haben mochte. Er hörte die Schritte der Wächter, das Klirren der Schlüssel und das Knarren der Türscharniere, das Quieken der Ratten ebenso wie das Rauschen seines Blutes in seinem Kopf.

An anderen Tagen überkam ihn das ganze Elend seiner Gefangenschaft, und er stürzte in ein Tal voller Tränen und Selbstmitleid. Es waren vor allem Tage, an denen andere Gefangene zur Hinrichtung auf den Grasbrook geführt wurden. Die meisten jammerten, klagten und bettelten um Gnade – die keinem gewährt wurde.

Dann flehte Jan erst Gott und später die Wächter an, man möge ihn freilassen oder wenigstens von den Ketten befreien oder ihm ein paar Atemzüge an der frischen Luft genehmigen. An solchen Tagen meinte er, gar nichts mehr ertragen zu können, und dachte daran, sich das Leben zu nehmen. Selbstquälerisch überlegte er dann, mit welchen Mitteln er seinem Leben ein Ende bereiten könnte, ging alle Möglichkeiten durch, die er meinte zu haben, ohne je daran zu denken, seine Gedanken wirklich in die Tat umzusetzen.

Dann wiederum gab es Tage, an denen er nur an Vergeltung denken konnte. Dabei richtete sich sein ganzer Vernichtungswillen auf Simon von Wallenrod. Jan sah sich mit dem Messer oder gar dem Schwert in der Hand gegen ihn kämpfen und natürlich siegen. Er malte sich bis in alle Einzelheiten aus, auf welche Weise er ihn umbringen würde – um am Ende doch vor den Konsequenzen zurückzuschrecken. Er war sich darüber klar, daß er nicht hart genug war, um einen Mann wie seinen Peiniger töten zu können.

»Weißt du, warum du überhaupt noch lebst?« fragte Simon von Wallenrod.

»Das frage ich mich schon lange. Ihr habt einen Mord begangen, ich nicht. Aber ich bezahle dafür. Ich habe meine Schuldigkeit für Euch getan. Fühlt Ihr Euch sicher? Ist alles überstanden? Na, dann los, tötet mich!«

»Mach dir keine falschen Hoffnungen. Mit dir habe ich einen Trumpf in der Hand. Ich bin sicher, daß du deinen Bruder Klaus Störtebeker anlocken wirst. Früher oder später wird er versuchen, dich zu befreien. Darauf warte ich. Dann schnappt die Falle zu. Und danach ...« Er schnippte mit den Fingern, um zu unterstreichen, daß der Freibeuter keine Chance mehr hatte, wenn er seiner habhaft wurde.

»Ihr seid ein Teufel!« fuhr Jan ihn an.

»Danke«, erwiderte Wallenrod und lachte. »Ich weiß, dieses Kompliment kommt von ganzem Herzen.«

Er erhob sich und ging zur Tür.

»Aber mit Elisabeth Preen habt Ihr Euch verrechnet«, schoß Jan einen Pfeil ab – und traf genau ins Ziel. Der Bürgermeister blieb abrupt stehen und drehte sich langsam zu ihm hin. Der Gefangene meinte, ein unruhiges Flackern in seinen Augen zu erkennen.

»Ach, tatsächlich?«

»Vom Reichtum der Familie Preen ist nicht mehr viel übrig geblieben«, eröffnete Jan ihm. »Der Krieg und die Piraten haben die Geschäfte ruiniert. Aber was rede ich? Das wißt Ihr ja längst. Habt Ihr Euch nie gefragt, warum Hermann Preen

Euch mit Elisabeth verheiraten wollte? Einen aufgeblasenen Popanz, der …«

Weiter kam er nicht, denn Wallenrod trat rasch auf ihn zu und hob die Faust, um ihn zu schlagen.

»Preen wollte sein Haus durch die Verbindung sanieren!« rief Jan, bevor die Faust ihn treffen konnte. Er wich so weit zurück, wie es ihm mit der Kette am Handgelenk möglich war.

Wallenrod packte ihn am Hals und stieß ihn gegen die Wand. Wild drückte er ihm ein paar Glieder der Eisenkette über das Gesicht.

»Was sagst du da? Woher willst du das wissen?«

Jan verriet mit keiner Miene, daß ihm die heftige Reaktion seines Peinigers ein geradezu diebisches Vergnügen bereitete. Er hatte keinerlei Nachrichten von außen. Bis zu diesem Zeitpunkt hatte er nicht gewußt, ob Wallenrod und Elisabeth schon verheiratet waren oder nicht. Daß der Bürgermeisters nahe dran war, die Fassung zu verlieren, verriet ihm, daß dies nicht der Fall war. Da er noch nicht mit der Tochter Preens verbunden war, hatte er keinen Einblick in die Vermögensverhältnisse des Handelshauses erhalten. Somit ging er nach wie vor davon aus, daß seine zukünftige Frau eine reich gefüllte Truhe mit in die Ehe brachte.

»Habt Ihr vergessen, daß ich die rechte Hand von Hermann Preen war?« fuhr Jan fort. Zugleich schob er die Hand zur Seite, die ihm die Kette gegen das Gesicht preßte. »Sämtliche Abrechnungen der letzten Jahre sind durch meine Hände gegangen. Die Resultate sahen ganz und gar nicht so aus, wie Ihr es Euch vorstellt. Daher hat Hermann Preen auf Euch gesetzt. Er hoffte, seinen Hals mit Eurer Hilfe aus der Schlinge ziehen zu können.«

Jan lehnte sich mit dem Rücken gegen die Wand. Er kostete seinen Triumph aus.

»Und die Preens waren die letzte Hoffnung für Euch, Eurem Namen einen ehrbaren Anstrich zu verleihen. Aber die Löcher, die Euer Vater in den Säckel der Hansestadt Hamburg gerissen hat, könnt Ihr mit dem Preenschen Vermögen nicht stopfen. Weil es kein Vermögen mehr gibt.«

Simon von Wallenrod schien sich wieder gefangen zu haben. Äußerlich wirkte er ruhig. Jan beobachtete ihn. Er war sicher, daß dieses Bild täuschte. Vor ihm wollte er sich keine Blöße geben. Dabei hegte er nicht den geringsten Zweifel daran, daß er tatsächlich auf das Vermögen der Preens spekuliert hatte. Der Bürgermeister und Handelsherr befand sich in einer prekären Situation, da er keine Möglichkeit hatte, in kurzer Zeit genügend Geld zu verdienen. Die Freibeuter auf Ost- und Westsee machten es unmöglich. Simon von Wallenrod saß in der Falle und hatte so gut wie keine Chance, sich aus eigener Kraft daraus zu befreien.

»Zerbrich dir mal nicht meinen Kopf«, sagte der Bürgermeister. Erneut ging er zur Tür. »Wenn Störtebeker erst einmal in meinen Händen ist, haben die Piraten ausgespielt. Danach werden die Geschäfte besser gehen denn jemals zuvor. Und von der Hinrichtung deines Bruders wird man noch in tausend Jahren reden. Das verspreche ich dir.«

»Immerhin!« Jan erhob sich. Er zerrte an der Kette, ohne sich befreien zu können. »Dann wird man dich längst vergessen haben! Du bist ein Niemand.«

Wallenrod verwahrte sich nicht gegen die ungehörig vertrauliche Anrede. Er riß die Tür auf, ging hinaus und schlug sie krachend hinter sich zu.

Jan ließ sich stöhnend auf sein Lager sinken. Es befriedigte ihn kaum, daß er offenbar erneut eine empfindliche Stelle getroffen hatte.

Schon früh wurden die Bewohner der Siedlung Visby auf Gotland darauf aufmerksam, daß sich ihnen eine Kogge näherte, an deren Mast die Piratenflagge flatterte.

Ein weißer Totenschädel auf schwarzem Grund mit zwei gekreuzten Knochen darunter. Es dauerte nicht lange, bis mit bloßem Auge zu erkennen war, daß die Kogge den Schriftzug *Seewolf* trug. Dann ging es von Mund zu Mund über die ganze Insel hinweg: »Klaus Störtebeker ist zurück!«

Ein steter, achterlicher Wind trieb die Kogge bis in den kleinen Hafen von Visby hinein, in dem das Schiff, vor den Unbilden der Natur geschützt, anlegte. Als einer der ersten verließ Störtebeker das Schiff. Er trug jetzt ein helles Hemd mit langen Ärmeln, einen Lederwams, Hosen aus Leder und Stiefel. Waffen hatten weder er noch seine Mitstreiter angelegt. Man kam in friedlicher Mission auf die Insel – den Bauch des Schiffes voll mit Beutegut.

Goedeke Michels folgte ihm mit einer Schatztruhe auf der Schulter. Mit grimmiger Miene schritt er an Land. Zweifel daran, daß er die Truhe für sich beanspruchte, ließ er gar nicht erst aufkommen. Als einer der Bewohner Visbys sich die Frage erlaubte, was denn in der Truhe sei, bedachte er ihn mit einem Blick, der ihn augenblicklich verstummen ließ.

Magister Wigbold kleidete sich nach wie vor in seine einfache, graue Mönchskutte. Der einzige Luxus, den er sich leistete, waren Stiefel, die seine Füße vor den Dornen der Diesteln schützten, die überall in Wassernähe wuchsen.

Erik hatte nur Augen für ein außerordentlich schönes Mädchen, das ihn etwas abseits stehend erwartete.

»Sigrid«, rief er, eilte an allen anderen vorbei zu ihr hin, zog sie in seine Arme und küßte sie. Das Mädchen umarmte ihn und begrüßte ihn in einer Weise, die manch anderen von der Besatzung der *Seewolf* neidisch werden ließ.

Freudig erregt sahen die Gotländer zu, wie die Piraten die erbeuteten Waren aus dem Schiffsbauch herauftrugen, um sie auf zwei Pferdefuhrwerke zu verladen.

Goedeke Michels stellte die Schatztruhe auf eines der Fuhrwerke und überwachte dann, wie die Beute – Säcke und Kisten mit geheimnisvollem Inhalt, Bierfässer, Schinken, Stoffballen, Pelze, Messer sowie kunstvoll gefertigte Töpfe – auf den Ladeflächen verstaut wurden.

Als einer der Visbyer versuchte, einen Schinken an sich zu bringen, schlug er ihm mit einem Stock auf die Finger, um ihn davon abzuhalten.

»Wir fahren zum Lagerhaus«, befahl Goedeke Michels und gab den Kutschern das Zeichen zum Aufbruch. Begleitet von allen Piraten und den Bewohnern der Insel, zogen die beiden Pferdefuhrwerke vom Hafen über einen Damm hinweg in die Siedlung und zu einem mit Reet eingedeckten Lagerhaus, dem größten Gebäude von Visby.

»Was hast du vor, Goedeke Michels?« fragte Magister Wigbold, als der Steuermann der *Seewolf* den Piraten das Zeichen zum Abladen gab. »Wieso willst du die Waren erst einladen, um sie danach zu verteilen?«

Michels wandte sich ihm zu, die Fäuste herausfordernd in die Hüften gestemmt.

»Ich bringe unsere Prise in unser Lagerhaus«, erklärte er. »Was dagegen, Mönch?«

Magister Wigbold ließ sich von seiner bärbeißigen Art nicht einschüchtern. »Was soll sie im Lagerhaus? Hast du vergessen, daß wir Likedeeler sind? Oder muß ich es dir noch mal ins Gedächtnis rufen? Likedeeler heißt Gleichteiler, Steuermann. Jeder erhält den gleichen Anteil. So lautet die Vereinbarung, die wir getroffen haben.«

Goedeke Michels hieb die Faust krachend auf die Ladefläche des Pferdewagens, an dessen hinterem Ende er stand. Der Hieb war so wuchtig, daß sich der eiserne Haken tief in das Holz bohrte und sich nicht sogleich wieder löste. Lauthals fluchend riß der Steuermann die Hand zurück, wobei er handlange Splitter aus dem Holz brach.

»Likedeeler! Gleichteiler! Gleichmacher! Nur der Tod wird uns alle gleich machen. Ich habe meinen Kopf für diese Prise hingehalten, und ich werde meinen Anteil beiseite schaffen. So ist es guter, alter Piratenbrauch von alters her! Meinen Kopf habe ich hingehalten. Verstehst du? Ich habe nicht einfach nur dagesessen und darauf gewartet, daß mir die Beute in den Schoß fällt.«

»Wie sagt der Herr? Sammelt euch aber Schätze im Himmel, da sie weder Motten noch Rost fressen«, erwiderte Magister Wigbold salbungsvoll.

Klaus Störtebeker sah dem Treiben aus einigen Schritten Entfernung zu. Hin und wieder huschte ein kleines Lächeln über seine Lippen. Er nahm die Auseinandersetzung zwischen den beiden nicht ganz ernst und hielt es nicht für nötig einzugreifen.

»Du kannst deine Schätze sammeln, wo immer du willst«, fauchte Michels den Mönch an. »Ich jedenfalls sammle sie jetzt und hier. Basta!«

Er schulterte die Truhe und trug sie ins Lagerhaus. Nun schloß Störtebeker zu Magister Wigbold auf. »Hast du veranlaßt, was wir besprochen haben?« fragte er.

»Habe ich«, antwortete der Freund. »Goedeke wird wohl nie vom Baum der Erkenntnis essen. Außer man zwingt ihn dazu.«

Mit der Truhe auf der Schulter kam der Steuermann wieder aus dem Lagerhaus hervor. Sein Gesicht hatte sich verfärbt. Puterrot und mit einer Zornesader auf der Stirn krächzte er: »Das Lagerhaus ist leer! Nichts, absolut nichts ist mehr von unserer Beute vorhanden, die wir bei unserem letzten Besuch hier abgeladen haben. Gar nichts ist mehr da.« Er ließ die Truhe sinken und setzte sie vorsichtig auf den Boden. Dann packte er einen der Freibeuter am Bart und zog ihn zu sich heran. Der Mann war völlig überrascht. Mit einem derartigen Griff hatte er nicht gerechnet.

»Du bist an Land geblieben. Du hattest die Aufgabe, das Lagerhaus zu bewachen.«

»Ja, Herr, das hatte ich.«

»Wo sind die Sachen?« brüllte Goedeke Michels ihn an. »Wo ist unsere Beute? Wer hat das Lagerhaus geplündert?«

»Verzeiht, Herr«, stammelte der Mann, wobei er sich auf die Zehenspitzen stellte, um den schmerzhaften Zug auf seinen Bart und damit auf sein Kinn und seine Wangen zu verringern. »Ich hatte den Befehl, alles unter den Leuten von Visby zu verteilen.«

»Was sagst du da?« Michels war außer sich. »Wer hat diesen unsinnigen Befehl gegeben?«

»Das war ich«, versetzte Störtebeker gelassen.

Goedeke Michels ließ die Wache fahren. Er schien nicht glauben zu wollen, was er vernommen hatte. Fassungslos blickte er den Kapitän der *Seewolf* an.

»Mit Verlaub«, stöhnte er. »Habe ich richtig verstanden, oder läßt mich mein Gehör allmählich im Stich?«

»Du hörst ganz gut, mein Freund«, erwiderte Störtebeker. »Ich habe den Befehl gegeben, unsere Beute gerecht unter den Leuten zu verteilen. Im Gegenzug erhalten wir von ihnen eine neue Heimat. Das ist für uns alle ein gutes Geschäft. Oder?«

Die Einwohner von Visby standen dicht gedrängt um sie herum. Gespannt folgten sie dem Geschehen. Nun bekräftigten sie mit lebhaften Zurufen, was der Anführer der Freibeuter gesagt hatte. Wie er waren sie davon überzeugt, daß die Aufteilung der Beute an alle ein gutes Geschäft für beide Parteien war. Keiner sprach es aus, aber alle waren sich dessen bewußt, daß die Gotländer dabei auch ein Risiko eingingen. Immerhin gewährten sie Männern Schutz, die als Gesetzlose galten und mit einer Strafverfolgung rechnen mußten. Aus gutem Grund wollten sie nicht, daß ihr Verhalten an die große Glocke gehängt wurde, mußten sie doch befürchten, daß die Hanse sie mit den Freibeutern in einen Topf warf und irgendwann vor Visby auftauchte, um nicht nur Störtebeker und seine Männer zu bekämpfen, sondern auch sie.

Die pure Not hatte sie dazu veranlaßt, sich auf die Seite der Freibeuter zu schlagen. Der letzte Winter war ungewöhnlich hart und lang gewesen. Die kärglichen Vorräte, die man im Herbst hatte anlegen können, waren früh erschöpft. Da die Insel Gotland seit dem Jahre 1361 zu Dänemark gehörte, waren einige Bewohner von Visby zur Königin dieses Landes gereist, um sie um Hilfe zu bitten, waren jedoch abgewiesen worden. Enttäuscht wandte man sich an die Hanse, doch auch sie zeigte ihnen die kalte Schulter. Man hatte genügend mit den eigenen Problemen zu tun.

Damit nicht genug. Als die Fischer von Visby endlich wieder auf die See hinausfahren konnten, blieben die Netze weitgehend leer. Die Ausbeute der Fischzüge reichte nicht, die Bevölkerung der Insel Gotland zu ernähren.

Als die ersten Hungertoten zu beklagen waren, erschienen überraschend Störtebeker und seine Freibeuter auf der Insel. Sie brauchte man nicht lange zu bitten. Sie gaben von sich aus erhebliche Anteile ihrer Beute heraus und verteilten sie, so daß die größte Not gelindert wurde.

Die ersten Freundschaften wurden geschlossen. Sie bildeten die Grundlage für das Zusammenrücken der Menschen und die Gemeinsamkeiten ihres täglichen Zusammenseins. Sie wollte Störtebeker auf keinen Fall aufs Spiel setzen. Ihm war außerordentlich wichtig, daß sie sich jederzeit von der mit Risiken behafteten See in einen Hafen zurückziehen konnten. Er half den Visbyern, Schutzwälle und Palisaden zu errichten, damit sie sich bei einem möglichen Angriff verteidigen konnten. Sie taten, was er ihnen vorschlug, gingen nach seinem Empfinden dabei jedoch nicht konsequent und entschlossen genug vor. Es gelang ihm nicht, sie davon zu überzeugen, daß ihre Defensivmaßnahmen gar nicht weitgehend genug sein konnten.

»Ich bitte um Nachsicht, Käpt'n«, sagte Goedeke Michels. Er war laut und aggressiv. »Ich kann dir nicht ganz folgen. Aber ich bin immer noch der Meinung, daß derjenige den Löwenanteil bekommen soll, der den Kopf dafür hinhält. Oder sehe ich das falsch?«

»Wir sind Likedeeler und keine Patrizier. Wir nehmen von den Reichen und teilen mit allen, die es brauchen. Das war von Anfang an so und wird auch so bleiben. So lange ich Kapitän bin.«

Es wurde ruhig in der Runde. Keiner der Piraten sprach. Alle beobachteten die beiden Männer, die sich hautnah ge-

genüberstanden. Goedeke Michels offenbar zu allem entschlossen, Klaus Störtebeker in der Lage, seinen Führungsanspruch verteidigen zu müssen. Nun mußte eine Entscheidung fallen. Beide Männer genossen ein hohes Ansehen. Keiner von ihnen wollte als Verlierer vom Platz gehen.

»Und was ist mit meiner Truhe?« fragte Michels erregt. Er nahm die Truhe auf, die mit Goldblech beschlagen war.

Störtebeker suchte den Blick von Magister Wigbold. Der Mönch nickte ihm zu, hüstelte und strich sich dabei mit der Hand über den Mund. Das Grinsen auf seinen Lippen konnte er dennoch nicht ganz verbergen. Störtebeker verstand.

»Also gut, im Namen der Nächstenliebe«, sagte er. »Die Truhe gehört dir. Du kannst sie behalten.«

Ein Raunen ging durch die Menge. Der Steuermann richtete sich ein wenig höher auf, ein triumphierendes Lachen auf den bärtigen Lippen. Nachdem er sich davon überzeugt hatte, daß er im Mittelpunkt des Interesses stand und die Aufmerksamkeit aller genoß, sank er auf die Knie und hackte mit seinem Eisenhaken auf das Schloß der Truhe ein, konnte sie damit jedoch nicht öffnen.

»Eine Axt«, forderte er. »Ich brauche eine Axt.«

Einer der Piraten reichte ihm eine Streitaxt. Er richtete sich hoch auf und schlug die Axt mit voller Wucht auf die Truhe. Aber auch das genügte nicht. Das Schloß widerstand ihm.

»Einen Morgenstern«, rief er. »Ich werde es mit einem Morgenstern versuchen. Und wenn die Truhe dabei in Trümmer geht.«

Magister Wigbold hob eine Hand und ließ mehrere Schlüssel klingen, die er an einem Metallring hielt, indem er sie hin und her schwang wie eine Glocke.

»Vielleicht solltest du es vorher mal mit einem Schlüssel probieren«, schlug er spöttisch vor.

Goedeke riß ihm die Schlüssel aus der Hand. »Woher hast du die denn?«

»Das Schlüsselbund hing an einem Nagel an der Schiffswand«, erwiderte der Mönch belustigt. »Da habe ich ihn einfach mitgenommen. Das hättest du übrigens auch tun können. Aber du hast nur die Truhe gesehen.«

Goedeke Michels bedachte ihn mit einem giftigen Blick, sank erneut auf die Knie und nestelte eine Weile am Schloß herum, bis es ihm gelang, den richtigen Schlüssel einzusetzen. Klickend sprang die Verriegelung auf. Rasch legte er die Hand auf den Deckel der Truhe. Argwöhnisch blickte er sich um.

»Daß mir keiner auf dumme Gedanken kommt«, warnte er die Umstehenden. »Die Truhe samt Inhalt ist mir zugesprochen worden. Was darin liegt, gehört mir. Unwiderruflich! So ist es Piratenbrauch. Ist das klar?«

Niemand antwortete ihm. Neugierig wartete man darauf, daß er den Deckel endlich hochklappte, damit man sehen konnte, welche Schätze sich in der Truhe verbargen.

»Nun mach schon«, drängte Erik. »Oder willst du warten, bis Sigrid und ich verheiratet sind?«

Goedeke Michels ließ sich nicht länger bitten. Er klappte den Deckel hoch – und blickte maßlos enttäuscht auf das, was sich in der Truhe befand. Es war ein dickes, in Leder gebundenes Buch. Er hob es heraus und blätterte kurz darin.

»Ich kann nicht lesen«, preßte er ärgerlich zwischen den Zähnen hervor. Er hielt Störtebeker das Buch hin. »Was ist das für ein Buch? Schau hinein. Los doch.«

»Das ist nicht nötig«, antwortete der Anführer der Piraten. »Ich weiß es auch so.«

»Und?«

»Das ist die Antwort auf deine gotteslästerliche Habgier, Goedeke Michels. Es ist das kostbarste Buch, das es gibt auf der Welt«, tadelte Magister Wigbold ihn.

»Ein kostbares Buch?«

»Die Heilige Bibel. Das Buch der Bücher. Verfaßt in Latein, wie ich sehe.«

Magister Wigbold nahm das Buch und las schweigend darin. Schließlich blickte er auf. »Willst du die Truhe immer noch deinen Schätzen einverleiben?«

»Du kannst sie behalten. Ich schenke sie dir«, fuhr der Steuermann ihn an.

Störtebeker klopfte ihm lobend auf die Schulter. »Jetzt bist du ein echter Likedeeler«, lobte er ihn. »Ich hätte nicht gedacht, daß du so großherzig bist, auf eine Bibel zu verzichten, damit alle etwas davon haben.«

Goedeke verengte die Augen. Für einen kurzen Moment schien es so, als wollte er Störtebeker angreifen, um sich auf seine Weise für diese Worte zu bedanken. Doch dann ließ er den Kopf weit in den Nacken sinken und lachte aus vollem Halse. Erleichtert stimmten die anderen in sein Lachen ein. Die Spannung löste sich auf. Damit war die Beute freigegeben. Die Bewohner von Visby drängten sich um die Pferdewagen und ließen sich ihre Anteile aushändigen. Ausgelassen schwatzte man durcheinander. Wer bisher noch befürchtet hatte, daß auch in diesem Jahr wieder Monate voller Mühsal und Entbehrungen bevorstanden, sah sich auf angenehme Weise enttäuscht.

Als sich die Nacht über Visby herabsenkte, brannten überall Feuer. Angeschwemmtes Holz gab es in ausreichender Menge. Mancher Balken und manche Planke mochte von einer von Piraten versenkten Kogge stammen. Doch das interessierte an diesem Abend niemanden. Voller Lebensfreude tanzten Visbyer und Piraten um die Feuer, sangen die Lieder aus alten, guten Zeiten und dankten dem Herrgott, daß er ihnen eine Beute beschert hatte, die ausreichte, die ganze Siedlung auf Wochen hinaus zu versorgen. Bei aller Freude aber war man sich darüber einig, daß es ein Fehler gewesen wäre, sich allein auf die Freibeuterei zu verlassen. Es galt, darüber hinaus auch dem gewöhnlichen Alltag nachzugehen. Und das bedeutete Fischfang, Viehzucht, Jägerei und Ackerbau. Man ließ aber auch keinen Zweifel daran, daß man sich keinem Lehnsherren und keiner Königin verpflichtet fühlte. Visby war bereit, einige Abgaben zu leisten, doch die mußten sich schon deshalb im Rahmen halten, damit keiner der Oberen auf den Gedanken kam, einmal genauer nachzuforschen, woher der plötzliche Wohlstand stammte. Es galt das Bild einer nicht gerade armen, aber auch nicht reichen Gemeinde zu erhalten, einen gesunden Mittelweg zu finden und keine schlafenden Hunde zu wecken, wie Magister Wigbold es nannte. So schwor vor allem Störtebeker seine Freunde von Visby darauf ein, nicht übermütig zu werden und sich anderen gegenüber lieber bescheiden und ein wenig demütig zu geben.

»Neid ist ein böser Stachel«, sagte er zu Gabriel Werg, der so etwas wie der Bürgermeister von Visby war, wenngleich es dieses Amt in dieser Siedlung nicht offiziell gab. »Er bringt Gift in die Herzen der Menschen und kann sie dazu bringen, alle Grenzen zwischen gut und böse zu vergessen.«

Alle beteiligten sich an dem Fest, sogar Magister Wigbold, der dem Wein mehr zusprach als alle anderen und der so ausgelassen tanzte, daß ihm die Kutte bis über die Knie hochflog.

Während Piraten und Bewohner von Gotland am Strand von Visby feierten, eilte Königin Margarethe, von ihren eilfertigen Bediensteten begleitet, zum Audienzsaal. In ehrerbietiger Haltung wartete ihr Kanzler auf sie. Er war nervös. Sein linkes Augenlid zuckte unkontrolliert, und ständig rieb er sich die häßliche Warze, die er unter dem Auge hatte. Die Königin schätzte ihn als geschickten Diplomaten und als perfekten Organisator, aber sie wußte, daß er ein Feigling war und großem Druck meist nicht standhielt. Da in seinem Amt großer Mut nur selten vonnöten war, nutzte sie seine Dienste, ohne ihm viel Achtung entgegenzubringen. In ihrem königlichen Umfeld gab es mehrere Männer, die durchaus für das Amt des Kanzlers in Frage gekommen und vielleicht sogar geeigneter gewesen wären. Doch diese Männer waren nicht so formbar in ihren Händen wie er, und deshalb zog sie ihn vor.

»Und?« fragte sie, während sie sich hinter ihren Arbeitstisch setzte. Um sich über das Tagesgeschäft zu orientieren, blätterte sie in den darauf liegenden Papieren. »Wird er kommen?«

»Allerdings«, antwortete der Kanzler, wobei er sich ein wenig tiefer verneigte, als nötig gewesen wäre, zumal sie es gar nicht sah. »Störtebeker nimmt Eure Einladung an.«

Margarethe schob die Papiere zur Seite und blickte auf. »Na, dann sehen wir mal, ob er sich unseren Wünschen fügt. Wenn nicht, werden wir ihn gefügig machen.«

Der Kanzler blickte sie erschrocken an.

»Majestät, ich habe Störtebeker in Eurem Namen freies Geleit zugesagt!«

»Wenn er alles glaubt, was man ihm verspricht, habe ich ihn falsch eingeschätzt«, entgegnete sie kühl und unbeeindruckt.

Damit hielt sie dieses Thema für erledigt. Sie wandte sich einem anderen zu. »Was macht die Hanse?«

»Simon von Wallenrod wird sich zu uns auf den Weg machen. Er wird schon bald in Kopenhagen sein«, berichtete er. »Mit einem neuen Friedensangebot.« Er räusperte sich kurz, um dann hinzuzufügen: »Es könnte sein, daß die beiden Parteien gleichzeitig eintreffen. Störtebeker mit einigen seiner Piraten auf der einen Seite und der Bürgermeister und einigen Ratsherren auf der anderen.«

Königin Margarethe lehnte sich zufrieden lächelnd auf ihrem Stuhl zurück.

»Sehr schön«, lobte sie ihn. »Das ist ganz nach meinem Geschmack. Freuen wir uns auf einen amüsanten Abend. Sollen sie sich an ihren Taten berauschen. Für einige wird es ihr letztes Fest sein.«

Elisabeth war still und in sich gekehrt. Auf Fragen ihrer Hausdame antwortete sie nur einsilbig, so daß Maria sich bestärkt in ihrer Überzeugung sah, sie allein sei schuld an der gescheiterten Flucht. Es half ihr nur wenig, daß die junge Frau ihr beteuerte, dies sei ganz sicher nicht der Fall.

Als Elisabeth eine kleine Schachtel öffnete und das zerbrochene Bernsteinherz herausnahm, um es sich um den Hals zu hängen, begriff Maria endlich, daß sie sich nicht ihretwegen in sich zurückgezogen hatte, sondern daß sie immer noch an Störtebeker dachte, der einen unverrückbaren Platz in ihrem Herzen hatte.

»Was ist los?« fragte sie, als Elisabeth plötzlich die Hände vor das Gesicht schlug und zu weinen begann. Besorgt legte sie einen Arm um sie.

»Ich kann nicht glauben, daß Klaus am Tod meines Vaters

beteiligt war«, antwortete Elisabeth verzweifelt. Mehr noch als ihre Hausdame litt sie unter dem Mangel an Nachrichten. Sie beide waren von allem ausgeschlossen, was jenseits der mit Eisen beschlagenen Tür ihrer Wohnräume geschah. Niemand sagte ihnen, wie sich die Dinge entwickelten, ob die Hanse endlich auf die Forderung Dänemarks reagierte oder nicht, ob Verhandlungen stattfanden und wie lange die Königin sie noch als Geiseln zu halten gedachte. Wenn Elisabeth Fragen an die Bediensteten der Königin stellte, erhielt sie nur Antwort, wenn es um banale Dinge ging wie etwa das Essen oder die Getränke. Sprach sie etwas anderes an, stieß sie auf beharrliches Schweigen.

»Ihr liebt Störtebeker noch immer«, versetzte Maria. Als Elisabeth nicht antwortete, fügte sie hinzu: »Ihr müßt an Eure Zukunft denken. Liegt sie wirklich bei Störtebeker?«

Die junge Frau nahm das Bernsteinstück ab, behielt es kurz in der geschlossenen Hand, als wollte sie sich daran wärmen, und legte es dann in den Schmuckkasten zurück. Kaum hatte sie den Kasten geschlossen, als sich ein Schlüssel im Schloß der Tür drehte, jemand die Tür aufdrückte und zwei Wächter eintraten, um sich zu beiden Seiten der Tür aufzustellen.

Als sie sich von ihrem Stuhl erhob, schritt Margarethe herein – in unnachahmlicher Haltung, die Elisabeth als königlich empfand. Neben dem brennenden Kamin blieb die Herrscherin stehen. Maria verneigte sich vor ihr, während die Hamburgerin nur andeutungsweise ihrer Höflichkeitspflicht nachkam. Kein Muskel regte sich in ihrem Gesicht, und in ihren Augen lag ein Ausdruck ungewöhnlicher Kälte. So hatte sich die Hanseatin der Königin gegenüber bisher noch nie gegeben.

Margarethe begegnete ihren Blicken mit einem rätselhaften Lächeln.

»Ich hoffe, Ihr schätzt meine Gastfreundschaft immer noch«, sagte sie.

»Darauf erwartet Ihr keine Antwort«, gab Elisabeth zurück. »Oder sollte ich Euch falsch eingeschätzt haben?«

Trotz des Mangels an Respekt, den ihr die Geisel entgegenbrachte, lächelte die Königin noch immer. Sie kannte die Traditionen der Hansestadt. Dort gab es keinen König oder einen Adligen niedrigeren Ranges als Oberhaupt. Die Bürger regelten ihr Leben selbst. Höchste Autorität war der Rat der Stadt. Er setzte sich aus erfolgreichen Kaufleuten zusammen und wurde aus dem Kreis der Patrizier gewählt. Sie empfanden sich nicht nur als Gestalter und Verwalter ihres eigenen Schicksals, sie waren es. Daher verbot der Stolz den Hanseaten, vor einer Königin auf die Knie zu gehen.

»Vielleicht kann Euch Euer Verlobter früher heimführen, als Ihr denkt. Wie mir zugetragen wurde, scheint die Hanse einzulenken.« Sie furchte kurz die Stirn, um ihr Mißfallen auszudrücken. »Lange genug hat sie ja gebraucht, um zu einem einfachen Beschluß zu kommen. Aber das ist wohl so in einer Stadt, in der die Bürger meinen, das Sagen haben zu müssen.«

»Ich habe den Glauben schon fast daran verloren, daß ich diesen Kerker jemals verlassen kann«, entgegnete Elisabeth.

»Das ist das Letzte, was man tun darf, mein Kind«, tadelte die Königin sie, wobei sie großzügig darüber hinwegsah, daß Elisabeth die Räume als »Kerker« bezeichnet hatte. »Im Geschäft und in der Liebe. Man darf niemals aufgeben.«

»Wann kommt Simon von Wallenrod?« fragte Elisabeth. Sie verspürte keinerlei Verlangen, Ratschläge von der Königin entgegenzunehmen. Sie wußte, was sie wollte.

»Anscheinend hat es der Bürgermeister der Stadt Hamburg

nicht leicht gehabt, den Hanserat von meinen Forderungen zu überzeugen. Vertraut Ihr ihm noch?«

»Mein Vater hat ihm alles, was er besaß, anvertraut. Das hätte er bei einem Mann, dem man zweifelhafte Absichten unterstellt, niemals getan.« Sie verzichtete darauf, die Königin darauf hinzuweisen, daß die Stadt Hamburg nicht allein entscheiden konnte, sondern daß es um alle Hansestädte ging, daß somit der Rat jeder einzelnen Stadt dazu veranlaßt werden mußte, auf die geforderten Regelungen einzugehen. Diese Aufgabe hatte der Hanserat zu erfüllen. Über die Köpfe der anderen Mitglieder der Hanse hinweg konnte er nicht entscheiden, sondern mußte mühsame Überzeugungsarbeit leisten, bevor ein Vertrag zwischen der Hanse als Gesamtorganisation und Dänemark geschlossen werde konnte. Doch all das war der Königin bekannt.

»Nun, Euer Vater hat Euch Simon von Wallenrod anvertraut«, stellte Margarethe fest.

»Ja, damit ich ihm eine gute Frau sein kann.«

»Ein beneidenswerter Mann. Der von sich sagen kann, daß er von so einer Frau, wie Ihr es seid, geliebt wird.«

»Wenn er es wert ist ...«

Margarethe hielt die Hände kurz vor das Feuer, um sich zu wärmen, dann drehte sie sich um und ging zur Tür. Dort blieb sie noch einmal stehen.

»Im übrigen ... was diesen Piraten angeht, der sich das Schiff Eures Vaters unter den Nagel gerissen hat, Klaus Störtebeker ...«

»Was ist mit ihm?« fragte Elisabeth ein wenig zu schnell für eine Frau, die eigentlich nur Interesse an ihrem Verlobten haben sollte, nicht aber an einem Freibeuter.

»Er hat schon wieder ein Schiff gekapert, aber dieses Mal

ist es ein dänisches Schiff. Das wird ihm nicht gut bekommen. Ich nehme an, es wird Euch eine Genugtuung sein, zu hören, daß wir ihm das Handwerk legen werden.« Ihre Augen verengten sich ein wenig. Sie blickte Elisabeth an und wartete auf eine Reaktion. Die junge Frau aber ließ durch keinerlei äußerliche Anzeichen erkennen, was sie dachte.

»Ich glaube, darauf legt er es an«, erwiderte sie.

»Ein Mann gegen Dänemark!« Die Königin lächelte in ihrer rätselhaften Art. »Wir werden sehen. Noch versteckt er sich vor uns, aber ich bin sicher, daß wir bald wissen werden, wo dieses Versteck ist.«

Damit verließ sie den Raum. Die Wachen folgten ihr. Knarrend schloß sich die Tür hinter ihnen.

12. Gotland

Das Versteck der Freibeuter war gar nicht einmal so weit von Kopenhagen und dem Palast der Königin von Dänemark entfernt. Während die Schergen Margarethes es vorwiegend im Westen irgendwo in der Nähe Hamburgs und der Elbe vermuteten, hatten sich die Piraten östlich von Dänemark vor der schwedischen Küste eingerichtet.

Klaus Störtebeker und Erik saßen im Sand. Mit dem Rücken lehnten sie sich an ein Fischerboot, das auf den Strand heraufgezogen worden war. So waren sie gegen den kühlen Wind geschützt, der von Osten kam und auf den Dünen kleine Wirbel erzeugte. Auf der Suche nach kleinen Fischen strichen Möwen über das seichte Wasser hinweg, während Strandläufer Muscheln und Würmer aus den Algen hervorholten. Erik blickte in den makellos blauen Himmel hinauf, ließ etwas Sand durch seine Finger rieseln und streckte die Beine aus.

»Woran hast du eigentlich gemerkt, daß du Sigrid liebst?« fragte Störtebeker, der mit seinen knapp zweiundzwanzig Jahren so gut wie keine Erfahrung mit Frauen hatte. Elisabeth war die einzige, mit der er sich beschäftigt hatte und die sein Herz schneller schlagen ließ.

Erik stand auf und ging zum Wasser. Mit beiden Händen schöpfte er etwas auf, um sein bärtiges Gesicht zu benetzen.

»Was?« fragte er verblüfft.

»Ich rede von Sigrid. Woran hast du gemerkt, daß du sie liebst?« wiederholte der Anführer der Piraten seine Frage.

Erik kehrte zu ihm zurück, ließ sich in den Sand sinken und antwortete aus tiefster Überzeugung: »Als sie mir zum ersten Mal in die Augen geblickt hat, da habe ich in ihr Herz gesehen.«

»Sie ist die Richtige für dich, Erik. Ich freue mich für dich. Hast du ein Geschenk für sie?«

Voller Stolz fischte der Blonde einen Goldring aus seiner Tasche und zeigte ihn Störtebeker. »Der ist aus dem Schiff des Dänen. Er ist den Adleraugen Goedeke Michels entgangen.«

»Ich beneide dich um dein Glück.« Er legte den Arm in brüderlicher Freundschaft um Erik. »Du und Sigrid, ihr seid die Zukunft.«

»Nicht nur wir«, widersprach Erik ihm. »Du hast mit deiner Elisabeth ebenfalls eine Zukunft.«

»Die liegt in weiter Ferne«, befürchtete Störtebeker. Tag für Tag dachte er an die Frau, die er liebte und die er in Gefangenschaft der dänischen Königin wußte. Immer wieder fragte er sich, was er tun konnte, um sie zu befreien. Im Laufe der Zeit hatte er zahllose Pläne entworfen und als undurchführbar wieder verworfen. Ob er sich auf eine List verlegte oder ob er an eine gewaltsame Aktion dachte, immer wieder scheiterte er daran, daß das Risiko für Elisabeth zu hoch war. Niemandem war damit gedient, wenn es ihm gelang, sie schwerverletzt oder gar tot aus dem Palast zu holen. In Frage kam nur ein Plan, bei dem sie unversehrt blieb und ohne jede Beeinträchtigung mit ihm in die Freiheit ziehen konnte.

In den Wintermonaten hatte er trotz schwerer See die Insel verlassen und war bis an die Küste Dänemarks gesegelt, um sich von dort zusammen mit einigen Getreuen bis nach Kopenhagen durchzuschlagen. Zwei Wochen lang hatten sie sich in Kopenhagen aufgehalten und ausspioniert, wie es am Palast, in seiner Umgebung und im Hafen aussah. Vergeblich hatten sie versucht, in den Palast selber einzudringen. Er war zu gut abgesichert und wurde von zahlreichen Soldaten bewacht. Immerhin gelang es, einige Bedienstete auszumachen, die während der warmen Monate in den Gärten des königlichen Palastes arbeiten und die sich auch im Inneren der Anlage recht gut auskannten. Es waren Männer, die in den Wintermonaten schwer zu kämpfen hatten, um ihre Familien und sich selber über die Zeit zu bringen, in der sie kein Geld verdienten. Margarethe war eine Herrscherin, die nicht nur im Umgang mit anderen Mächten rigoros, intrigant und wenig verläßlich war, sondern auch ihr eigenes Gesinde schlecht behandelte und noch kärglicher entlohnte. So konnten Störtebeker und seine Freunde mit ein wenig Bestechungsgeld wichtige Informationen sammeln und sich sehr genau über die Örtlichkeiten informieren.

Als sie Kopenhagen verließen und sich wieder auf Gotland zurückzogen, kannten sie sich mit den Örtlichkeiten bestens aus und waren sich darüber hinaus klar darüber, daß es äußerst schwierig, wenn nicht gar unmöglich werden würde, Elisabeth aus dem Palast zu befreien. Wichtigste Voraussetzung dafür war es, erst einmal in den Palast hineinzukommen. Es galt, Geduld zu bewahren und darauf zu hoffen, daß sich ihnen eine Gelegenheit bot.

»Es ist so lange her, seit wir uns ewige Liebe geschworen haben«, sagte Störtebeker. »Vielleicht hat sie es längst vergessen.«

»Hast du es?«

»Nein, natürlich nicht. Glaubst du, ich hätte alle Mühen auf mich genommen und Kopenhagen ausspioniert, wenn meine Gedanken nicht ständig bei Elisabeth wären?«

»Ich bin sicher, daß du sie irgendwann auf unserem Schiff in die Arme schließen kannst.«

»Das ist mein großer Wunsch, Erik. Du glaubst gar nicht, wie oft ich mir das schon ausgemalt habe.«

Sie standen auf und gingen nach Visby hinein. Es gab einige Vorbereitungen für ein großes Fest zu treffen, das noch an diesem Tag stattfinden sollte.

Erik wollte seine Sigrid heiraten.

Die Sonne stand schon tief am Horizont, als es soweit war. Auf dem zentralen Platz der Siedlung hatten sich alle Bewohner Visbys eingefunden. Zusammen mit den Piraten bildeten sie ein Spalier, durch das Erik und seine Auserwählte heran schritten. An einem Tisch, der als Altar diente, wartete in würdevoller Haltung Magister Wigbold. Neben ihm standen Klaus Störtebeker und Goedeke Michels.

Als Erik und Sigrid den Tisch erreichten, knieten sie auf ein Zeichen des Mönchs nieder, um sich von ihm segnen zu lassen.

»Herr und Gott«, rief Magister Wigbold. »Du bist menschlichen Augen verborgen, aber du siehst immer auf uns herab. Ich bitte dich, segne diese Brautleute, die den göttlichen Stand der Ehe miteinander eingehen wollen. Laß in ihrer Gemeinschaft deine verborgene Gegenwart und Liebe unter uns sichtbar werden. Darum bitten wir durch Christus, unseren Herrn.«

Störtebeker griff nach dem Bernsteinstück, das an seinem Hals hing. Er sah das halbe Herz an, und seine Gedanken wanderten zu Elisabeth. Er fragte sich, ob er wohl jemals mit ihr vor dem Altar stehen und heiraten würde. Sollte es dazu kommen, was er inständig hoffte, würde Hermann Preen nicht mehr dabei sein. Vom Kapitän eines überfallenen Schiffes aus Hamburg hatte er erfahren, daß der Kaufmann getötet worden war.

»Erik, so sprich mir nach«, forderte Magister Wigbold. »Sigrid, Tochter von Henning Kaland und seiner Frau Svenja, vor Gottes Angesicht nehme ich dich an als meine Frau.«

»Sigrid, Tochter von Henning Kaland und seiner Frau Svenja, vor Gottes Angesicht nehme ich dich an als meine Frau«, wiederholte Erik langsam und feierlich. Liebevoll blickte er die Braut an seiner Seite an.

Elisabeth, Tochter von Hermann Preen und seiner Frau …, dachte Klaus Störtebeker. Dann stockten seine Gedanken. Er wußte nicht, welchen Namen die früh verstorbene Mutter Elisabeths getragen hatte.

»Sigrid, so sprich mir nach«, wandte sich Magister Wigbold an die Braut. »Erik, Sohn von …« Er stutzte, dann beugte er sich zu dem blonden Freibeuter hin und flüsterte: »Wer ist eigentlich dein Vater? Und deine Mutter?«

»Ich kenne meinen Vater nicht«, antwortete Erik gleichmütig mit den Achseln zuckend. »Und meine Mutter auch nicht.«

»Nun denn«, fuhr Wigbold laut fort. »Erik, Sohn von Adam und Eva, vor Gottes Sohn nehme ich dich als meinen Mann.«

»Erik, Sohn von Adam und Eva«, sprach Sigrid in feierlichem Ernst nach, »vor Gottes Sohn nehme ich dich als meinen Mann.«

»So erkläre ich euch hiermit zu Mann und Frau«, rief Magister Wigbold, für den es die erste Trauung war, die er zelebrierte, und der erleichtert schien, daß nun alles überstanden war. »Im Namen des Vaters und des Sohnes und des Heiligen Geistes. Amen.«

»Amen«, stimmte die Versammlung mit ein.

Während nun alle gespannt darauf warteten, daß Erik seine Frau küßte, steckte er ihr feierlich den Ring an die Hand, blickte sich scheu um, und als er Klaus Störtebeker ermunternd lächeln sah, küßte er Sigrid. Danach brach ein schier unbeschreiblicher Jubel aus. Die Freunde umringten die beiden, um ihnen zu gratulieren und ihnen Glück zu wünschen.

Danach eilten alle zu den in Strandnähe aufgebauten Tischen, die mit dem Besten gedeckt waren, was das Lagerhaus und die Fischernetze hergegeben hatten. An mehreren Feuern wurden Schweine gegrillt. An diesem Tag wollten alle ausgiebig feiern.

Klaus Störtebeker saß ein wenig abseits zusammen mit Goedeke Michels und Magister Wigbold an einem Tisch. Während die anderen dem Bier kräftig zusprachen, nippte er nur an seinem Krug.

»Morgen früh stechen wir in See«, sagte er zur Überraschung der anderen. »An Bord und in der frischen Luft werden alle schnell nüchtern werden.«

»Darf man erfahren, welchen Kurs wir nehmen?« fragte Michels, dem der plötzliche Entschluß nicht ganz geheuer war.

»Wir gehen auf Kurs Kopenhagen«, eröffnete Störtebeker ihm. »Der Kanzler Margarethes hat uns dazu eingeladen. Schon vergessen?«

»Hm«, knurrte der Steuermann der *Seewolf* in seinen Bart. Voller Bedenken schüttelte er den Kopf. »Verrätst du uns auch, weshalb? Geht es um die Kaufmannstochter oder um die dänische Königin? Immerhin ist es schon eine Weile her, daß wir mit dem Kanzler gesprochen haben.«

»Gibt es einen Grund, an meinen Anweisungen zu zweifeln?« Störtebeker blickte Goedeke Michels durchdringend und mit verhaltener Drohung an.

»Bisher nicht«, entgegnete der Steuermann. »Und ich möchte meinen Teil dazu beitragen, daß es so bleibt. Mit Verlaub, Käpt'n.«

»Du willst also mein Gewissen sein!« Störtebeker nahm einen kleinen Schluck Bier.

»Wenn es sein muß. Das bin ich mir und der Mannschaft schuldig.«

»Keine Sorge, Goedeke. Der Kanzler hat uns freies Geleit garantiert. Wir gehen Königin Margarethe nicht in die Falle. Sie weiß nicht, daß wir uns bereits eingehend in Kopenhagen umgesehen haben, und sie ahnt nicht, daß wir uns sogar in ihrem Palast auskennen.«

»Dein Wort in Gottes Ohr.« Michels trank ebenfalls, doch er nippte nicht nur an seinem Bier, sondern nahm einige kräftige Schlucke. Er vertrug wesentlich mehr als Störtebeker.

»Seit wann bemühst du unseren Herrn?« wunderte sich Magister Wigbold, der sich nicht erinnerte, jemals solche Worte aus seinem Mund vernommen zu haben.

»Ich sichere mich lieber nach allen Seiten ab.« Goedeke Michels grinste. »Das kann nie schaden.«

»Bemühe lieber das Ohr der dänischen Königin«, empfahl ihm der Mönch, wobei er sich aus seinem Bierkrug bediente. Schließlich saßen sie aus Anlaß einer Hochzeit zusammen und nicht, um Kriegsrat zu halten. »Allein, bei der fehlt mir der Glaube!«

»Wird schon schiefgehen«, grummelte der Steuermann, schob den Eisenhaken unter den Henkel seines Bierkruges und stand auf, um sich einige Schritte entfernt von einem Bierfaß nachschenken zu lassen.

Störtebeker trank nun auch etwas mehr. Danach wurden seine Augen erstaunlich schnell glasig.

Magister Wigbold stützte ihn rasch.

»Es ist immer das gleiche«, seufzte er. »Nennt sich Störtebeker, verträgt aber nichts.«

Drei Tage später schon machte die *Seewolf* an der Pier des Hafens von Kopenhagen fest. Günstige Winde hatten sie um die Südspitze Schwedens herum getrieben und danach bis in die dänische Hauptstadt getragen. Am Mast flatterte die Piratenflagge. Störtebeker sah keinen Grund, sie einzuholen. Königin Margarethe wußte, wer sie waren, und wollte mit ihnen zusammenarbeiten. Unter diesen Umständen wäre es wenig sinnvoll gewesen, unter falscher Flagge zu segeln.

Trotz der Zusicherung des Kanzlers, man könne die dänischen Gewässer auf jeden Fall nach dem Besuch bei der Königin wieder unbehelligt verlassen und man sei auch während des Aufenthaltes in Kopenhagen sicher, ging Störtebeker kein Risiko ein. Seine Männer wachten bis an die Zähne bewaffnet an Deck, um jeden erdenklichen Angriff sofort abwehren zu können.

Der Anführer der Freibeuter und Goedeke Michels legten die feinsten Gewänder an, die sie unter ihrer Beute gefunden hatten. Dazu statteten sich die beiden mit Schwertern aus. Obwohl der Steuermann sich der Provokation bewußt war, legte er sich die Kette über die Schultern, die er dem Kanzler abgenommen hatte. Magister Wigbold beließ es auch dieses Mal bei seiner grauen Mönchskutte und dem Hirtenstab, der ihm im Notfall als Waffe dienen sollte.

Bevor er die *Seewolf* verließ, wandte Störtebeker sich an die Mannschaft.

»Haltet die Augen offen«, befahl er ihr. »Beim geringsten Anzeichen von Verrat lauft ihr ohne Zögern aus. Ihr sichert das Schiff. Es ist wichtiger als wir.«

»Habt ihr verstanden?« herrschte Goedeke Michels sie an. Die Mannschaft antwortete geschlossen und laut. Sie wußte um die Gefahr, in der sie alle schwebten, und sie wollte ihrem Kapitän, dem Steuermann und dem Mönch einen sicheren Rückhalt geben. Niemand zweifelte daran, daß sie alle verloren waren, wenn die *Seewolf* in feindliche Hände geriet und sie von Bord vertrieben wurden.

Goedeke Michels verließ die Kogge als erster. Erik stand an der Reling. Er verbeugte sich spöttisch lächelnd. »Nach Euch, edle Herren«, sagte er mit höfischem Gehabe, das zu einem Mann wie ihm ganz und gar nicht passen wollte. Störtebeker lachte, aber Magister Wigbold versuchte, ihm einen Fußtritt zu versetzen. Er war zu langsam. Erik wich geschickt aus, und der Mönch war froh, daß er danach nicht das Gleichgewicht verlor und auf den Schiffsplanken landete. Er stieß einen leisen Fluch aus, schickte aber gleich ein »Herrgott, verzeih mir!« hinterher. Rasch bekreuzigte er sich, und dann beeilte er sich, zu Störtebeker, Michels und Erik aufzuschließen.

Die Händler, Schiffsmakler, Tagelöhner und Handwerker an den Verladevorrichtungen des Hafens standen staunend herum und gafften. Einige Frauen, die Einkäufe getätigt hatten, flüchteten vorsichtshalber in die Gassen hinein. Sie schienen zu fürchten, daß es zu Kämpfen mit diesen Männern kommen könnte, die sich derart unverfroren als Piraten zu erkennen gaben.

Störtebeker und seine Begleiter kannten den Weg, der durch die Gassen und über die wenigen freien Plätze hinweg zum Palast führte. Nichts hatte sich seit ihrem letzten Besuch geändert. Entschlossen schritten sie aus, ohne die vielen Neugierigen zu beachten, die ein Spalier für sie bildeten. Eine Horde Kinder rannte in schnell wachsendem Abstand vor ihnen her und verkündete laut schreiend, daß Piraten nach Kopenhagen gekommen und auf dem Weg zur Königin seien.

»Ein bißchen mulmig ist mir bei dieser ganzen Geschichte«, sagte Goedeke Michels, wobei er kaum die Lippen öffnete. Seine Stimme klang heiser und gepreßt. »Das riecht nach Verrat. Wenn ihr mich fragt, schwimmen wir wie die Makrelen in eine Fischreuse.«

»Es fragt dich aber keiner«, versetzte Magister Wigbold, der seinen Hirtenstab bei jedem Schritt kräftig auf den Boden stieß, als wollte er damit den Takt angeben.

»Er hat recht«, sagte Erik und rieb sich unbehaglich das Kinn. »Ich kenne sogar den Köder.«

Störtebeker schien sie nicht zu hören. Mit stoischer Ruhe setzte er seinen Weg fort, unbeeindruckt und selbstsicher. Niemand wagte, die Hand gegen ihn zu heben, und wenn er mal nach links oder rechts blickte, dann wichen die Männer und Frauen von Kopenhagen ihm aus, indem sie die Augen niederschlugen. Man hatte von ihm gehört. Er konnte nur vermuten, daß man sich in den Wirtshäusern allerlei haarsträubende Geschichten über ihn und seine Männer erzählte, und daß man allzu sehr geneigt war, buchstäblich alles zu glauben, so lange es nur schrecklich genug klang.

Als die vier Männer sich dem Schloßtor näherten, standen dort zunächst nur zwei mit Lanzen und Äxten bewaffnete Wachen, die jedoch auffallend rasch durch zwei weitere ergänzt wurden. Die Freibeuter blieben gezwungenermaßen stehen, da die Wachen ihre Lanzen vor dem Tor kreuzten, so daß sie nicht passieren konnten.

»Macht den Weg frei!« forderte Störtebeker. »Im Schloß weiß man längst, daß wir angekommen sind. Glaubt ihr, uns ist entgangen, daß man uns bei unserer Einfahrt beobachtet und augenblicklich Königin Margarethe benachrichtigt hat? Wozu also dieser Unsinn?«

Ein weiterer Wächter im schweren Kettenhemd kam aus dem Tor. Er hielt sein Schwert mit beiden Händen quer vor dem Bauch.

»Ihr werdet erwartet«, sagte er und gab den Wachen den Befehl, zur Seite zu treten. »Folgt mir!«

Er führte sie in die von Fackeln beleuchteten Gänge des Schlosses und folgte dabei exakt dem Weg, auf den Störtebeker vorbereitet war.

»Es hat wohl keinen Sinn, wenn ich verlange, daß Ihr die Waffen ablegt?« fragte er über die Schulter hinweg.

»Ganz recht«, erwiderte Goedeke Michels grinsend. »Das hat wirklich keinen Sinn. Keiner von uns trennt sich von seinen Waffen. Aber keine Angst, wir haben nicht vor, deine Königin mit dem Schwert anzugreifen.«

»Gott behüte«, seufzte Magister Wigbold, wobei er kurz nach oben blickte, um seinem Herrgott zu bedeuten, daß er wahrlich keine bösen Absichten hegte.

Auf dem Weg durch das Schloß stießen sie immer wieder auf Soldaten, die nahezu alle Türen bewachten.

»Hört ihr das?« fragte Erik leise. »Das klingt nach Musik.«

»Das klingt nicht nur so, das ist Musik«, erwiderte Goedeke Michels. »Man feiert unsere Ankunft. Soll mir recht sein.«

»Wenn es was Ordentliches zu essen und zu trinken gibt, mir ebenfalls«, sagte Magister Wigbold. »Ich gestehe, daß ich einen riesigen Appetit habe.«

Tatsächlich hallten die Klänge von verschiedenen Musikinstrumenten durch die Gänge. Sie wurden immer lauter, je weiter die vier Männer in den Palast vorstießen, doch es waren Klänge, die in ihren Ohren nicht besonders angenehm klangen. Sie waren eine andere Musik gewohnt, eine Musik, bei der man mitsingen konnte.

Vor dem Festsaal stand noch einmal ein halbes Dutzend Wachen. Sie öffneten ihnen die Tür, dann aber verharrten sie auf der Stelle, anstatt ihnen Platz zu machen.

»Überlaßt das mir«, sagte Störtebeker zu seinen Begleitern. »Wir sind an einem königlichen Hof. Da braucht man Manieren. Denkt daran.«

Er holte kurz aus. Dann versetzte er einer der Wachen einen Faustschlag, der ihn umwarf und in den Festsaal hineinschleuderte. Auf dem Rücken rutschte der Mann bis vor die festlich gedeckten Tische. Verstört rappelte er sich auf, wagte aber nicht, gegen Störtebeker vorzugehen. Mit einer Dissonanz endete die Musik. Aufschreiend sprangen die Gäste der Königin von ihren Plätzen auf, um lauthals zu protestieren. Lediglich Margarethe blieb sitzen. Sie schien nicht erschrocken zu sein.

Klaus Störtebeker betrat den Saal und ging bis an den Tisch, an dem die Königin saß. Dabei blickte er den Kanzler kurz und mißbilligend an, worauf dieser es nicht mehr riskierte, sein Schwert zu ziehen. Mehr war nicht nötig, um ihn daran zu erinnern, daß er ihm in jeder Hinsicht überlegen war. Elegant und formvollendet verneigte er sich vor der Herrscherin.

»Gestatten, mein Name ist Klaus Störtebeker«, stellte er sich vor.

Alle Blicke richteten sich auf Margarethe, und wohl jeder im Saal fragte sich, wie sie ob der Respektlosigkeit der Freibeuter reagieren werde. Noch nie hatte es jemand fertiggebracht, sich ihr so zu nähern. Die Königin hob kurz die Hand, und es wurde still im Raum. Keiner sprach. Zu vernehmen war nur der Kanzler, der mühsam atmete, als schnüre sich ihm der Hals zu.

Margarethe musterte Störtebeker lange, als wollte sie sich jede Einzelheit an ihm einprägen, und schon von diesem Moment an spürte er, daß es keine Gemeinsamkeiten zwischen ihnen gab. Sie gehörte zu jenen Menschen, zu denen sich selbst feinste Fäden der Sympathie nicht spinnen ließen. Es mochte geschäftliche Verbindungen geben, mehr jedoch nicht.

Plötzlich streckte sie ihm mit einladender Geste die Hand entgegen.

»Kommt, Störtebeker!« forderte sie ihn auf, wobei sie genügend Distanz hielt, so daß er auf keinen Fall auf den Gedanken kommen konnte, sie wolle ihm ihre Hand reichen. »Setzt Euch zu mir an den Tisch und nehmt an dem Bankett teil!«

Die Spannung löste sich. Die Gäste redeten tuschelnd miteinander. Sie ließen sich wieder auf ihre Stühle sinken und wandten sich den Speisen und Getränken zu, die in verschwenderischer Fülle aufgedeckt worden waren. Allein der Kanzler zog sich aus dem Saal zurück. Goedeke Michels, Erik und Magister Wigbold ließen sich nicht lange bitten. Auch sie nahmen an der Tafel Platz, jedoch weit von Störtebeker und der Königin entfernt, die deutlichen Abstand vom Hofstaat hielten.

»Ein etwas überraschender Auftritt, Klaus Störtebeker«, sagte die Königin. »Aber er paßt zu Euch. Ich kann nicht sagen, daß ich überrascht bin.«

»Ich hatte nicht vor, Euch zu überraschen«, erwiderte er. »Einige der Wachen schienen vergessen zu haben, daß Ihr eine Einladung durch Euren Kanzler an meine Freunde und mich ausgesprochen habt.«

Margarethe lächelte. In ihren Augen blitzte es kurz auf. Störtebeker war gewarnt. Er wußte, daß er diese Frau auf keinen Fall unterschätzen durfte. Sie hatte ihre eigene Schwester bei der Thronfolge ausmanövriert, und sie würde auch ihm gegenüber keine Rücksicht nehmen, wenn es um ihren Vorteil und die Angelegenheiten Dänemarks ging.

Er ahnte allerdings nicht, daß eben zu der Zeit, in der er mit ihr an einem Tisch saß, Simon von Wallenrod in Begleitung seiner Ratsherren und einer bewaffneten Eskorte in Kopenhagen eingetroffen war, sein Schiff, die *Wappen von Hamburg*, verlassen hatte und sich auf dem Weg zum Palast befand, durch die Gassen der Stadt geführt von Soldaten der Königin.

»Greift zu«, forderte Margarethe ihn auf und schob ihm einen Teller mit gebratenem Wildbret zu. »Eßt und trinkt.«

Störtebeker hob seinen Becher. Dabei wechselte er einen

kurzen Blick mit Magister Wigbold, der sich gierig auf eine Gänsekeule gestürzt hatte und sie mit einem wahren Heißhunger verzehrte. Der Freund schüttelte warnend den Kopf, um ihn daran zu erinnern, daß er den Alkohol nur schlecht vertrug und nach seinem Genuß allzu schnell umkippte.

Er schob den Becher zurück und verzichtete auf das angebotene Bier, um sich dem Fleisch um so mehr zu widmen. Dabei behielt er seine Freunde im Auge. Goedeke Michels interessierte sich in unübersehbarer Weise für das Dekolleté einer Hofdame, die neben ihm saß. Sie kicherte verlegen, als er mit der Nase beinahe hineinfiel, um den Diamanten zu bewundern, der an einer goldenen Kette zwischen den schwellenden Ansätzen ihrer allzu üppig geratenen Brüste hing.

Erik bat einen in kostbare Gewänder gekleideten Herrn, ihm den Weinkrug zu reichen. Als dieser seiner Bitte nachkam, belohnte er die Gefälligkeit, indem er ihm geschickt einen Ring vom Finger zog und in seiner eigenen Tasche verschwinden ließ. Magister Wigbold stopfte in sich hinein, was er bekommen konnte. Sein Hunger schien unermeßlich zu sein – und sein Durst erst recht.

Im Gegensatz zu den Freibeutern, die von höfischen Tischsitten noch nicht einmal gehört zu haben schienen, hielt sich der Hofstaat vornehm zurück. Die Damen und Herren nippten nur an ihren Bechern und Gläsern und nahmen nur winzige Portionen von den Speisen, ganz dem Vorbild folgend, das ihnen die Königin gab.

Der Kanzler kehrte in den Saal zurück. Er schob sich an den Gästen entlang bis zur Königin hin und teilte ihr flüsternd etwas mit. Sie nickte nur und gab ihm mit einem knappen Wink zu verstehen, daß er gehen sollte. Gehorsam stahl er sich davon.

Als die Königin wenig später zu essen aufhörte und ihren Teller von sich schob, tat es ihr der gesamte Hofstaat gleich. Zugleich wurde es still in der Runde. Lediglich Störtebeker lehnte sich auf seinem Stuhl zurück und beendete sein Mahl. Die anderen Freibeuter dagegen aßen und tranken unverdrossen weiter. Es dauerte eine Weile, bis einer nach dem anderen begriff, daß es die Höflichkeit erforderte, nun ebenfalls eine Pause einzulegen.

»Kommt, Störtebeker«, sagte die Königin und erhob sich. Die Wachen rissen die Tür auf und nahmen Haltung an. Würdevoll schritt sie hinaus. Der Anführer der Freibeuter folgte ihr.

Goedeke Michels wollte nun ebenfalls gehen, doch Magister Wigbold hielt ihn zurück.

»He, ich dachte, wir sind gleichberechtigt«, beschwerte der Steuermann der *Seewolf* sich.

»Quod licet Iovi, non licet bovi. Du Hornochse!«

»Was?« Goedeke Michels griff nach einer Gänsekeule. »Was hast du da gesagt?«

»Halt dein Maul und sauf!«

Das war nicht nur das Signal für den Steuermann, sondern auch für die Damen und Herren des Hofstaates, kräftig zuzugreifen. Nun war es vorbei mit der Zurückhaltung und der vornehmen Bescheidenheit. Man nahm die Keulen ebenfalls in die Hände und biß herzhaft hinein, um endlich so zu genießen, wie man es schon lange allzu gern getan hätte.

Unmittelbar vor ihren Gemächern ließ Königin Margarethe ihrem Besucher den Vortritt, dann schloß sie die Tür hinter sich, so daß ihre Leibwächter wohl oder übel draußen bleiben mußten.

»Da steht er also vor mir, der berühmte Pirat, von allen Schiffsführern wegen seiner Verwegenheit und List gefürchtet und vom einfachen Volk für seine Freigiebigkeit geliebt«, eröffnete sie das Gespräch, wobei sie ihn musterte, als hätte sie dies nicht schon zuvor getan. Er nahm es gelassen und mit einer gewissen Belustigung hin. Dabei glaubte er, sie richtig einschätzen zu können. Wenn sie Entgegenkommen zeigte, ihm gegenüber höflich war oder ihm Komplimente machte, dann hatte das nichts mit Wertschätzung oder Sympathie zu tun. Es war Mittel zum Zweck. Für sie war allein wichtig, die anstehenden Probleme mit dem Handelsverkehr auf den Meeren zu lösen und die Hanse in die Schranken zu verweisen. Konnte sie sich seiner dabei bedienen, war es ihr recht, kam er ihr in die Quere, würde sie ihn mit dem gleichen Lächeln, mit dem sie ihn jetzt empfing, aufs Schafott schicken und keinen Finger rühren, um seine Hinrichtung zu verhindern.

»Ich fühle mich geehrt, von Euch empfangen zu werden«, erwiderte er unverbindlich.

»Das Vergnügen ist ganz auf meiner Seite. Mir ist allerdings zu Ohren gekommen, daß Ihr eine Schwäche für eine schöne Kaufmannstochter habt, die sich zufälligerweise meiner Gastfreundschaft erfreut.«

»Nun, wenn Ihr von Elisabeth Preen sprecht, dann wißt Ihr sicherlich auch, daß sie einem Hamburger Patrizier versprochen ist.« Er dachte nicht daran, sich aus der Reserve locken zu lassen.

»Das ist mir bekannt«, versetzte die dänische Königin. »Doch mir ist des weiteren zu Ohren gekommen, daß sie ihr Herz noch nicht unbedingt an Simon von Wallenrod vergeben hat.«

»Wer kann einer Frau schon ins Herz schauen.« Störtebeker lächelte und verneigte sich leicht. »Ihr hört erstaunlich viel, Majestät.«

»Ich könnte Euch in dieser heiklen Angelegenheit mein Entgegenkommen anbieten. Falls wir uns einig werden.« Sie setzte sich hinter ihren Arbeitstisch und bot ihm zugleich Platz auf einem Stuhl an. Störtebeker blieb stehen. »Aber kann ich es überhaupt wagen, Euch als Frau allein gegenüberzutreten? Müßte ich da nicht um mein Leben und um meine Unversehrtheit fürchten?«

»Ich kann mir nicht vorstellen, daß Ihr Euch vor mir fürchtet.« Er setzte sich.

Margarethe gab sich erstaunt.

»Ihr seht Piraten wie Euch nicht als Diebe und Halsabschneider?«

»Nein, Majestät«, entgegnete er, ohne sich durch ihre Worte herausfordern zu lassen. »Wir sind Likedeeler.«

»Und was ist das? Ein neuer Mönchsorden oder eine neue Krankheit?«

Auch mit ihrer Ironie konnte sie seine Haltung nicht ändern und sein Selbstbewußtsein nicht erschüttern, wie sie es wohl gern getan hätte.

»Likedeeler sorgen nur dafür, daß die Reichtümer dieser Welt gerechter verteilt werden. Ewas weniger für die Patrizier und Königinnen, etwas mehr für die Armen, die Hunger leiden.«

»Das wird sich die Hanse nicht gefallen lassen.«

»Wir haben es lange genug hingenommen«, betonte er. »Wer einmal mit eigenen Augen gesehen hat, wie die Armen leben müssen ...«

»Na gut«, unterbrach sie ihn, um dieses für sie unangenehme

Thema nicht auszuweiten. »Ich biete Euch Kaperbriefe an, so daß Ihr ab sofort für Dänemark segelt und unter meinem Schutz steht.«

»Und der Preis dafür?«

»Ihr zerstört alle Schiffe, die Euch in den Weg kommen.«

»Alle?«

»Ausnahmslos alle. Ausgenommen natürlich die Schiffe Dänemarks. Ihr erobert sie, setzt sie in Brand und versenkt sie mit Mann und Maus. Ohne jede falsche Rücksichtnahme. Es darf keine Zeugen geben. Und die Prise teilt Ihr mit mir.«

Er hatte damit gerechnet, daß die Königin ihm ein Angebot dieser Art machte, war aber nicht darauf gefaßt, daß sie so weit ging. Sie war kalt wie ein Fisch und so hochnäsig darüber hinaus, sich nicht ausreichend über ihn unterrichtet zu haben. Andernfalls hätte sie gewußt, daß er nicht der Mann für solche Geschäfte war.

»Ihr verlangt tatsächlich, daß ich mit meiner Mannschaft zum Mordbrenner der Meere werde?«

»Seid Ihr das nicht schon längst?«

»Majestät, es sollte Euch zu Ohren gekommen sein, daß wir noch nie einen Menschen getötet haben.« Störtebeker erhob sich. Ihm war klar, daß sich ihr Gespräch nun rasch seinem Ende näherte. »Ich versuche, erlittenes Unrecht zu rächen und wiedergutzumachen. Aber ich bin kein skrupelloser Verbrecher. Das bin ich nie gewesen und werde es niemals sein.«

»Skrupellosigkeit ist die Bedingung für Macht«, bemerkte sie so kalt und distanziert, daß ihn schauderte. Diese Frau kannte nur sich und ihre eigenen Ziele. Was außerhalb des für sie interessanten Bereichs geschah, war ihr vollkommen gleichgültig. Ihrem Machtstreben opferte sie Menschen, wenn sie ihr im Wege waren. Auf sie war nur in einer Hinsicht Verlaß – Beständigkeit gab es bei ihr nicht in der Beziehung zu anderen Menschen, sondern nur hinsichtlich ihrer Macht.

»Eure Macht vielleicht«, gab er zurück, und dabei spürte er, wie der Abgrund zwischen ihnen jäh an Tiefe gewann. »Nicht der meinen!«

»Schade.« Sie tat seine Antwort mit einem Achselzucken ab. »Ich hatte gehofft, in Euch einen Gleichgesinnten zu finden. In jeder Beziehung.«

»Verzeiht, ich habe Euch schon einmal gesagt, daß ich nicht der Mann bin, für den Ihr mich haltet.« Er verneigte sich denkbar knapp. »Majestät, ich danke Euch, daß Ihr mir Eure kostbare Zeit gewidmet habt.«

Kühler hätte er sie kaum zurückweisen können.

Ohne weitere Worte verließ er den Raum.

13. Ein beeindruckendes Aufgebot

Margarethe verharrte noch einige Zeit an ihrem Arbeitstisch. Unwillig schob sie ein Tintenfaß zur Seite. Dann sprang sie auf und ging durch eine versteckt angelegte Tür hinaus, die nur leicht angelehnt war. Sie betrat einen kleinen, karg eingerichteten Raum, in dem ihr Kanzler in unterwürfiger Haltung auf sie wartete.

»Ihr habt alles gehört?« fragte sie.

»Jedes Wort, Majestät.« Sein linkes Auge zuckte. »Störtebeker ist offensichtlich nicht Euer Mann.«

»Mit seinen Vorstellungen von Gerechtigkeit greift er die von Gott gewollte Ordnung an. Damit attackiert er uns. Und er ist gefährlich.« Unzufrieden schüttelte die Königin den

Kopf. »Schon als er in dieser unverschämten Weise in den Festsaal kam, habe ich gewußt, daß ich mich nicht mit ihm einigen werde. Es gibt Menschen, die man mag, und es gibt Menschen, die man nicht mag. Und bei einigen spürt man das beim ersten Blickkontakt. So wie bei Störtebeker.«

Der Kanzler nickte. Wie immer gab er ihr zu erkennen, daß er gleicher Meinung war wie sie. Sie erwartete nichts anderes. Einen Widerspruch von seiner Seite hätte sie niemals geduldet.

»Sorgt dafür, daß diese sogenannten Likedeeler das Schloß nicht verlassen«, befahl sie.

»Er hat eine Menge Männer unter seinem Kommando. Es heißt, sie folgen ihm bedingungslos«, meldete der Kanzler Bedenken an. »Es könnte zum Kampf in den Gassen und am Palast kommen.«

»Wenn Störtebeker sie nicht anführt, haben seine Männer keine Taktik und keine Strategie. Ohne ihn richten sie gar nichts aus.« Sie überlegte kurz, um dann zu fragen: »Wartet die Abordnung der Hanse noch?«

»Sie ist im Audienzzimmer, Majestät.«

»Laßt uns hören, was sie anzubieten hat«, versetzte sie. »Aber nun gebt endlich den Befehl, die Likedeeler ins Verlies zu werfen.«

Sie hatte kaum zu Ende gesprochen, als er bereits hinausgeeilt war. Sie wußte nicht, was geschehen war, als Störtebeker und seine Männer die Kogge mit ihm an Bord gekapert hatten, aber sie konnte es sich denken. Nun war seine Stunde gekommen. Endlich konnte er es den Freibeutern heimzahlen.

Von dem Nebenzimmer aus hatte die Königin nicht weit bis zum Audienzraum zu gehen. Sie ließ sich Zeit, um sich sorgfältig zu überlegen, wie sie sich verhalten sollte, um den größtmöglichen Vorteil für sich herauszuholen.

Den Abgesandten der Hanse stand sie mit einer gewissen Verachtung gegenüber, da sich die Handelsorganisation als recht schwach und feige erwiesen hatte. Die Kaufleute hatten sich davor gescheut, sich den Mecklenburgern entgegenzustellen, als diese den Seekrieg gegen Dänemark eröffneten, oder sich für Dänemark zu erklären, um auf diese Weise die Auseinandersetzungen rasch zu beenden. Aus ihrer Sicht hatten die Fernhandelskaufleute Angst um ihren Gewinn gehabt und fuhren nun ob ihrer Zaghaftigkeit nichts als Verluste ein. Sie würden sich nicht ändern. Ganz gleich, was sie ihnen vorschlug oder abverlangte, sie würden in erster Linie an ihren Gewinn denken. Es galt, sie von der geschäftlichen Seite zu packen. Kurzfristige Verluste würden sie in Kauf nehmen, solange sie hoffen konnten, auf lange Sicht gute Profite zu machen.

Kurz bevor die Königin den Audienzsaal erreichte, kehrte der Kanzler mit der Nachricht zu ihr zurück, daß er den gewünschten Befehl gegeben hatte und daß die Likedeeler keine Aussicht mehr hatten, den Palast gegen den Willen der Königin zu verlassen.

Gemeinsam mit dem Kanzler und zwei Leibwachen betrat Margarethe den Saal, in dem Simon von Wallenrod und die Ratsherren auf sie warteten. Höflich und mit unnachahmlicher Eleganz verneigte der Bürgermeister von Hamburg sich vor ihr.

»Simon von Wallenrod, Majestät, und zwölf Ratsherren der Stadt Hamburg«, sagte er, um dann seine Begleiter der Reihe nach vorzustellen. Jeder einzelne von ihnen verneigte sich ebenfalls, aber keiner konnte es Wallenrod an Eleganz gleichtun.

»Ein beeindruckendes Aufgebot, um eine Frau nach Hause zu holen«, erklärte sie mit leiser Ironie.

»Majestät, wir sind so zahlreich hier, weil wir den Willen der Hanse bekräftigen wollen, eine Lösung für den Kriegszustand zu finden, der den Handel auf den Nordmeeren lähmt. Natürlich hoffe ich auch darauf, bei einem für beide Seiten vorteilhaften Friedensvertrag mit Eurer Erlaubnis meine zukünftige Frau heimführen zu können.«

Margarethe lächelte. »Ihr redet so gedrechselt wie mein Kanzler, wenn er mir ein schlechtes Geschäft schmackhaft machen will. Laßt mal hören, was Ihr mir anzubieten habt. Die Fischereirechte im Hamburger Hafen womöglich?«

Pflichtschuldig erwiderte Simon von Wallenrod das Lächeln. »Wir haben etwas anzubieten, was Euch wirklich am Herzen liegt. Den uneingeschränkten Zugang zu sämtlichen Häfen der Hanse.«

»Und was wollt Ihr dafür? Außer Eurer zukünftigen Ehefrau?« In ihrer kühlen und zurückweisenden Art hielt sie den Bürgermeister auf Distanz. Sie fühlte sich ihm überlegen, weil sie alle Trümpfe in der Hand hatte. Aus ihrer Sicht war er kaum mehr als ein Bittsteller.

»Wir verbünden uns«, schlug er vor, »und gehen in einer Allianz Dänemark-Hanse gegen die Piraten vor.«

Margarethe ging zu ihrem Sessel und ließ sich gelassen nieder. Ein spöttisches Lächeln glitt über ihre Lippen. »Ich soll gemeinsame Sache mit der Hanse machen?«

»Es wäre für uns alle von Vorteil.«

»Da sind wir uns einig. Vorausgesetzt, die Hanse übernimmt dafür die Kosten.«

»Unmöglich«, protestierte der Ratsherr Degenhard, der bis dahin ebenso wie die anderen Ratsmitglieder geschwiegen hatte. »Das übersteigt unsere Möglichkeiten.«

Simon von Wallenrod blickte die Ratsherren an, und Margarethe merkte, daß sie einen Schritt zu weit gegangen war. Fraglos waren sich die Gesandten der Hanse in dieser Hinsicht absolut einig. Sie würden keinen Vertrag unterzeichnen, der sie finanziell überforderte.

»Die Piraten sind nur so viel wert wie ihr Anführer«, stellte die Königin fest und lenkte damit von dem angesprochenen Problem ab. »Sobald die Piraten ohne Kopf sind, wird es ein leichtes sein, sie endgültig zu vernichten.«

»So ist es«, stimmte von Wallenrod zu. »Nur ...«

»Ihr rüstet entsprechende Schiffe aus, und ich leiste meinen Anteil an der Allianz gleich jetzt«, unterbrach sie ihn.

»Wie darf ich das verstehen, Majestät?«

»Störtebeker gehört Euch. Er ist hier und ich offeriere ihn Euch als Morgengabe. Geht und holt Euch seinen Kopf. Falls ihr Euch traut!«

Volltreffer! dachte Margarethe, als sie das Gesicht Simon von Wallenrods sah.

»Ich danke Euch«, rief der Bürgermeister. »Darauf habe ich lange gewartet. Wo finde ich ihn?«

Nachdem Königin Margarethe den Festsaal verlassen hatte, ließen die Damen und Herren ihres Hofes alle Hemmungen fallen. Vor allem sprachen sie Bier und Wein kräftig zu. So herrschte bald eine ausgesprochen ausgelassene Stimmung. Was Hofetikette war, schienen nahezu alle vergessen zu haben.

Goedeke Michels beschäftigte sich voller Eifer mit den Damen, die den besonderen Reiz der Begegnung mit ihm sehr wohl zu schätzen wußten. Magister Wigbold sprach dem Alkohol zu und war bald so betrunken, daß er auf dem Tisch getanzt hätte, wenn Erik ihn nicht davon abgehalten hätte.

Allein Erik hielt sich zurück. Er tat nur so, als sei er ebenfalls betrunken. Dabei hielt er die Augen offen, so daß ihm nicht entging, als unversehens Wachen auftauchten. Sie bauten sich in der Nähe der Tür auf, plauderten miteinander, lachten und gaben sich den Anschein, als seien sie mehr oder minder zufällig und ohne besonderen Auftrag im Raum.

Erik aber ließ sich nicht täuschen. Er war alarmiert. Als sich die Gelegenheit dazu ergab, machte er Goedeke Michels auf die Wachen aufmerksam. Nun zeigte sich, daß sich der Steuermann ebenso gut unter Kontrolle hatte wie er.

Als Erik zu ihm ging und sich zu ihm hinbeugte, flüsterte er: »Das gefällt mir nicht. Wir sollten so schnell wie möglich Land gewinnen.«

Sie wechselten einen kurzen Blick miteinander, dann waren sie sich einig. Während er mit einem Satz mitten auf den Tisch sprang und damit schlagartig zum Mittelpunkt der Gesellschaft wurde, kümmerte sich Michels um Magister Wigbold, der so betrunken war, daß er nicht mehr aus eigener Kraft auf seinen Füßen stehen konnte. Er legte ihm den Arm um den Nacken und schleppte ihn in Richtung Tür.

»Hochverehrte Herrschaften«, rief Erik und versetzte einer Schale mit gebratenen Entenkeulen einen Fußtritt, so daß sie im hohen Bogen bis vor die Füße der Wachen flog. Er schritt nun auf der Tafel auf und ab, wobei er geschickt den Gläsern und Bechern auswich, so daß er nichts umkippte und verschüttete. »Was jetzt folgt, habe ich bisher nur einmal am Hof des Kalifen von Bagdad gezeigt. Das rätselhafte Verschwinden aus einem geschlossenen Raum. Die Darbietung ist lebensgefährlich. Ich darf deshalb um absolute Ruhe bitten!«

Seine Ankündigung begeisterte den Hofstaat, so daß es bereits viel Beifall gab. Erik ließ ihn eine Weile über sich ergehen, dann aber breitete er die Arme aus und bat mit dieser Geste um Ruhe.

»Höchste Konzentration ist gefordert«, teilte er seinen Zuschauern mit. »Vergeßt nicht, wie gefährlich die Darbietung ist.«

Als es still geworden war im Raum und nur noch ein Rülpser von Magister Wigbold zu hören war, startete der Blonde sein Unternehmen. Hoch oben auf den Tischen nahm er einen kurzen Anlauf, um dann zwei, drei Überschläge in Folge vorzuführen und dabei über die Tische zu wirbeln. Nun ließ sich nicht mehr vermeiden, daß er die eine oder andere Schale traf, so daß sich Soßen, Bier und Wein über die Tische ergoß. Am Ende schnellte er sich hoch zu einem Salto.

Als er mit beiden Beinen auf den Tellern landete, warf Goedeke Michels ihm ein Schwert zu. Er fing es auf. Im nächsten Moment hieb der Steuermann die Kordel durch, die von dem mit Kerzen bestückten Kronleuchter zur Wand herabführte. Krachend stürzte der Kronleuchter nach unten, und schlagartig erloschen alle Kerzen. Damit wurde es stockdunkel im Raum. Man hörte nur ein kurzes Klirren von Waffen und das Stöhnen eines Mannes. Ein schwerer Fall folgte, und die Tür wurde geöffnet.

Aus einem Nebenraum eilte ein Diener mit einer brennenden Kerze herbei.

Die Ausgangstür war geschlossen. Die Wachen lagen regungslos auf dem Boden, und die Piraten waren verschwunden.

Die Damen und Herren des Hofes waren viel zu betrunken, um die Wahrheit zu erkennen. In der Annahme, eine gelungene Vorführung erlebt zu haben, klatschten sie begeistert Beifall. Still wurde es erst, als der Kanzler plötzlich hereinstürzte.

»Die Piraten?« schrie er. Sein linkes Auge zuckte so heftig, wie es noch keiner im Hofstaat zuvor erlebt hatte. »Wo sind sie?«

Einer der Gäste versuchte zu antworten, brachte aber keine verständlichen Worte über die Lippen. In höchster Erregung rannte der Kanzler wieder hinaus, und alle hörten ihn, als er befahl: »Los, durchsucht alles! Alarmiert die Wachen! Die Piraten dürfen nicht entkommen!«

Bei ihrem Aufenthalt in Kopenhagen hatten sie sich eingehend informiert. Sie hatten Pläne gezeichnet und immer wieder studiert, um sich jede Einzelheit einzuprägen. Goedeke Michels und Erik konnten allerdings nicht wissen, daß in der Zwischenzeit einige Veränderungen im Schloß der Königin vorgenommen worden waren, so daß die Pläne nicht mehr in allen Details mit der Wirklichkeit übereinstimmten.

Die beiden Männer eilten durch die Gänge des Gebäudes und schleppten den betrunkenen Magister Wigbold dabei mit sich.

»Verdammtes Schloß«, fluchte der Steuermann, als sie wieder einmal eine Tür geöffnet hatten, jene Treppe aber nicht fanden, die zum Ausgang führte. »Das ist der Grund, weshalb ich auf einem Schiff zu Hause bin. Da finde ich wenigstens raus aus der Kajüte.«

»Was ist mit Klaus?« fragte Erik, während sie es bei einer anderen Tür versuchten. Nun öffnete sich ein Gang vor ihnen, an dessen Seiten mehrere Ritterrüstungen standen. Sie atmeten auf, weil er zur gesuchten Treppe führte.

»Was soll mit ihm sein?« polterte Goedeke Michels. »Er kennt den Ehrenkodex der Piraten.«

»Wir haben einen Ehrenkodex?« Erik blickte ihn verblüfft an. Davon hatte er noch nie gehört.

»Magister Wigbold hat mir davon erzählt«, behauptete der Steuermann. Mit der Eisenkralle zeigte er voraus. Er war sicher, daß sie sich auf dem richtigen Weg befanden.

»Seit wann kümmerst du dich um das, was der Magister sagt?«

»In diesem Fall schon«, erwiderte Michels. »Wenn es um meinen Hals geht, gilt so ein Kodex.«

»Und was besagt dieser Ehrenkodex?« Erik griff eilig nach Magister Wigbold, der ihm beinahe entglitten wäre, weil ihm die Beine einknickten. Mühsam richtete er ihn wieder auf.

»Wer zu spät kommt, den bestraft das Leben.« Er zeigte in einen von Fackeln beleuchteten Gang hinein. »Hier muß es raus gehen.«

Erik ließ Wigbold los und blieb stehen.

»Was ist los?« fuhr Michels ihn an. »Soll ich den besoffenen Pfaffen allein schleppen?«

Erik schob ihm den Mönch zu. Magister Wigbold schlang freudestrahlend die Arme um den Steuermann. Er versuchte ihm etwas zu sagen, doch bekam er seine Zunge nicht unter Kontrolle, so daß er nur unverständliche Worte hervor brachte.

»Haut schon ab«, sagte der blonde Erik. »Ich jedenfalls suche Klaus Störtebeker. Oder glaubst du, er würde uns im Stich lassen? Niemals!«

Bevor Goedeke Michels ihn aufhalten konnte, eilte er davon.

»Erik – sei vernünftig«, rief der Steuermann ihm hinterher. Als das nicht half, fluchte er so laut, daß Magister Wigbold erschrocken zusammenfuhr und ihn ansah, als seien sie sich noch nie zuvor begegnet.

»Wer bist du denn?« lallte der Mönch.

Michels fluchte noch etwas lauter und variantenreicher. Er wuchtete sich den Mönch über die Schulter, ächzte unter seinem Gewicht, kam nun aber schneller voran als zuvor.

»Klaus Störtebeker!« grummelte er ärgerlich. »Den findest du nie, Erik! Das Schloß ist das reinste Labyrinth.«

Entschlossen und ohne zu zögern, stieß der Anführer der Freibeuter in die Gewölbe vor, die unter dem Schloß lagen und zusammen mit aus Backsteinen gemauerten Gängen ein verwirrendes Durcheinander bildeten. Hier konnte man allzu schnell die Orientierung verlieren.

Immer wieder mußte er sich in Nischen, dunkle Erker oder hinter Vorhänge zurückziehen, um von den patrouillierenden Wachen nicht entdeckt zu werden. Dabei hatte er nur vage Hinweise darauf, wo Elisabeth sein könnte.

Je weiter er in den Bereich unter dem Schloß vordrang, desto mehr verlor er die Orientierung, bis er schließlich überhaupt nicht mehr wußte, wo er war. Die Gänge schienen nach keinem erkennbaren System erbaut worden zu sein, sondern einzig und allein dazu zu dienen, unerwünschte Besucher in die Irre zu führen.

Als zwei mit Kettenhemden, Metallhelmen, Lanzen und Schwertern ausgerüstete Soldaten eine Treppe herabkamen, versteckte Störtebeker sich hinter einem Vorhang und ließ sie an sich vorbeigehen. Dann folgte er ihnen lautlos und in vorsichtigem Abstand. Sie schritten schnell aus. Sie kannten sich aus und wußten, wohin sie sich zu begeben hatten. Mehrere Male bogen sie in abzweigende Gänge ab, bis sie schließlich eine schwere Eichentür erreichten, vor der zwei andere Soldaten wachten.

Störtebeker nickte zufrieden. Genau damit hatte er gerechnet. Die Wachen sollten abgelöst werden. Und es gab nur einen einzigen Grund, hier unten Posten aufzustellen. Es galt eine Gefangene zu bewachen. Elisabeth!

Er zog sich in eine dunkle Ecke zurück, wartete, bis die Wachablösung vollzogen war, dann schlich er sich langsam näher an die Wachen heran. Er kam unbemerkt bis zu einer Ecke. Von dort aus aber konnte er die Tür nicht ungesehen erreichen. Sie war deutlich mehr als zehn Schritte von ihm entfernt. Außerdem erschien es ihm nicht ratsam, sich mit zwei Soldaten gleichzeitig einzulassen. Er konnte sie nicht schnell genug ausschalten, ohne großen Lärm zu verursachen.

Er entschied sich für eine List.

Geduldig wartete er ab, bis eine der beiden Wachen in seine Richtung blickte. Dann trat er vor und sprang rasch wieder zurück, so als sei er erschrocken und wolle nicht entdeckt werden.

Einer der beiden Soldaten ließ sich täuschen. Er eilte zu ihm hin, bog um die Ecke und lief in einen Fausthieb, der ihn augenblicklich zu Boden warf und ihm das Bewußtsein raubte.

Störtebeker konnte ihn auffangen, bevor er mit voller Wucht aufschlug. Ein gewisses Klirren und Rasseln der Rüstung sowie das Poltern der entfallenden Waffen ließen sich nicht vermeiden. Er schlang dem Mann den Gürtel um die Handgelenke, nahm ihm den Helm und die Lanze ab und trat um die Ecke auf den Gang hinaus. Ohne zu zögern, ging er auf den zweiten Wächter zu. Er merkte ihm an, wie unsicher er war.

»Sven, dein Kettenhemd …«, begann der Mann.

»Ich bin nicht Sven, Junge, ich bin Störtebeker«, erwiderte der Freibeuter, stieß sich den Helm vom Kopf und setzte seine Faust erneut ein. Im nächsten Moment lag der Posten auf dem Boden und rührte sich nicht mehr. Störtebeker sicherte auch ihn, indem er ihm die Hände auf den Rücken band, nahm ihm die Schlüssel ab, öffnete die Eichentür und betrat einen mäßig erleuchteten Raum. Kerzenlicht flackerte.

Im Bett richtete sich eine zierliche Gestalt auf.

»Was wollt Ihr?« fragte eine ihm nur zu gut bekannte Stimme.

»Dich endlich wieder in die Arme nehmen«, erwiderte Störtebeker. Er näherte sich der Kerze, so daß sie sein Gesicht sehen konnte. Fahles Mondlicht, das durch ein vergittertes Fenster fiel, reichte nicht aus, die schweren Schatten zu vertreiben, die sich dieser Unterkunft bemächtigt hatten.

»Du weißt nicht, wie sehr ich mich nach dir gesehnt habe«, sagte er und ging noch einen Schritt auf sie zu. Doch Elisabeth kam ihm nicht entgegen, sondern wich vor ihm zurück bis an die Wand.

»Klaus, wie kommst du hierher?« In ihrer Stimme lag ein gewisser Vorwurf, den er nicht verstand. Er setzte sich auf ihr Bett, streckte die Hand aus und berührte sanft und sehr behutsam ihre Wange.

»Elisabeth, ich bin gekommen, um dich hier herauszuholen.« Er erwartete, daß sie ihm nun endlich in die Arme floh. Doch das tat sie nicht. Sie rückte noch ein wenig weiter von ihm ab, als habe er etwas an sich, mit dem sie nicht in Berührung kommen durfte.

»Bitte«, flüsterte sie. »Sag es mir. Ich muß es wissen. Hast du irgend etwas mit dem Tod meines Vaters zu tun?«

»Was?« Störtebeker stockte der Atem. Ihre Frage traf ihn wie ein Schlag. Er wußte, daß Hermann Preen tot war. Auf den Gedanken, jemand könnte ihn mit seinem Ende in Verbindung bringen, war er bisher noch nicht gekommen. Daß gerade Elisabeth Zweifel an ihm ausdrückte, tat ihm weh. »Wie kannst du so etwas nur von mir denken?«

Ihre Lider zuckten kaum merklich, und ihre Blicke gingen an ihm vorbei. Er sah es und reagierte augenblicklich, indem er herumfuhr und gleichzeitig zur Seite auswich – gerade noch rechtzeitig, um einem Schwerthieb Simon von Wallenrods zu entgehen.

Elisabeth schrie auf. Sie wollte den Kampf zwischen den beiden Männern verhindern, schlüpfte aus dem Bett und versuchte, sich zwischen sie zu stellen. Wallenrod aber stieß sie rücksichtslos zur Seite, so daß sie heftig gegen die Wand prallte.

»Jetzt bist du so gut wie tot«, drohte der Bürgermeister Störtebeker. Sein Gesicht verzerrte sich vor Wut und Haß. Mit wuchtigen Schwertschlägen griff er den Freibeuter an, der sein Schwert mittlerweile gezogen hatte und die Attacken mit großer Mühe parierte. Er war im Nachteil, weil er sich nicht so frei bewegen konnte wie Simon von Wallenrod und weil er Rücksicht auf Elisabeth nahm, die er auf keinen Fall verletzen wollte.

Mit einer Finte gelang es ihm endlich, sich vom Bett und von ihr zu lösen, seinen Gegner in die Mitte des Raumes zurückzudrängen und ihn nun seinerseits zu attackieren. Krachend und klingend schlugen die Schwerter gegeneinander, ohne daß einer der beiden Kontrahenten einen Vorteil für sich herauskämpfen konnte. Simon von Wallenrod erwies sich als geschickter Gegner, der weitaus kräftiger war, als man bei seinem Äußeren vermuten konnte. Er schien seit ihrer letzten Auseinandersetzung auf dem Hof des Kaufmanns Preen unter der Anleitung eines fähigen Lehrers geübt zu haben, denn nun bot er Schlagvarianten auf, die er vorher noch nicht beherrscht hatte und mit denen er Störtebeker in Bedrängnis brachte.

Wallenrod machte nur einen Fehler. Er hatte seine Gefühle nicht im Griff. Er attackierte nicht mit kühler Distanz, sondern ließ sich von einer unbändigen Wut zu Aktionen hinreißen, bei denen er zwangsläufig Blößen bot.

»Vergiß deine Emotionen!« hatte Magister Wigbold Störtebeker geraten, wenn er mit ihm den Schwertkampf geübt hatte. »Je mehr Gefühle du in den Kampf einbringst, desto offener wird deine Verteidigung. Und das kann tödlich sein.«

Obwohl Störtebeker derjenige war, der unter Zeitdruck stand, da jeden Moment Soldaten der Königin heranrücken konnten, wollte nicht er den Kampf schnell beenden, sondern Simon von Wallenrod. Je mehr Störtebeker sich wehrte, desto wütender griff der Bürgermeister an, bis er einen Fehler machte. Das Schwert Störtebekers fuhr ihm quer über die Brust, schlitzte sein Wams auf und entblößte die halbe Brust, ohne ihn jedoch ernsthaft zu verletzen.

»Hört auf!« rief Elisabeth. »Hört endlich auf!«

Die beiden Männer achteten nicht auf sie. Verbissen fochten sie weiter, wobei Störtebeker seinen Kontrahenten aus dem Raum hinaus in einen Gang trieb. Aufeinander einschlagend entfernten sie sich von Elisabeth.

Störtebeker nutzte seinen Vorteil, als Wallenrod durch einen Treffer für einen winzigen Moment abgelenkt wurde und in seiner Konzentration nachließ. Er schlug ihm das Schwert aus der Hand. Simon von Wallenrod wich zurück, stolperte und fiel auf den Boden. Störtebeker warf sich auf ihn und setzte ihm sein Schwert quer vor die Kehle. Dabei fielen seine Blicke auf die Brust seines Gegners. Er sah, daß der Bürgermeister hoch oben, dicht unter der Schulter eine gezackte Narbe hatte, und ihm war augenblicklich klar, woher sie stammte. Auf dem Broderson-Hof hatte er in höchster Todesangst ein Messer auf einen maskierten Jungen geworfen und ihn an eben dieser Stelle getroffen. Die Erkenntnis durchfuhr ihn wie ein Blitz. Endlich wußte er, wer seine Eltern ermordet hatte. Es waren Konrad von Wallenrod und sein Sohn Simon gewesen. Sie hatten die Schwarzen Reiter angeführt und befehligt.

»Worauf wartest du noch?« stöhnte sein Gegner.

»Du und dein Vater«, sagte Klaus Störtebeker, bebend vor Zorn und Erregung. »Ihr habt meine Eltern umgebracht!«

Wallenrod schien sich nicht zu fürchten.

»Da hast du recht«, erwiderte er. »Aber es wird nie jemand erfahren. Und dir wird keiner glauben.«

»Und du wirst mit deinem Leben dafür bezahlen!« Störtebeker preßte ihm die Klinge seines Schwertes so fest gegen den Hals, daß sie sich ihm in die Haut schnitt. Blut quoll aus der Wunde hervor.

»Nein, du wirst mich nicht umbringen«, entgegnete Wallenrod.

Störtebeker zögerte. Er wußte Elisabeth in der Nähe und wollte in ihrer Anwesenheit niemanden töten. Selbst einen von Wallenrod nicht.

»Warum sollte ich dich verschonen?« fragte er. »Sag mir einen Grund. Mein Leben lang habe ich die Mörder meiner Eltern gesucht. Jetzt habe ich einen von ihnen gefunden. Und ich soll ihn leben lassen?«

»Wenn du mich umbringst, ist dein Bruder ein toter Mann«, antwortete Simon von Wallenrod nicht mehr ganz so ruhig wie zuvor.

Störtebeker fühlte sich, als habe ihm jemand die Hand an

die Kehle gelegt. Von seinem Bruder hatte er nichts mehr gehört, seit er Hamburg verlassen hatte.

»Was sagst du da? Jan lebt?«

»Ja, Jan lebt, doch wenn du mich jetzt tötest, verfault er bei lebendigem Leib im Verlies unter dem Rathaus.«

Der Freibeuter hatte seine Gefühle nicht mehr unter Kontrolle. Der Mörder seiner Eltern war in seiner Hand und wagte es dennoch, ihm mit dem Tod seines Bruders zu drohen. Störtebeker griff nach einem Messer und versuchte, es seinem Kontrahenten in die Wunde unter der Schulter zu stoßen. Simon von Wallenrod wehrte sich. Er stemmte ihm die Hand entgegen, um zu verhindern, daß die Messerklinge noch tiefer eindrang. Blut schoß auch aus dieser Wunde hervor und lief ihm über die Brust.

»Bitte!« stammelte Elisabeth, die zusammen mit Maria herbei eilte. Entsetzen und Angst nahmen ihr beinahe die Stimme.

Klaus Störtebeker reagierte nicht. Er wollte den Tod Wallenrods. Mit ganzer Kraft versuchte er, die Klinge in die Brust seines Feindes zu versenken.

Plötzlich aber stürzte Erik heran. Er erkannte die Situation und packte den Arm seines Freundes, um den Kampf zu beenden.

»Klaus!« rief er. »Wir müssen fliehen. Sofort!«

Störtebeker fing sich. Zögernd steckte er das Messer ein, gab seinen Gegner frei und erhob sich.

»Hörst du nicht?« Erik zerrte ihn mit sich. »Beeile dich!«

Der Anführer der Freibeuter streckte Elisabeth die Hand hin. »Komm mit mir«, bat er leise.

Sie blickte ihn regungslos an, und dann schüttelte sie traurig, aber entschlossen den Kopf. Nein, sie wollte ihm nicht folgen.

Aus den Gängen hallten Kommandos zu ihnen herein. Die schweren Schritte von Wachen waren zu hören, dazu das Klirren der Kettenhemden und der Waffen.

»Willst du dich gefangennehmen lassen?« Erik stand an einem abzweigenden Gang und wartete auf ihn. »Wir haben keine Zeit mehr.«

Zutiefst enttäuscht blickte Störtebeker erst Elisabeth an, dann Simon von Wallenrod, der blutend an der Wand stand. Sie, weil sie ihn nicht begleitete, ihn, weil er noch lebte. Doch dann wandte er sich ab. Er konnte es sich nicht leisten, noch länger zu bleiben. Er rannte hinter Erik her. Draußen auf dem Gang sah er, daß sich Wachen von beiden Seiten her näherten. Es schien keinen Ausweg mehr zu geben.

Doch Erik führte ihn zu einem Seil, das aus der Höhe herab hing und durch ein schwarzes Loch in der Decke in unbekannte Bereiche führte.

»Los, rauf!«

»Du zuerst!«

Erik ließ sich nicht auf Diskussionen ein. Er kletterte am Seil hoch, und Störtebeker folgte ihm. Gleich darauf war nichts mehr von ihnen zu sehen. Sie verschwanden durch das dunkle Loch in der Decke.

Mit hallender Stimme befahl einer der Offiziere seinen Männern, den beiden Piraten nachzusetzen. Schwerfällig und behindert durch ihre Rüstung hangelten sie sich hoch. Als sie die Decke erreichten, kappten die Fliehenden das Seil, und die beiden Männer stürzten schreiend herab. Nun war keiner der Soldaten mehr in der Lage, den beiden Freibeutern hinterher zu dem Loch hinaufzusteigen.

Von oben erklang ein leises Lachen Störtebekers.

Längst hatte sich das Dunkel der Nacht über Kopenhagen herabgesenkt, als Goedeke Michels sich damit abmühte, Magister Wigbold durch die Gassen zum Hafen zu schleppen. Die frische Luft machte den Mönch wieder ein wenig munter, konnte aber den überreichlich genossenen Alkohol nicht aus seinen Adern vertreiben. An einem Brunnen stellte Goedeke Michels ihn ab, bat ihn aber vergeblich, die eigenen Beine zu benutzen und sich ein wenig zu beeilen, damit die Palastwachen sie nicht einholten. Das umnebelte Hirn Wigbolds wollte die Gefahr nicht wahrnehmen.

»Wo ist Störtebeker?« fragte der Mönch mit schwerer Zunge. »Und Erik? Ich sehe die beiden nicht.«

»Die halten sich an deinen Ehrenkodex«, behauptete der Steuermann. Er zog Wigbold zur Seite und lehnte sich mit ihm an eine Mauer, weil ihnen zwei Männer entgegenkamen. Er befürchtete, aufgehalten zu werden, doch die beiden Dänen zogen an ihnen vorbei, ohne stehenzubleiben. Sie schienen eine der vielen Kneipen besucht und dort reichlich getrunken zu haben, denn sie wirkten recht wackelig auf ihnen Beinen.

»Meinen Ehrenkodex. Teufel noch mal!« Wigbold fielen die Augen zu. Fraglos wäre er eingeschlafen, wenn Goedeke Michels nicht weitergegangen wäre und ihn mitgezogen hätte. »Was besagt dieser Ehrenkodex?«

»Wenn einer von uns zurückbleibt, muß er selber zusehen, wie er zurechtkommt.«

»So einen Mist soll ich gesagt haben?«

»Ja, aber vermutlich auf lateinisch.«

»Und warum schleppst du mich dann mit?« Wigbold hatte einen hellen Moment. Er meinte, einen Widerspruch zu erkennen.

»Sic itur ad astra!« zitierte der Steuermann, den Wigbold

bis dahin nur als bärbeißigen, häufig polternden Seemann ohne tiefgehende Bildung kennengelernt hatte. Verblüfft blieb der Mönch stehen. Fast schien es, als werde er nüchtern.

»Seit wann kannst du Latein?«

»Seit mein Vater Pfaffe war. Und jetzt komm endlich.«

Seufzend blickte Magister Wigbold zum sternenklaren Himmel hinauf, ohne allerdings viel zu sehen. Immerhin begriff er, daß es Nacht geworden war.

»Herrgott«, stöhnte er. »Muß ich besoffen sein! Verzeih mir, Herr. Erst höre ich diesen eingebildeten Raubritter lateinisch reden, und dann erzählt er mir auch noch, daß sein Vater ein Pfaffe war.«

Goedeke Michels schleppte ihn fluchend weiter. Als sie nach wenigen Schritten um eine Ecke bogen und der Hafen mit der *Seewolf* greifbar nahe war, sahen sie sich plötzlich einer Übermacht von etwa fünfzig Landsknechten gegenüber. Die Soldaten Margarethes waren hinter der Schiffswand verborgen gewesen und richteten sich nun auf. Angeführt vom Kanzler der dänischen Königin, verließen sie das Schiff, während weitere Soldaten hinter den Häusern hervorkamen und ihre Spieße auf die beiden Männer richteten.

»Was ist denn los?« brabbelte Wigbold. »Warum gehen wir nicht weiter?«

Triumphierend nahm der Kanzler Goedeke Michels seine kostbare Kette ab und legte sie sich selber um. Diese Kette, Zeichen seines Amts und seiner Würde, schien ihm noch wichtiger zu sein als die Gefangenen. Geradezu zärtlich strich er mit den Fingerspitzen über die goldenen Glieder. Dann wippte er kurz auf den Zehenspitzen und zeigte in Richtung Schloß.

»Bringt sie ins Gefängnis!« befahl der Kanzler.

Schweigend kümmerte Elisabeth sich um die Wunde, die Störtebeker ihrem Verlobten Simon von Wallenrod beigebracht hatte. Es war ein tiefer Einstich dicht neben der Narbe von einer anderen Verletzung. Sie legte ein kleines Tuch darauf, um die Blutung zu stillen, und sah sich nach etwas um, was sie als Verband nehmen konnte. Doch dann zögerte sie.

»Sag mir die Wahrheit, Simon«, bat sie. »Hast du etwas mit dem Mord an meinem Vater zu tun?«

Er griff nach ihrem Arm und zog sie nah an sich heran. »Schenkst du etwa den Worten eines Piraten mehr Glauben als meinen?« fragte er, als empfände er es als höchst ungerecht, daß sie überhaupt zweifelte.

»Ich möchte es aus deinem eigenen Mund hören. Und dir dabei in die Augen sehen.«

»Das tust du gerade.« Simon zog sie noch näher an sich heran und blickte ihr in die Augen. »So wahr ich dich liebe, Elisabeth. Ich habe nichts mit dem Tod deines Vaters zu tun. Klaus Störtebeker ist schuld an unserem Unglück. Mit eigenen Augen habe ich gesehen, wie sein Bruder unsere Väter getötet hat. Jan tut immer so, als könne er keiner Fliege etwas zuleide tun. Dabei ist er ein skrupelloser Mörder. Ich hätte nie gedacht, daß ich mich so in ihm getäuscht habe. Störtebeker wird dafür büßen. Das schwöre ich dir!«

Elisabeth löste sich von ihm. Ihre Zweifel waren noch nicht beseitigt. Sie wußte nicht, wem sie Glauben schenken sollte, zumal sie sich nicht vorstellen konnte, weshalb Jan ihren Vater ermordet haben sollte. Er hatte kein Motiv. Daß Jan mit dem Messer in der Hand gegen ihren Vater vorgegangen sein sollte, konnte sie sich beim besten Willen nicht vorstellen. Aber aus ihrer Sicht hatte auch Simon von Wallenrod keinen Grund, ihren Vater zu töten.

Sie nahm ein frisches Tuch und etwas Wasser, um die Brust ihres Verlobten von Blut zu säubern. Schweigend setzte sie diese Arbeit fort.

Erik und Störtebeker schwangen sich über die Mauern des Schlosses und flüchteten durch die Gassen der Stadt, die an einigen Stellen von Fackeln erleuchtet wurden. Hin und wieder kam ihnen jemand entgegen. Wie Schatten glitten sie in solchen Fällen zur Seite und versteckten sich, bis die Passanten vorüber waren. Soldaten stürmten an ihnen vorbei. Sie hörten, wie ein Offizier befahl, mit aller Härte und Entschlossenheit gegen die Piraten vorzugehen.

»Es wird Zeit, daß wir zum Hafen kommen«, drängte Störtebeker. »Wir müssen auslaufen.«

Wenig später beobachteten sie, wie Goedeke Michels und Magister Wigbold gefangengenommen und abgeführt wurden. Lediglich zwei Soldaten blieben als Wache bei der *Seewolf* zurück. Sie nahmen es als untrügliches Zeichen dafür, daß die gesamte Mannschaft sich bereits in den Händen der Dänen befand.

In sicherem Abstand folgten sie dem Trupp, der vom Kanzler der Königin angeführt wurde und Michels und den Mönch ins Schloß brachte. Dann kletterten sie wieder an der Mauer hoch, glitten lautlos darüber hinweg und stiegen auf der anderen Seite wieder herunter. Der Mond und die Sterne spendeten wenig Licht. Doch für sie war es hell genug. Ihre Augen hatten sich an die Dunkelheit gewöhnt, so daß sie sich durch den Schloßgarten bewegen konnten, ohne irgendwo anzustoßen und Lärm zu verursachen.

An einer vergitterten Öffnung im Boden blieben sie stehen, geschützt durch den Schatten einer Baumkrone. Von

Goedeke Michels und Magister Wigbold war nichts mehr zu sehen – dafür aber um so mehr zu hören.

»Störtebeker!« hallte die Stimme des Steuermanns aus der Tiefe herauf. »Wo bist du Feigling? Zeige dich endlich! Du hast uns an die dänische Königin verkauft. Wieviel hast du dafür bekommen, du Judas? Hoffentlich bist du bald hier, damit ich dich mit meiner Eisenhand aufspießen kann.«

»Erbarmt sich denn keiner?« Das war die Stimme des Mönchs. Sie klang recht kläglich. Er schien unter Kopfschmerzen zu leiden, was nach dem reichlich genossenen Alkohol kein Wunder war. »Stopft doch diesem Schreihals das Maul!«

Doch Goedeke Michels dachte gar nicht daran, Rücksicht auf ihn zu nehmen. Er schrie nun noch lauter.

»Störtebeker, du Höllenhund! Du läßt uns hier unten verrecken!« Eine Reihe von weiteren Vorwürfen folgte.

»Was ist los mit ihm?« wisperte Erik. »Wie kann er solche Dinge über dich sagen? Er weiß genau, daß du ihn nicht verraten hast.«

»Natürlich weiß er das«, erwiderte Klaus Störtebeker ebenso leise. »Er will uns nur wissen lassen, wo er und die anderen von der Besatzung eingesperrt sind. Und das macht er gut. So brauchen wir nicht lange zu suchen.«

»Und wie willst du sie da rausholen? Überall wimmelt es von Wachen!« Erik wies auf mehrere Soldaten, die im Schloßgarten erschienen waren und an exponierten Stellen Position bezogen.

»Wir müssen uns was einfallen lassen.«

»Gute Idee!« spottete Erik.

»Eine List.«

»Ich bin gespannt.«

Störtebeker überlegte eine Weile, dann gab er das Zeichen

zum Rückzug. Sie kletterten über die Mauer und ließen sich wieder in die dunklen Gassen der Stadt herab.

»Und jetzt?«

»Wir sorgen für Ablenkung und beschäftigen die Wachen, so daß sie sich nicht um uns und unsere Freunde kümmern können.«

»Da bin ich aber gespannt.« Erik schüttelte den Kopf. Er konnte sich nicht vorstellen, daß Klaus einen Plan entwickelt hatte, den sie tatsächlich durchführen konnten.

»Wovor haben die Bewohner einer Stadt wie Kopenhagen am meisten Angst?« fragte Störtebeker.

»Vor uns Piraten? Bestimmt nicht.«

»Das meine ich nicht. Fast alle Häuser sind aus Holz. Selbst das Schloß wurde nicht nur mit Steinen gebaut.«

»Feuer!«

»Du sagst es.« Störtebeker gab ihm einen Wink und schlich mit ihm zu der Seite des Schlosses, die zum Landesinneren zeigte. Nach kurzer Suche fanden sie ein kleines Lagerhaus, das mit allerlei Gerümpel und alten Möbeln gefüllt war. Es stand direkt an der Schloßmauer und entsprach in jeder Hinsicht den Absichten der Freibeuter. Auf einem kleinen Platz in der Nähe brannte eine Fackel neben einem aus Stein gemauerten Brunnen. Störtebeker nahm sie und warf sie in das Lagerhaus. Es dauerte nur wenige Momente, und das Gerümpel und die Möbel fingen Feuer. Die beiden Männer warteten, bis die Flammen aus den Fenstern in die Höhe schlugen, dann brüllten sie aus voller Kehle: »Feuer! Feuer!«

Danach rannten sie ein kleines Stück weiter, kletterten über die Mauer und näherten sich einer Tür, die zum Verlies der Gefangenen führte. Soldaten stürmten heraus. Ein Offizier schrie Befehle und teilte die Männer zum Löschen ein.

Als alle an ihnen vorbeigelaufen waren, drangen Störtebeker und Erik in den Kerker ein. Ungehindert erreichten sie das Verlies, in dem nicht nur Goedeke Michels und Magister Wigbold eingesperrt waren, sondern die ganze Mannschaft.

»Warum hat das so lange gedauert?« knurrte der Steuermann mißmutig. »Es war nicht gerade angenehm in diesem Loch.«

Störtebeker brach die Verriegelung an der Gittertür auf. »Euch kann man keinen Moment alleine lassen«, erwiderte er. »Los jetzt! Alle Mann zum Schiff. Wir verschwinden von hier.«

Die Freibeuter flüchteten hinaus ins Freie. Sie blickten nur kurz zu den Flammen hinüber, die über die Mauerkrone hinaufstiegen, und liefen so schnell sie konnten zum Haupttor des Schlosses hinaus und zum Hafen hinunter. Erik und Störtebeker nahmen den Mönch zwischen sich und sorgten dafür, daß er sie nicht allzu lange aufhalten konnte. Er war noch immer nicht nüchtern und stellte eine Reihe von Fragen, doch niemand antwortete ihm.

Ohne aufgehalten zu werden, erreichten die Freibeuter ihr Schiff. Nun zeigte sich, was eine gut eingespielte Besatzung zu leisten imstande war. Alle arbeiteten Hand in Hand. Kaum war der letzte Mann an Bord, als sich die *Seewolf* bereits von der Kaimauer löste. Knatternd stieg das Segel auf, und ein leichter Wind trieb die Kogge in Richtung offene See.

Als das Schiff etwa hundert Schritte weit gekommen war, erschienen der Kanzler und zahlreiche Soldaten im Hafen. Störtebeker, der am Heck stand, sah sie. Gelassen hob er die Hand. Mit einer gewissen Genugtuung gab er dem Kanzler zu verstehen, daß er das Ablenkungsmanöver zu spät durchschaut hatte und daß es nun nicht mehr aufzuhalten war.

Der Kanzler erwies sich als schlechter Verlierer. Wütend stürzte er sich auf einige der Soldaten, um sie zu bestrafen.

Fahl und blaß hob sich die Sonne am Morgen aus dem Meer. Eine kühle Brise trieb die *Seewolf* Richtung Gotland. Mit dem Fernrohr in der Hand stand Klaus Störtebeker am Bug der Kogge und suchte den Horizont ab.

Fröstelnd ob er Morgenkälte kam Erik zu ihm und sah ihm eine Weile zu, bis Störtebeker endlich das Fernrohr absetzte.

»Ja – was ist?« fragte der Anführer der Freibeuter.

»Kannst du damit auch in die Zukunft sehen?« fragte Erik, wobei er auf das Fernglas deutete.

»Nein. Natürlich nicht. Wie kommst du auf so einen Unsinn?«

»Du mußt sie vergessen, Klaus.«

Störtebeker setzte das Rohr wieder ans Auge und suchte den Horizont erneut ab, als hätte er das nicht schon seit geraumer Zeit getan.

»Elisabeth hat es vorgezogen, bei Simon von Wallenrod zu bleiben. Ich verstehe sie nicht.«

»Auf Gotland gibt es eine Menge Väter, die schöne Töchter haben.« Erik legte ihm die Hand auf die Schulter. Er wollte den Freund trösten, doch Störtebeker mochte nichts davon hören.

»Wenn ich eine suche, dann wende ich mich vertrauensvoll an dich.« Er blickte Erik traurig lächelnd an. Sie alle hatten ein hohes Risiko auf sich genommen, als sie nach Kopenhagen fuhren. Und dann hatte er erfahren müssen, daß Elisabeth an ihm zweifelte und gar für möglich hielt, daß er in den Mord an ihrem Vater verwickelt war.

Er setzte das Rohr abermals ans Auge und suchte den

Horizont ab, als könne er Elisabeth dort draußen irgendwo finden. Erik rieb sich fröstelnd die Arme. Achselzuckend zog er sich unter Deck zurück. Er freute sich auf Gotland, wo seine Frau Sigrid auf ihn wartete.

14. Wappen von Hamburg

Erik lief hinter Sigrid her, wobei er so tat, als sei er nicht schnell genug, sie einzuholen. Sie lachte und stürzte sich eine Düne hinunter. Im weichen Sand rollte sie bis in eine Mulde hinab, in der er sie endlich erreichte, sie umarmen und küssen konnte. Sie lachten wie kleine Kinder, neckten sich in ihrem Glück und genossen den warmen Sommertag und die Sonne, die von einem strahlend blauen Himmel herabschien, als sei sie an diesem Tag eigens für sie aufgegangen, um sie zu wärmen und mit ihrem Licht zu überfluten.

»Nicht so stürmisch, Erik«, wehrte sie ihren Mann ab.

»Bin ich zu grob?« fragte er betroffen.

»Nein.« Sie lachte. »Aber in nächster Zeit solltest du ein wenig vorsichtiger mit mir umgehen.«

Erik begriff nicht, was sie ihm auf diese Weise mitzuteilen versuchte. Er tat so, als habe er eine Zukunft voller Sorgen und Probleme vor sich, ohne zu wissen, wie er damit fertig werden sollte.

»In nächster Zeit werde ich wohl mehr auf See sein als zu Hause.« Erneut küßte er sie. Noch ein wenig stürmischer als zuvor. »Du solltest dich also jetzt um mich kümmern. Wenn ich erst auf See bin, ist es zu spät.«

»Wie lange bleibst du weg?« Erschrocken blickte sie ihn an. Sie schien noch nicht daran gedacht zu haben, daß ihr Mann

Störtebeker schon bald wieder auf seinen Kaperzügen begleiten würde.

»Ich weiß nicht«, antwortete er wahrheitsgemäß. »Unser Kapitän hüllt sich mal wieder in Schweigen. Er teilt uns nicht so gern schon vorher mit, wohin es geht und wie lange es dauert, bis wir wieder auf Gotland sind.«

»Aber du bist sein bester Freund«, wunderte sie sich. »Mit dir wird er doch darüber sprechen.«

»Ich glaube, er weiß es selbst noch nicht.«

Sigrid löste sich von ihm, stand auf und ging zum Wasser hinunter, bis die träge heranrollenden Wellen ihre nackten Füße erreichten. Als er ihr folgte, ihr zärtlich die Hände an die Schultern legte und sie sanft an sich zog, sagte sie über die Schulter hinweg: »Erik, ich bekomme ein Kind!«

Er sah so verwundert und überrascht aus, daß sie lachen mußte. Unendlich behutsam zog er sie an sich. Vergeblich suchte er nach passenden Worten. Er war nicht auf diese Situation vorbereitet.

»Wundervoll«, flüsterte er. »Ich danke Gott.«

Behutsam, als sei sie von einem Atemzug zum anderen zerbrechlich geworden, führte er sie in die Siedlung zurück.

Es war nur ein paar Stunden später, als er am Strand saß und sich mit dem Rücken an ein Fischerboot lehnte, das man zur Sicherung aus dem Wasser gezogen hatte. Er beobachtete Klaus Störtebeker, der in der Ostsee schwamm und tauchte. Geduldig wartete er, bis der Freund sein Bad beendete, zu ihm kam und sich neben ihn setzte.

»Klaus, können wir nicht für immer hierbleiben?« fragte er.

»Das werden die Visbyer nicht zulassen«, befürchtete der Anführer der Freibeuter. Es war etwas anderes, ob sie die

Bewohner der Siedlung hin und wieder mit Beutegut versorgten, ihnen vor allem Lebensmittel schenkten, die sonst unerreichbar für sie geblieben wären, oder ob sie eigene Häuser auf Gotland errichteten und sich hier festsetzten. Er war sich dessen bewußt, daß sie im Gegensatz zu den Visbyern beweglich waren und jederzeit mit ihrem Schiff auf die Ostsee hinaus fliehen konnten, falls sich dies als notwendig erweisen sollte. Die einheimischen Siedler dagegen hatten keine Schiffe, mit denen sie sich absetzen konnten. Dazu reichten die wenigen Fischerboote nicht aus. Sie mußten bleiben. Sogar bei einem Angriff durch eine überlegene Macht.

»Gottes Freund und aller Welt Feind«, versetzte Störtebeker. »Aller Welt! Oder hast du das schon vergessen?«

»Nein. Wie könnte ich.«

»Ich würde ebenso gern wie du auf Gotland bleiben. Hier ist es wie früher. Als Jan und ich Kinder waren und den ganzen Tag nichts anderes getan haben als zu schwimmen, Muscheln zu suchen und Fische zu braten.«

Sie hatten eine unbeschwerte Kindheit gehabt. Daß die Gewichte dabei unterschiedlich gewesen waren, hatte ihn nie gestört. Jan war der Schwächere von ihnen beiden, er war der Erstgeborene, doch dadurch hatte er kaum Vorteile gehabt. Im Gegensatz zu seinem jüngeren Bruder hatte er stets die Hilfe der Mutter gebraucht, um sich durchsetzen zu können. Störtebeker dagegen hatte eine solche Unterstützung nicht nötig gehabt. Er war selbständiger gewesen und hatte in dem Knecht Willem einen Freund und Lehrmeister gehabt, der ihm nie irgend etwas abgenommen, sondern darauf bestanden hatte, daß er seine Probleme selber löste. Zusammen schnitzten sie Holzschwerter und übten damit, sie gingen zum Fischen oder lutschten rohe Hühnereier aus, schoben aus lauter Übermut einem anderen Knecht, den sie nicht mochten, ein faules Ei unter, jagten Niederwild im Moor oder besuchten den Gottesdienst in der Kapelle des Klosters. Dagegen bemühte sein Vater sich, ihm alles zu vermitteln, was mit dem Vieh zu tun hatte. Er zeigte ihm, was bei der Geburt eines Fohlens oder Kalbes zu tun war, baute einen Zaun mit ihm, den der Fuchs auf der Suche nach Hühnern und Gänsen nicht so ohne weiteres überwinden konnte, und lehrte ihn zu schlachten.

Das war nun alles vorbei. Seine Eltern lebten nicht mehr, und Willem und die anderen Knechte und Mägde waren ebenfalls ermordet worden.

»Mein Bruder sitzt im Verlies in Hamburg und wartete auf den Tod«, sagte Störtebeker leise.

»Ich hatte nie eine Familie!« eröffnete Erik ihm.

»Dann gründest du eben eine.«

»Ich bin schon dabei!«

Störtebeker blickte den Freund forschend an, begriff und nickte ihm aufmunternd zu. Er freute sich mit ihm. Es war noch nicht lange her, daß Erik ihm von seiner Jugend erzählt hatte, die alles andere als erfreulich und unbeschwert gewesen war. Gleich nach der Geburt hatte seine Mutter ihn weggegeben. Er hatte nie erfahren, wer sie und wer sein Vater war. Aufgewachsen war er auf einer Werft, in der hauptsächlich kleine Boote für die Binnenseen gebaut wurden. Seine Unterkunft war ein Verschlag am Rande der Werft gewesen. Das Haus des Schiffbauers und seiner Frau durfte er nicht betreten. Ansprüche von ihm wurden nicht geduldet. Man erwartete von ihm Dankbarkeit dafür, daß er überhaupt ein Dach über dem Kopf hatte und hin und wieder etwas zu essen bekam. Störtebeker fand es erstaunlich, daß Erik dennoch zu einem so liebenswerten, humorvollen und zuverlässigen Mann gereift war, der sich niemals über irgend etwas beschwerte.

»Wir müssen miteinander reden«, beschloß er. »Wir müssen uns darüber klar werden, wie es weitergeht.«

»Du meinst also, daß wir auf Gotland nicht mehr sicher sind?«

»Genau das muß ich auch den anderen sagen. Wir dürfen uns keine Illusionen machen. Das können wir uns nicht leisten. Heute abend also.«

Als die Sonne untergegangen war, flackerten die Feuer auf am Strand von Visby. Magister Wigbold, Goedeke Michels und Erik saßen zusammen, während Störtebeker unruhig auf und ab ging, als wollte er die anderen Freibeuter nicht aus den Augen lassen, die sich an verschiedenen Feuern niedergelassen hatten, um über den offenen Flammen Fleisch und Fische zu grillen.

»Die Hanse will uns ebenso wie Königin Margarethe an den Kragen«, stellte Magister Wigbold fest. »Beide wollen uns einen Kopf kürzer sehen.«

»Kopenhagen war ein Fehler«, behauptete der Steuermann in seiner bärbeißigen Art. Er warf Störtebeker einen grimmigen Blick zu, um zu unterstreichen, wer seiner Meinung nach die Hauptschuld trug an dem Fehlschlag in der dänischen Hauptstadt. »Wir haben die Hanse und die Königin lächerlich gemacht. So was läßt niemand gern auf sich sitzen.«

»Du hast dich ganz gut dabei amüsiert«, stellte Erik nüchtern fest.

»Und du weißt genau, was ich meine«, fuhr Michels ihn an.

Störtebeker gesellte sich nun zu ihnen und setzte sich neben sie in den Sand. Nachdenklich blickte er in die Flammen, bis er schließlich sagte: »Du meinst, wir haben sie herausgefordert, weil wir Gerechtigkeit wollen und den Armen zurückgeben, was die Reichen ihnen genommen haben!«

»Ich meine vor allem, daß du damit den Teufel gekitzelt hast und daß Satan dadurch beweglicher wird, als uns lieb sein kann.«

Als Magister Wigbold den Steuermann vom Teufel reden hörte, bekreuzigte er sich und richtete seine Blicke kurz gegen den Sternenhimmel.

»Simon von Wallenrod wird sich auf seine Hinterbeine stellen und Gift und Galle spucken«, fuhr Goedeke Michels fort. »Aber wir wollten ihm den Kopf abschlagen. Hast du das vergessen?«

»Ich denke jede Stunde und jeden Tag an nichts anderes«, erwiderte Störtebeker. »Ich weiß, daß ich die Verantwortung für euch alle trage und deshalb doppelt wachsam sein muß.«

»Schöne Worte! Tatsächlich denkst du an deine Rache und deine Kaufmannstochter.« Michels stand auf. Drohend richtete er den Eisenhaken seiner Kunsthand gegen Klaus. »Laß dir eines gesagt sein: Ich segle nicht mit einem Kapitän, der das Leben seiner Männer aufs Spiel setzt, nur weil er sein persönliches Glück im Sinn hat. Da bekommt es der Kapitän mit mir zu tun.«

Störtebeker wich nicht zurück. Die Drohung seines Steuermanns beeindruckte ihn nicht. »Elisabeth ist nicht meine Kaufmannstochter«, stellte er klar. »Sie ist die Zukünftige von Simon von Wallenrod.« Als Goedeke Michels sich abwandte, fuhr er fort: »Aber ich finde keine Ruhe, solange mein Bruder im Verlies von Hamburg vermodert. Und hier können wir nicht mehr lange bleiben. Das wird zu gefährlich. Nicht nur für uns, sondern auch für unsere Freunde. Die Gotländer haben uns aufgenommen und uns Sicherheit gegeben. Jeden Tag kann die Hanse herausfinden, wo wir uns verstecken. Vielleicht weiß sie es schon und sucht eine militärische Macht, die sie gegen uns einsetzen kann. Wir müssen verschwinden, bevor die Pfeffersäcke sich entschließen, unsere Freunde anzugreifen.«

»Bei Gott«, stimmte Magister Wigbold zu. »Wir sollten uns schleunigst absentieren und neue Gefilde suchen.«

»Und wo, wenn ich fragen darf, Herr Magister?« Goedeke Michels hatte sich noch nicht beruhigt. Nun richtete sich seine Angriffswut gegen den Mönch.

»Was meinst du, Klaus?« fragte Erik, der um Ruhe und einen Ausgleich bemüht war.

»Ich will euch sagen, was wir tun!« Störtebeker nahm ein Stück Holz und warf es ins Feuer. Funken stoben auf. »Wir schlagen zu, bevor irgend jemand damit rechnet. Wir machen eine letzte, große Prise. Wir bauen unser Piratenschiff zur ehrbaren Kogge um und kapern das Flaggschiff der Hanse. Und danach fahren wir nach Hamburg direkt in die Höhle des Teufels. Dort packen wir ihn am Schwanz. Aber wir kitzeln ihn nicht nur, nein, wir stoßen ihm das Schwert in den Rachen, bis er sich daran verschluckt. Dann verlassen wir Ost- und Westsee für immer. Und segeln in den Süden. Seid ihr dabei?«

Fragend blickte er in die Runde. Michels war der erste, der nickte. »Ich bin dabei!«

Erik schloß sich ihm kommentarlos an.

»Ist Gott für uns, wer mag wider uns sein?« versetzte Magister Wigbold.

»Dann ist es abgemacht«, stellte Störtebeker fest. »Macht die *Seewolf* klar zum Auslaufen. Bei Morgengrauen stechen wir in See.«

Auf dem Weg zum Schiff kamen Klaus Störtebeker und Erik an der Hütte vorbei, die der Blonde und seine junge Frau bezogen hatten. Sigrid wartete davor auf ihren Mann. Sie hatte beobachtet, was geschah, und zog die richtigen Schlüsse daraus.

»Fahrt ihr morgen weg?« fragte sie.

Er nickte nur. Sie blickte Störtebeker kurz an und legte ihre Arme um Erik.

»Bleib hier«, bat sie ihn. »Ich habe einen ganz schlimmen Traum gehabt. Ich wollte dir nicht davon erzählen, aber jetzt ...«

»Nur zu«, ermunterte Störtebeker sie.

»Erik ist nie zurückgekommen. In dem Traum.«

»Du weißt genau, daß ich nicht hierbleiben kann, wenn wir auslaufen«, entgegnete Erik.

»Nur dieses eine Mal. Bitte!« Sie richtete ihre Worte nicht an ihn, sondern über seine Schulter hinweg an Störtebeker, der wußte, daß Erik von solchen Träumen gar nichts hielt. Sie hatten vor einiger Zeit einmal über Träume und Ahnungen gesprochen und waren sich darin einig gewesen, daß sie auf solche Vorstellungen nichts geben durften, wenn sie weiterhin erfolgreich auf ihren Kaperfahrten bleiben wollten.

Erik küßte seine Frau.

»Ich bin gleich zurück«, entgegnete er. »Ich habe noch ein wenig am Schiff zu tun, aber dann gehen wir schlafen.«

In der Morgendämmerung zogen die Männer der *Seewolf* das Segel hoch. Eine kräftige Brise griff in das Tuch und blähte es auf, so daß sich die Kogge schnell von ihrem Liegeplatz löste und aus dem Hafen Visbys trieb.

Vom Achterkastell aus beobachtete Klaus Störtebeker, daß

Sigrid hinter einem der Lagerhäuser hervorkam und zu ihnen herübersah. Trotz der Entfernung erkannte er, daß sie geweint hatte. Mit hängenden Armen stand sie da, als hätte sie ihren Mann schon verloren.

Entschlossen ging Störtebeker zu Erik, der mit einigen anderen Männern den Anker eingeholt hatte und nun die Tampen aufrollte.

»Erik, du bleibt hier in Visby«, entschied er. »Du bist mir für die Sicherheit der Frauen und Kinder verantwortlich.«

»Was?« Der Freund blickte ihn an, als habe er sich gerade entschieden, ihn für alle Zeiten aus dem Kreis der Freibeuter auszuschließen, oder ihm die Freundschaft gekündigt. »Ich will mit auf Kaperfahrt. Das ist doch klar.«

Goedeke Michels hatte gehört, was Störtebeker gesagt hatte. Er kam nun hinzu. Er klopfte Erik freundschaftlich auf die Schulter. »Jetzt zier dich nicht so! Die Frauen brauchen jemanden, der auf sie aufpaßt. Außerdem wirst du sowieso immer nur seekrank. Also, was willst du hier an Bord?«

»Ich und seekrank?« Erik schüttelte empört den Kopf. »Was ist das nun wieder für ein Gerücht?«

Bevor er sich noch weiter äußern konnte, gab ihm der Steuermann einen kräftigen Stoß. Störtebeker stellte ihm ein Bein, so daß er sich nicht halten konnte. Erik taumelte rücklings gegen die Reling, kippte darüber hinweg und ruderte vergeblich mit den Armen, um irgendwo Halt zu finden. Er stürzte ins Wasser.

»Ihr Halunken«, rief er, als er aus den Fluten auftauchte. »Holt mich sofort wieder an Bord!«

Doch der Wind beschleunigte die *Seewolf* und trieb sie rasch aus dem Hafen. Sie war bereits so schnell, daß selbst ein besserer Schwimmer als Erik sie nicht mehr eingeholt hätte.

Er versuchte es dennoch, sah aber schon nach wenigen Zügen ein, daß er es nicht schaffen konnte, gab auf – und lachte. Scherzhaft schüttelte er die Faust hinter ihnen her.

»Wenn ihr wieder da seid, will ich eine dicke Prise sehen!« verabschiedete er seine Freunde.

Störtebeker winkte ihm belustigt zu und beobachtete, wie er an Land schwamm, wo er von seiner freudestrahlenden Sigrid in Empfang genommen wurde.

Seit Tagen stieg Störtebeker alle paar Stunden ins Krähennest hinauf und suchte das Meer mit Hilfe seines Fernrohrs ab. Mittlerweile hatte die *Seewolf* die Ostsee hinter sich gelassen, war ins Skagerak vorgestoßen, wo sie vier Tage lang vor Anker gehen mußte, weil der Wind aus Westen kam und die Kogge nicht in der Lage war, gegen den Wind zu segeln. Am Morgen des fünften Tages endlich drehte der Wind und trieb das Schiff durch die aufgewühlte See bis vor die dänische Westküste. Von dort aus ging es zügig nach Süden, bis am Horizont die Insel Helgoland in Sicht kam.

Störtebeker hatte die Zeit genutzt, um das Äußere der *Seewolf* zu verändern. Das Segel war mit einem großen, weithin sichtbaren Hamburger Tor versehen worden, hoch oben am Mast flatterte die Flagge der Hansestadt Hamburg, und einige der Piraten waren damit beschäftigt, Schilder an Bug und Heck mit dem Schiffsnamen *Hansestolz* anzubringen.

Plötzlich schwang sich Störtebeker aus dem Krähennest und hangelte sich ebenso schnell wie geschickt die Takelage herunter. Als er das Deck erreichte, zeigte er auf die See hinaus.

»Dort drüben – nicht allzu weit von Helgoland entfernt – ist die *Wappen von Hamburg*, Leute!« rief er. »Darauf haben wir gewartet. Wir holen sie uns!«

Voller Vorfreude auf den Streich gegen das weithin bekannte und angesehene Schiff der Hanse ging er zu Goedeke Michels, der am Ruder stand.

»Halte direkt auf die *Wappen von Hamburg* zu«, befahl er. Dann wandte er sich an die Mannschaft. »Ein paar von euch ziehen die Gewänder an, die wir vorbereitet haben. Der Rest macht sich unsichtbar.«

Magister Wigbold eilte zu einem Faß und holte Kleidungsstücke daraus hervor, die er in aller Eile an die Mannschaft verteilte. Dabei ermahnte er die Männer, sich unter Deck umzuziehen.

»Wir können nicht ausschließen, daß es auf der *Wappen von Hamburg* ebenfalls jemanden gibt, der ein Fernrohr hat und alles beobachten kann, was bei uns an Bord geschieht. Also ab unter Deck Männer.«

»Ihr habt gehört, was euer Kapitän gesagt hat«, brüllte Goedeke Michels, den die Aussicht auf ein Abenteuer aus der Reserve lockte. »Bewegt euch, ihr faulen Scheißhausratten – oder soll ich euch Beine machen?«

Die Freibeuter duckten sich, um die Deckung der Reling auszunutzen, und hasteten unter Deck. Während sie sich vorbereiteten, machte die Kogge gute Fahrt, und schon bald darauf war die *Wappen von Hamburg* mit bloßem Auge auszumachen. Über seichtem Grund war sie vor Anker gegangen. Der Wind hätte sie weiter nach Süden getrieben, nicht aber in Richtung ihres Ziels – der Elbmündung und nach Hamburg. Die *Hansestolz* aber konnte den achterlichen Wind nutzen.

Aus sicherer Deckung heraus sah Störtebeker durch das Fernrohr zwölf vornehm gekleidete Ratsherren, die an der Reling standen. Simon von Wallenrod kam aus der Kabine am Heck und gesellte sich zu ihnen. Aus seinen Gesten und den nachfolgenden Aktionen schloß er, daß der Waffenmeister den Befehl erhielt, eine Kanone zu bemannen und für den Abschuß vorzubereiten. Störtebeker ließ sich nicht einschüchtern. Er glaubte nicht an ihre Wirksamkeit. Außerdem hatte er sich sagen lassen, daß es mit der Zielgenauigkeit nicht weit her war – vor allem wenn das Schiff schwankte – und daß die meisten verschossenen Steinkugeln wirkungslos durch die Takelage rauschten.

Er behielt den Kurs bei, bis die beiden Koggen kaum noch fünfzig Schritte voneinander entfernt waren. Nun kam der als Kaufmann verkleidete Magister Wigbold aus einer Kabine am Achterdeck hervor, winkte freundlich zu den Hanseaten hinüber und rief: »Seid gegrüßt, ihr Herren! Mein Name ist Rensenbrink aus Stralsund. Darf ich Euch an Bord der *Hansestolz* einladen? Wir haben sizilianischen Wein für Bergen geladen und möchten Euch ein Fäßchen kredenzen. Wir sind begierig darauf, zu erfahren, wie die Friedensverhandlungen mit der dänischen Königin gelaufen sind, von denen wir gehört haben und von denen die ganze Hanse mittlerweile spricht.«

»Seid gegrüßt, Herr Rensenbrink«, antwortete Simon von Wallenrod, der nun mitten unter den Ratsherren stand. »Wollt Ihr nicht zu uns an Bord kommen? Das wäre bedeutend einfacher. Und gegen ein Fäßchen mit sizilianischem Wein hätten wir nichts einzuwenden. Wir müssen ohnehin vor Anker liegen und auf eine achterliche Brise warten. Der Wind steht ungünstig für uns. Wir können nicht weitersegeln.«

»Einverstanden, und herzlichen Dank!« Magister Wigbold verneigte sich leicht. »Wir nehmen Eure Einladung gerne an.«

Geschickt manövrierte Goedeke Michels die *Hansestolz* an die *Wappen von Hamburg* heran. Als die beiden Koggen nahe genug beieinander waren, rauschte der Anker herab, und die

Besatzungen stellten stabile Verbindungen her, indem sie die Enterhaken von einem Schiff zum anderen reichten. Ein Fallreep bildete den Abschluß.

Würdevoll und freundlich nach allen Seiten grüßend, schritt Magister Wigbold als erster hinüber. Die äußerlich veränderten Klaus Störtebeker und Goedeke Michels, elegant gekleidet und mit den typischen Kaufmannsmützen versehen, folgten ihm. Kaum waren sie an Bord der *Wappen von Hamburg*, als sie sich blitzschnell auf Simon von Wallenrod stürzten und ihm ein Messer an die Kehle hielten.

»Einen schönen guten Tag, meine Herren«, sagte der Anführer der Freibeuter. »Eine falsche Bewegung und Simon von Wallenrod ist ein toter Mann.«

Der Bürgermeister Hamburgs war ebenso überrascht wie seine Ratsherren und die Besatzung der *Wappen*. Stocksteif stand er in den Armen Störtebekers.

»Tut, was er sagt«, forderte er.

Mittlerweile waren alle Piraten aus ihren Verstecken hervorgekommen. Sie stürmten zum Schiff der Hanse hinüber und besetzten es an allen wichtigen Positionen. Die Besatzung der Hanseaten ließ ihre Waffen fallen. Goedeke Michels nahm dem Waffenmeister eine brennende Lunte aus der Hand und warf sie über Bord, damit er die Kanone nicht zünden konnte. Da sie auf die nur wenige Schritte entfernte *Hansestolz* gerichtet war, hätte sie schwerste Schäden anrichten können.

»Klar Schiff auf der *Wappen von Hamburg*«, meldete Michels. Er grinste wie ein kleiner Junge, dem ein Streich gelungen war.

Ratsherr Degenhard trat eilig auf Störtebeker zu und sank vor ihm auf die Knie. Er war noch nie ein tapferer Mann gewesen. Nun glaubte er offenbar, sein letztes Stündlein sei angebrochen. An der Küste und in den Hansestädten flüsterte man sich zu, Störtebeker und seine Likedeeler seien Mordgesellen, die niemanden auf den erbeuteten Schiffen am Leben ließen und auf keinen Fall Gefangene machten. Er nahm diese Gerüchte als bare Münze.

»Bitte, Herr Kapitän, im Namen Gottes! Schont unser Leben«, flehte er.

Seinem Beispiel folgend, ließen sich nun auch die anderen Ratsherren auf die Knie herab. Lediglich Simon von Wallenrod blieb stehen, stolz, hochmütig und unnahbar. Voller Verachtung blickte er auf die Ratsherren hinab, die bar jeder Würde um Gnade bettelten.

»Erwarte nicht, daß ich auf die Knie falle«, sagte er zu Störtebeker, doch der Freibeuter beachtete ihn nicht. Er ging zum Heck und betrat die achterliche Kabine. Als er die Tür öffnete, sah er sich Elisabeth und ihrer Hausdame Maria gegenüber.

»So sieht man sich wieder!«

Elisabeth warf das Tuch zur Seite, das sie in Händen gehalten hatte. Zornig trat sie auf ihn zu. »Gehst du wieder deiner Lieblingsbeschäftigung nach, harmlose Hanseschiffe zu überfallen?«

»Ich habe keine andere Wahl«, erwiderte er ernst. »Außerdem ist diese Kogge nicht so harmlos, wie es den Anschein hat. Immerhin hat sie zwölf Ratsherren der Hanse und die Braut des Bürgermeisters von Hamburg an Bord. Ach ja – und Simon von Wallenrod nicht zu vergessen.«

Enttäuscht über ihre Haltung wollte er sich abwenden, doch Elisabeth griff rasch nach seinem Arm und hielt ihn fest. Sie trat nah an ihn heran, um ihm prüfend in die Augen zu sehen.

»Laß dich anschauen, Klaus Störtebeker. Was ist nur aus Klaus Broderson geworden! Demjenigen, den ich mal geliebt habe.«

Er bemühte sich, ihr seine Verbitterung nicht zu zeigen. Dabei fragte er sich, warum sie für ihn nur Vorwürfe hatte, Simon von Wallenrod jedoch ohne Arg gegenüberzustehen schien.

»Was soll schon aus ihm geworden sein? Er steht vor dir.«

»Nein, nein, du bist mir fremd geworden, Klaus.«

»Ich bin zu dem geworden, zu dem man mich gemacht hat.« So schwer es ihm auch fiel, er bemühte sich um Abstand.

»Was willst du mit deinem neuen Leben anfangen, Klaus? Sie werden dich hetzen, bis sie dich gestellt haben. Das ist dein Schicksal!« Elisabeth hatte Angst um ihn, und sie wußte, daß er gar nicht umkehren konnte. Das Leid, das er als Kind zu ertragen gehabt hatte, nagte noch immer an ihm. Die Bilder seiner sterbenden Eltern konnte er nicht vergessen.

»Glaubst du an das Schicksal? Ich nicht. Ich glaube daran, daß man sein Schicksal in den eigenen Händen hält. Gott hat uns das Leben nicht geschenkt, damit wir uns treiben lassen.«

»Ich gebe dir den guten Rat: Setz das Segel und verschwinde von hier. Ich will dich nicht am Galgen baumeln sehen, Klaus. Deine einzige Hoffnung liegt in der Flucht. Die Hanse ist zu mächtig. Du kannst nicht auf Dauer gegen sie bestehen. Zumal dann nicht, wenn sie ihre Kräfte mit denen Dänemarks und Schwedens vereinigt.«

»Ich will nur Gerechtigkeit. Und der erste Schritt dazu ist, daß ich meinen Bruder aus dem Gefängnis hole. Ist das etwa zuviel verlangt?«

»Gerechtigkeit um jeden Preis ist zu teuer erkauft. Damit machst du alles nur noch schlimmer. Und das nimmt kein gutes Ende. Glaube mir!«

Störtebeker löste sich von ihr und ging zur Tür. Sie eilte hinterher und hinderte ihn daran, die Kabine zu verlassen.

»Ich kann ganz gut auf mich aufpassen«, versetzte er.

»Warum haßt du Simon von Wallenrod so sehr?«

»Er hat meine Eltern umgebracht.«

»Woher willst du das wissen? Du warst noch ein Kind. Und er auch! Ein Kind soll deine Eltern getötet haben?« Sie schüttelte vorwurfsvoll den Kopf. »Klaus!«

»Ich habe seine Narbe gesehen. Diese Wunde habe ich ihm beigebracht. Da war ich noch Klaus Broderson. Er war an der Seite seines Vaters, als meine Eltern und unser Gesinde ermordet wurden. Und dafür wird er sterben.«

Störtebeker gab nicht nach, denn es war unerträglich für ihn, daß ein Mann wie Simon von Wallenrod als ehrenwerter Bürgermeister der Hansestadt auftrat, ein unbeschwertes Leben in Wohlstand führte und die uneingeschränkte Achtung aller genoß, obwohl er an einem vielfachen Mord beteiligt gewesen war und sein Vater ein Vermögen mit Mordbrennerei gemacht hatte. Der Freibeuter konnte und wollte diesen Mann nicht ungeschoren davonkommen lassen, der ihm zu allem Übel auch noch die Frau nehmen wollte, die er aus tiefstem Herzen liebte und die ihm über die vielen Jahre im Kloster so nah gewesen war wie kein anderer Mensch. Sie war eine Frau von untadeligem Charakter, eine Frau, die sich dem Wort ihres Vaters verpflichtet fühlte, obwohl er nicht mehr lebte, und die nun die Freiheit hatte, sich gegen ihn zu entscheiden.

Sie machte Störtebeker einen überraschenden Vorschlag.

»Wenn du Jan befreien willst, nimm mich als Geisel. Tausche mich gegen deinen Bruder aus.«

Er zögerte. »Warum sollte ich dir vertrauen? Du hast dich für Simon von Wallenrod entschieden.«

»Ich gebe dir mein Wort«, entgegnete sie. Damit überzeugte sie ihn. Er wußte, daß sie unter allen Umständen zu ihrem Wort stehen würde.

»Ich glaube dir.« Es tat ihm weh, sich auf dieses Spiel einzulassen. Damit setzte er Elisabeth einem Risiko aus. Doch er glaubte, keine andere Wahl zu haben. »Doch ich glaube Simon von Wallenrod nicht. Es stimmt. Ich bin nicht mehr Klaus Borderson. Aber du bist auch nicht mehr die Elisabeth Preen, die ich kannte.«

Damit verließ er die Kabine, verschloß die Tür jedoch nicht. Er wandte sich an zwei seiner Freibeuter, die in der Nähe standen.

»Bringt sie auf die *Seewolf*!«, befahl er. Dann hob er seine Stimme und schrie: »Und holt diese verdammte Flagge von unserem Mast. Ich will unsere Fahne dort oben sehen und keine andere! Wir haben keinen Grund, uns zu verstecken.«

Nicht nur Elisabeth und Maria wechselten auf das Schiff der Piraten über, sondern auch Simon von Wallenrod und die Ratsherren. Auf der *Wappen von Hamburg* wurden die Heringsfässer geöffnet und ihr Inhalt über Bord geschüttet. Die leeren Fässer wurden auf das Deck der *Seewolf* gehievt, wo die Ratsherren voller Angst ihres Schicksals harrten.

»Dürfte ich die Herren bitten, in die Heringstonnen zu steigen?« rief Störtebeker.

Als die Ratsherren der Aufforderung nicht sogleich nachkamen, packte Goedeke Michels Degenhard mit der Eisenkralle am Kragen und mit der anderen Hand an seinem Gürtel, hob ihn kurzerhand hoch und ließ ihn in eines der Heringsfässer fallen. Jammernd und klagend tauchte der Ratsherr unter, so daß nichts mehr von ihm zu sehen war.

»Brauchen die anderen Herren auch Hilfe?« fragte Michels.

Umständlich, überhastet und ungeschickt kletterten die Gefangenen in die Fässer und kauerten sich hinein. Einige streckten ihre Köpfe heraus, andere verkrochen sich in ihrer Angst so tief, daß nichts mehr von ihnen zu sehen war.

Nur Simon von Wallenrod rührte sich nicht.

»Mich bringt ihr da nicht lebend hinein«, weigerte er sich.

»Bindet ihn am Mast fest«, befahl Störtebeker, ohne ihn anzusehen. Er war damit beschäftigt, das Einholen des Ankers zu überwachen. Danach schritt er an der Reihe der Heringsfässer entlang.

»Gnade, Herr Störtebeker«, stammelte Martin Degenhard, der vorsichtig seinen Kopf aus dem Faß hob. »Ihr könnt für uns jedes Lösegeld verlangen. Die Stadt Hamburg wird bezahlen.«

»Das hoffe ich für Euch«, erwiderte er. »Weil ihr sonst das abgebt, was Ihr schon seid. Fischfutter.« Er beugte sich vor und hielt sich dabei die Nase zu. »Seid Ihr das, der so stinkt?«

»Nein, Herr«, beteuerte Degenhard. »Das sind die Reste der Heringe.«

»So, die Heringe.« Störtebeker hörte sich an, als wollte er sagen: Aber danach riecht es gar nicht!

Er verkniff sich eine weitere Demütigung der Ratsherren und ließ das Segel setzen. Die *Seewolf* löste sich von der *Wappen von Hamburg*, die am Anker verblieb. Vielleicht würden die Fischer von Helgoland auf sie aufmerksam werden und sich ihrer bemächtigen, oder sie würde beim nächsten Sturm untergehen. Was aus ihr wurde, interessierte Störtebeker nicht.

Nach Einbruch der Dunkelheit drehte der Wind, er kam nun aus Nordwesten und trieb die *Seewolf* auf die Elbmündung zu.

Es war schon fast Mitternacht, als Störtebeker zu Simon von Wallenrod ging.

»Was hast du mit Elisabeth getan?« fragte der Gefangene, als er bei ihm war und die Fesseln prüfte, mit denen er an den Mast gebunden worden war.

»Was bedeutet sie dir eigentlich?« entgegnete der Pirat. Die Schnüre saßen so fest, daß der Bürgermeister sich auf keinen Fall aus eigener Kraft befreien konnte.

»Was geht es dich an?« Trotzig hielt Simon von Wallenrod seinem Blick stand.

»Alles. Nichts.« Störtebeker zuckte mit den Achseln. »Es ist unwichtig geworden.«

»Was hast du vor mit dir?« Wallenrod schien nicht zu fürchten. Er hatte eine bemerkenswerte Entwicklung durchgemacht von dem eingeschüchterten, gedemütigten und weinerlichen Jungen, der er bei dem Überfall auf das Broderson-Gut gewesen war, bis zum dem Tag, da er das Bürgermeisteramt bekleidete. Er war zu einem Kämpfer geworden, den man nicht unterschätzen durfte. »Willst du morgen früh mit mir ein Spektakel vor deinen Kumpanen veranstalten?«

»Nein. Ich will nur Gerechtigkeit.«

»Und die willst du mit deinem bunt zusammengewürfelten Haufen von Halunken erreichen? Na, dann viel Glück!«

Störtebeker legte Wallenrod die Hand an die Schulter und trat dabei so nah an ihn heran, bis sich ihre Körper berührten. Er wartete einen kurzen Moment, dann drückte er seine Finger in die noch nicht verheilte Wunde, die er Simon von Wallenrod beigebracht hatte. Der Bürgermeister zuckte zusammen.

»Die Welt wäre schon um ein gutes Stück besser ohne dich.«

»Das sagt mir ausgerechnet der berüchtigtste Pirat der Nordmeere.« Stöhnend vor Schmerz stemmte Wallenrod sich gegen seine Fesseln, ohne sich befreien zu können.

»Hätten du und deinesgleichen nicht meine Eltern umgebracht und sich Gut Broderson unter den Nagel gerissen, wären wir heute nicht hier. Beide nicht.«

»Und?« Der Bürgermeister beherrschte sich mustergültig. Er gab sich den Anschein, als sei ihm sein eigenes Schicksal gleichgültig. »Was willst du?«

»Deine Freiheit gegen meinen Bruder.«

»Ach, ist das alles? Und danach? Bildest du dir tatsächlich ein, ich würde die Angelegenheit auf sich beruhen lassen?«

»Nein, wohl nicht, aber wenn mein Bruder frei ist, kann ich dir entgegentreten, ohne daß du ein Faustpfand gegen mich in der Hand hast. Und dann gnade dir Gott!«

»Na schön, ich werde dir deinen Bruder aushändigen.«

»Das solltest du tun – wenn du das Leben der Ratsherren und das Elisabeths nicht aufs Spiel setzen willst!«

»Du würdest Elisabeth etwas antun?« Spöttisch lächelnd schüttelte Wallenrod den Kopf.

Störtebeker entfernte sich einige Schritte und stellte sich an die Reling, um in die Nacht hinauszusehen.

»Elisabeth bedeutet dir noch immer etwas«, hörte er den Gefangenen sagen, und jedes seiner Worte traf ihn im Innersten. »Aber du bedeutest ihr nichts mehr. Und das weißt du. Sie wird mich heiraten. Du wirst weiter ruhelos auf dem Meer herumfahren, bis wir dich erwischen. Und für jeden, den du umbringst, rekrutieren wir zwei Neue, um dich zur Strecke zu bringen. Und wir werden dich zur Strecke bringen, Klaus Störtebeker.«

Der Freibeuter stieg zum Achterkastell hinauf, um sich

etwas weiter von Simon von Wallenrod zu entfernen. Er wollte nicht mehr mit ihm reden. Goedeke Michels und Magister Wigbold gesellten sich zu ihm.

»Mein doppeltes Gewissen«, spöttelte Störtebeker.

»Mit Verlaub, darf man erfahren, was du vorhast mit ihm?« Michels zeigte zu dem Gefangenen am Mast hinüber. »Elisabeth bringt ihm was zu trinken. Dagegen ist nichts einzuwenden. Oder doch?«

»Nein. Keineswegs.«

»Mit Simon von Wallenrod und den zwölf Ratsherren haben wir die fetteste Prise in der Hand, die jemals gemacht worden ist.«

»Richtig«, bekräftigte Wigbold. »Denk an die Kinder in Visby. Wir sollten ein Lösegeld rausschlagen, von dem wir alle die nächsten Jahre leben können.«

»Aber vorher könnten wir noch aus ihm herausprügeln, was die Hanse und Königin Margarethe für Pläne gegen uns geschmiedet haben«, schlug Goedeke Michels vor. Mit der gesunden Hand rieb er den Eisenhaken, als freue er sich darauf, eine solche Aufgabe zu übernehmen.

»Auge um Auge. Zahn um Zahn. So steht es in der Bibel«, fügte Magister Wigbold an.

»Es heißt aber auch: Ich aber sage euch, daß ihr nicht widerstreben sollt dem Übel. Sondern, so dir jemand einen Streich gibt auf deinen rechten Backen, dem biete den anderen auch dar!«

Wigbold verzog das Gesicht, als habe er Zahnschmerzen. »Also ist doch etwas hängengeblieben aus der Zeit im Kloster. Fragt sich nur, wie weit wir kommen, wenn wir danach handeln. In besonderen Zeiten gewährt die Kirche Dispens. Und jetzt sind besondere Zeiten.«

Klaus Störtebeker behagte nicht, was sie ihm vorgetragen hatten.

»Wollt ihr so sein wie die Wallenrods dieser Welt?« fragte er. »Indem ihr Unrecht mit noch größerem Unrecht vergeltet? Ich nicht! Ich bin ein Likedeeler, und ich bin stolz darauf. Ich verachte die Patrizier dafür, wie sie Recht und Gesetz so beugen, wie sie es gerade brauchen.« Kampfeslustig blickte er seine beiden Gefährten an. »Wir ziehen die Angelegenheit so durch, wie ich es will. Danach könnt ihr euch, wenn ihr unbedingt wollt, einem anderen Kapitän anschließen.«

Er merkte nicht, daß Elisabeth nur wenige Schritte von ihm entfernt unter dem Kastell an Deck gestanden und alles gehört hatte. Nun zog sie sich in ihre Kabine zurück. Lautlos schloß sie die Tür hinter sich.

Nebelschwaden krochen durch die Gassen der Hansestadt Hamburg. Träge schob sich eine Kogge am Grasbrook vorbei und durch die Fleete bis in das Herz der Stadt. Nicht einmal einen Steinwurf vom Rathaus und den Verliesen darunter entfernt legte die *Seewolf* an. Im Schutze der Dunkelheit sprangen einige Männer von Bord, um das Schiff zu vertäuen. Lautlos senkte sich das Fallreep herab.

Störtebeker schritt als erster darüber hinweg. Wenig später folgten ihm Goedeke Michels und Simon von Wallenrod. Zugleich stürmten an die zwanzig mit Kettenhemden, Metallhelmen und Schwertern bewehrte Soldaten aus einem Torbogen hervor, bereit, die Freibeuter anzugreifen.

»Halt!« rief der Bürgermeister ihnen entgegen. »Keinen Schritt weiter.«

Trotz der Dunkelheit erkannten sie ihn. Sie gehorchten. In geschlossener Gruppe blieben sie stehen.

»Ich habe mein Versprechen eingehalten«, sagte Störtebeker zu Wallenrod. »Dein Leben und das der Ratsherren gegen meinen Bruder.«

»Und Elisabeth?«

»Sie wird freigelassen, sobald Jan da ist«, meldete sich Goedeke Michels zu Wort.

»Elisabeth ist ...«, begann Wallenrod, doch Störtebeker unterbrach ihn.

»Es gibt nichts zu bereden. Hole mir meinen Bruder, und ich gebe dir Elisabeth.«

Der Bürgermeister nickte und ging zu den Soldaten hinüber. Mit gedämpfter Stimme befahl er ihnen, abzurücken und ihn zu begleiten. Mit ihnen zusammen verschwand er durch den Torbogen.

»Wie lange?« fragte Elisabeth, die mit Maria über das Fallreep herankam.

»Das hängt von deinem Verlobten ab«, erwiderte Störtebeker, ohne sie anzusehen.

Er mochte das Spiel nicht, auf das er sich eingelassen hatte, aber er hatte keine andere Wahl. Er mußte die Frau als Faustpfand nutzen, die er liebte. Dabei wunderte er sich über Simon von Wallenrod, der eigentlich wissen sollte, daß er Elisabeth niemals und unter gar keinen Umständen etwas antun würde. Auch dann nicht, wenn der Tausch nicht zustande kam.

Bei umgekehrten Vorzeichen wäre das Leben Elisabeths zweifellos in Gefahr gewesen, denn ein Mann wie Wallenrod nahm keine Rücksicht auf eine Frau, wenn es darum ging, seine Pläne zu realisieren.

Klaus Störtebeker wartete. Von den gefangenen Ratsherren war nichts zu hören. Sie steckten noch immer in den Heringsfässern und hofften, daß die Zeit der Demütigungen bald vorbei war für sie.

Nichts regte sich am Rathaus und an den Verliesen. Quälend langsam verrannen die Stunden. Gegen Morgen befahl Störtebeker, die Ratsherren aus den Fässern zu holen, jedoch nicht freizulassen.

Magister Wigbold ging zu ihm. »Nichts?« fragte er.

»Nein, nichts. Es wird bald hell. In einer Stunde wimmelt es hier von Menschen, und es wird immer schwerer, den Hafen wieder zu verlassen.«

»Ich fürchte, Wallenrod heckt eine Teufelei aus.«

»Er hält sich nicht an die Vereinbarung. Was machen wir?«

Störtebeker zuckte mit den Achseln. Er wußte es nicht. Er hatte sich auf ein gefährliches Spiel eingelassen, bei dem er mit den Ratsherren und Elisabeth Trümpfe in den Händen hielt. Solange er sich jedoch nicht dazu entschloß, einen der gefangenen Ratsherren zu töten, um zu unterstreichen, wie ernst es ihm war, konnte er die Trümpfe nicht ausspielen.

»Wir sollten auslaufen«, drängte Magister Wigbold. »Die Tide kippt. Wenn das Wasser fällt, sitzt die *Seewolf* auf Grund, und wir kommen nicht mehr weg. Dann sind wir erledigt. Man wird uns angreifen, und wir können nicht gegen eine ganze Stadt kämpfen. Also müssen wir uns zurückziehen, solange wir noch genügend Wasser unter dem Kiel haben.«

»Leise!« Störtebeker lauschte. Wenig später waren deutlich die Schritte einer Gruppe zu hören, die sich ihnen näherte. Hinter ihm machten die Freibeuter ihre Waffen bereit.

Aus dem Dunkel des Torbogens kamen langsam mehrere Gestalten hervor. Störtebeker erkannte Simon von Wallenrod und zwei Landsknechte, die einen in einen langen Mantel gehüllten Mann mit sich führten. Der Kopf dieses Mannes verschwand vollständig unter einer Kapuze. Dennoch war sich Störtebeker absolut sicher, daß es sein Bruder Jan war. Er erkannte ihn an der Haltung und der Art, wie er die Arme vor dem Körper hielt.

»Klaus Störtebeker«, rief Simon von Wallenrod.

»Ja, ich bin hier«, antwortete er.

»Ich halte mich an unsere Abmachung. Gib Elisabeth frei, dann kannst du deinen Bruder haben!« hallte es zu ihm herüber.

Störtebeker gab Goedeke Michels ein Zeichen, und der Steuermann entließ die Ratsherren. Sie hasteten über das Fallreep und rannten in eine dunkle Gasse hinein, um sich so schnell wie möglich in Sicherheit zu bringen.

Dann winkte der Freibeuter Elisabeth zu sich heran. »Du kannst gehen«, sagte er, ohne sie anzusehen.

»Denk an meine Worte«, ermahnte sie ihn. Sie war voller Sorge um ihn. »Sie werden dich jagen. Alle.«

»Ich schicke Elisabeth und Maria jetzt los«, rief Störtebeker in den Nebel hinein. »Laß meinen Bruder frei!«

Langsam schritt Elisabeth mit ihrer Hausdame über den Platz auf den Torbogen zu. Simon von Wallenrod gab Jan einen Stoß und befahl ihm, sich auf den Weg zu machen. Störtebeker fiel auf, daß sein Bruder sich seltsam unsicher bewegte, als machten ihm Dunkelheit und Nebel zu schaffen.

Auf halbem Wege begegneten sich Elisabeth und Jan. Sie wandte sich ihm zu und sagte etwas, doch er blieb nicht stehen, sondern ging weiter, ohne sich aufhalten zu lassen. Als Elisabeth bei Wallenrod eintraf, stolperte Jan über ein auf dem Boden liegendes Tau. Er wäre gefallen, wäre Störtebeker nicht rasch zu ihm geeilt, um ihn aufzufangen.

»Klaus, bist du es?« schluchzte Jan. Dabei schob er die Kapuze hoch und tastete nach seinem Gesicht. Die Augen waren mit einem Tuch verbunden worden. Störtebeker griff danach und zog es herunter. Danach stöhnte er gequält auf. Er hätte schreien mögen. Ihm war, als habe man ihm ein Schwert in die Brust gerammt. Die Haut um die Augen seines Bruders war schwärzlich verbrannt.

Simon von Wallenrod hatte ihn erst in die Freiheit entlassen, nachdem er ihn geblendet hatte.

Magister Wigbold nahm Jan bei der Hand und ging mit ihm hinter Störtebeker her. Goedeke Michels zögerte einen kurzen Moment, dann folgte auch er. Schweigend schlossen sich ihm die anderen Männer an. Worte waren nicht nötig. Sie hatten sich entschieden. Sie standen auch weiterhin zu ihrem Anführer. Sie wollten bei ihm sein und ihm den Rücken stärken, wenn er zu seinem vielleicht letzten Kampf antrat.

15. Elisabeths Hochzeit

Hamburg schmückte sich festlich. Die Kirchenglocken läuteten, und die Menschen drängten aus den Häusern auf die Straßen, Gassen und Plätze hinaus. Auf dem Rathaus wehte die stolze Flagge der Hansestadt mit dem Wappen in den rotweißen Farben darauf. Es hatte die Form eines Schildes, auf dem eine weiße Burg abgebildet war. Diese Burg sollte an die Hammaburg erinnern, mit der die Stadt durch Karl den Großen vor fast sechshundert Jahren gegründet worden war.

Die Menschen der Stadt waren ausgelassener Stimmung. Der Bürgermeister und Erste Ratsherr Simon von Wallenrod heiratete die auserwählte Elisabeth Preen.

Aus diesem Anlaß spendierten die zahlreichen Brauereien

der Stadt Bier, und an Dutzenden von Ständen drehten sich Spanferkel am Spieß über dem offenen Feuer. Musikanten zogen durch die Straßen, und Gaukler boten ihre Künste dar. Auf den Plätzen standen Bedienstete der Stadt, die lauthals verkündeten, daß die Hanse den Piraten den Garaus gemacht hatte. Einige von ihnen berichteten von heldenhaften Kämpfen der von Hamburg ausgesandten Landsknechte, die das Piratennest Visby nach erbittertem Kampf erobert hatten. Sie erwähnten die Ritter vom Deutschen Orden, die nur wenig zum Sieg beigetragen hatten, nun aber die Insel Gotland besetzt hielten, damit Piraten, die möglicherweise überlebt hatten, nicht dorthin zurückkehrten.

Einige wenige Hamburger zweifelten die Berichte an. Ihnen war aufgefallen, daß Schiffe den Hafen verlassen hatten, aber kaum Landesknechte aus der Stadt abgezogen worden waren. Doch diese wenigen fielen nicht ins Gewicht. Die Mehrheit feierte den strahlenden Sieger Simon von Wallenrod, der sich mehrfach in der Öffentlichkeit zeigte und sich erst unmittelbar vor der Trauung zu seiner zukünftigen Frau zurückzog.

Schon bald ging die Nachricht wie ein Lauffeuer durch die Straßen und Gassen, daß Simon von Wallenrod und seine Braut sich auf den Weg zur Nikolai-Kirche gemacht hatten. Begleitet von zwanzig Leibwachen in schwarzen Gewändern, schritten der Bürgermeister und Elisabeth an den jubelnden Menschen vorbei zur Kirche. Während er stolz und hochmütig in die Runde blickte, hier und da eine hochgestellte Persönlichkeit grüßte, indem er hoheitsvoll den Kopf neigte, sah die Braut nicht gerade glücklich aus. Sie war ernst und sehr blaß. Ihre Schönheit beeindruckte die Menschen aber dennoch. Viele bewunderten die goldene Kette an ihrem Hals und die blitzenden Steine daran, vor allem aber ihr Kleid, das ihre jugendlich frische Figur umschmeichelte. Als Zeichen ihrer Unschuld war es ganz in Weiß gehalten.

Ihnen folgten alle Ratsherren, darunter auch Martin Degenhard. Lustlos und verschlossen bildete er den Abschluß der Delegation. Während die anderen leise miteinander redeten, hielt er sich zurück. Wer ihn beobachtete, mußte den Eindruck gewinnen, daß er sich den Honoratioren lediglich angeschlossen hatte, weil man es so von ihm als Ratsherrn erwartete, nicht aber, weil er es gern tat und um das Paar zu ehren.

Auf der Treppe von St. Nikolai wartete der Geistliche mit mehreren kirchlichen Würdenträgern an seiner Seite. Simon von Wallenrod löste sich von seiner Braut, stieg allein einige der Stufen hoch und stellte sich neben den Pfarrer. Wispernd und flüsternd drängten sich die Zuschauer bis an die Kette heran, die von den Leibwächtern gebildet wurde.

»Bevor wir mit der Trauung beginnen, habe ich noch eine gute Nachricht für die Stadt Hamburg und alle ehrbaren Bürger«, rief der Erste Ratsherr. »Das Piratennest Visby auf der Insel Gotland existiert nicht mehr.«

Damit bestätigte er, was längst bekannt, jedoch noch nicht amtlich verkündet worden war.

Beifall brandete auf. Die Menschen jubelten ihm zu. Simon von Wallenrod wartete geduldig, bis er abebbte. Wie versteinert stand Elisabeth einige Schritte von ihm entfernt auf den Stufen der Kirche. Sie blickte zu Boden.

»Bedauerlicherweise ist die Piratenpest noch nicht ganz ausgerottet«, fuhr Wallenrod fort. »Die Macht der Freibeuter ist gebrochen, aber es gibt noch ein paar Halunken, die irgendwo herumziehen. Ich verspreche euch: Ich werde nicht eher ruhen, bis auch der letzte Seeräuber seinen Kopf auf den Richtblock gelegt hat.«

Erneut brandete Beifall auf, und nun erlaubte sich der Bürgermeister ein stolzes Lächeln. Er war der Sieger im Kampf der Stadt gegen die Piraten, und er genoß diesen Tag seines Triumphes. Er wollte ihn bis zur Neige auskosten. Daher wartete er, bis der Beifall allmählich ausklang und es ruhiger wurde. Mit eleganter Geste wandte er sich an den Geistlichen.

»Priester – walte deines Amtes«, forderte er ihn auf. Zugleich streckte er die Hand nach Elisabeth aus, ohne sich nach ihr umzusehen. Gehorsam stieg sie die Stufen zu ihm hoch und stellte sich neben ihn. Er blickte sie nur kurz an, in seiner Eitelkeit viel zu sehr mit sich selbst beschäftigt, um ihr die gebotene Aufmerksamkeit schenken zu können. Mehr denn je war er Mittelpunkt des Interesses. Er stand im Fokus der Öffentlichkeit – nicht nur der Hansestadt Hamburg, sondern der ganzen Hanse. Überall würde man von ihm sprechen und von seinem beispiellosen Aufstieg zu der mächtigsten und einflußreichsten Persönlichkeit dieses riesigen Gebietes, das von London über Hamburg, Stralsund und Danzig bis hoch nach Nowgorod reichte.

Die Kirchenglocken begannen zu läuten. Mächtig und voll hallte ihr Klang über die Häuser Hamburgs hinweg bis weit hinaus auf Alster und Elbe. Sie verkündeten den vollkommenen Triumph Simon von Wallenrods.

Der Priester hob beide Arme, um auf sich aufmerksam zu machen.

»Wer etwas gegen diese Ehe vorzubringen hat, der trete vor und rede – oder schweige für alle Zeit«, rief er.

Plötzlich polterte es für alle vernehmlich in der Kirche, und die Glocken hörten auf zu läuten. Ein, zwei dünne Schläge folgten noch, dann wurde es still. Unruhe entstand unter den Zuschauern und der Hochzeitsgesellschaft um Simon von Wallenrod und seine Braut. Viele blickten zum Kirchturm hinauf. Niemand konnte sich erklären, weshalb das Glockenspiel eingestellt wurde. Es hätte noch eine Weile andauern müssen.

Krachend flog eine Tür an der Galerie eines Hauses auf. Klaus Störtebeker trat heraus und schwang sich spielerisch leicht über das Geländer, um auf den Boden herab zu springen. Er landete nicht weit vom Bürgermeister entfernt, richtete sich auf und zog sein Schwert. Deutlich klingend glitt es aus der Scheide.

»Ergreift ihn!« befahl Simon von Wallenrod.

Die Leibwachen eilten auf Störtebeker zu und umringen ihn mit gezogenen Waffen in den Händen. Der Freibeuter wich zurück, bis er mit dem Rücken nah an einer Wand stand. Er war nun sicher, daß ihn niemand von hinten attackieren konnte.

»Hört mich an!« forderte er so laut, daß ihn auch die weit entfernt Stehenden verstanden. »Ich habe euch etwas mitzuteilen, und ich habe etwas gegen diese Ehe vorzubringen.«

»Was willst du, Störtebeker?« fragte Simon von Wallenrod, wobei er seiner Leibwache mit einer knappen Geste Einhalt gebot. Er schien ein wenig verwundert zu sein ob der Störung, beunruhigt aber war er nicht. Alle Vorteile lagen bei ihm. In der näheren Umgebung der Nikolai-Kirche gab es Hunderte von Landsknechten, die alle seinem Befehl gehorchten. Störtebeker war in eine Falle gegangen, aus der es keinen Ausweg mehr für ihn geben konnte. »Hier findest du nur den Tod und sonst gar nichts.«

»Alles, was ich will, ist mein Recht«, antwortete der Freibeuter.

»Du glaubst wirklich, als Pirat, der unzählige Schiffe samt Besatzung auf den Meeresboden geschickt hat, steht dir Recht zu? Das kann nicht dein Ernst sein.«

»Und ob es das ist.«

Simon von Wallenrod lachte. Verständnislos schüttelte er den Kopf. Er schien nicht begreifen zu können, daß Störtebeker sich irgend etwas ausrechnete. Nun aber war es genug. Er hatte schon zu lange zugehört und dem Piraten mehr Zeit geschenkt, als zu vertreten war. Mit Hilfe der Wachen wollte er die Situation rasch bereinigen und ohne besondere Schwierigkeiten aus der Welt schaffen. Er wollte bereits die dazu nötigen Befehle geben, als sich Elisabeth überraschend zu Wort meldete.

»Laß ihn reden!« Sie trat einen Schritt vor. In geradezu königlicher Haltung stand sie neben Wallenrod. Einen Widerspruch ließ sie nicht zu. Verblüfft blickte er sie an – und gab angesichts ihrer Stärke und Entschlossenheit nach.

»Also gut«, sagte er zu Störtebeker. »Du kannst dein Anliegen vortragen.«

Der Pirat wandte sich an alle – an die Bürger, die Ratsherren, die vielen Zuschauer und letztlich auch an die Landsknechte, die in den Diensten der Stadt standen, die aber erfahren sollten, was geschehen war. Er zeigte auf Wallenrod.

»Dieser Mann hat mir alles genommen, was meine Familie einst besessen hat«, führte er anklagend aus. »Er war dabei, als meine Eltern umgebracht wurden. Das ist lange her, aber deshalb wird noch lange nicht aus Unrecht Recht. Dieses Unrecht kann man nicht wiedergutmachen. Wenn ich Gerechtigkeit einfordere, dann meinem Bruder Jan gegenüber. Er wird zu Unrecht des Mordes beschuldigt. Jan …!«

Aus der Menschenmenge trat ein Mann hervor, der einen Mantel mit einer Kapuze trug. Unsicher und tastend stieg er zwei Stufen hoch, so daß man ihn besser sehen konnte, dann schlug er die Kapuze zurück und nahm die Augenbinde ab. Ein Aufschrei ging durch die Menge, als er die gräßlichen Wunden enthüllte, die durch die glühenden Eisen verursacht worden waren.

»Das ist mein Bruder Jan«, fuhr Störtebeker fort. »Jan ist von Simon von Wallenrod geblendet worden, doch damals, als der Mord an Hermann Preen geschah, hatte er noch sein Augenlicht. Und er hat gesehen, wer der Mörder war: nämlich Simon von Wallenrod, Erster Ratsherr und Bürgermeister von Hamburg!«

Unangenehm berührt wich der Beschuldigte zurück. Ein Raunen ging durch die Menge der Zuschauer. Auch in der Gruppe der Ratsherren wurde es unruhig. Einige der Männer sprachen leise miteinander. Martin Degenhard stand etwas abseits. Er nahm seine Kaufmannsmütze ab und drehte sie unschlüssig in den Händen.

»Was soll das?« fragte Wallenrod. »Was kommst du hierher und tischst uns Lügen auf? Das ist ungeheuerlich. Niemand hat das Recht, mich in dieser Weise zu beschuldigen. Ich werde dich höchstpersönlich in Ketten legen und auf den Grasbrook führen.«

Er nahm einem seiner Leibwächter das Schwert aus der Hand.

Störtebeker legte einen Finger an die Lippen, um der Menge Schweigen zu gebieten. Man beachtete sein Zeichen, und es wurde so still, daß nur noch das Zwitschern einiger Sperlinge und das Schreien einer Möwe zu hören war.

»Jan, hast du den Mörder an der Stimme erkannt?«

»Ja, Klaus, das habe ich«, antwortete der Geblendete. Er hob die Hand und wies in Richtung Simon von Wallenrod.

Elisabeth war bleich bis an die Lippen geworden. Sie wich vor dem Mann zurück, den sie heiraten sollte, aber den sie nie wirklich geliebt hatte.

»Simon von Wallenrod – ist das wahr?« kam es über ihre blassen Lippen.

Der Bürgermeister schüttelte wortlos den Kopf. Untrügliches Anzeichen dafür, daß er in hohem Maße verunsichert war und seine Stimme nicht mehr unter Kontrolle hatte. Stockend erwiderte er: »Du glaubst doch nicht, daß ich auf so eine unsinnige Anschuldigung antworte! Ergreift den Lumpen, und werft ihn in den Kerker.«

Um seinen Worten Nachdruck zu verleihen, ließ er das Schwert durch die Luft wirbeln. Die Leibwachen jedoch zögerten.

Jan streckte einen Arm in die Höhe, um auf sich aufmerksam zu machen.

»Wartet«, forderte er. »Es gibt noch einen Zeugen, der in der Mordnacht anwesend war.«

Er drehte den Kopf zur Seite, obwohl er nichts sehen konnte, und während alle atemlos warteten, rief er: »Martin Degenhard – wo seid Ihr?«

Nun wandte sich aller Aufmerksamkeit dem Ratsherrn zu, der von dem Auftritt des Geblendeten überrascht wurde und bestürzt zurückwich. Es schien, als suche er nach einem Fluchtweg.

Plötzlich ergriff der Ratsherr Matthias Kramann die Initiative. Schwerfällig löste er sich aus der Gruppe der Ratsherren und trat vor, gebeugt und geschwächt von seiner Krankheit, nicht aber gebrochen in seinem Willen und seiner Moral. Er war ein Mann, der sich seiner Verantwortung bewußt war, der einen untadeligen Ruf genoß und von allen Bürgern Hamburgs hoch geachtet wurde. Ihm in die Arme zu fallen wagte selbst Simon von Wallenrod nicht.

»Ratsherr Degenhard – stimmt das?« fragte Kramann mit brüchiger Stimme. »Seid Ihr Zeuge des Mordes gewesen?«

Simon von Wallenrod und Degenhard blickten sich an, und endlich mochte dem Bürgermeister aufgehen, daß es ein Fehler war, den Ratsherrn gar zu verächtlich zu behandeln. Degenhard war feige und von seinem Wesen her eher unterwürfig. Nun aber sah er seine Stunde gekommen, sich für die Demütigungen zu rächen, die er hatte hinnehmen müssen.

»Jan Preen spricht die Wahrheit«, beteuerte Degenhard. »Ich habe so lange geschwiegen, weil mir Simon von Wallenrod mit dem Tod gedroht hat, falls ich jemals aussage, was sich in dieser Nacht wirklich abgespielt hat. Ich war dabei und habe alles gesehen, als Simon von Wallenrod den Kaufmann und Ratsherrn Hermann Preen ermordet hat! Und nicht nur das! Er hat seinen eigenen Vater sterben lassen, ohne ihm zu helfen.«

Ein Aufschrei ging durch die Menge. Elisabeth schlug die Hände vor das Gesicht. Sie begriff, daß Klaus Störtebeker die Wahrheit gesagt hatte und wie nah sie daran gewesen war, dem Komplott Simon von Wallenrods zum Opfer zu fallen.

Der Erste Rat der Stadt Hamburg entzog dem Leibwächter neben ihm das Schwert und nahm sich noch ein zweites. Damit drang er wütend schlagend auf Störtebeker ein. Um ihn einzuschüchtern und schnell überrumpeln zu können, schrie er laut auf bei seinem Angriff. Doch der Pirat war auf der Hut. Er parierte die Attacke, indem er sein eigenes Schwert zur Abwehr hob. Laut klirrend schlugen die Schwerter gegeneinander.

Störtebeker merkte sofort, daß Simon von Wallenrod noch

stärker geworden war. Der Bürgermeister hatte offenbar eifrig trainiert und einen hervorragenden Schwertkampflehrer gehabt. Dabei bewegte er sich obendrein wesentlich geschickter als zuvor. Ohne Zweifel – Wallenrod war ihm klar überlegen.

Es kam nun darauf an, sich keinen Fehler zu leisten und sich durch nichts ablenken zu lassen. Die kleinste Unaufmerksamkeit konnte tödliche Folgen haben. Störtebeker war klar, daß er mit großen Attacken keine Chance gegen einen so erstklassig fechtenden Kontrahenten hatte. Wallenrod würde ihm Ziele wie Herz und Kopf auf keinen Fall bieten – es sei denn, er plante eine Finte. Daher versuchte der Freibeuter erst gar nicht erst, diese Ziele zu erreichen, sondern beschränkte sich auf kleine Bereiche wie Hand, Arm und Beine. Es gelang ihm, die Paraden seines Gegners zu durchbrechen und einige Schläge und Stiche durchzubringen, ohne ihn jedoch ernsthaft verletzen zu können. Simon von Wallenrod wich ebenso geschickt aus, wie er angriff.

Als Störtebeker merkte, daß er den Kampf mit dieser Taktik nicht zu einer Entscheidung führen konnte, konzentrierte er sich auf die Schwerter seines Gegners. Mit besonders kräftigen Schlägen auf die Klingen erschütterte und schwächte er die Handgelenke Wallenrods, der unruhig wurde und sich vorübergehend zurückzog.

Schon aber kam die nächste Attacke. Der Bürgermeister versuchte, ihn mit schnell wechselnder Technik zu töten, indem er mit dem *Zwerg*, dem horizontal geführten Hieb, begann, dabei die Arme weit nach vorn streckte, um eine möglichst große Reichweite zu haben, und den *Ochs* folgen ließ, einen Schwertstreich, der von schräg oben geführt wurde und ihn diagonal treffen sollte. Störtebeker blockte das gegnerische Schwert bei seiner Abwehr im richtigen Winkel, so daß die Klinge Wallenrods bis zur Parierstange über seinem Handgelenk abglitt. Dann folgten bereits der *Eber*, gegenläufig zum *Ochsen*, und der ungemein wuchtig geführte *Dachschlag*, der auf seinen Schädel zielte und ihn spalten sollte.

Simon von Wallenrod schaffte blitzschnelle Kombinationen und trieb Störtebeker damit immer weiter in die Defensive. Er fintierte, wich rechtzeitig zurück und entwickelte eine hohe Kampfkunst, die Störtebeker nach ihrem letzten Kampf nicht bei ihm erwartet hätte. Dem Piraten war klar, daß er den Kampf bald beenden mußte, wenn er ihn überleben wollte. Er hatte keine andere Möglichkeit, als die Entscheidung zu suchen. Je länger sich der Kampf hinauszog, desto mehr Übergewicht erzielte Simon von Wallenrod.

Wenn ich verliere, bleibt der Mord an den Eltern ungesühnt! schoß es ihm durch den Kopf. *Und was soll Jan ohne mich machen? Er braucht mich!*

Für einen winzigen Augenblick war Störtebeker unaufmerksam, weil er an Gut Broderson dachte und daran, wie sein Bruder geblendet wurde.

Simon von Wallenrod nutzte seinen Vorteil eiskalt. Mit wirbelnden Schwertern griff er an, kombinierte gedankenschnell, durchbrach die Paraden Störtebekers nicht – aber schlug ihm das Schwert aus der Hand. Klirrend fiel die Waffe auf den Steinboden.

Störtebeker rettete sich über die nächste Attacke hinweg, indem er einem der Landsknechte die Lanze aus der Hand nahm und damit die nächsten Schläge seines Gegners abwehrte, bis das Schwert den hölzernen Stiel der Lanze im richtigen Winkel traf und durchtrennte. Verzweifelt versuchte der

Pirat, die Angriffe mit den beiden Hälften zu parieren, doch sie zersplitterten in seinen Händen. Ein Fußtritt überraschte ihn und warf ihn auf den Boden.

Im Gefühl des sicheren Sieges ließ der Bürgermeister eines der beiden Schwerter fallen. Mit beiden Händen umfaßte er den Griff des anderen, dessen Klinge er nach unten richtete. Dann stieß er kraftvoll zu und versuchte, Störtebeker das Schwert ins Herz zu stoßen. Im letzten Moment gelang es dem Piraten, sich zur Seite zu rollen. Das Schwert verfehlte ihn knapp, aber schon holte Wallenrod zum zweiten, tödlichen Stoß aus. Es gab keinen Ausweg mehr. Störtebeker wußte, daß er nicht mehr entkommen konnte.

Da vernahm er den Schrei Elisabeths.

»Klaus!«

Störtebeker blickte zur Seite. Ein von ihr geworfener Dolch wirbelte auf ihn zu. Er fing ihn auf, zögerte keinen Moment und schleuderte ihn mit voller Wucht auf Wallenrod. Mit seinen Blicken verfolgte er den Flug der Klinge und sah, wie die Waffe seinem Gegner tief in die Brust fuhr.

Der Kampf war entschieden. Simon von Wallenrod wankte. Er versuchte, die Arme zu heben, vermochte es jedoch nicht mehr. Seine Kräfte schwanden, als würden sie von einer plötzlich einfallenden Brise hinweggeweht. Grenzenlose Verwunderung zeichnete sich auf seinem Gesicht ab. Er schien nicht begreifen zu können, daß sein deutlich unterlegener Gegner ihm eine tödliche Verletzung beigebracht hatte.

Störtebeker ließ ihn nicht aus den Augen. Er wartete auf ein letztes wildes Aufbäumen. Dann brachen die Augen Wallenrods. Er sackte auf die Knie herab. Vergeblich versuchte er, sich noch einmal aufzurichten. Der Kopf kippte haltlos nach hinten, und er stürzte zu Boden. Er fiel nach vorn auf den Griff des Dolches, so daß er sich die Klinge in die Brust rammte.

Störtebeker eilte zu Elisabeth hinüber, nahm sie bei der Hand und flüchtete mit ihr. Die Zuschauer wichen zurück und bildeten eine Gasse.

»Haltet ihn auf!« rief Martin Degenhard, doch die Verwirrung bei den Wachen war zu groß. Niemand stellte sich dem Freibeuter in den Weg, zumal die Enthüllungen über die Verbrechen Simon von Wallenrods dafür gesorgt hatten, daß ihm alle Sympathien zuflogen. Die Bürger der Stadt Hamburg öffneten den Fliehenden eine Gasse.

Magister Wigbold und Goedeke Michels nahmen Jan in die Mitte und liefen hinter den beiden her. Hinter ihnen schob sich die Masse der Zuschauer zusammen, so daß es für die Wachen kein Durchkommen gab.

»Haltet sie auf!« wiederholte Degenhard. Niemand hörte auf ihn. Die Landsknechte versuchten noch nicht einmal, die Flüchtenden zu verfolgen. Einige der Wachen trugen die Leiche Simon von Wallenrods in die Kirche, der Priester eilte ihnen voran in das Gotteshaus, um nachzusehen, was mit seiner Glocke geschehen war, und die Ratsherren bemühten sich um Matthias Kramann, der sich kaum noch auf den Beinen halten konnte.

Als Degenhard sich endlich durchsetzen konnte und eine Gruppe von Landesknechten bis in den Hafen vordrang, hatte die *Seewolf* bereits die Elbe erreicht und wurde von dem ablaufenden Wasser in Richtung Elbmündung und Westsee getragen.

16. Kopflos

In diesem Jahr hörte und sah man so gut wie nichts mehr von Klaus Störtebeker, Goedeke Michels und den anderen Vitalienbrüdern der *Seewolf*. Gerüchte kursierten in den Hafenstädten an Nord- und Ostsee, in denen es hieß, sie hätten sich in ein fernes Land im Süden abgesetzt. Es schien, als habe der Erfolgreichste aller Piraten das Feld anderen Kaperfahrern überlassen, vor allem jenen aus Ostfriesland.

Im Jahr darauf aber wurde die *Seewolf* wieder in Nord- und Ostsee gesichtet. Keiner hat je erfahren, wo sie in den langen Wintermonaten gewesen war und was sie dazu veranlaßt hatte, zurückzukehren. Man kann nur vermuten, daß die Jagdgründe für die Freibeuter in den Gefilden der Hanse weitaus ergiebiger waren als in anderen Bereichen oder daß die Kogge es aufgrund ihrer nautischen Mängel nicht geschafft hatte, sich in so schwierigen Gewässern wie etwa der Biskaya zu behaupten.

Schnell sprach sich herum, daß Klaus Störtebeker und seine Piraten wieder in den Nordmeeren segelten und dort Handelsschiffe kaperten. Keiner der Freibeuter war so erfolgreich wie er. Um so mehr fühlte sich die Hansestadt Hamburg herausgefordert. Sie mobilisierte alle Kräfte und rief befreundete Mächte aus anderen Ländern zu Hilfe. Es sollte endlich Schluß sein mit der Gefährdung der Handelsrouten.

Im Jahre 1400 fuhren die Hanseaten mit einer Flotte auf die Nordsee hinaus, unter ihnen Simon von Utrecht mit der *Bunten Kuh*, dem größten bis dahin gebauten Segelschiff. Im Vergleich zur *Seewolf* ein waffenstarrendes Monster. Und doch hätte die *Bunte Kuh* Störtebeker nicht überwinden können, wäre er nicht verraten worden. So fielen er und siebzig seiner Freibeuter in die Hände der Hanseaten. Unter ihnen Goedeke Michels, Jan Broderson und Magister Wigbold, nicht aber Elisabeth, die bei dieser letzten Fahrt nicht an Bord der *Seewolf* war.

Alle Gefangenen sahen dem sicheren Tod durch den Scharfrichter entgegen.

Schon bald machte die Stadt Hamburg ihnen den Prozeß. Wie nicht anders zu erwarten, wurden sie ausnahmslos zum Tode durch das Schwert verurteilt. Ihre Köpfe sollten an den Ufern der Grasbrook-Insel aufgespießt werden und vorbeifahrenden Seeleuten als Mahnung dienen.

An einem kalten Morgen im Spätsommer eilten zahlreiche Hamburger zum Grasbrook, um der Hinrichtung beizuwohnen. Man wollte sich das Schauspiel nicht entgehen lassen. Unter dem Klang von Trommeln und Pfeifen wurden die Piraten auf Ochsenkarren zum Richtplatz gefahren. Der Scharfrichter ließ es sich nicht nehmen, die Kolonne der Karren anzuführen. Die Hanseaten hatten ihn aus Buxtehude kommen lassen, da er als der beste seines Fachs galt. Die Anforderungen an ihn waren hoch. Man erwartete, daß er den Delinquenten den Kopf mit einem einzigen Schlag abtrennte.

Nachdem alle Piraten den Grasbrook erreicht hatten und abgestiegen waren, verlas Ratsherr Degenhard das Urteil. Er stand auf einer kleinen Tribüne, die für die Ratsherren errichtet worden war, damit sie das Geschehen bequem verfolgen konnten. Als er sich mit dem Pergament in der Hand erhob, wurde es still. Die Zuschauer drängten sich heran, um sich keines seiner Worte entgehen zu lassen.

»Hiermit verfügt der Rat der Hansestadt Hamburg, daß der Seeräuberhauptmann Klaus Störtebeker und seine Spießgesellen als Sühne für ihre Schandtaten dem Scharfrichter überstellt werden«, rief er mit gehobener Stimme. Dabei blickte er nach jedem zweiten Wort hoch, als wollte er sich davon überzeugen, daß ihm alle zuhörten und daß ihm die ganze Aufmerksamkeit galt. »Sie sollen mit dem Richtschwert vom Leben zum Tode befördert werden.« Nach einer langen, wirkungsvollen Pause fügte er hinzu: »Scharfrichter – walte deines Amtes! Störtebeker – du bist der erste!«

Der Anführer der Likedeeler trat vor. Die Hände hatte man ihm hinter dem Rücken zusammengebunden.

»Wartet«, bat er. »Ich möchte Euch eine Wette vorschlagen, Ratsherr Degenhard.«

»Eine Wette? Mir?« Degenhard schüttelte lachend den Kopf. »Was ist das für ein Unsinn? Damit kannst du dein Leben nicht retten. Es ist verwirkt. Endgültig.«

Da alle Piraten gefesselt waren und außerdem eine Doppelreihe von bewaffneten Landsknechten vor ihm stand, war seine Sicherheit nicht gefährdet. Entsprechend überlegen und mutig trat er auf. Beifallheischend blickte er die anderen Ratsherren an, und sie stimmten in sein Lachen ein.

»Ich wette mit Euch und mit der Hansestadt Hamburg, daß ich auch ohne Kopf noch einige Schritte weit gehen kann.«

Mit diesen Worten rief Störtebeker höhnisches Gelächter bei den Ratsherren und ein aufgeregtes Raunen bei den Zuschauern hervor.

»Ohne Kopf?« Degenhard konnte sich kaum halten vor Lachen.

»Ohne Kopf!« bestätigte Störtebeker. Hoch aufgerichtet und furchtlos stand er vor dem Scharfrichter, so als ob ihm nichts geschehen könnte.

»Vollkommen ausgeschlossen«, befand Degenhard.

»Nun, dann könnt Ihr die Wette ja nicht verlieren«, versetzte der Anführer der Piraten kühl. »Ich wette mit Euch, daß ich ohne Kopf mehrere Schritte weit gehen kann.«

»Und was verlangst du, wenn du die Wette gewinnst?« fragte der Ratsherr. »Immerhin – wenn du die Wette gewonnnen hast – bist du tot!« Nun lachte er aus vollem Halse, da ein Toter seinen Wettgewinn nicht mehr einfordern konnte.

»Meine Männer sollen sich aufstellen, und alle sollen frei sein, an denen ich ohne Kopf vorbeigehen kann«, antwortete Störtebeker.

Sein Vorschlag verblüffte den Rat der Stadt Hamburg, ebenso wie den Scharfrichter und die Zuschauer um sie herum.

»Was für ein Unsinn«, urteilte Degenhard. Er wollte ablehnen, kam jedoch nicht dazu, denn nun meldeten sich die Bürger der Stadt, die einen besonderen Reiz in der Wette sahen und sich ein mögliches Spektakel nicht entgehen lassen wollten.

»Nehmt die Wette an!« skandierten sie. Erst waren es nur wenige, die diese Forderung stellten, doch dann sprang ihr Ruf von Gruppe zu Gruppe, bis Hunderte ihn aufgriffen und so lange wiederholten, bis Degenhard einlenkte. Mit befehlender Geste dirigierte er eine Reihe von Piraten an Störtebeker vorbei und ließ sie ein Spalier für ihn bilden – unter ihnen ganz vorn Magister Wigbold, Goedeke Michels und Jan.

»Also gut – ich nehme die Wette an«, verkündete er danach. »Und jetzt auf die Knie, Störtebeker, damit wir endlich anfangen können. Auf die Knie!«

Der Anführer der Piraten gehorchte. Er ließ sich auf die Knie sinken, neigte seinen Kopf jedoch nicht, sondern hielt den Oberkörper hoch aufgerichtet, so daß er dem Scharfrichter seinen Hals für einen horizontal geführten Schwertstreich bot.

»Gottes Freund«, sagte er mit lauter, klarer Stimme.

»... und aller Welt Feind«, murmelten die Mitgefangenen.

Degenhard gab dem Scharfrichter ein Zeichen. Der Scharfrichter aus Buxtehude holte aus, und dann flog die Klinge zischend auf den Hals Störtebekers zu, durchtrennte ihn und ließ den Kopf herabfallen.

In atemloser Stille beobachteten die Zuschauer, wie sich der kopflose Körper auf die Füße stellte. Eigentlich hätte nun das Blut aus den offenen Arterien herauspulsieren müssen. Doch der Schock hielt sie geschlossen. Schwerfällig und schwankend setzte Störtebeker Fuß vor Fuß. Er ging an Goedeke Michels, an Jan, an Magister Wigbold und noch fünf, sechs weiteren Männern vorbei. Dann öffneten sich die Adern plötzlich – und das Leben schoß in blutigen Fontänen aus ihnen heraus. Die Beine knickten ein, schafften noch einen weiteren Schritt. Dann war es vorbei. Störtebeker brach zusammen. Sein Weg war zu Ende.

Die Menschen um ihn herum stöhnten auf, die einen voller Bewunderung, die anderen von Entsetzen gepackt und wiederum andere voller Ehrfurcht. Niemand sprach. Alle harrten schweigend aus und versuchten das Wunder zu verstehen, das vor ihren Augen Wirklichkeit geworden war.

Mit einem klagenden Schrei zog eine Möwe über den Grasbrook hinweg, und es schien, als falle eine kalte Brise ein, die von der fernen See die Elbe heraufkam, als sei sie auf der Suche nach einer Seele, um sie davonzutragen in ein Reich, in dem es keine Ungerechtigkeit gibt, sondern nur Unsterblichkeit.

Niemand kann sagen, ob diese Legende stimmt, ob es Klaus Störtebeker tatsächlich gelang, auf diese Weise mehreren seiner Freunde und Mitstreitern das Leben zu retten. Es gab zeitgenössische Aufzeichnungen von dem Geschehen auf dem Grasbrook im Jahre 1400 n. Chr. Es besteht kein Zweifel, daß Störtebeker dort tatsächlich mit seinen Freibeutern hingerichtet wurde; die näheren Umstände seines Todes aber lassen sich nicht mehr historisch exakt rekonstruieren, denn bei einem späteren Feuer gingen zahllose Unterlagen und Berichte des Hamburgischen Archivs in Flammen auf. Darunter alles, was es in der Hansestadt Hamburg über Störtebekers letzte Tat gegeben hat. Bis heute aber kennt jedes Kind diese Geschichte. Und so ist Klaus Störtebeker mit seinen Taten und seinem Tod unsterblich geworden.

Der furchtlose und gerechte Piratenkapitän lebt weiter – vor allem in den Träumen jener, die an den Ufern von Nord- und Ostsee stehen und hinausblicken auf das Meer und die in ihrer Phantasie vielleicht das im Wind geblähte Segel einer Kogge am fernen Horizont sehen, weit, weit draußen, dort wo die Freibeuter zu Hause waren …

Ende

Störtebeker

Besetzung

Klaus Broderson, genannt Störtebeker	Ken Duken
Elisabeth Preen	Claire Keim
Hermann Preen	Miguel Herz-Kestranek
Störtebekers Vater	Gediminas Storpirštis
Störtebekers Mutter	Lina Budzeikaité
Klaus als Junge	Jan-Hendrik Kiefer
Elisabeth als Mädchen	Paula Riemann
Jan Broderson	Frank Giering
Konrad von Wallenrod	Gottfried John
Simon von Wallenrod	Stephan Luca
Bruder Wigbold	Timo Dierkes
Erik	Antonio Wannek
Goedeke Michels	Jochen Nickel
Abt Remigius	Heinz Schubert
Lüchow	Pep Ferrer
Maria	Pepa López
Martin Degenhard	Rolf Kanies
Dänischer Kanzler	Darius Meškauskas
Sigrid	Marisa Leonie Bach
Königin Margarethe	Gudrun Landgrebe

STÖRTEBEKER ist eine Produktion der BAVARIA FILM und der DEGETO FILM, sowie WDR, BR, SWR, NDR, MDR, in Zusammenarbeit mit der UAB BALTIC Film Groupe, Robertas Urbonas

In Koproduktion mit ORF, Institut del Cinema Català und Steinweg Emotion Pictures (Barcelona), Televisió de Catalunya

In Kooperation mit TF 1, Baltijos TV, RTL Klub, TV Markiza, Nova TV, Česká Produkční 2000

gefördert durch FilmFernsehfonds Bayern und Media Plus Programm der Europäischen Union

Besetzung ELKE VOGT • Schnitt ANDREAS HERZOG • Produktionsleitung JOCHEN LUDWIG • Herstellungsleitung JAN S. KAISER, HERBERT HÄUSSLER • Special Effects HEINZ LUDWIG, ADOLF WOJTINEK • Kamera PETER INDERGAND • Musik DOMINIC ROTH • Redaktion KATJA KIRCHEN (ARD Degeto), WOLF-DIETRICH BRÜCKER (WDR) • Produzenten THILO KLEINE, STEPHAN BECHTLE • Drehbuch WALTER KÄRGER • Regie MIGUEL ALEXANDRE

STÖRTEBEKER
KEN DUKEN
CLAIRE KEIM
STEPHAN LUCA
DOLBY DIGITAL
ARD Degeto®
EUROVIDEO
DVD VIDEO